KNAUR

Julia Fischer

Die Fäden des Glücks

Roman

KNAUR

Besuchen Sie uns im Internet:
www.knaur.de

FSC
www.fsc.org
MIX
Papier aus verantwortungsvollen Quellen
FSC® C083411

Originalausgabe April 2018

Ein Imprint der Verlagsgruppe
Droemer Knaur GmbH & Co. KG, München

Redaktion: Dr. Gisela Menza
Covergestaltung: Carolin Liepins
Coverabbildung: Shutterstock
Illustration innen: topseller / Shutterstock.com
Satz: Adobe InDesign im Verlag
Druck und Bindung: CPI books GmbH, Leck
ISBN 978-3-426-22655-1

2 4 5 3 1

Für die »Maßlosen«,
die nicht in Schubladen passen,
geschweige denn in Konfektion

»Einen Menschen zu lieben heißt,
ihn so zu sehen, wie Gott ihn gemeint hat.«

Fjodor Michailowitsch Dostojewski

Prolog

Turin, Piemont, Mai 1997

Die Nacht war mit dem feinen Stoff verwoben, der Mond aus Kristallen gemacht, Hunderte Pailletten glänzten im kalten Licht der Deckenlampe wie blitzende Sterne. Carlotta zwang die schillernden Plättchen in Schlaufen und weinte, aber nur leise, denn ihre Mutter war schon auf dem alten Sofa eingeschlafen. Das prächtige Kleid bauschte sich auf ihrem Schoß – nachtblaue Marquisette, schwarze Gaze und Duchesse, Lage um Lage – und deckte sie zu. Eben noch hatte Mimi Calma einen Ärmel eingefasst, dann waren ihr die Augen zugefallen. Sie wurde schnell müde in letzter Zeit.

»Im neuen Schuljahr muss ich auf ein Internat, Lola«, hatte Daniele heute zu Carlotta gesagt. »Mein Vater war da früher auch.«

»Bist du wenigstens noch in den Sommerferien da?«, hatte sie ihn gefragt und sich an der Hoffnung festgehalten, damit sie nicht das Gleichgewicht verlor. Fünf Jahre waren sie jetzt zusammen auf der *scuola primaria*, fünf Jahre, und nun ging ihr einziger Freund einfach fort.

»Nein. Wir fliegen wieder nach Neuseeland, auf die Schaffarm.«

Carlotta saß bei ihrer Mutter, den Rocksaum in der Hand, und ihre Tränen liefen unaufhörlich. Sie tropften auf die funkelnden Glasperlen und versanken in dem edlen Stoff. Morgen war am Teatro Regio, der Turiner Oper, die erste Haupt-

probe der *Zauberflöte,* und die Kostüme mussten fertig werden. Carlotta half gerne dabei. Sie war geschickt und liebte die Näharbeiten, die ihre Mutter manchmal auch mit nach Hause brachte. Doch heute war sie abgelenkt und dachte wieder und wieder an die Schule. In der dritten Klasse hatte sie sich dort in Danieles Mantel verliebt und ein bisschen auch in ihn. Der Mantel war schwarz und mit nachtblauer Seide gefüttert, nachtblau wie das Kleid, an dem sie gerade nähte. Sie hatte an der Garderobe ihr Gesicht darin vergraben und vom schützenden Fell der Schafe geträumt. Fast glaubte sie, den Herzschlag der sanften Tiere zu spüren, vermischt mit dem Beben der Erde unter dem Stampfen einer *Haka* der Maori. Aber es waren nur die lauten Schritte ihrer Klassenkameraden, die den Flur entlangstürmten und sie überraschten. »Lola ist verlie-hiebt, Lola ist verlie-hiebt …«, riefen sie, und Daniele wandte sich ab, weil es ihm peinlich war. Aber als sie ihr dann auch noch das Pausenbrot wegnahmen, »damit die fette Lola-Qualle nicht platzt«, teilte er seines mit ihr und legte ihr den Mantel um, als es zu schneien begann. Carlotta strich mit den Fingerspitzen vorsichtig darüber und prägte sich das Gefühl für immer ein – die Geborgenheit und wollweiche Wärme der anschmiegsamen Zuflucht. Der Schnee fiel an diesem Tag auf Danieles dunkle Locken und schmolz, weil im richtigen Leben alles vergeht und nur die Illusionen überdauern. »Das ist ja wie in *La Bohème*«, sagte Carlotta zu ihm.
»Die Oper?«
»Ja. Meine Mutter ist Schneiderin am Teatro Regio, weißt du. Ich gehe jeden Tag nach der Schule rüber und mache dort meine Hausaufgaben. Da kann man überall spielen, und es gibt richtig gute Verstecke.«
»Hast du *La Bohème* gesehen?«, fragte Daniele interessiert. »Kennst du die Geschichte?«

»Klar.«
»Erzählst du sie mir?« Er schenkte Carlotta noch seinen Apfel und seinen schönsten Sternenblick.
»Also, die Hauptfigur heißt Mimi, so wie meine Mutter«, begann sie, »und Mimi ist die Nachbarin von Rodolfo, einem armen Schriftsteller. Sie klopft bei ihm, weil ihre Kerze ausgegangen ist und sie Feuer braucht.«
»Und dann?«
»Na, dann singen sie zusammen, weil ihnen kalt ist, weil's draußen schneit, so wie jetzt. Aber auf der Bühne ist das kein richtiger Schnee, nur Schnipsel aus Seidenpapier.«
Daniele war begeistert. Zu Hause erzählte ihm niemand Geschichten, und er hatte auch keinen zum Spielen. Seine Mutter erlaubte ihm nicht, seine Freunde aus der Schule mitzubringen, denn sie waren kein passender Umgang. Schließlich war Danieles Vater ein bekannter Webereibesitzer. Die Lanificio Giordano produzierte mit die besten Stoffe der Welt. Dass Daniele auf eine öffentliche Schule ging, war der Wunsch seines Vaters gewesen, ein bescheidener Mann, der sich gerne unter seine Arbeiter mischte. »Mimi ist krank«, erzählte Carlotta weiter, »sehr krank. Sie hustet dauernd.«
»Muss sie sterben?« In der Oper ging es immer tragisch zu, das wusste Daniele, weil sein Vater auch oft Opern hörte.
»Du bist ja wie Peter Pan«, erwiderte Carlotta da und lachte. Sie saß auf dem Schulhof, vor dem sie sich sonst immer so fürchtete, und lachte! »Dem muss Wendy auch ständig Geschichten erzählen, so wie ihren Brüdern.«
»Ja, ich bin Peter«, stimmte Daniele ihr zu, denn dieses Theaterstück kannte er, »und du bist Wendy, mit der er ins Nimmerland fliegt, damit sie ihm und den verlorenen Jungs dort Geschichten erzählt.« Einmal um den Mond und weiter Richtung Nimmerland …

Am Ende des Winters fragte Carlotta Daniele, ob er sie nach der Schule einmal in die Oper begleiten wolle. »Ich weiß nicht, ob meine Mutter das erlaubt«, zögerte er.
»Aber Gino meint, er kennt deinen Vater, und er passt auf dich auf.«
»Wer ist Gino?«, wollte Daniele wissen.
»Er ist Schlosser und arbeitet in der Rüstmeisterei. Da machen sie Waffen und Feuerwerk.« Und den Flügel mit den Pfauenfedern, den die Königin der Nacht zu dem Kleid tragen würde, an dem Carlotta noch immer nähte. »Außerdem ist Gino so was wie mein Vater, mein Stiefvater. Er kümmert sich um meine Mutter, Rosina und mich.« Rosina war Carlottas kleine Schwester. Sie war erst eineinhalb. Ihre Mutter brachte sie tagsüber in die Kinderkrippe, damit sie arbeiten konnte, und Carlotta passte abends auf sie auf, wenn Mimi bis zum letzten Vorhang in der Oper bleiben musste. Dann sang sie für Rosina Lieder und verscheuchte schlechte Träume mit warmer Milch und Honig. »Ich glaube, Gino ist in meine Mutter verliebt«, verriet Carlotta ihrem Freund, »aber er traut sich's nicht zu sagen.«
Daniele lächelte verlegen. »Und dein richtiger Vater?«, fragte er. »Wo ist der?«
Carlotta zuckte mit den Schultern. »Weiß ich nicht.« Sie tat so, als wäre es ihr egal, doch hin und wieder vermisste sie ihn. Es war nur eine unbestimmte Sehnsucht und der Wunsch, so zu sein wie die anderen.
Im kalten Licht des kleinen Zimmers fädelte Carlotta gerade den letzten Faden ein. Sie war fast fertig, die Glasperlen und Pailletten waren aufgebraucht, und Tränen hatte sie auch keine mehr. Daniele würde fortgehen. Sie würden nie wieder mit Gino in der Rüstmeisterei Peter Pan spielen – Gino war der allerbeste Kapitän Hook! –, nie wieder zwischen stumpfen Speeren, Lanzen und Piratensäbeln umherjagen, zusam-

men an der Drehbank stehen, sägen und hämmern. Einmal hatten sie mit Gino sogar eine Krone gemacht – für König Lear! Mit wem suchte sie denn jetzt Geheimverstecke, wer blies mit ihr Sternenstaub vom Schnürboden auf die Bühne hinunter oder verkleidete sich mit ihr im Fundus? Wer plante mit ihr Abenteuer? Und wer würde sie in der Schule beschützen?

Mit letzten flinken Stichen befestigte Carlotta das kleine Etikett mit dem Namen der Sängerin und dem Vermerk *Zauberflöte* im üppigen Mieder. »Du musst immer die Atmung berücksichtigen, Lotta-Schatz«, hatte ihre Mutter ihr bei der ersten Anprobe des prächtigen Kleides erklärt, »denn jeder Sänger atmet anders«, und die Königin der Nacht im Gewühl der Schneiderwerkstatt zwischen ratternden Nähmaschinen und glühenden Bügeleisen eine Arie anstimmen lassen, bis die Stoffzugabe aufgebraucht war. Ihre Stimme war eine Naturgewalt, rund, weich und hypnotisch, genau wie ihr Körper, dachte Carlotta, genau wie meiner. Doch auf den Brettern, die die Welt bedeuten, *durften* Frauen Raum einnehmen, und ihre Stimmen fanden Gehör. Hier spielten Hautfarben keine Rolle, denn die Sänger des Regio kamen aus der ganzen Welt, und wie alt jemand war, war auch ganz egal. Manchmal spielten sogar Frauen Männer, und pummelige Mädchen wurden irgendwann zum Star.

Carlotta suchte nach einem Kleiderbügel, schob einen Stuhl an die Wohnzimmertür und kletterte hinauf. Sie hängte das schwere Kleid ans Türblatt, damit es nicht knitterte, deckte ihre Mutter mit einer Wolldecke zu und betrachtete sie noch eine Weile. Sie war so schön. Sie trug ihr blondes Haar aufgesteckt und mit reichlich Schmuck darin, lilafarbenen Lidschatten und kräftigen mauvefarbenen Lippenstift. Ihre engen, spektakulären Röcke und Kostümjacken schneiderte Mimi selbst und kombinierte sie mit reichlich Accessoires

und hohen Schuhen. »Alles ist erlaubt, solange es fantastisch ist«, hatte der Architekt der Turiner Oper einmal gesagt, und das war auch ihr Motto. Doch jetzt würden die Kleider ihrer Mutter bald wieder weiter werden, überlegte Carlotta. »Du wirst noch ein kleines Schwesterchen bekommen«, hatte sie am Abend erzählt, »im September, wenn Rosina zwei wird. »Ich möchte sie Susa nennen, was denkst du, Schätzchen?«
»Susa ist gut«, hatte Carlotta erwidert und geschluckt, weil sie dann bald zu viert alleine wären, ohne Vater.
»Freust du dich?«
Carlotta hatte nur genickt, denn das war kein Tag zum Freuen, nicht für sie. Daniele ging doch fort.
Sie löschte leise das Licht und schlich in ihr Zimmer unter der Dachschräge hinüber, wo Rosinas Bettchen neben ihrem stand. Die Kleine schlief und saugte an ihrem Schnuller. Carlotta legte sich zu ihr und verscheuchte die Schatten. Der schmale Mond vor ihrem Fenster schimmerte wie Strass am brokatgewirkten Himmel, die Sterne über Turin funkelten. In ihrem Traum fing Carlotta sie mit Nähgarn ein und säumte den Mond mit Silberpailletten.

Turin, Piemont, April 2016

1

Die weißen Riesen schoben sich am Ende der kalten klaren Nacht dicht an die Stadt heran, der Dunst löste sich auf. Der gewaltige Monte Viso mit seinem schneebedeckten Gipfel schien heute gleich hinter dem Corso G. Agnelli aufzusteigen, etwa auf Höhe des Eisstadions. Der Gran Paradiso, Monte Cervino und Monte Rosa balancierten auf den Kirchturmspitzen der Stadt. Carlotta stand auf dem Dach ihrer Wohnung, trank einen Cappuccino und träumte sich nach Frankreich hinüber. An der Küste entlang bis Gibraltar und das kleine Stück übers Meer kam man nach Marokko oder mit dem Po, der in Turin an den Hügeln mit den teuren Villen vorbeifloss, nach Osten ans Adriatische Meer. Auf seinem Weg durch die piemontesisch-lombardische Ebene speiste der Fluss weitläufige Reisfelder und wurde zur Heimat für Kiebitzschwärme und Reiher. Eine asiatische Impression unweit der Alpen und Myriaden gemeiner Stechmücken. Hier wuchsen *Arborio, Carnaroli* und *Vialone* – beste Sorten für ein duftendes Risotto, das Carlotta gerne mit frischem Spargel und knusprigem *pancetta* aß, mit Bärlauch und Safran oder als Indisches Curry. Als ihre kleine Schwester Susa vor neunzehn Jahren zur Welt gekommen war, hatte Carlotta kochen gelernt und ihre Liebe für ausgefallene Rezepte aus der ganzen Welt entdeckt. Sie hatte sich um den Haushalt gekümmert, ihre beiden Schwestern in den Kindergarten gebracht, wenn ihre Mutter noch schlief, und

war dann selbst zur Schule gegangen. Sie hatte eingekauft, geputzt, die Kleinen wieder abgeholt und mit ihnen gespielt. Damals schlüpfte sie aus ihrem ungemütlichen Kokon und wurde zur Frau. Sie versöhnte sich mit ihrem fülligen Körper, erlebte ihn als anschmiegsam, Schutz spendend und stark. Heute glich ihre Figur einem harmonisch geschwungenen Violoncello, Carlottas liebstem Instrument im ganzen Orchester, und der Blick in den Spiegel quälte sie nicht mehr. Sie hatte den feinen klaren Teint ihrer Mutter geerbt, ihre kleine Stupsnase, die blauen Augen und das feste blonde Haar, das sie schulterlang trug. Und genau wie ihre Mutter lebte auch sie nun in einer Welt ohne Konfektionsgrößen und beißenden Spott, einer Welt, in der Menschen nicht auf eine Zahl im Etikett ihrer Kleidung oder ihrem Pass reduziert wurden und jede Schönheit ihr eigenes Maß besaß. Denn Carlotta hatte eine Schneiderei eröffnet und sie La Cenerentola genannt, nach der Oper vom Aschenputtel. Dort zauberte sie Kleider für Frauen wie sie, die nicht in Schubladen passten, oder jene, die noch auf der Suche waren – nach dem Außergewöhnlichen und nach sich selbst.
Gedankenverloren blickte Carlotta auf die hohen Berge, die Turin im weiten Halbrund umgaben, und spielte mit einem kleinen Fingerhut, den sie an einer Silberkette trug. Ein Flugzeug nahm Kurs auf die Balearen – einmal um den Mond und weiter Richtung Nimmerland … Carlotta war noch nie verreist.
An dem Tag, an dem sie Daniele das letzte Mal gesehen hatte, damals, am Ende der fünften Klasse, hatte es geregnet. Es war ein warmer Sommerregen gewesen, dachte sie gerade. Daniele hatte sie zur Oper hinüberbegleitet und sie dort gefragt, ob sie sich erinnere, wie Wendy Peter Pan einmal einen Kuss geben wollte und er ihr seine Hand entgegenstreckte, damit sie ihn da hineinlegen könnte.

»Weil er nicht gewusst hat, was ein Kuss ist«, hatte Carlotta erwidert. Natürlich erinnerte sie sich! »Wendy hat ihm dann ihren Fingerhut geschenkt, weil sie doch immer näht, und gesagt: ›Das ist ein Kuss, Peter. ‹«
»Gibst du mir auch deine Hand?«, hatte Daniele gefragt. Carlotta hatte sie ihm entgegengestreckt, und er hatte einen silbernen Fingerhut hineingelegt, sein Abschiedsgeschenk. »Das ist ein Kuss, Lola«, hatte er gesagt, »so wie in Peter Pan«, und ihr die Tränen vom Gesicht gewischt – eine Berührung zart wie Sternenstaub. Da wollte Carlotta mit ihm davonfliegen, zu den Piraten, Feen und Fingerhutküssen und weiter in jedes Märchenland, das sie in den letzten Jahren gemeinsam entdeckt hatten. »Ich komme nicht mehr mit rein«, hatte Daniele traurig geflüstert, sich zu ihr hinuntergebeugt und seine Lippen vorsichtig auf ihre gelegt. Ein flüchtiger Kuss, den der Regen gleich wieder fortwusch.

Während Carlotta noch in ihre Kaffeetasse träumte, fuhr ihre Schwester Rosina bereits mit dem Rad durch den Parco del Valentino zur Arbeit. In den ehemaligen Jagdgründen des Königshauses von Savoyen blühten die ersten Bäume und Sträucher, ein weißes und gelbes Wiegen mit rosa Sprenkeln im leichten Wind. Tulpen, Osterglocken und Veilchen, Springbrunnen und Skulpturen säumten ihren Weg. Rechter Hand, direkt am Fluss, stand das Borgo Medievale, die Nachbildung eines piemontesischen Dorfes aus dem ausgehenden Mittelalter. Mit seinen Zugbrücken und engen Gassen war es ein beliebtes Postkartenmotiv. Rosina trat in die Pedale. Sie freute sich dank des herrlichen Wetters schon jetzt auf eine Mittagspause im Freien. Jeder in der Stadt freute sich, alle saßen sie beim ersten Sonnenstrahl draußen vor den Cafés beim *bicerin* und später bei einem *aperitivo,* in Wintermänteln und Sommerstimmung. Freunde und Arbeitskollegen,

Rentner und Schüler, jeder kannte irgendwen, der gerade unter den Arkaden spazierte oder einen der schönen zentralen Plätze überquerte. Sobald der Frühling kam, trafen sich die Menschen in der barocken Altstadt Turins, ohne verabredet zu sein.

Rosina war an diesem Tag die Erste in der Schneiderei, die ihre große Schwester vor zehn Jahren, an ihrem zwanzigsten Geburtstag, eröffnet hatte. Sie hatte erst kürzlich ihre Ausbildung bei Carlotta beendet, und Susa, das Küken, hatte vor einem Jahr damit begonnen. Die Kleine war ein quecksilbriges Geschöpf, unaufhörlich in Bewegung, flüchtig und unkonzentriert. Nie kam Susa pünktlich, immer dehnte sie ihre Pausen aus oder verschwand noch vor Feierabend, um sich mit wem auch immer wo auch immer zu treffen. Von den drei Schwestern war sie ihrer Mutter am ähnlichsten.

Mimi Calma war zur Gewandmeisterin befördert worden und verdrehte nach wie vor jedem Mann, der den Bühneneingang des Teatro Regio passierte, den Kopf. Sie pflegte ihre Affären und schwieg sich darüber aus. Und so kannten auch Rosina und Susa ihren Vater nicht. Eine schicksalhafte Begegnung beim *Barbier von Sevilla* oder *Figaros Hochzeit* lag nahe, bedachte man ihre Vornamen und die Inszenierungen, die in den fraglichen Jahren auf dem Spielplan gestanden hatten.

Rosina sperrte die Ladentür unter den Arkaden gegenüber dem Bahnhof Porta Nuova auf. Wenn die Calma-Schwestern von ihrer Näharbeit aufsahen, konnten sie dort die vielen Menschen beobachten, die einer Abfahrtszeit hinterherliefen, die Metro im Untergeschoss oder die Straßenbahn vor der Tür nahmen, und auch jene, die Einkäufe im lichtdurchfluteten, glasüberdachten Hauptgebäude machten. Denn Porta Nuova war eine architektonische Augenweide aus dem vorletzten Jahrhundert, ein Ort zum Verweilen und Ausgangspunkt fahrplanmäßiger Abenteuer.

Der Verkaufsraum musste gesaugt werden. Rosina holte den Staubsauger aus Carlottas Büro hinter der Werkstatt. Dann heizte sie die schweren Bügeleisen an, stellte frisches Wasser in einer Schüssel mit einem breiten Pinsel bereit, das zum Aufdämpfen benötigt wurde, und reinigte und ölte anschließend ihre alte Nähmaschine. Ein Blick auf Susas Arbeitsplatz sagte ihr, dass sie dort gleich weitermachen konnte.
Die Ladenglocke schlug an, Rosina hatte das Schild *Aperto* noch nicht ins Fenster gedreht.
»Ist Susa schon da?«, rief Carlotta aus dem Verkaufsraum zu ihr herüber. »Sie ist mit mir zusammen aus dem Haus.«
Die drei Schwestern wohnten gemeinsam im Stadtviertel San Salvario – vier Zimmer, eine Wohnküche und ein überquellendes, ständig besetztes Bad. Mit seinen riesigen Pflanzkübeln auf Mauervorsprüngen und Balkonen und einem Laubwald mit Wasserinseln im Innenhof erinnerte das Grüne Haus an Entwürfe von Friedensreich Hundertwasser, nur ohne Spiralen und Farben. Auf dem Dach gab es einen Gemeinschaftsgarten, in dem die Mieter Kräuter, Blumen und Gemüse anbauten. 25 Verde wuchs direkt neben dem ersten alten FIAT-Werk aus dem Boden und barg eine bunte Schar multikultureller Bewohner. Carlotta und Rosina lebten dort schon länger zusammen, Susa war erst vor einem Jahr bei ihrer Mutter aus- und bei den Schwestern eingezogen. Kurz hatte Mimi sich daraufhin einsam gefühlt und das vertraute Durcheinander und Susas Wildheit vermisst. Sie hatte wehmütig an die Zeit zurückgedacht, in der noch alle drei Mädchen bei ihr gewohnt und sie im engen Wohnzimmer unter dem Dach die Kostüme der laufenden Produktionen ausgebessert hatten. Doch seit ihrer Beförderung war Mimi für die Näharbeiten gar nicht mehr zuständig. Sie tauschte sich jetzt mit den Kostümbildnern und Regisseuren aus, interpretierte Entwürfe, wählte Stoffe aus und fertigte

Schnittmuster an. Ihr oblag die Realisierung aller Kostüme der neuen Inszenierungen, soweit es die Damen betraf. Sie delegierte, organisierte und – was sie am wenigsten mochte – erstellte Zeitpläne und Etats. Sie besuchte Museen, studierte historische Kostüme und alte Fertigungstechniken, besprach sich mit den Schustern im Haus, den Hutmachern und der Rüstmeisterei. Dass ihre Mädchen nun groß, die Wohnung leer und sie alleine war, verwand sie im Sturm leidenschaftlicher Umarmungen wechselnder Liebhaber.

»Susa ist noch nicht hier«, gab Rosina Carlotta zur Antwort. »Ich kümmere mich gerade um ihre Nähmaschine. Sie arbeitet mit einer stumpfen Nadel und wundert sich, dass sie ständig alles wieder auftrennen muss.« Carlotta nahm sich vor, Susa künftig alle drei Maschinen warten zu lassen, nach Feierabend, bis sie endlich lernte, wie wichtig der sorgfältige Umgang mit den teuren Materialien war. »Ist sie mit dem Rad gefahren?«, fragte Rosina nach.

»Ja, und ich habe die Metro genommen«, erklärte Carlotta. Sie fuhr nur drei Stationen von der Haltestelle Dante bis zum Bahnhof, knapp sechs Minuten. Einmal war sie abgelenkt gewesen und erst im Paradies aufgeschreckt, am vorletzten Halt gleichen Namens – eine Fahrt, die nur in Turin gelang. Sie hatte damals in ihrem Reisetagebuch gelesen, in das sie all die Länder und Städte eintrug, die sie einmal besuchen wollte. Gourmetreisen durch die Welt – die Inkaküche in Peru entdecken, Sushi-Spezialitäten in Japan oder eine Cupcake-Tour durch New York. Sie war mit einem Karton kleiner Kuchen auf dem Schoß in der ruckelnden U-Bahn gedanklich ins Greenwich Village eingetaucht und schlemmte dabei lustvoll, als sie eine Dame hinter vorgehaltener Hand sagen hörte: »So eine hübsche junge Frau, wenn sie nur auf ihre Figur achten würde!« Ein Satz, den Carlotta gut kannte. Sie quittierte ihn gerne mit einem besonders großen Bissen in eine provokante Leckerei und dem Strahlen des unbeschwerten Genießers. »Wohin verschwindet Susa in letzter Zeit nur immer?«, fragte sie ihre Schwester. »Fällt dir das auch auf?« Carlotta erwartete nicht wirklich eine Antwort und kontrollierte stattdessen die Regale hinter dem Verkaufstisch, in denen sich die Meterware edler Stoffe bis unter die Decke stapelte – ein guter Teil ihrer Ersparnisse von Rosé bis Pink über Karmin zu Burgunder, von Purpur über Blau zu Kobalttürkis und sämtliche Erdfarben, schottischer Tweed, englischer Glencheck in bester Kammgarnqualität, luftige Seide-Woll-Gemische und wertvoller Kaschmir von asiatischen Ziegen. Aus ihrem dichten Unterfell zauberten die besten Webereien Norditaliens Tuche, leicht wie frisch gefallener Schnee – als hätten sie die fernen Winter selbst verwoben. Aber Carlotta konnte ihren Kundinnen auch Musterbündel zeigen, Stoffe für Röcke und Blazer, Hosen, Kleider und edle Abendgarderobe. In ihrer Auslage standen zwei Schneiderpuppen, die Carlottas neueste Kreationen zeigten und sich vor den internationalen Labels CHANEL, Prada oder Dior, die das teure Pflaster der Via Roma in der Altstadt säumten, nicht zu verstecken brauchten. Noch dominierten die warmen Stoffe im Fenster, aber Susa würde heute sicher umdekorieren, nichts liebte sie mehr, vorausgesetzt, dass sie noch auftauchte.

2

Gerade als Carlotta das Schild in der Ladentür umdrehte und die kleine Damenschneiderei damit offiziell geöffnet war, kam auch schon die erste Kundin herein – Signora Petroloni, eine mausgraue Dame Mitte fünfzig in völliger

Unscheinbarkeit. Seit ihr Mann sie vor Jahren verlassen hatte, seit ihr Sohn aus dem Haus war und der Hund gestorben, hatte sie sich keine neuen Kleider mehr gegönnt. Für wen auch, nur für sich? Wer sah sie denn schon? Sie war darüber regelrecht unsichtbar geworden und wusste nicht, ob sie es so gewollt oder das Leben sie einfach ausgeblendet hatte. Eine ganze Weile war es ihr nicht einmal aufgefallen. Wie lange hatte sie nicht mehr in den Flurspiegel gesehen, bevor sie das Haus verließ? Signora Petroloni besaß jetzt einen Wellensittich – das einzig Bunte in ihrem Leben –, der öfter in den Spiegel sah als sie. Doch vor einigen Wochen hatte sie diese Schneiderei am Bahnhof entdeckt. La Cenerentola hatte auf dem schönen Ladenschild gestanden, und genauso hatte sie sich auch gefühlt – wie Aschenputtel vor der Verwandlung. In der Auslage sah sie zwei Schneiderpuppen, keine Gespenster mit Edelcouture auf den Rippen, nein, es waren die Silhouetten richtiger Frauen, und sie trugen zeitlose Kleider aus herrlichen Stoffen. Ein wacholdergrünes Tweedkostüm, bei dessen Anblick Signora Petroloni Bilder schottischer Inseln vor sich sah, weiches Gras, Schafe und klappernde Webstühle. Die britische Monarchin auf den Ländereien ihrer Sommerresidenz Balmoral Castle bei einem Spaziergang mit ihren Corgis. Und ein Hosenanzug, fließend, aus Flanell, mit weitem Bein und einem Wickelsakko, eisblau, schlicht und wirklich elegant. In der Spiegelung der Scheibe entdeckte die Signora sich dann selbst, kontur- und figurlos, eine Frau, die sich vergessen hatte, und so war sie beherzt durch die Tür getreten, ins Ungewisse.

Carlotta hatte ihr an diesem Tag zu einem klassischen Bleistiftrock mit taillierter Kostümjacke geraten und – entgegen Signora Petrolonis sonstiger Gewohnheit – einen maigrünen leichten Wollstoff der Lanificio Giordano dafür ausgewählt,

der den Körper auch an warmen Tagen fast schwerelos umspielte.
»Ist es fertig?«, fragte die Signora Carlotta jetzt aufgeregt und versuchte, hinüber in die angrenzende Werkstatt zu sehen, wo Rosina eben noch den Rock aufdämpfte. Sie hatte das Seidenfutter erst am Vorabend kurz vor Ladenschluss einstaffiert und eine delfterblaue Paspelierung auf der Innenseite der Jacke aufgenäht.
»Ich denke schon«, erwiderte Carlotta. »Sind Sie bereit für die letzte Anprobe?« Signora Petroloni verschwand mit dem noch warmen Ensemble in der Umkleidekabine des Ladens und zog ihre verbeulte beige Bundfaltenhose, die in der Taille nicht mehr zuging, sowie den grauen Pullover aus. Ihren schlecht sitzenden Baumwoll-BH, der ein trauriges Dekolleté präsentierte, trug sie heute ausnahmsweise nicht. Sie hatte sich gestern einen neuen gekauft. Die Verkäuferin hatte ihn ihr persönlich auf den Leib gezurrt und dann mit einem beherzten Griff und einer routinierten Entschuldigung in die Körbchen gegriffen, um ihren Busen darin zurechtzurücken. Signora Petroloni war rot geworden, weil sie schon sehr lange niemand mehr berührt hatte, und schon gar nicht an dieser Stelle. Und dann strahlte die Verkäuferin sie an und meinte: »Das ist doch mal eine schöne Oberweite! Wenn Sie die richtig stützen und verpacken, ziehen Sie alle Blicke auf sich.« Da hatte sie noch zwei andere Modelle ausgesucht, eines in Schwarz und ein cremefarbenes mit schwarzer Spitze und die passenden Slips natürlich auch. »Sie kommen zurecht?«, fragte Carlotta vor der Umkleide, und Signora Petroloni bejahte es. Ihr erstes maßgeschneidertes Kostüm! Nicht die schlecht sitzende Konfektion, die so schnell aus dem Leim ging. Oder war doch eher sie es, die das tat? Ach, es war müßig, darüber nachzudenken. Und das Kostüm war grün! *Mai*grün hatte Signo-

rina Calma gesagt und dass die Farbe die ihrer Augen unterstrich.

»Muss eine Bluse drunter?«, fragte sie aus der Kabine heraus, die nur durch einen schweren Vorhang abgetrennt war. Carlotta antwortete: »Nicht unbedingt. An einem Tag wie heute werden Sie die Kostümjacke sowieso nicht ablegen wollen.« Und dann: »Sind Sie so weit?«

Der Vorhang wurde zur Seite geschoben, und eine ungläubige Signora Petroloni stand vor Carlotta. Das Kostüm saß wie angegossen. Der Rock endete genau auf Kniehöhe – das streckte, da Signora Petroloni nicht allzu groß war –, umspielte ihre runden Hüften und zeigte Taille. Ja, die Signora hatte eine, sie war nur über die Jahre und unter den weiten T-Shirts und Pullovern aus ihrer Wahrnehmung verschwunden, zusammen mit ihrem undankbaren Ehemann und ihrer Lebensfreude.

»Ist es nicht zu auffällig?«, fragte sie verunsichert. »Glauben Sie, ich kann so was wirklich tragen?«

Genau in dem Moment kam Susa in den Laden gestürmt. Ihre braunen Rehaugen funkelten glücklich, und sie fuhr sich durchs kurze blonde Haar. Ein Pixie-Schnitt, mit dem sie die Schwestern erst letzte Woche überrascht hatte – frech, sportlich und ungemein hübsch, genau wie Susa eben.

»Was meinst du, Susa«, band Carlotta ihre kleine Schwester gleich mit ein, denn sie konnte sie jetzt sowieso nicht fragen, wo sie so lange gewesen war, »kann Signora Petroloni die Farbe tragen?«

»Machst du Witze?!« Susa kam auf die Signora zu. »Sie sehen zehn Jahre jünger aus.« Und weil Susa es ernst meinte und Signora Petroloni schon beim ersten scheuen Blick in den Spiegel der Umkleide kaum glauben konnte, dass das wirklich sie war, die sie da sah, erlaubte sie sich, sich ein bisschen schön zu fühlen, heimlich.

»Möchten Sie noch etwas geändert haben?«, fragte Carlotta, die jetzt, ihr Maßband um den Hals gelegt, vor ihrer Kundin kniete und den Sprung der kurzen Kellerfalte überprüfte, die mehr Beinfreiheit gewährte. Diesmal hatte sie hier ihre Widmung eingestickt, versteckt unter dem Seidenfutter. Manchmal bot sich auch ein Revers an, ein Saum oder Bund. Selten war es mehr als ein Wort, oft in der Befehlsform verfasst, und es wirkte im Verborgenen: »Lebe!«, »Liebe!«, »Verzeih!« Jede Kundin bekam ihre eigene Widmung, und nie wiederholten sich Carlottas verborgene Wünsche.
»Nein«, flüsterte Signora Petroloni andächtig, »nichts.« Sie blickte in den großen Spiegel neben der Werkstatttür und drehte sich in alle Richtungen. Da stand schon fast wieder die Frau vor ihr, die sie einmal gewesen war – bevor ihr Mann gegangen und sie sich so wertlos gefühlt hatte. Er hatte ihre Selbstachtung mitgenommen und den guten Perserteppich, aber den vermisste sie viel weniger. Wenn sie seither auf der Straße ging, starrte sie meist auf den Boden, und sah sie doch einmal hoch, erkannte sie, dass dort viele, die sich nicht mehr aus sich heraustrauten, ihr Heil suchten – in den Ritzen zwischen den Pflastersteinen, auf dem Grund einer Tasse im Café, auf der Rückenlehne vor sich im Bus. In Aufzügen starrte man auf einen diskreten Fleck an der Wand gegenüber, um niemanden länger als zwei Sekunden ansehen zu müssen. Und dann gab es ja auch noch die Smartphones, die ganze Leben verschluckten und Scheinwelten schufen – Freundschaften ohne Kontakte, Reisen ohne Fortbewegung, Information ohne Erfahrung. Zusammengenommen ergaben diese unbeseelten Orte einen eigenen Kosmos, in dem man moderat verschwinden konnte.
»Darf ich etwas ausprobieren?«, fragte Susa Carlottas Kundin, und die nickte. Und schon zog sie die maigrüne Signora Petroloni mit dem fahlen Teint und den aschblonden, etwas

unentschieden frisierten Haaren in die Werkstatt und setzte sie an ihren Platz. Rosina blickte von der Arbeit auf und lächelte ihr zu. »Wir nehmen nur ein bisschen Rouge und Wimperntusche«, erklärte Susa, »und Sie brauchen unbedingt einen passenden Lippenstift. Welche Farbe tragen Sie denn normalerweise?«

Ja, welche, überlegte die Signora. War Bitter ein Farbton?

»Ich habe mich schon so lange nicht mehr geschminkt, Liebes«, sagte sie zärtlich und betrachtete Susas Werk in deren Puderdose.

»Jetzt fehlen nur noch hohe Schuhe und ein Friseurbesuch«, entgegnete diese, ehe Signora Petroloni etwas erwidern konnte. »Ich würde sagen, etwas kürzer und blonde Strähnchen, das macht es lebendiger. Gehen Sie in die Via San Massimo, dort arbeitet ein Friseur, der aussieht wie Jake Gyllenhaal.«

»Und der schneidet auch Frauen?«

»Nein, nur Männer. Aber während Sie bedient werden, können Sie den Anblick genießen, und das spart Ihnen die *Gala* und *COSMOPOLITAN* für Wochen!«

»Susa!«, mahnte Carlotta ihre kleine Schwester, die die Anprobe mit Signora Petroloni gerade in eine Pyjamaparty für Schulmädchen verwandelte.

»Aber wenn's doch stimmt«, gab sie unbeirrt zurück. »Das solltest du auch mal probieren, es macht gute Laune.«

»An der es dir ja nie mangelt!« Carlotta sah sie streng an. »Du fängst heute bitte mit dem Zuschnitt an, den wir gestern erarbeitet haben. Ich will von dir ein Probemodell aus Nesselstoff sehen.« Susa nickte ergeben. Alles, nur nichts mehr auftrennen müssen, das Auftrennen hatte sie nun wirklich satt. Ständig musste sie unter den wachsamen Augen ihrer großen Schwester ihre Arbeit verwerfen und von vorne beginnen.

Carlotta begleitete Signora Petroloni in den Verkaufsraum zurück und fragte sie, ob sie das Kostüm gleich anlassen wolle. »Es ist genau das richtige Wetter dafür.«
Die Signora sah zum Bahnhof hinüber. Die Sonne schien, und die Leute trugen ihre Mäntel bereits offen. Warum also nicht? Sie wollte ja sowieso noch Schuhe zum Kostüm aussuchen, und vielleicht – aber wirklich nur vielleicht – bemühte sie sich auch um einen Termin in der Via San Massimo. Jake Gyllenhaal … du meine Güte! Er hatte den Prinzen von Persien gespielt und war für *Brokeback Mountain* für den Oscar nominiert worden. Stahlblaue Augen und ein Lächeln … also ein Lächeln …
Als Signora Petroloni die Schneiderei an diesem Tag verließ, trug sie ihre alten Sachen nur noch in einer Tüte und beschloss, einen gemütlichen Spaziergang zur Galleria San Federico und weiter durch die Via Roma zur Piazza Castello zu machen. Sie wollte sich treiben lassen, einfach mal so in den Tag hinein, und Hirsestangen für ihren Rocco besorgen. Jetzt blickte sie auf und die Straße hinunter. Ein Passant sah in ihre Richtung und lächelte, ein Mann ihres Alters, der ihr bekannt vorkam, mit Trenchcoat und Hut. Sie drehte sich um, um zu sehen, wen er wohl im Auge hatte, doch hinter ihr stand niemand. Da erkannte Signora Petroloni – kurz vor ihrem sechsundfünfzigsten Geburtstag und damit keinesfalls zu spät! –, dass sie zwischen den Ritzen der Pflastersteine nichts finden würde. Das Glück sank nicht auf den Boden, es verbarg sich nicht auf dem Grund allein geleerter Kaffeetassen, nein, das Glück schwebte auf Augenhöhe und begegnete dem, der aufsah.

3

Vincenzo Giordano, Inhaber einer der besten Webereien des Landes, erreichte die Galleria San Federico, in der seine Büroräume lagen, genau um zehn. Sein Butler, den er schon von seinem Vater übernommen hatte, hatte ihn über den Ponte Vittorio Emanuele I in die Turiner Altstadt gebracht, vor der historischen Passage abgesetzt und war dann wieder zurück zur Casa Giordano auf den Hügeln über der Stadt gefahren. Eine tägliche Routine. Als Vincenzo aus der Limousine ausstieg, bemerkte er, dass die Sonne schien. Der graue Flanell, für den er sich heute Morgen entschieden hatte, der mit den Nadelstreifen, war aus weichem Kammgarn gefertigt und fast zu warm. Dafür passte er zu seinen dunklen Haaren und dem gepflegten Vollbart, in dem sich erstes Grau zeigte. Vincenzo war erst neunundvierzig, doch bei den Männern seiner Familie war das üblich. Es verlieh ihnen eine distinguierte Note, wie er fand.

Er hätte auf die Wettervorhersage seines Butlers hören sollen. »Zwölf Grad und steigend, leichter Südwestwind, Signor Vincenzo«, hatte Pasquale beim Frühstück verkündet und ihm etwas verschnupft den frisch aufgebügelten *CORRIERE DELLA SERA* überreicht. Eine antiquierte Marotte, von der er nicht abließ – das Bügeln der Zeitung, um Signor Vincenzo die Druckerschwärze an den Fingern zu ersparen, nicht der Wetterbericht. Der war hilfreich, wenngleich ausufernd. »Die Weidenpollen fliegen«, war Pasquale fortgefahren und hatte sich ein Niesen verkniffen, was seine tiefen Falten noch verstärkte. »Unsäglich, dieses Aufblühen! Das Barometer kündigt einen sonnigen Tag an.«

»Tut es das?«, hatte Vincenzo gefragt, der wie immer sehr

leger im Morgenrock am langen Esstisch im Speisezimmer saß und sich um eine Konversation mit seinem betagten Angestellten bemühte. Pasquale verriet sein Alter nicht, aber er ging auf die siebzig zu. Er war höchstens zehn Jahre jünger als Vincenzos verstorbener Vater. Höchstens!

»Jawohl, das tut es«, hatte Pasquale bestätigt und Tee nachgeschenkt.

Der Frühling also, dachte Vincenzo, ein gnädig wiederkehrender Neubeginn. Vielleicht hatte er ja deshalb heute Morgen zum grauen Nadelstreifen gegriffen, dem letzten Anzug, den sein Schneider vor zehn Jahren für ihn angefertigt hatte, im Winter 2006, als die Olympischen Spiele in Turin ausgetragen worden waren und die Stadt sich neu erfand. Die Metro war gebaut und das aufgegebene und zu einem Hotel, Büro- und Einkaufszentrum umgebaute FIAT-Werk zum Pressezentrum erkoren worden. *Lingotto,* der Barren, mit der legendären Teststrecke auf dem Dach. Diese Bilder gingen um die Welt. Ja, genau das war der graue Nadelstreifen für Vincenzo, eine Reminiszenz an den erneuten Aufbruch seiner Stadt, an ihr wiedererwachtes Selbstbewusstsein und seine Befreiung. Denn in diesem Winter hatte er sich von Beatrice scheiden lassen. Er erinnerte sich noch deutlich an das Gefühl von Selbstbestimmung, Erleichterung und leisem Bedauern. Er verband es mit dem grauen Flanell, einem Zeitzeugen, so wie alle seine Anzüge, die Mäntel und Hüte. Selbst Vincenzos Krawatten erzählten Geschichten. In seinen Schränken konnte er lesen wie andere in ihren Tagebüchern. Er hatte über die Jahre nur wenig aussortiert, aber in letzter Zeit auch kaum mehr etwas hinzugefügt. Seinem Leben war nichts mehr hinzuzufügen, nicht hier.

Eine ältere Dame in einem auffallend gut gearbeiteten maigrünen Kostüm, Pumps und passender Handtasche, die Vincenzo an jemanden erinnerte – nein, er kam nicht drauf –, ging an ihm vorbei und betrat die Galerie. Er erkannte den Stoff sofort, Nummer 2/13096, die Kollektion vom Frühling 2013. Vincenzo kannte alle Stoffe seiner Weberei. Er nickte ihr im Vorbeigehen freundlich zu, und Signora Petroloni strahlte. In den neuen Schuhen fühlte sie sich aufrechter, sie bewegte sich bewusster, ihre Hüften tanzten ein wenig. Das genoss sie so sehr, dass sie heute gar nicht mehr nach Hause wollte. Außerdem hatte sie für elf Uhr einen Friseurtermin bekommen. Signor Giordano war nun schon der zweite Mann, der sie heute angesehen hatte, und im Spiegel dieser Beachtung fiel etwas von ihr ab. Der Mehltau, unter dem Rosen verschwanden, nach deren Duft sich keiner mehr sehnte. Sie wusste nicht genau, woran es lag, am maigrünen Kostüm, das Zauberkräfte zu haben schien, oder an der beschwingten Frühlingsstimmung? Aber etwas passierte an diesem Tag mit ihr, etwas veränderte sich, und vielleicht war es ihr Leben.

Vincenzo verharrte. Die kurze Begegnung hatte ihn aus seinen Gedanken gerissen, aber schon tauchte er wieder ein in die beredte Welt des grauen Flanells. Stoffe waren wie Bilder, wie die Poesie der Farben eines Gustav Klimt oder Friedensreich Hundertwasser. Eine Passion, die Vincenzo von seiner Mutter geerbt hatte, die die Malerei liebte, besonders Stillleben mit Rosen. »Du und deine Kunst«, hatte Beatrice früher oft geklagt und ihr langes braunes Haar in den Nacken geworfen, »ständig diese langweiligen Ausstellungen und dann die Oper … Können wir nicht mal ausgehen wie andere junge Leute, in einen Nachtclub oder eine Bar? Ich komme mir vor, als wäre ich schon hundert!« Ihre Augen, dunkel wie schwarze Vulkanerde, hatten vor Wut und Enttäuschung geglüht, doch selbst da war sie noch schön gewesen. Unnahbar und schön.

Atemberaubende weibliche Kurven und eine Taille, die ein Mann mit starken Händen fast umschließen kann. Sie steht über den Schautisch gebeugt, tief dekolletiert, in einem engen, zu kurzen Kleid. Das harte Licht fällt schräg von oben auf die breite Stoffbahn, die langsam unter ihrem konzentrierten Blick über die Arbeitsfläche gleitet. Beatrice stutzt, sie zieht die Lupe zu sich heran und schaltet eine weitere Lampe ein. Sie greift nach den feinen Nadeln, die die Abteilungsleiterin jeden Morgen ausgibt und abends abgezählt zurückverlangt, damit keine in einem Stück Stoff verbleibt, und näht einen Fadenbruch aus. Dazu beugt sie sich noch tiefer hinab. Das Licht zeichnet Schatten auf ihr schönes Gesicht und den üppigen Busen, ihr runder Po wölbt sich aufreizend, der Rock rutscht höher. Sie ist gerade mal siebzehn und träumt von einem besseren Leben, auf das sie drüben in der Chefetage schon einen Blick geworfen hat. Sie weiß, dass sie heraussticht, und ist doch nur eine von vielen. Eine von achtzig Frauen, die bei Giordano die Stoffe kontrollieren, die aus der Weberei herüberkommen oder von der Veredelung zurück. Beatrice entdeckt ein Webnest, das sie nicht ausbessern kann, und setzt ein Fehlerzeichen. Den Webfehler ihres Lebens verbirgt sie.

Die Giordanos führten ihren Betrieb in Valle Masso, einem kleinen Ort zwischen Mailand und Turin, jetzt schon in fünfter Generation, und wie Ermenegildo Zegna, Loro Piana oder REDA gehörten auch sie zu den Großen. Sie alle verdankten ihren Wohlstand dem klaren weichen Wasser, das aus den nahen Bergen kam und ihre Wollmühlen und Webereien speiste; Wasser, mit dem die frische, scharf riechende Schafwolle gewaschen wurde, um das Wollwachs abzuscheiden; Wasser, das zum Färben unabdingbar war und mehr noch für die Veredelung der fertigen Stoffe, die frisch vom

Webstuhl erst einmal wie garstige, spröde Lumpen daherkamen. Hundert Arbeitsschritte waren es vom Fließ über das gesponnene Garn bis hin zum geschmeidig schimmernden Tuch.

Vincenzo, der in der Weberei seiner Familie seine Ausbildung gemacht und im nahen Turin Betriebswirtschaft studiert hatte, hätte überall aushelfen können. Er hatte unter der Regie seines Vaters den Rohstoffeinkauf abgewickelt und schon früh Verhandlungen mit internationalen Einkäufern geführt, denn er war von Anfang an dazu bestimmt gewesen, die Geschäftsführung zu übernehmen. Doch anders als sein Vater und dessen Vater vor ihm hätte er lieber in der Designabteilung gearbeitet und neue Muster und Stoffqualitäten entwickelt.

Es war an einem Frühlingstag wie heute gewesen, als Vincenzo Beatrice kennenlernte. Er war damals erst neunzehn und ein Frauenschwarm. Vincenzo war gerade auf dem Weg in die Werkshallen, als sie mit ihrem Rad an ihm vorbeifuhr, in Eile, denn ihre Schicht in der Reparaturabteilung hatte bereits begonnen. Sie sprang ab, drückte ihm ihr Fahrrad in die Hand und rief ihm im Laufen zu, er solle es doch für sie abstellen, als wäre er der Hausmeister oder irgendein Packer und nicht der Sohn des Chefs. Sie lachte, lief, ihr kurzes Kleid schwang im Rhythmus ihrer schnellen Schritte, und ihr schweres Parfum blieb im Hof zurück. Ein dunkler provokanter Duft, der Abenteuer versprach, die sie noch gar nicht kennen konnte.

Vincenzo betrat die Galleria San Federico und erfreute sich am prachtvollen Art déco, den feinen Läden und dem historischen Kino im Erdgeschoss. LUX stand in Leuchtschrift über den zweiflügligen Eingangstüren des Lichtspielhauses. Die hohe gewölbte Glaskonstruktion der Decke, der schwarz-weiße Marmor, Schmiedeeisen, all das erinnerte ihn an die Villa seiner Eltern oberhalb der Weberei, die er mit elf Jahren hatte verlassen müssen. Die Villa und seine Mutter und all die Träume, die sie mit ihm gemeinsam geträumt hatte.

Die Büros der Lanificio lagen im dritten Stock, dort, wo früher die Zeitung *LA STAMPA* ihren Sitz gehabt hatte, die noch heute der Familie der legendären FIAT-Gründer Agnelli gehörte. Ihr letzter großer Herrscher, der »*Avvocato*« Gianni Agnelli, starb vor dreizehn Jahren und mit ihm über hundert Jahre währende erfolgreiche Automobilgeschichte. Die Amerikaner schluckten damals die *Fabbrica Italiana Automobili Torino*, kurz FIAT, und den Nationalstolz gleich mit. Schwache Erben läuteten eben den Untergang ein, dachte Vincenzo betrübt und blickte zum Feinkostladen hinüber, wo er die Dame im grünen Kostüm wiederentdeckte. Sie stand vor der Auslage und verkörperte den Frühling mit femininer Eleganz. Dagegen würden die Männer nun bald wieder mit unkultivierten T-Shirts das Stadtbild prägen und baumwollenen Schals statt Krawatten. Der Turiner Frühling schlug sich in schlampigen Bermudas nieder und unsäglichen Socken in Sandalen. Die einstige Modehauptstadt Italiens war in der Masse betrachtet kein textiles Eldorado, lediglich alte Männer kleideten sich hier mit Würde, Geschäftsleute und schwule Pärchen. Und natürlich die Verkäuferinnen und Verkäufer der extravaganten Couture, die der gelangweilten Kundschaft zeigten, wie man sich mit einer kleinen Unsumme neu erfinden konnte.

Vincenzo ging am Pförtner vorbei, grüßte und schlüpfte schon im Treppenhaus aus seinem Mantel. Ohne Zweifel, es wurde Frühling in Turin.

4

Ein Gesamtkunstwerk in zartem Rosé: Das eng anliegende Kleid mit blassem Rosenmuster hatte Flügelärmel, einen goldfarbenen Schalkragen und Gürtel, und es gewährte tiefe Einblicke. Mimi Calma trug eine Korsage darunter, um Haltung zu bewahren. In ihrem aufgesteckten blonden Haar – die wenigen grauen vertuschte sie erfolgreich – saß eine riesige Blüte, ein Fascinator mit Strasssteinen. Ihr Make-up nahm die Farben wieder auf und gipfelte in leuchtend rosa Lippenstift und falschen Wimpern. Für Mimi hätte sich jederzeit der Vorhang heben und der Blick eines Mannes auf sie fallen können. Publikum, sie brauchte es so sehr, ohne existierte sie nur halb, der Applaus war ihr Leben. Vom ersten Morgenlicht bis zum Verlöschen der herabgebrannten Kerzen war er die Quelle ihrer Kreativität und Lebensfreude – der Applaus und ihre Kinder. Derzeit zollte ihn ihr ein Bass der *La Traviata,* dem sie auf der Probebühne begegnet war, als sie die Violetta zur Anprobe abgeholt hatte. Drei Monate hatte die Schneiderei des Regio an deren Kleid für den ersten Akt gearbeitet. Der Rock war aus einer so irrwitzigen Menge Seidensatin und Musselin gefertigt, dass jede Bewegung der Sopranistin fantastische Formen erschuf, flüchtige Skulpturen, die die Fantasie beflügelten und gleich wieder verschwanden. Wenn sie stillstand und die gewaltige Saumweite um ihre Beine drapierte, sah es so aus, als wüchse sie förmlich aus dem opulenten Kleid heraus und verschmölze mit seinen changierenden Farben. Der blutrote Rock ging fließend in ein puderfarbenes Mieder über, das dem zarten Hautton nachempfunden war. Heute gab Mimi letzte Anweisungen und kümmerte sich dann um die Fertigstellung der Kostüme für den Chor. Diese *La Traviata* ließ ihr Herz höherschlagen, denn sie war keine jener zeitgenössischen Interpretationen in Straßenkleidern, die Mimi lediglich für einen verschenkten Auftritt hielt. Nichts konnte sie mehr verdrießen als falsch verstandener Purismus. Und sie liebte das Abstrakte, Kostüme, die an keine Zeit gebunden waren, die die Rollen in Farbe und Form ausdrückten. Eine Hülle für den Klang und die großen Gefühle, die an der Oper immer etwas monumentaler waren als anderswo und sich über Oktaven erstreckten.

»Gehst du in die Kantine, Mimi?«, fragte Gino sie. Der langjährige Bühnenschlosser stand in der Tür der Damenschneiderei und ließ das vertraute Gewühl auf sich wirken – die großen Tische mit Stoffen, auf die mit Schneiderkreide Linien wie Landkarten aufgemalt waren; unzählige Schnittvorlagen, die auf Drahtbügeln an Garderobenständern hingen, ein raschelnder Wald aus Papier; Nähgarne, die auf Garnrollenhaltern die Wände schmückten, und Schneiderpuppen in den schmalen Durchgängen zwischen den Bügelstationen und Arbeitsplätzen der Näherinnen an der langen Fensterfront. Die Damenschneiderei befand sich im zweiten Stock der Gebäudezeile zur Piazza Castello, dem einzigen Teil der Oper, der nach dem Brand von 1936 erhalten geblieben war. Mimi und ihre Damen hatten eine wunderbare Aussicht auf die Rückseite des Palazzo Madama in schönstem Historismus, während die Herren in einem Nachbarhaus gegenüber dem Künstlereingang untergebracht worden waren. Man munkelte, dass es bei der Vergabe der Räume nicht mit rechten Dingen zugegangen sei. Eine gewisse Dame habe sich im wahrsten Sinne des Wortes »nach oben geschlafen«, doch Mimis Kolleginnen ließen ihren kollektiven Aufstieg allesamt unkommentiert.

Mimi sah Gino an, und ihre schweren Wimpern klimperten.

Sie flirtete mit ihm nur aus Gewohnheit, denn Gino war lediglich ein Freund. Ein Freund fürs Leben, mit Höhen und Tiefen, doch Letztere kostete sie nie unnötig aus. Schmerz war für sie nur ein gefräßiges Tier, das einging, sobald man es nicht mehr fütterte, Leugnen ein probates Mittel zur Verdrängung. Die Wahrheit schien Mimi stets überbewertet, sie komplizierte die Dinge doch nur.

»Ich muss den Nachlass meines Bruders regeln«, sagt Gino und setzt sich mit fassungslosem Blick zu Mimi an den Bühnenrand über dem Orchestergraben. Der Zuschauerraum wölbt sich vor ihm wie ein riesiger roter Walfischbauch mit weißen Rippen, den Seitenwänden der Logen. Seit er vom Tod seines Bruders weiß, fühlt Gino sich wie Jona, den der maritime Riese verschluckt hat, abgeschnitten von der Welt. Bèp hat vor Jahren die Buntweberei der Familie übernommen, die Cotonificio Occelli nahe dem Ortsausgang von Valle Masso. Sie produziert einfache Baumwollstoffe, Tischwäsche und Futterstoffe für Regenzeug. Ein heruntergekommener Betrieb mit uralten Webstühlen. Gino hat damals ein anderes Leben gerufen, die Musik und die Liebe, die unerwidert bleibt.
»Wie ist das nur passiert?«, fragt Mimi ihn jetzt.
»Es war ein Unfall«, erwidert Gino. »Bèp ist oben in den Bergen von der Straße abgekommen und war sofort tot, mit vierzig Jahren. Wie kann so was sein?«
»Erbst du die Weberei?«, will Mimi wissen, und Gino schüttelt den Kopf. Er schweigt. Und zittert. »Soll ich dich zur Beerdigung begleiten?«, wagt sie einen weiteren Versuch, mit ihm zu reden.
Und er antwortet: »Denkst du nicht, dass du ihm das schuldig bist?!« Er ist so wütend. »Dass du ihr das schuldig bist, Mimi?« Er spuckt ihren Namen ins Parkett. Sie erschrickt,

hat ihn noch nie so erlebt. Da weiß sie, dass Bèp es ihm erzählt hat. »Du musst es Carlotta sagen«, fordert er.
»Warum?«, fragt sie ängstlich und nagt nervös an einem lackierten Fingernagel.
»Weil sie nächstes Jahr, wenn sie volljährig wird, den Betrieb von ihm erbt«, erklärt er und steht auf. »Sie wird nicht viel Freude daran haben.«
Mimi denkt an ihr großes Mädchen. Carlotta kümmert sich um Rosina und Susa, als wären es ihre eigenen Kinder. Verdammt, flucht sie, wer braucht schon die Wahrheit? Sie macht nichts besser.

»Nein, ich habe heute Mittag einen Termin«, antwortete Mimi Gino und betrachtete ihn im Türrahmen der Schneiderei. Sie kannte ihn nun schon ihr halbes Leben lang. Er war ans Regio gekommen, als sie gerade dort ausgelernt hatte. Sein Haar war heute noch genauso dunkel wie damals, aber seine Augen hatten sich verändert. Sie waren grün wie die Landschaft im Südwesten des Piemont, zwischen den Weinbergen und Kirschplantagen, und sprühten vor Lebensfreude. Die hatte Gino erst hier entdeckt, in Turin, bei ihr und den Mädchen.
Viele der Kolleginnen schwärmten für ihn, denn Gino konnte schwere Maschinen reparieren, Partituren lesen, und er sprach manchmal noch die Sprache seiner Väter. Das *piemontèisa* war dem Italienischen und Französischen ähnlich, vermischt mit englischen Wörtern, Arabisch und dem alten Maya.
»Wollen wir am Abend einen *aperitivo* zusammen nehmen?«, bot Mimi ihm an. Er sah schon wieder so enttäuscht aus.
»Da kann ich nicht, heute ist Dienstag.« Gino nickte den Damen an ihren Nähmaschinen zu und ging bedrückt zurück an die Arbeit.
»Sie brechen ihm das Herz, Signora Calma«, stellte eine der

Schneiderinnen fest und seufzte. Das hab ich doch längst, dachte Mimi und spürte ein unbekanntes Gefühl in sich aufsteigen. War das etwa Bedauern? Um Himmels willen, sie war Anfang fünfzig, da blieb ihr doch keine Zeit mehr, um etwas zu bedauern! Solche Gedanken gruben sich flugs in die Gesichtszüge ein und machten unschöne Falten, die der beste Maskenbildner nicht vertuschen konnte.
Mimi sah auf die Uhr, sie musste los. Sie war mit ihrem neuen Liebhaber zum Essen verabredet. Wahrscheinlich musste sie die Unterhaltung wieder alleine bestreiten. Der Mann sah wirklich gut aus, aber er war verdammt schweigsam, was daran lag, dass er Este war. Sie stöckelte über die Piazza Castello, auf der die ersten Skater des Jahres ihre Sprünge übten. Eine Dame in einem maigrünen Kostüm saß auf einer Bank in der Sonne und sah ihnen zu. Mimi gefiel ihre Frisur, ein frischer moderner Schnitt, kinnlang. Die dauergewellten und artig auf Wickler gedrehten Einheitsfrisuren vieler Frauen ab fünfzig fand sie grauenhaft.
Signora Petroloni strich sich eine Strähne aus dem Gesicht und schmunzelte. Sie hatte alibihalber in den Frauenzeitschriften geblättert, die die Friseurin ihr hingelegt hatte, und den jungen Mann, von dem die kleine Signorina Calma erzählt hatte, bewundert. Er war ohne Zweifel ein Blickfang. Sie hatte ihre Augen kaum abwenden können, als käme sie gerade frisch aus einem Mädcheninternat. Jetzt fühlte sie sich runderneuert, innerlich wie äußerlich. Sie sah in die Tüte mit ihren alten Sachen, gab sich einen Ruck, stand auf und steckte sie beherzt in den nächsten Mülleimer. In diese Enge wollte sie nicht mehr zurück. In Kleidung, die Problemzonen erst zum Problem machte, weil sie an den Schenkeln kniff und anklagend über dem Busen schlapperte. In die Unscheinbarkeit, die sie wie unter einem Tarnumhang hatte verschwinden lassen. Vor aller Augen!

Mimi überlegte, die Dame anzusprechen, sie zu fragen, wo sie das Kostüm hatte arbeiten lassen, aber sie musste weiter. Am Palazzo Carignano wurde sie noch einmal langsamer, weil sie einen äußerst attraktiven Herrn in grauen Nadelstreifen registrierte, der vor dem Del Cambio, dem besten Restaurant der Stadt, stand und klingelte. Sie hätte zu gerne seinen Blick eingefangen, einen kurzen Moment im Scheinwerferlicht seiner Bewunderung verbracht, doch er beachtete sie nicht. »Giordano, zwölf Uhr dreißig« sagte er in die messingpolierte Sprechanlage, und der Türsummer erklang. Das waren die wirklich großen Auftritte, dachte Mimi da bei sich und setzte ihren Weg fort. Die würde sie immer nur aus dem Stehparkett miterleben.

5

Als der Tag, an dem der Frühling nach Turin gekommen war, zu Ende ging, traf sich die Stadt zum *aperitivo*. Heute saßen die meisten Turiner draußen, eng an eng, unter den langen Arkaden oder auf den gepflegten Plätzen – der weiten Piazza Vittorio Veneto, direkt am Po, umgeben von gepflegten Adelspalästen; der Piazza Castello, an der sich die Sehenswürdigkeiten nur so drängelten, allen voran die Oper und der Königspalast; oder im »Wohnzimmer der Stadt«, der Piazza San Carlo. In ihrer Mitte thronte das Reiterstandbild des Herzogs Emanuele Filiberto von Savoyen, der im 16. Jahrhundert die Hauptstadt seines Herzogtums von Chambéry nach Turin verlegt, Italienisch als Amtssprache durchgesetzt und das Grabtuch Jesu in den Turiner Dom überführt hatte. Ein guter Grund, der *cavallo di bronzo,* wie die meisten Filibertos imposante Statue nannten, mit einem trockenen Cinzano oder Martini kurz zuzuprosten, denn der Wermut hatte in dieser Stadt Tradition. Ein feinsinniger Turiner Weinhändler hatte ihn vor über zweihundert Jahren für die zarten Gaumen feiner Damen kreiert.

Vincenzo Giordano und sein Freund Gino Occelli trafen sich immer am ersten Dienstag im Monat im Caffè Mulassano, ein winziges Jugendstiljuwel mit rosafarbenem Marmortresen und einer ungewöhnlichen Kassettendecke, eine Einheit mit der aufwendigen dunklen Ladenfassade. Hier kamen in ständigem Wechsel den ganzen Tag über Menschen herein, bestellten einen Espresso, plauderten kurz und gingen dann wieder.
Gino, den sein Freund noch immer bei seinem Taufnamen Giòrs nannte, war mit Vincenzo in Valle Masso in die *scuola primaria* gegangen. In ihrer Freizeit hatten die Jungen auf dem Hauptplatz mit den Kindern der Spinner, Färber und anderen Weber des Ortes Fußball gespielt oder waren gemeinsam mit Ginos älterem Bruder Bèp durch die kleine Buntweberei ihres Vaters gestromert. Die Cotonificio Occelli stand in Hanglage, direkt an der Strona di Masso, und war ursprünglich mit Wasserkraft betrieben worden. Bei hohem Wasserstand drehte sich das alte Treibrad noch immer und ächzte bedrohlich, doch längst lief seine Kraft ins Leere. Die stillgelegte Antriebswelle im Keller verstaubte. Schon damals, in den Siebzigerjahren des letzten Jahrhunderts, gab es in der Cotonificio baufällige Bereiche. Die feuchten Räume auf der Ostseite etwa, in denen zwei Jacquardwebstühle überdauerten. Ihr Holz hatte sich verzogen, die Weblitzen Rost angesetzt. Ein demontierter Warenbaum stützte einen angefaulten Türstock, denn das Dach in diesem Teil des Hauses war undicht. Und auch der schmale Balkon vor dem Vorraum zum Websaal, der zehn Meter

über dem Fluss schwebte, war marode. Er hätte jederzeit abstürzen können.

»Du darfst da nicht drauf, Bèp!«, sagt Gino und hat plötzlich Angst. Sein Bruder ist heimlich hinausgegangen und lehnt sich über das kaputte Geländer. Er tut so, als würde er sich in den Fluss stürzen, und ruft aus Spaß um Hilfe. Er weiß, dass der Vater ihn nicht hört. Die brüllend lauten Revolverwebstühle im Saal nebenan schießen mit zweihundertfünfzig Stundenkilometern ihre Schiffchen durch die Kette, und dazwischen schlägt der Webkamm an und lässt Hunderte von Litzen scheppern, als würde es Nägel regnen. Zwanzig elektrobetriebene Maschinen in einem nach Öl stinkenden, von Faserstaub vernebelten Saal. Wenn der alte Occelli dort einen der Jungen entdeckt, gibt es gleich eine kräftige Ohrfeige, weil es tödlich enden kann, wenn eines der hölzernen Schiffchen mit den metallenen Spitzen übers Webfach hinausschießt. Jede Weberei hat ihre Einschusslöcher in den Wänden. Bèp turnt auf dem verbotenen Balkon. Der Beton ist bröckelig, abgefallener Putz liegt herum. Vincenzo und Gino stehen in der Tür und versuchen, von dort aus nach ihm zu greifen. Da löst sich das Geländer aus seiner Verankerung, der Boden bricht weg, und Bèp stürzt in die Tiefe. Er fällt vor den Augen der anderen, schreit und klammert sich im letzten Moment an die Abbruchkante. Der Fluss unter ihm tost, die Webstühle donnern in ohrenbetäubendem Rhythmus, Bèp schreit und weint. Vincenzo und Gino stehen wie angewurzelt da. Dann legt sich Vincenzo auf den Bauch, rutscht mutig hinaus, umfasst Bèps Handgelenke, und Gino verkeilt sich im Türrahmen und hält Vincenzos Füße fest. Der Lärm, die Todesangst, ihre Hilflosigkeit – Vincenzo bricht Bèp fast die Knochen, so fest hält er ihn. Und er ruft: »Du wirst nicht fallen, Bèp, hörst du! Ich zieh dich hoch!«

Bèp starrt ihn an. Er glaubt den Aufprall schon zu spüren, gleich stürzt er ins Treibrad hinein. Doch da greift Gino auch noch nach ihm, und Vincenzo und er ziehen ihn gemeinsam hoch und ins schützende Zimmer zurück. Dort bleiben die Jungen liegen. Ihr Herzschlag und das Stampfen der Webstühle sind eins. Bèps Hände bluten, Vincenzos Hemd ist zerrissen, die Haut an seinen Unterarmen abgeschürft, die Hose völlig verdreckt.

Als Vincenzo an diesem Tag zu Hause reinschleicht, läuft er seinen Eltern in die Arme.

»Um Gottes willen, was ist passiert, Enzo?«, fragt seine Mutter besorgt und zieht ihn an sich. Er muss es erzählen. »Lass mich das erst mal versorgen«, sagt sie mit einem Blick auf das getrocknete Blut und küsst ihn vorsichtig. Ihre Lippen sind Schmetterlingsflügel, blass und kühl.

»Da wird gar nichts versorgt!«, donnert sein Vater Vittore. Er ist wütend und gibt sich selten die Mühe, seinen Zorn zu verbergen. Seine Windhunde ducken sich und klemmen ihre Ruten zwischen die Hinterläufe. Vittore zieht Vincenzo am Ohr in sein Zimmer und stößt ihn dort aufs Bett. »Kein Abendessen!«, sagt er mit bebender Stimme. »Und das nächste Mal, wenn du dir so eine Dummheit leistest, bekommst du von mir eine Tracht Prügel, die sich gewaschen hat!« Er wirft die Tür zu und sperrt sie ab. Dann streichelt Vittore seine Hunde, damit sie sich nicht ängstigen, und tätschelt ihnen liebevoll die schmalen Köpfe. Piccolo Levriero Italiano, Italienisches Windspiel – eine edle Rasse, und sie haben einen wirklich feinen Charakter.

»Enzo«, begrüßte Gino seinen Freund und zog den Stuhl am Tisch zurück, dass er sich setzen konnte. Das Mulassano war gut besucht. »Ich dachte, wir bleiben draußen und nutzen das schöne Wetter. Ist es dir recht?«

»Ich habe meinen Mantel dabei, kein Problem«, erwiderte Vincenzo, nahm Platz und orderte einen Negroni – Gin, roter Wermut und Campari auf Eis. Gino hatte bereits seinen üblichen Punt e Mes vor sich stehen, aber er wartete, bis der Kellner die *tramezzini* brachte und Vincenzos *aperitivo,* damit sie anstoßen konnten.

»Salute!«

»Salute, Giòrs«, sagte Vincenzo und trank einen Schluck. Sofort kroch ihm die Wärme des Alkohols in die Glieder, und der Arbeitstag fiel von ihm ab – die zähen Verhandlungen mit Dornier, bei denen er neue Luftdüsenwebmaschinen bestellt hatte, eine gewaltige Investition, die Sitzung mit den Produktionsleitern zum Arbeitsschutz, Probleme im Vertrieb und die Berichte seines Sohnes über die angestrebte Expansion der Firma. Daniele verlegte die Turiner Büros nach Mailand und plante, in den Couture-Markt einzusteigen, eine eigene Herrenlinie auf den Markt zu bringen, wie Zegna sie hatte oder Loro Piana, um konkurrenzfähig zu bleiben. Er dachte an die Gründung einer Tochtergesellschaft für das Geschäftsfeld Konfektion in Form einer GmbH, eine Absicherung für die Lanificio als Mutterunternehmen, falls der neue Geschäftsbereich in die roten Zahlen käme. Daniele war der Betriebswirt, den Vincenzos Vater sich immer für das Familienunternehmen gewünscht hatte, er führte die Linie erfolgreicher Unternehmer fort. Und deshalb würde Vincenzo ihm auch im Herbst die Geschäftsleitung übergeben, an Danieles dreißigstem Geburtstag, das war beschlossen. Vincenzo wollte danach das Land verlassen, den Kontinent und nicht zurückblicken. Er wollte auf die Schaffarm der Giordanos auf der Südinsel Neuseelands auswandern und das Landleben genießen. Noch einmal von vorne anfangen und das Leben, das sein Vater ihm aufgezwungen hatte, zurücklassen.

»Harter Tag?«, fragte Gino. Er knöpfte seine Windjacke zu und schlug den Kragen hoch.
»Das alles freut mich nicht, Giòrs«, antwortete Vincenzo, und sein Blick wurde müde. »Ich kenne meine Arbeiter nicht, habe keinen Anteil an der Entwicklung der neuen Muster, ich kann nicht mal mehr reisen und den Rohstoffeinkauf organisieren. Ich sitze nur noch hinter diesem vermaledeiten antiquierten Schreibtisch und vermisse unsere Streifzüge durch die Lagerhallen.«
Gino nahm einen Schluck Wermut und klopfte seinem Freund aufmunternd auf die Schulter. »Wir tragen jetzt eben Verantwortung, das bringt ein paar Einschränkungen mit sich.«
Vincenzo betrachtete Gino und sah das Leuchten in seinen sanften grünen Augen, das Lächeln schmaler Lippen, das vertraute, markante Gesicht. Sein dunkles Haar war noch voll und seine Lebenslust ungebrochen. Nach Einschränkungen sah er nicht aus. »Mein Herz ist leer«, gestand Vincenzo. »Ich habe zu viel aufgegeben und mich dabei verloren.«
»Aber das Selbstmitleid ist ungebrochen, ja?« Gino lachte und klopfte ihm erneut auf die Schulter. »Du brauchst eine Frau, alter Freund, das ist alles«, sagte er dann nicht zum ersten Mal. »Du musst dich einfach nur verlieben und mal wieder etwas Spaß haben. Verdammt, das kann doch wohl nicht so schwer sein!«
»Ach, denkst du?« Vincenzo lachte verhalten. »Deshalb bist *du* auch verheiratet und hast einen Stall voller Kinder.«
»Meine Stunde kommt noch. Ich habe die Richtige immerhin schon gefunden und sehe sie jeden Tag. Und eine Ziehtochter hab ich auch, drei sogar, irgendwie.«
»Das erzählst du mir seit dreißig Jahren, und genauso lange weist sie dich zurück«, sagte Vincenzo, der die Ausdauer seines Freundes nicht verstand. Wie oft konnte ein Mann alleine

schlafen gehen und wissen, dass die Geliebte in den Armen eines anderen lag?
»A m'anteressa nen«, erwiderte Gino auf Piemontesisch, »das kümmert mich nicht, Enzo. Sie ist eben wie ein Bergbach, sie sprudelt und fließt …«, Gino suchte nach den richtigen Worten, »ganz ungezähmt.« Vincenzo war an Beatrice erinnert, aber das war lange her. »Sie bleibt immer jung«, schwärmte Gino von der einzigen Frau in seinem Leben, »und Mimi ist … neugierig.«
»Und du stur«, erklärte Vincenzo trocken. »Das ist keine Liebe, Giòrs, das ist nur der Starrsinn deiner Ahnen, der dir im Leib steckt.« Die Beharrlichkeit der Menschen aus den engen Tälern, die im Schatten der Berge dem Boden das Nötigste abrangen – Vincenzo zog seinen Freund gerne damit auf. Bèp und der alte Occelli waren genauso gewesen, aber anders als Gino auch wortkarg und verschlossen. Überhaupt war Gino von Anfang an ein Fremder in seiner Familie, genau wie Vincenzo. Das war es, was sie verband. Ginos Vater hatte seinen Sohn einen Träumer genannt und ihm verboten, ein Musikinstrument zu lernen. Dass er in die Stadt gegangen war, um dort zu arbeiten, und obendrein noch an der Oper, war ihm so peinlich gewesen, dass er es in Valle Masso niemandem erzählt hatte.
In diesem Moment setzte sich die ältere Dame an den Nebentisch, die Vincenzo schon am Vormittag so seltsam bekannt vorgekommen war. Sie trug noch immer das maigrüne Kostüm, aber jetzt einen taillierten Mantel darüber, der offen stand, und nickte ihm zu. Gino folgte dem Blick seines Freundes und hob fragend die Augenbrauen, doch Vincenzo reagierte nicht darauf.
Ein Mann begrüßte die Dame, setzte sich zu ihr, nahm seinen Hut ab und fragte sie, was er bestellen dürfe. Sie wählte Weißwein, und er schloss sich an. Einen Moment lang fragte

sich Vincenzo, ob es wirklich dieselbe Frau war, die heute Morgen vor ihm in die Galleria San Federico gegangen war, denn irgendetwas an ihr hatte sich verändert. Ihre Frisur womöglich, aber das allein konnte es nicht sein. Nein, es lag an ihrem Blick, beschloss er, der Art, wie sie den Mann an ihrem Tisch ansah und mit ihm flirtete. Sie schienen sich noch nicht lange zu kennen, sie siezten einander. Vincenzo dachte an eine Blume, eine Rose, die aufblühte. Und während er weiter mit Gino über das Leben philosophierte, *tramezzini* aß, Wermut trank und zwischendurch auch schwieg, denn die beiden brauchten nicht viele Worte, um sich zu verstehen, studierte er die Frau aus dem Augenwinkel. Er konnte nicht sagen, was mit ihr über den Tag passiert war, eine Art Metamorphose womöglich. *La Cenerentola* kam ihm in den Sinn, die Oper von Gioachino Rossini, zweiter Akt, zehnte Szene, der Freudenchor sang im Palast. Vincenzo war ein großer Freund der Oper. Als Mitglied des Fördervereins verdankte Gino ihm seine Anstellung. Jetzt betrachtete er die Dame ganz offen, denn diese Verwandlung hatte etwas mit ihm zu tun, das spürte er deutlich – es war wie ein Erwachen nach einem sehr langen Schlaf.

»Ich konnte es kaum erwarten, Sie wiederzusehen«, sagte der Herr am Nebentisch jetzt zu Signora Petroloni, und sie errötete. Er hatte sie am Vormittag vor der Schneiderei angelächelt, sich höflich vorgestellt und sie für den Abend zum *aperitivo* eingeladen. Er war der Inhaber der Zoohandlung in der Via Mazzini, in der sie seit Jahren einkaufte, früher für ihren Hund und jetzt für ihren Wellensittich – den sie heute ganz vergessen hatte. Doch der nette Herr mit dem Blick eines Welpen hatte sich an ihre Einkäufe in seinem Laden erinnert und ihr Hirsestangen mitgebracht.

6

Die Nacht brach auf der Piazza Vittorio Veneto, Hausnummer 17, zwischen schroffen Felswänden an – inmitten einer lauten Pappmascheehöhle, überwuchert von falschen Farnen und Blattwerk. Das fahle grüne Licht ließ jeden Gast des Clorophilla erbleichen.

Rosina ging abends nur selten aus, das hatte sie mit ihrer großen Schwester gemeinsam, und wenn, dann bevorzugte sie das Quadrilatero Romano, das älteste Viertel der Stadt, mit seinem Pariser Charme. Hier gab es unzählige Bars, *ristoranti* und *pastifici,* um dem *movida* zu frönen, der typischen Turiner Tour durch die Lokale, die alle nah beieinanderlagen. Das Publikum vermischte sich draußen auf den Straßen und mit ihm die Musik. Niemand blieb einer Adresse treu, immer wurde es später als geplant, und an den Wochenenden ging Turin überhaupt nicht schlafen.

Rosina bereitete sich neben ihrer Arbeit in der Schneiderei als Privatistin auf ihre Abiturprüfung vor, die sie an einer staatlichen Oberschule ablegen wollte, um am Istituto Europeo di Design Modedesign zu studieren. Sie arbeitete bereits an einer eigenen Kollektion mit »Turiner-Style« – junge Mode, die der Welt etwas über ihre Stadt erzählen sollte. Das nahe Mailand reizte Rosina nicht, die alteingesessenen Nobellabel fand sie eintönig und konform. Heute, wo jeder alles tragen konnte, stach nichts mehr heraus. Rosina mochte Hosen, Herrenhemden, flache Schuhe und den Fedora, den klassischen Hut der Leinwandhelden Bogart und Brando – ein wenig Retro-Coolness und ein Hauch von Nostalgie. Dieser androgyne, puristische Stil kontrastierte mit ihrer zierlichen Figur und dem hübschen Gesicht, den blonden

Haaren und ihrem ruhigen blauen Blick. Ihr Look war ein klarer Gegenentwurf zu den exaltierten Outfits ihrer Mutter, die Rosina schrecklich fand. Carlottas Interpretationen der Fünfziger- und Sechzigerjahre, die so feminin an ihr wirkten, konnte sie da schon mehr abgewinnen, und manchmal sogar Susas Outfits, die sie jeweils in Anlehnung an ihren aktuellen Lieblingsfilm aussuchte. Susa war ein Cineast und entdeckte überall berühmte Schauspieler, in der Metro, im Supermarkt oder im Park. Würde das Filmkunstmuseum in der Mole Antonelliana, dem Wahrzeichen der Stadt, das ursprünglich als Synagoge geplant worden war, nicht nur die nationale Filmgeschichte beleuchten, sondern auch Requisiten, Kulissen und Kostüme amerikanischer Blockbuster zeigen, Susa würde dort wohnen.

»Ich gehe noch kurz ins Clorophilla«, hatte sie gegen halb acht zu Carlotta und Rosina gesagt, als die drei endlich die Schneiderei absperrten.

»Unter der Woche noch ausgehen?«, fragte Carlotta vorwurfsvoll und bediente ihre Mutterrolle. Solange Susa ihre Ausbildung bei ihr machte, fühlte sie sich verantwortlich. Aber danach würde Carlotta ihre Freiheit genießen, die Schneiderei auch mal von den Schwestern führen lassen und endlich ihr Reisetagebuch in die Tat umsetzen. Sie kam sich schon vor wie eine Mutter, deren Kinder bald das Nest verließen, nur ohne die Verlustängste.

»Bitte, nur bis elf, Marco kommt«, bettelte Susa und verdrehte ihre braunen Rehaugen. Abgesehen von ihrer Augenfarbe, sahen Susa und Rosina sich ähnlich. Gut möglich, dass sie denselben Vater hatten, einen Regisseur auf Durchreise, einen Bühnentechniker oder Heldentenor.

»Marco wer?«, fragte Carlotta nach.

»Marco … Polo …?«, antwortete Susa mit fragendem Unterton, als wäre diese Antwort nur eine von vielen möglichen.

»Und wer soll das sein?«, wollte Carlotta wissen.
»Mein Freund.«
»Seit wann?«
»Seit zwei Monaten, und es ist was Ernstes. Also lass mich bitte gehen, ich bin doch kein Kind mehr!«, erklärte Susa. Carlotta sah Rosina an, die sich auf einen Abend auf dem Sofa mit ihren Schulbüchern eingestellt hatte.
»Na gut, ich komme mit«, gab sie nach, »damit du nicht die Zeit vergisst und wir endlich wissen, mit wem du neuerdings immer verschwindest.«
Und so war Rosina an diesem Abend unfreiwillig in der engen Cocktailbar an der Piazza Vittorio Veneto nahe dem Po gelandet, deren ausschließlich junges Publikum hier nur Anlauf nahm, um später an den *Murazzi,* den Kaimauern, weiterzufeiern. In den alten Schiffsbaracken entlang des Flusses gab es Diskotheken, angesagte Clubs, Lounge-Bars und Livemusik. Überall mixten die DJs in voller Lautstärke. Susa verbrachte dort ihre Wochenenden.
»Wo ist er denn nun, dein geheimnisvoller Freund?«, rief Rosina ihrer Schwester zu. Der Lautstärkepegel war viel zu hoch, und dass hier keiner umfiel, war nur dem Gedränge geschuldet.
»Dahinten!« Susa deutete auf eine Gruppe aufgeregter Mädchen, die einen jungen Mann Mitte zwanzig an der Bar umringten. Es sah aus, als würde er Papierservietten signieren. Susa winkte, rief »Hey, Marco!«, und er warf ihr einen Blick zu, der auch allen anderen Frauen in der Bar das Herz stillstehen ließ. Hellbraunes, mittellanges Haar, helle Augen – die Farbe war im grünen Licht nicht genau zu bestimmen –, ein Dreitagebart und kräftige Schultern.
»Was macht er beruflich?«, fragte Rosina. »Ist er irgendwie berühmt?«
»Na, er ist Marco Polo!«

»Ja, sicher, venezianischer Händler, unterwegs zum großen Kublai Khan«, scherzte Rosina und bemerkte, dass Susa sich, bevor sie losgegangen waren, in der Schneiderei noch umgezogen hatte. Sie trug jetzt eine blaue Seidenbluse mit Drachenmotiv und kurzem Stehkragen.
In diesem Moment ging die Tür auf, und ein Pärchen betrat das Clorophilla. Rosina und Susa kannten die beiden aus der Regenbogenpresse – Daniele Giordano und seine aktuelle Flamme Luisa Scalfari, eine kühle Blondine mit perfekten Maßen, Dessous-Model. Der junge Giordano liebte schöne Frauen, Jetset-Partys, kurze Liebschaften und schnelle Autos. In seinem schmal geschnittenen Business-Anzug machte er dem Familienunternehmen alle Ehre. Er sah verdammt gut aus, nach Abenteuer und knisternder Erotik. Die Technomusik wummerte unvermindert. Daniele sah zum Tresen hinüber, entdeckte Susas Freund, stutzte kurz und ging mit Luisa zu ihm. Sie unterhielten sich, Daniele bestellte Drinks beim Barkeeper und wandte sich dann seiner Begleiterin zu. Rosina fand ihn eitel, ein Makel, der sich nicht verbergen ließ, er entstellte die schönsten Gesichter.
»Colin Farrell«, sagte Susa laut zu ihrer Schwester, »aber total!«
»Was?«
»Giordano sieht aus wie Farrell!«, rief sie etwas lauter. »Wär der nichts für dich?«
»Spinnst du?«, fragte Rosina zurück. »Da würde ich ja eher noch sie nehmen.« Tatsächlich wäre Rosina die Entscheidung schwergefallen, wären nicht beide derart oberflächlich gewesen, denn sie hatte sich schon einmal in eine Frau verliebt, im letzten Schuljahr, in Barbara Bellini aus der Parallelklasse. Wie oft war sie an der Tür zu ihrem Klassenzimmer stehen geblieben und hatte sie betrachtet. Sie glich Kirschblüten im Frühling, war zart und voller Anfang. Ihr Lachen

hörte Rosina heute noch. Einmal hatte Barbaras Blick Ja gesagt, ja, ich spüre es auch, doch dann war das Schuljahr zu Ende gegangen und sie fort. So hatten sie nie miteinander gesprochen, nur in Gedanken, in ihren Herzen, ihrer Fantasie. Und in dieser Fantasie hatte Rosina Barbara begehrt und sich nicht davor gefürchtet.

Susa kramte in ihrer Tasche. »Trägst du da immer noch Carlottas Post mit dir herum?«, fragte ihre Schwester, die die Briefe sah.

»Mist, ja, hab ich völlig vergessen.« Susa leerte öfter mal den Briefkasten, ehe sie in die gemeinsame Wohnung hinaufging, sortierte die Werbung aus und nahm die Briefe dann mit in ihr Zimmer, weil sie nicht schnell genug ihren Fernseher einschalten konnte. Oder sie deponierte sie im Bad zwischen Schminkutensilien, bis sie im Wäschekorb untertauchten.

»Die schleppst du schon seit vier Tagen mit dir rum! Ist der von der Lanificio Giordano? Das ist vielleicht eine Rechnung für eine Stofflieferung!«

»Soll ich gleich mal rübergehen und ihn danach fragen?«, schlug Susa kokett vor und nahm Daniele ins Visier.

Rosina protestierte. »Das ist Carlottas Post! Und du glaubst doch nicht, dass er jeden Brief kennt, den seine Firma verschickt.«

Susa studierte den Absender. Da stand nur die Turiner Firmenadresse, sonst nichts. Nach einer Rechnung sah es aber nicht aus, die Anschrift war handschriftlich verfasst. Sie hätte zu gerne reingesehen.

»Ich unterschreibe heute keine einzige Serviette mehr«, sagte Marco da neben ihr erschöpft und umarmte sie. Er wurde immer noch von allen angestarrt.

»Was hat der junge Giordano zu dir gesagt?«, fragte Susa ihn.

»Dass er gerade die erste Staffel der Serie gesehen hat und

auf die zweite wartet.« Marco grinste breit, seine Augen leuchteten. Sie waren beinahe türkisfarben, wie Carlottas an manchen Tagen, und um die Pupillen herum erinnerten sie an Bernstein. »Und er wollte meine Telefonnummer, irgendwas Geschäftliches.«

»Wow! Das ist übrigens Rosina«, stellte Susa ihre Schwester vor, »sie ist heute mein Kindermädchen.«

»Hallo. Ich bin Marco«, erwiderte Susas Freund und hielt Rosina die Hand entgegen.

»Ich weiß«, sagte sie so laut wie möglich, »Marco Polo.« Sie lachte, aber er nickte nur zustimmend. Und in diesem Moment wurde Rosina noch bleicher, als sie es im grässlich grünen Licht des Clorophilla ohnehin schon gewesen war, und ihr fiel die neue amerikanische Serie ein, die vor gut einem Jahr überall plakatiert gewesen war – Schlachten und Schwertkämpfe, ein mongolischer Harem, chinesische Prachtentfaltung und endlose Landschaften im Gegenlicht. Sie hatte einen Trailer gesehen und irgendetwas über die Produktion gelesen, von Sets in Malaysia, Kasachstan und Italien, wenn sie sich recht erinnerte. Der Hauptdarsteller war ein junger, bis dato unbekannter Italiener. Sie konnte sich nicht an seinen Namen erinnern. »Du bist …«, stammelte sie jetzt völlig perplex, »du bist wirklich …«

»Marco, ja«, entgegnete ihr der venezianische Händler, und Rosina sah ihn plötzlich hoch zu Pferd vor sich, ganz in Leder gekleidet, den Wind der Steppe im zerzausten Haar. Das konnte doch gar nicht wahr sein! Susa sah doch sonst nur immer überall Doppelgänger!

Als Rosina mit ihrer kleinen Schwester nach Hause fuhr, war die Kirche Gran Madre auf der gegenüberliegenden Seite des Flusses hell erleuchtet, und auch der majestätische Ponte Vittorio Emanuele I strahlte magisch in der sternkla-

ren Nacht. Von Weitem erkannte Rosina Signora Petroloni, die in ihrem maigrünen Kostüm mit offenem Mantel an der Uferpromenade stand. Sie trug hohe Schuhe, und ihr Haar war etwas kürzer – sie musste Jake Gyllenhaal begegnet sein. Rosina sah einen Mann bei ihr, der sich zu ihr hinunterbeugte, seinen Hut abnahm und sie küsste. Susa hätte bestimmt gesagt, dass er wie Liam Neeson aussah, aber Rosina erinnerte er eher an den netten Besitzer der Zoohandlung aus der Via Mazzini gleich neben dem Stoffladen, in dem ihre Mutter oft einkaufte. Dass die Signora, die noch vor wenigen Wochen zur Salzsäule erstarrt war, als Carlotta sie liebevoll mit dem Maßband umschlungen hatte, jetzt im Arm eines Mannes lag, war Kino genug.
Rosina dachte an die Widmung, die ihre große Schwester unter das Futter des maigrünen Rocks gestickt hatte, »Aufsehen!«, ihr Wunsch für die scheue Signora Petroloni, die sich kaum getraut hatte, ihren Blick zu heben. Und sie war glücklich, weil sie spürte, dass auch Ungesagtes seine Kraft entfaltete.

7

Carlotta stand im Websaal der alten Cotonificio Occelli und sah Matilda zu, die an einem der restaurierten Jacquardwebstühle eine Spanische Seide webte. Ein Auftrag des Bistums Roermond in den Niederlanden für die Schatzkammer der Basilika St. Servatius in Maastricht, Repliken nach der Vorlage von Reliquienbeuteln aus dem 13. Jahrhundert, die ausgestellt werden sollten. Die Handweberei, deren Vermieterin Carlotta war, war ein Jahr nach ihrem achtzehnten Geburtstag eingezogen, an dem sie endlich erfahren hatte, wer ihr Vater war.

»Du hast es gewusst?!« Carlotta starrt ihre Mutter ungläubig an und sinkt auf einen Stuhl. »Du hast gewusst, wer mein Vater ist, dass es Ginos Bruder ist, und hast mir nie etwas gesagt?«

Mimi blickt betreten zu Boden. Sie will dieses Gespräch mit ihrer Tochter nicht führen, aber sie muss.

»Natürlich wusste ich, wer dein Vater ist, was denkst du denn?«, versucht sie sich zu verteidigen und wirkt gekränkt.

»Und Gino auch«, sagt Carlotta enttäuscht, »die ganze Zeit!« Sie fühlt seinen Verrat mit gleicher Wucht und kann es kaum glauben. Er ist doch ihr Freund, ihr … Vater. Das hat sie jedenfalls lange gedacht. Sie hat es gehofft.

»Nein, Carlotta, Gino weiß es erst, seit sein Bruder letztes Jahr gestorben ist. Er hat ihm einen Brief hinterlassen und darin seinen Nachlass bestimmt. Die Buntweberei gehört jetzt dir.«

Mimi schämt sich. Die Entscheidung, ihre Mädchen alleine großzuziehen, hat sie nie infrage gestellt. Bis Gino die Wahrheit über sie und Bèp erfahren hat. Er hat sich verraten gefühlt, betrogen. Aber mit wem sie schläft, ist ja wohl immer noch ihre Angelegenheit! Sie hat Gino schließlich nicht darum gebeten, sich um Carlotta zu kümmern. Er hat es freiwillig getan, weil er gespürt hat, dass sie zu seiner Familie gehört.

»Und mein Vater«, fragt Carlotta, »hat er von mir gewusst?«

Mimi wirft einen Blick in ihre Puderdose, um Zeit zu gewinnen. Die Wimperntusche ist gleich nicht mehr zu retten. Sie versucht, einen Anfang zu finden. »Bèp hat Gino im Regio besucht, kurz nachdem er bei uns angefangen hatte, und wir sind zusammen ausgegangen. Er war so anders, weißt du …«

»Wie anders?«, fragt Carlotta. Endlich, nach achtzehn Jahren, erfährt sie etwas über ihren Vater.

»Na ja, er war bodenständig, stark, ein großer, stämmiger,

gut aussehender Mann, aber still. Er hat sich in der Stadt nicht wohlgefühlt.«

»Wie lange wart ihr zusammen?« Mimi schweigt. Carlotta wird lauter. »Wie lange?«

»Eine Nacht«, antwortet Mimi kaum hörbar. »Und das ist keine Basis für eine Beziehung.« Als ob sie je eine geführt hätte, die länger als ein paar Wochen gedauert hat, denkt Carlotta. »Ich war erst einundzwanzig. Was wusste ich denn schon vom Leben? Nur, dass ich meinen Beruf nicht aufgeben und mich auch nicht im Nirgendwo den ganzen Tag in einen ramponierten Websaal stellen will, das hab ich gewusst.« Und das ist die Wahrheit, Bèp hätte ihr Leben ruiniert. »Er kam dann noch einmal ein paar Jahre später, als seine und Ginos Mutter gestorben ist«, fährt sie fort. »Du hast gerade in der Oper deinen Geburtstag gefeiert, deinen siebten, und er hat dich gesehen und es irgendwie geahnt.« Mimi erinnert sich noch gut an den Tag, wie Carlotta in der Schneiderei auf ihrem Schoß gesessen und die Kerzen auf dem Kuchen ausgeblasen hat, den ihre Chefin Serafina Bandorotti, die Gewandmeisterin, gebacken hatte. Gino ist mit Bèp hereingekommen und hat Carlotta lange angesehen. Sie hätte ihn damals natürlich anlügen können, aber wozu? Er hatte ihnen nichts zu bieten, die alte Buntweberei bekam kaum Aufträge. Er wohnte mit seinem kranken Vater zusammen in seinem Elternhaus. Dort war nichts zu holen, keine Unterstützung und nicht einmal Liebe. Gino ist nicht ohne Grund fortgegangen. Und Bèp wusste das und hat es akzeptiert. Das erklärt Mimi ihrer Tochter, und sie hört ihr zu. Carlotta sagt lange nichts. Dann packt sie einen Koffer, küsst Rosina und Susa, die am Esstisch sitzen und Hausaufgaben machen, und geht. Sie zieht bei Gino ein und teilt mit ihm ihre Fassungslosigkeit und zwei Zimmer.

Die baufälligen Räume auf der Ostseite der alten Cotonificio blieben auch weiterhin verschlossen, aber das Dach, den Balkon und den Websaal mit den angrenzenden Zimmern hatten Gino und Carlotta gemeinsam renovieren lassen. Ein teures Unterfangen, Carlotta musste dafür einen Kredit aufnehmen und ihren Traum vom Reisen auf Eis legen. Aber nicht einmal dann reichte das Geld, weshalb ihr Gino zusätzlich unter die Arme griff.

Von den fast hundert Jahre alten Revolverwebstühlen waren nur noch drei übrig geblieben. Sie standen still, doch Gino hatte dafür die manuellen Jacquardwebstühle überarbeitet. Jetzt tasteten sie wieder Tritt für Tritt die vernähten Lochkarten ab und hoben über eine Zugvorrichtung die längs laufenden Kettfäden an. Diese Technik hatte vor zweihundert Jahren die Zugwebstühle abgelöst, an denen Ziehjungen und Weber noch gemeinsam arbeiten mussten. Der eine hob die Kettfäden an, und der andere jagte das Schiffchen durchs Webfach, Hunderte Male pro Stunde, hin und her, rauf und runter, hin und wieder her. Je nachdem, welche Kettfäden angehoben wurden, ergab sich ein Muster.

»Wann müsst ihr das Projekt abschließen?«, rief Carlotta der jungen Weberin am ächzenden Webstuhl neben sich zu. Seine Teile standen unter großer Spannung. Die hohe Luftfeuchtigkeit, die unabdingbar war, damit die Garne nicht brüchig wurden, kräuselte ihr naturgelocktes Haar. An warmen Regentagen standen die Fenster offen, sonst sorgten kleine Luftwäscher für konstante Bedingungen.

»Ende Juni«, erklärte Matilda laut genug, um auch die beiden anderen Webstühle im Saal zu übertönen, und ließ ihr Schiffchen fliegen. »Brauchst du mehr als zwei Wochen, um die Beutel zu nähen?«

»Nein. Aber ich werde mich vorher noch mal mit meiner Mutter besprechen, sie hat viel Ahnung von den alten Verarbeitungstechniken. Sie erkennt auf den Bildern mehr als ich.« Die Originale durften die Basilika in Maastricht nicht verlassen. Die drei jungen Kunstweber, die sich auf die Restaurierung und Nachbildung historischer Stoffe spezialisiert hatten, verfügten nur über Fotos als Vorlage.

»Hast du dich schon entschieden?« Nelly, eine rundliche kleine Frau mit starken Armen, hatte ihre Arbeit unterbrochen und kam, eine Tasse mit dampfendem Tee in der Hand, zu den beiden herüber. Sie wäre in den Siebzigerjahren jederzeit als Blumenkind durchgegangen – bunt, natürlich und in wallenden, weiten Kleidern, die sie noch kleiner erscheinen ließen, als sie es ohnehin schon war.

»Ich habe den Termin morgen um halb elf. Aber ich werde nicht verkaufen, ihr müsst euch nicht sorgen.«

Carlotta hatte den Brief gelesen, den Susa tagelang mit sich herumgetragen hatte. Es war eine Anfrage vom Chef der Lanificio Giordano, deren Stoffe sie so liebte, immer schon. Der Brief war handgeschrieben. Vincenzo Giordano bot ihr an, den alten Betrieb ihres Vaters zu kaufen. Er plane, eine Schauweberei daraus zu machen, mit einem angegliederten Museum, um Valle Masso durch eine Touristenattraktion zu bereichern und damit auch die Strada della Lana, die alte Wollstraße, aufzuwerten. Er wolle den aus dem Boden schießenden Outlets der textilverarbeitenden Kollegen etwas entgegensetzen, dem rasanten Fortschritt ein wenig Geschichte gegenüberstellen und vielleicht auch das Lebenswerk seines Urgroßvaters krönen – das jedenfalls las Carlotta zwischen den Zeilen. Die Associazione Ideabiella, der Verband der Weber aus der Provinz, unterstütze sein Vorhaben.

Carlotta hatte natürlich zuerst mit Gino gesprochen, der Vincenzos Pläne kannte. Aber er wollte, dass sie ihre Entscheidung unvoreingenommen traf, sie sollte nichts ihm zuliebe beschließen.

»Ach was, wir sorgen uns nicht«, sagte Nelly und schlürfte ihren Tee. »Uns kann der große Mann doch in irgendeiner Ecke unterbringen. Wir ziehen unters Dach und machen Vorführungen!« Sie strahlte, aber das tat sie immer, und Matilda stimmte zu. »Hat sein Urgroßvater nicht den Kindergarten und die Schule im Ort bauen lassen?«

»Und die Bücherei, die ehemalige Klinik und sogar den Dorffriedhof«, rief Andrea herüber, der einzige Mann in der Runde. Er stammte aus Valle Masso und kannte die Geschichte des Ortes, die mit der Lanificio Giordano eng verwoben war. »*Monsù* Battista haben sie ihn genannt, das heißt Herr auf Piemontesisch, ein echter Philanthrop. Er hat mit drei Webstühlen angefangen und dann im Ersten Weltkrieg ein kleines Vermögen mit Stoffen für Uniformen gemacht – wie die meisten Webereien.« Jetzt unterbrach Andrea seine Arbeit und kam zu den Frauen herüber. »Er hat das Geld in englische Webstühle investiert und brauchte dann natürlich mehr Arbeiter, als im Ort gelebt haben.« Die drei hörten gespannt zu, eine kleine Lektion in Heimatkunde. »Also hat er Werkswohnungen bauen lassen, die ganze Infrastruktur aus dem Boden gestampft und sogar Sozialleistungen gezahlt.« Andrea schwärmte. »Der Ort müsste eigentlich nach ihm benannt werden. Einen Grafentitel hatte er übrigens auch, Conte von Monte Ruvello, vom letzten König persönlich geadelt. Den dazugehörigen Sommersitz hat er den Kindern seiner Arbeiter als Erholungsheim zur Verfügung gestellt.«

Carlotta war eingeschüchtert, am liebsten hätte sie den Termin mit dem Oberhaupt dieser bedeutenden Familie abgesagt. Aber gleichzeitig zogen sie die Turiner Büroräume der Lanificio auch magisch an. Wie oft war sie früher durch die Galleria San Federico geschlendert, hatte in die Auslagen der Juweliere und teuren Designer gesehen und wieder und wieder über ihre Schulter zu den Aufgängen der Büros. Es gab drei, Scala A, B und C, jeweils mit eigenem Pförtner. Einmal, es war Winter gewesen, war Daniele dort an ihr vorbeigegangen, ohne sie zu erkennen. Auf seinem Haar lag Schnee wie damals auf dem Schulhof, als sie ihm von *La Bohème* erzählt hatte. Da vermaß sie ihn mit ihren Blicken und nähte später einen Mantel, schwarz und mit nachtblauer Seide gefüttert, der jetzt auf einer Schneiderpuppe in ihrem Büro hing und ihr Geborgenheit und wollweiche Wärme versprach.

8

Carlotta durchquerte am nächsten Tag die vornehme Galerie, in der sie, wie in einer Orangerie, immer den Himmel über sich spürte. Hier erkannte sie im Überflüssigen das Notwendigste, ganz dem Credo des Baustils der späten Zwanzigerjahre entsprechend – kostbare Materialien, Renaissance- und Barockmotive, Symmetrie. In der Passage flanierten vor ihrem inneren Auge Damen in Charleston-Kleidern mit langen Handschuhen, Bubikopf und breitem Stirnband, Federn und auffälligem Schmuck. Luxuriöse Puderdosen wurden aus glasperlenbestickten Handtaschen hervorgeholt und scharlachrote Küsse verschenkt.
Carlotta war so aufgeregt. Der Cappuccino am Morgen auf dem Dach war kurz ausgefallen und die Kleiderwahl lang. Sie hatte sich für ein Kleid in A-Linie entschieden, das ihre Taille betonte, altrosa und mit Dreiviertelärmeln. Der Stoff stammte von Giordano. Er war schon ein paar Jahre alt, und sie war neugierig, ob Vincenzo Giordano ihn erkannte.
Scala A – eine zweiflüglige hohe Glastür mit Schmiedeei-

senornamenten, der Pförtner saß in einem kleinen Raum mit Schiebefenster. Er grüßte höflich und blickte in ein gebundenes Notizbuch, das vor ihm lag.
»Signorina Calma, ja, richtig«, sagte er und wies zu den Aufzügen. »Sie müssen in den dritten Stock.«
Carlotta nahm die breite Treppe, denn sie brauchte noch etwas Zeit, um sich zu sammeln. Vincenzo Giordano – sie hatte schon so viel von ihm gehört, so viel, dass sie fast glaubte, ihn zu kennen. Er schien zurückgezogen zu leben, man sah ihn nur selten auf Events und in den Hochglanzmagazinen. Seinen Sohn und dessen junge Mutter dafür umso öfter. Beatrice war eine Schönheit, die nur die angesagtesten Designer trug und nach ihrer Scheidung in Mailand eine Künstleragentur eröffnet hatte. Genau wie Daniele schmückte auch sie sich gerne mit Prominenz.
Carlotta stellte sich bei der Vorzimmerdame am Empfang vor, der das schlichte Art déco des Treppenhauses wieder aufnahm, doch alles etwas reduzierter und klarer. Der Marmor trat zurück. An den Wänden hingen Fotos der Wollmühle und der Weberei in Valle Masso, alte Bebauungspläne der Gemeinde und Urkunden.
»Carlotta Calma, ich habe einen Termin bei Signor Giordano«, sagte sie.
»Signor Vincenzo Giordano«, konkretisierte die Dame sehr freundlich und ging voraus, um Carlotta anzumelden. Nach zwei Minuten war sie zurück und bat sie, einzutreten.
Vincenzo kam hinter seinem schweren viktorianischen Schreibtisch hervor und streckte ihr die Hand entgegen. Er war groß, gut einen Kopf größer als Carlotta, und schlank. Der Anzug dreiteilig mit Weste, dunkelbraun, die Schuhe cognacfarben, das Hemd blau gestreift, Seidenkrawatte. Das alles registrierte Carlotta im Bruchteil einer Sekunde, und dann erst sah sie ihn wirklich, sein schön geschnittenes

Gesicht, die gerade Nase und die grün-braunen Augen, der Blick ruhig und souverän. Diese Augen erzählten Carlotta eine Geschichte noch vor dem ersten Wort. Sie schauten in ihre Seele und tiefer, in ihre Vergangenheit und Zukunft. Irgendwo in seinem Blick lagen sie beide ... wie befremdlich.

»Ich freue mich sehr, dass Sie es einrichten konnten«, sagte er zu ihr, und seine Stimme war warm und weich. Die Art, wie er sprach, die Satzmelodie, die Betonung erkannte sie wieder. *Das ist ein Kuss, Lola, so wie in Peter Pan.*

Carlotta reichte Vincenzo die Hand, sein Händedruck war fest, und dann setzte er sich wieder hinter den Schreibtisch, der ihm gar nicht zu gehören schien – ein Requisit aus einem Theaterstück –, und sie nahm in einem Sessel Platz. Neben ihr lagen in beleuchteten Regalen Stoffe der neuen Kollektion, jeweils sechs Ballen übereinander, in harmonischem Farbverlauf, und darauf standen Miniaturen von Oldtimern und krönten die ausgesuchten Webwaren.

»Mein Vater hat sie gesammelt«, bemerkte Vincenzo, der ihrem Blick ins Regal gefolgt war.

»Sie sind sehr schön. Durften Sie damit spielen, als Sie klein waren?«

»Nein«, antwortete er und glaubte, den Schlag seines Vaters noch immer zu spüren, der so unvermittelt gekommen war, als er als Junge nach den schönen Autos gegriffen hatte. Die Vergangenheit ließ sich nicht abstreifen, Jahre schrumpften zu Momentaufnahmen und vernarbten.

Vittores Gesicht verhärtet sich. »Nur ein Trottel wie du lässt sich von so einer ein Kind anhängen!«, brüllt er und schlägt mit der Hand, an der er den Siegelring trägt, auf den schweren Schreibtisch. »Du wirst dieses Flittchen jetzt heiraten, hörst du?!«

Vincenzo weiß, dass der Moment gekommen ist, in dem er eine Grenze ziehen muss. Sein Vater bestimmt über seine Ausbildung, er schreibt ihm die Stationen vor, die er in der Weberei zu durchlaufen hat, und was er studieren muss. Dagegen begehrt er nicht auf. Dass er ihm eines Tages nachfolgen und sein Erbe weiterführen wird, steht außer Frage, aber bei der Wahl seiner Frau hört die Einmischung auf.

»Ich bin erst neunzehn«, schreit er seinen Vater an, zum allerersten Mal, »und sie noch nicht mal volljährig. Das ist doch Irrsinn!«

»Wer Wind sät, wird Sturm ernten. Und diese Opportunistin hat's darauf angelegt. Sie wusste ganz genau, dass die Giordanos keinen bastardo in ihrer Familie dulden werden.«

Vittore sitzt hinter dem Schreibtisch aus Nussbaumholz, wie schon der fondatore, der Gründer Monsù Battista, vor ihm. Scheinbar unverrückbar repräsentiert das alte Möbelstück die Werte seiner viktorianischen Entstehungszeit – das Klassendenken, bemäntelt mit sozialer Fürsorge und dem unbedingten Gehorsam gegenüber seinen Eltern.

»Es muss eine andere Lösung geben«, sagt Vincenzo jetzt mit Nachdruck. »Ich werde die Verantwortung tragen, aber …«

»Du wirst sie heiraten, basta così! Für die Ehre der Familie und für die Firma, die einen Erben braucht«, wettert Vittore. Er kämpft mit seinem hohen Bluthochdruck, die Aufregung tut ihm nicht gut. Er stützt seinen hochroten Kopf in die Hände und überlegt, was er durchs Zimmer werfen kann. Diesem durchtriebenen Luder wird er einen Ehevertrag vorlegen, der sie auf ewig auf ihren Platz verweist. Sie wird das Kind bekommen und dann im Luxus versauern, während sein Sohn die Karriere macht, die für ihn vorgesehen ist. Und er, Vittore Battista Giordano, wird die kleine Schlange im Auge behalten.

»Aber wir sind mit unseren Oldtimern oft nach Portofino in unser Sommerhaus gefahren«, erklärte Vincenzo Carlotta. »Meine Eltern liebten die alten Wagen.« Oldtimer, Portofino, Sommerhaus ... Carlotta hielt ihre Handtasche umklammert, in der sein Schreiben lag, und sich selbst an den Worten fest, die sie sich zurechtgelegt hatte. »Sie haben die alte Cotonificio geerbt«, sagte er dann und rieb sich über den dichten Bart. Durfte er erwähnen, dass er sie beinahe so gut kannte wie seinen eigenen Sohn? Er hatte Gino gar nicht danach gefragt.

»Ja, vor zwölf Jahren, von meinem Vater«, bestätigte Carlotta. Vincenzos Blick wurde mild, als würde er sagen: Ich weiß das alles, Sie müssen es nicht erklären. Und Carlotta erklärte es nicht. »Ich habe Teile des Betriebs zusammen mit meinem Onkel renoviert, aber manche Räume verfallen noch immer.«

»Ich bin kürzlich wieder vorbeigekommen. Es hat schon etwas Verwunschenes«, sagte er und hätte fast erzählt, wie sie als Kinder dort gespielt hatten.

»Nicht verwunschener als die alte Villa über Ihrer Weberei«, entgegnete Carlotta. Das verlassene Haus, das Vincenzos Urgroßvater gekauft und sein Großvater später im Stil des Art déco hatte umbauen lassen, nannte Carlotta nur »das Dornröschenschloss«. Es war überwuchert mit verwilderten Rosenstöcken, der alte Glanz war verblasst. Trotzdem ging eine Magie von ihm aus, die sich nur schwer in Worte fassen ließ, ein märchenhafter Zauber.

»Seit dem Hochwasser von 1977 steht es leer. Wir sind damals nach Turin umgezogen«, erklärte Vincenzo.

»So hoch kann die Strona doch gar nicht gestiegen sein«, erwiderte Carlotta ungläubig.

»Nein«, bestätigte Vincenzo, »nicht bis zur Villa hinauf. Aber in diesem Jahr starb auch meine Mutter. Mein Vater hat daraufhin ein Haus in Turin gekauft und die Büros in die Stadt verlegt.« Carlotta sah Vincenzo bedauernd an. Wenn er von seiner Kindheit sprach, brach seine Stimme. »Was halten Sie denn von meinen Plänen?«, fragte er nun, um die düstere Stimmung zu vertreiben, und versuchte zu ergründen, was Carlotta dachte. Das war nicht einfach, denn ihr Blick wanderte durch ihn hindurch und in eine Ferne, die er längst vergessen hatte. Wiesen und Wälder, Seen und Meere lagen darin, Wüsten und unbezwungene Gipfel. Vielleicht war es aber auch Sehnsucht, ein Gefühl, das er schon sehr lange nicht mehr zugelassen hatte.

»Ich habe Mieter, wissen Sie«, erklärte Carlotta. »Drei junge Kunstweber, die sich auf das Restaurieren historischer Stoffe spezialisiert haben. Sie bekommen Aufträge von Museen und Kirchen aus der ganzen Welt. Ich möchte sie nicht vor die Tür setzen.«

»Das verstehe ich natürlich. Aber dafür findet sich sicher eine Lösung«, erwiderte Vincenzo, las weiter in ihrem Gesicht und studierte ihre Körpersprache. Sie war in Janieles Alter, sie hätte seine Tochter sein können, gerade so. Er verglich sie mit dem Coupon Vikunja, den er heute Morgen in der Hand gehalten hatte, dem »Stoff der Götter«, vom weißen Bauchhaar der Zwergkamele, der teuerste und rarste der Welt, der beste, den die Lanificio produzierte, glatter als Seide und weicher als Oleandersamen. Die Stoffe waren seine größte Leidenschaft. Vincenzo schmunzelte, und Carlotta bemerkte es.

»Ist etwas lustig?«, fragte sie verunsichert.

»Nein, gar nicht, entschuldigen Sie. Ich bin nur gedanklich gerade etwas abgeschweift.« Das tat er oft bei Besprechungen, die ihn langweilten, doch diese war anders.

»Ach ja?«

»Ja.«

Carlotta betrachtete die gerahmten Fotos hinter ihm. Vincenzo auf einem Jeep inmitten einer Herde Kaschmirziegen, dahinter nur Himmel. Sein Haar war dunkel, und er war glatt rasiert. Eine Schaffarm, Vincenzo bei einem Scherwettbewerb mit Jeans, Cowboyhut und der Gewissheit zu siegen. Im Hochland der Anden in Ecuador, Peru oder Bolivien. Die ganze Welt in Ausschnitten. Manche verblassten wie Carlottas Reisepläne, die sie nun schon so lange vor sich herschob, dass keiner mehr glaubte, sie würde sich je auf den Weg machen. Aber das Geld war nun mal knapp, die Schneiderei verlangte nach Investitionen, und die Miete und die Lebenshaltungskosten teilte Carlotta sich nur mit Rosina. Susa verdiente im ersten Lehrjahr nicht viel. Carlotta dachte an den Bahnhof gegenüber der Schneiderei und dass sie noch nie in einen der Züge eingestiegen war. Sie kannte lediglich die Abfahrtszeiten – alle.

»Nun«, nahm Vincenzo das Gespräch wieder auf, »ich plane ein lebendiges Museum mit Vorführungen. Die alten Revolverwebstühle, die wohl noch da sind, würde ich durch meine private Sammlung ergänzen, und Ihre Mieter ließen sich integrieren, sie wären eine echte Bereicherung. Denken Sie, dass wir sie zu einem ›Tag der offenen Tür‹ überreden könnten?«

»Ja, sie haben selbst schon darüber nachgedacht. Aber ich kann das trotzdem nicht gleich entscheiden. Wissen Sie, mir bedeutet die Weberei sehr viel, sie ist mehr als nur eine Immobilie.« Vincenzo hörte aufmerksam zu. »Es ist so, dass mir ein Stück meiner Vergangenheit fehlt. Ich weiß nicht genau, wie ich das beschreiben kann.« Carlotta versuchte, es ihm zu erklären und sich selbst ebenfalls. »Ich habe meinen Vater nie kennengelernt, das wissen Sie sicher von Gino, und die Weberei ist alles, was ich von ihm habe. Sie *ist* mein Vater.« Jetzt kam sie sich dumm vor. Sie war zu einem

Geschäftsgespräch eingeladen worden und benahm sich, als läge sie auf der Couch eines Therapeuten. Zu spät! »Wenn ich dort bin, dann spüre ich den Teil in mir, der von ihm ist, die Verwandtschaft. Ich finde ihn dort«, sprach sie weiter, »und ich weiß nicht, ob ich das aufgeben will.«

»Ich kannte Bèp Occelli gut«, sagte Vincenzo nun. »Wir haben als Kinder oft zusammen gespielt, er, Giòrs und ich.«

»Giòrs?«, fragte Carlotta.

»Gino, Ihr Onkel, ich nenne ihn noch immer bei seinem piemontesischen Namen.«

»Natürlich«, murmelte Carlotta und verstand. Die Vertrautheit, die sie gleich bei der Begrüßung gefühlt hatte, das Gefühl, dass sie Vincenzo nichts erklären musste. Selbstverständlich hatte Gino oft von ihr erzählt, von ihr und ihrer Mutter. Aber was hatte er genau gesagt? Wusste Vincenzo Giordano, dass ihre Mutter ihren Vater weggeschickt und ständig irgendwelche Affären gehabt hatte? O Gott! Ihr wurde auf einmal heiß, und sie schämte sich. Ihr war, als säße sie nackt vor diesem Mann. Darauf hätte sie doch vorbereitet sein müssen.

»Bitte entschuldigen Sie«, sagte Vincenzo, der ihre Verwirrung spürte, »ich hätte unser Gespräch wohl anders anfangen sollen.« Er räusperte sich verlegen. »Sie müssen viele Fragen zu Ihrem Vater haben, aber ich kann Ihnen leider keine Antworten geben und mir schon gar kein Urteil erlauben. Ich weiß nur, dass Bèp ein stolzer Mann war, der sich nicht aufdrängen wollte, und aus einfachsten Verhältnissen, aber das wissen Sie ja selbst.« Er hielt kurz inne, um zu ergründen, ob seine Worte vielleicht zu persönlich waren, doch sie hörte ihm ohne einen Anflug von Betretenheit zu. »Ganz sicher dachte er damals, die richtige Entscheidung für Sie getroffen zu haben, als er sich zurückzog, richtig für Ihre Zukunft.« Vincenzo stützte sich auf die Lederauflage der Schreibtischplatte und beugte sich darüber. »Manchmal treffen Väter falsche Entscheidungen, und wenn sie es einsehen, ist es zu spät. Dann ist die Kluft schon zu groß.« Er wirkte mit einem Mal sehr nachdenklich. »Man streckt seine Hand aus und greift ins Leere«, schloss er. Sein Blick war traurig, als wäre Bèp Occellis Tod sein ganz persönlicher Verlust.

Carlotta fasste sich. »Bitte geben Sie mir noch etwas Zeit«, bat sie. »Ich werde das mit Gino gemeinsam entscheiden, aber dass Sie meine Mieter mit einbinden würden, macht es mir leichter.« Sie griff nach ihrer Tasche, stand auf, strich ihr Kleid glatt und ging zur Tür. Vincenzo folgte ihr.

»Nummer 7/12553«, sagte er dann und griff neben sich in ein Regal. Es war voll mit in Leinen gebundenen niedrigen Ordnern mit breitem Rücken. Er nahm einen heraus, schlug ihn auf, blätterte durch die kartonierten Seiten mit aufgeklebten Stoffmustern und Artikelnummern und stoppte bei dem Stück altrosa Tuch, das er gesucht hatte. »Sehen Sie«, er hielt ihr stolz den Ordner entgegen, »Frühjahr 2012. Und er ist an Ihrem Kleid wundervoll verarbeitet.«

»Vielen Dank. Ich nähe alle meine Sachen selbst.«

Dass Ginos Nichte eine Schneiderei besaß, wusste Vincenzo natürlich, aber die Magie ihrer Kreationen hatte sein Freund nicht erwähnt. Ganz sicher fehlte ihm dafür das Auge. »Wie schade, dass Sie nicht für Herren arbeiten«, bedauerte er und empfand versäumte Chancen.

»Ich habe auch für Herren gelernt«, antwortete Carlotta selbstbewusst. »Diese Kombination, die Sie tragen, hätten Sie jederzeit auch bei mir anfertigen lassen können.« Nein, das wohl nicht, dachte er, denn das war der Dunkelbraune von 2001, der zur Feier der Generalsanierung der Weberei, und in dem Jahr war sie bestimmt noch zur Schule gegangen wie sein Sohn. »Reine Schurwolle«, ergänzte Carlotta noch und tauchte mit ihm in die Welt der feinen Tuche ein, der einzigen, in der Vincenzo Giordano wirklich glücklich war.

9

Nein, Sie sprechen mit mir und nur mit mir!«, unterbrach Daniele seinen Gesprächspartner am anderen Ende der Leitung. »*Ich* bin ab September die Lanificio Giordano, und wenn ich beschließe, dass wir automatisieren, dann machen wir das!« Daniele beabsichtigte, in neue computergestützte Ringspinnmaschinen zu investieren und damit die Belegschaft weiter zu reduzieren.

»Wir fahren die Wollmühle doch sowieso nur mehr mit der Hälfte der ursprünglichen Arbeiter«, hatte sein Vater dagegengehalten, als er ihm seine Pläne vorgestellt hatte, »und Profit ist nicht alles. Wir müssen doch auch an unsere Leute denken, die Familien.«

»Die Sanierung ist überfällig. Wir werden mehr produzieren bei geringeren Lohnkosten, sonst können wir uns gegen die Chinesen nicht länger behaupten, Vater. Es kommt zum Ausverkauf der alteingesessenen Unternehmen, siehst du das denn nicht?«

Sein Sohn war Vincenzo manchmal so fremd; wenn er sprach, glaubte er, seinen Vater Vittore zu hören. Daran war nur das verdammte Internat schuld, auf das alle Giordano-Männer gegangen waren. Vincenzo hatte diese Tradition eigentlich abschaffen wollen, aber dann schien es ihm doch eine gute Idee zu sein, seinen Sohn zu Hause aus der Schusslinie zu nehmen. Beatrice' Eskapaden waren immer unerträglicher geworden, die Auseinandersetzungen lauter. Nie durfte Daniele Freunde mit nach Hause bringen, weil die Turiner Mitschüler seiner Mutter nicht passten. Sie verbarg ihre Herkunft und polierte mit ihrem Trauschein ihre Bedeutungslosigkeit auf. Ständig verplante sie den Jungen mit Tennis-, Reit- und Klavierstunden und überließ ihn der Obhut von Pasquale und Rosa, der Haushälterin. Dieses Haus war lieblos und er, Vincenzo, zu selten da. Erst war er für die Firma auf Reisen gewesen, dann hatte er sich in die verhasste Büroarbeit geflüchtet und tatenlos zugesehen, wie sein Sohn ihm entglitt, wie er zum Werkzeug seiner eitlen, ehrgeizigen Mutter wurde, die sich nur zu gern mit den reichen Eltern der verwöhnten Internatsschüler umgab. Nach seinem Studium der Wirtschaftswissenschaften an der London School of Economics begann Daniele, für die Weberei zu arbeiten, ohne sich besonders für Stoffe zu interessieren. Er hätte auch Autos oder Kunstdünger verkaufen können.

»Wir werden in den Bekleidungssektor einsteigen«, sagte Daniele jetzt zu seinem Gesprächspartner am Telefon, »und dafür brauche ich Kapital. Ich plane neue Produktionsanlagen und ein Logistikzentrum in der Schweiz, im Tessin. Die Lohnkosten sind dort höher, aber die Steuern dafür deutlich niedriger.«

»Signor Giordano«, entgegnete Salvatore Labrani, der amtierende Bürgermeister von Valle Masso, »die Gemeinde hatte gehofft, Sie würden Ihre Pläne bei uns verwirklichen. Ich kann Ihnen jeden beliebigen Standort zusichern.« Valle Masso ging langsam vor die Hunde. Die Leute kamen fast nur noch zum Arbeiten her, kaum einer der Jungen wollte noch hier leben. Die kleinen Läden schlossen, die Infrastruktur löste sich auf. Vincenzo hatte dem Ort vor ein paar Jahren ein Altenheim gestiftet – die ehemalige Klinik war umgebaut worden –, damit die pensionierten Arbeiter der Weberei, die sich nicht mehr selbst versorgen konnten, nicht auch noch wegziehen mussten.

»Das haben wir doch schon alles besprochen«, sagte Daniele in nüchternem Ton. »Ein sozialverträglicher Abbau von Stellen ist unumgänglich, die Zukunft des Unternehmens liegt im Ausland.« Und damit beendete er das Telefonat. Labrani würde sich an seinen Vater wenden, an Vincenzos Gewissen und an die Verantwortung der Familie appellieren, *Monsù* Battista als großen Gönner von Valle Masso anführen, die Tradition, die Verbundenheit und sogar den Nationalstolz bemühen. Egal, die Zeit stand nicht still, und das hier war keine Frage von Loyalität, es war eine rein wirtschaftliche Entscheidung. Armani, Versace, Gucci und Zegna waren bereits in der Schweiz. Ermenegildo Zegna und die Vercelli Holditalia hatten außerdem Standorte in Spanien, der Türkei und Mexiko. So garantierten sie das Überleben ihrer Webereien oben in Trivero.
Daniele ging hinaus auf den Balkon. Er brauchte frische Luft. Die Wohnung im vierzehnten Stock des Torre Littoria, dem ungewöhnlichen roten Hochhaus aus Backstein, direkt an der Piazza Castello, gehörte Luisa. Sie hatte einen einmaligen Ausblick über die barocken Kuppeln und Türme unzähliger Kirchen hinweg in die Berge, auf das Königsschloss, den Palazzo Madama und die Oper hinunter und Richtung Osten zur Mole Antonelliana, die das Stadtbild Turins ähnlich prägte wie der Eiffelturm Paris. Sie war auch im selben Jahr fertiggestellt worden. Auf den Hügeln jenseits des Po lag die Casa Giordano, in der Daniele nur noch sporadisch lebte, ein Herrensitz mit drei verbliebenen Insassen und einem Geist – der alte Butler und die alternde Haushälterin scheuchten wechselnde Putzkräfte und Gärtner, Danieles Vater löste seinen Hausstand auf, und der verstorbene Vittore schwebte über allem wie eine dunkle Wolke. Danieles Vater würde im Herbst auf die Mount Nicholas Station ziehen, hoch und einsam in den neuseeländischen

Südalpen gelegen. Ein Ort, an dem die Natur den Tagesablauf bestimmte. Daniele war als Kind oft dort gewesen.

»Hier fühle ich mich immer zu Hause«, sagt Vincenzo und deutet über das steile Weideland, das sich nur mit Pferden erklimmen lässt. Dreißigtausend Schafe grasen in riesigen Herden. Jetzt, im neuseeländischen Winter, wenn in Turin Sommer ist, kommen sie auf Seehöhe herunter. Der Wind trägt ihr Blöken weit über den Wakatipusee. Daniele und sein Vater unternehmen Skitouren, angeln über Eislöchern und gehen sogar auf die Jagd. Doch Beatrice ist die Mount Nicholas Station viel zu einsam und abgelegen.

»Ich bin das ganze Jahr über mit deinem gehässigen Vater und diesem Relikt von einem Butler eingesperrt, während du durch die Welt reist oder im Büro sitzt. Jeder hat in Turin seine Arbeit, sogar Daniele ist den ganzen Tag verplant. Mir fällt die Decke auf den Kopf!«, schimpft sie.

»Dann such dir eine Beschäftigung«, erwidert Vincenzo. Er kann es schon nicht mehr hören, das ewige Gerede vom goldenen Käfig. Das war es doch, was sie gewollt hat, um jeden Preis.

»Was soll ich denn machen, ich hab ja nicht mal einen richtigen Schulabschluss. Du redest dich da leicht!« Beatrice kocht. »Aber wenn wir schon mal Urlaub machen, vergrabe ich mich nicht auf einer stinkenden Schaffarm, das kannst du vergessen!«

Jetzt hat sie sich auf der anderen Seite des Sees im nahen Queenstown in einem Luxushotel eingemietet.

»Warum ist Mutter nicht bei uns?«, fragt Daniele seinen Vater.

»Sie wollte, dass wir Männer noch ein bisschen unter uns sind, jetzt, wo du doch bald aufs Internat gehst«, erklärt er. »Aber sie ruft dich jeden Abend an.« Das Versprechen hat

Vincenzo ihr abgenommen, das ist seine Bedingung für ihre unentschuldbare, lieblose Abwesenheit. Daniele sieht seinen Vater traurig an. »Hey, Kleiner, wir zwei sind doch Pioniere«, will er ihn aufmuntern, »erste Siedler in der Wildnis Neuseelands.« Vincenzo deutet über die leere Landschaft, und Daniele fühlt sich wirklich ein wenig wie in einem Cowboyfilm. »Auf diesem Land schlägt das Herz der Lanificio«, fährt er fort, »das darfst du nie vergessen. Hier schlägt ihr Herz, und Valle Masso, das ist ihre Seele.«

Daniele blickt zu ihm auf und ist stolz. Er würde das alles gerne Lola zeigen. Sie liebt Schafe und versteht als Einzige aus der Klasse etwas von Stoffen. Sie kann sogar nähen, und deshalb hat er ihr auch einen Fingerhut zum Abschied geschenkt. Und damit sie nicht mehr so traurig ist.

»Mutter hasst Valle Masso«, sagt Daniele zu seinem Vater, und es macht ihn traurig.

»Weißt du, dass sie dort geboren wurde«, fragt Vincenzo ihn, »und früher in der Weberei gearbeitet hat?«

Daniele schüttelt den Kopf. Seine Mutter spricht nicht über die Zeit, bevor sie geheiratet hat. Sie hat keine Wurzeln, nicht wie der Vater, der Großvater und die Männer der Familie vor ihm. Ihre Eltern leben in Genua, mehr weiß er nicht. Er hat sie nie kennengelernt.

Jetzt schweigt Daniele. Er hört dem Lied der Weidelandschaft zu und lehnt sich an den Vater, der beschützend seinen Arm um ihn legt.

»Du willst nicht auf die neue Schule, nicht wahr?«, fragt er.

»Ich will nicht weg von dir«, antwortet Daniele und denkt: und auch nicht von Lola.

»Mit einem Abschluss dort kannst du später überall studieren, wo immer du willst und was du willst«, erklärt Vincenzo seinem Sohn und verbirgt seine Zweifel. Der Junge ist noch so klein, gerade mal elf. Es tut nicht gut, so früh erwachsen

zu werden. Daniele nickt. Er beschließt, stark zu sein. Er weiß, dass er sich keine Schwäche anmerken lassen darf, sonst werden sie sich auf ihn stürzen wie auf Lola. Er wird seine Pflicht erfüllen, die Pflicht der Männer der Familie, und zu dem werden, den sein Vater und Großvater sich für die Zukunft der Weberei wünschen.

»Das ist ziemlich sexy, wenn du so bestimmt bist«, stellte Luisa fest und kam zu Daniele auf den Balkon. Sie trug nur Unterwäsche, Strapse, Strümpfe und Pumps, als hätte sie gleich ein Shooting. Ihr langes Haar fiel weich über ihren Rücken, die blauen Augen waren mit Kajal umrahmt. Ihr Blick war hochmütig und ihre Art provokant. Daniele lehnte an der Brüstung. Sie trat dicht an ihn heran und löste seine Krawatte. Er wollte sie küssen, doch sie wich ihm aus und lachte. »Du weißt, was ich will«, sagte sie kokett und drückte dabei ihren festen Busen an seine Brust. Er würde keinen Millimeter sinken, wenn er jetzt ihren BH löste, das wusste er. Ihr Körper war einfach perfekt. »Sag Ja!« Sie wollte mit ihm im Mai nach Portofino zur alljährlichen Ermenegildo Zegna Trophy Spring Regatta. Alles, was Rang und Namen hatte, würde da sein, Stoffproduzenten, Modemagnaten, Großindustrielle, Politiker, Schauspieler, Sportler – Geld und Prominenz. Und seine Mutter kam natürlich auch mit irgendeinem jungen Liebhaber im Schlepptau. Sie hatte bei der Scheidung die Villa dort zugesprochen bekommen und nutzte sie leidlich. »Ich kann da Kontakte knüpfen«, bettelte Luisa. Daniele liebte es, sie zappeln zu lassen. »Die Presse ist da, überall Journalisten der großen Magazine. Bitte, ich muss dahin!«

»Und du musst mit mir dahin, damit du auch ganz sicher nicht übersehen wirst.« Luisa schmollte etwas aufgesetzt, aber das fand er ganz niedlich. Er öffnete ihren BH und ließ ihn zu Boden fallen. Hier oben gab es keine Nachbarn, die sie gesehen hätten, und wenn, wäre es ihm auch egal gewesen. Es war früher Nachmittag, und die Aprilsonne schien auf ihre makellose helle Haut. Er zupfte an ihrem Strapsband, drehte sie um und gab ihr einen Klaps auf den Po. »Ich erwarte noch einen Anruf. Wie auch immer du mich überzeugen möchtest, es muss warten.«

»Du findest mich im Schlafzimmer«, entgegnete sie lasziv, bückte sich sehr langsam mit durchgestreckten Beinen, hob ihren BH auf und ging.

Irgendwie langweilte ihn das, die Offerten, die Erwartungen, der schnelle Sex. Daniele sah über die Stadt, entlang der Via Roma bis zum Bahnhof Porta Nuova. Nur ein paar Querstraßen weiter war er die ersten Jahre zur Schule gegangen, auf eine öffentliche Grundschule mit abgewetzten Tischen und Stühlen und notorischem Lehrermangel. Er dachte nicht oft an diese Zeit, nur manchmal, wenn er in ein Flugzeug stieg, die Berge unter sich sah und aus unerfindlichem Grund glaubte, etwas verloren zu haben, jemanden, sich selbst.

Im Westen standen Wolkentürme, die Regen brachten, und er fühlte sich merkwürdig leer. Er erinnerte sich an die Briefe, die er vor langer Zeit geschrieben und nie abgeschickt hatte, und wie viel leichter alles geworden war, als er endlich aufgehört hatte, sich zu sehnen.

10

Pasquale überreichte Vincenzo an diesem Morgen die gebügelte Zeitung und kündigte für den Nachmittag schlechtes Wetter an.

»Der Vorbote hat über dem Anwesen gekreist«, erklärte er bedeutungsvoll, »wir haben aktuell einen Luftdruck von 970 Hektopascal, 14,5 Grad Celsius, Wind aus Südwest.«

Wie immer war Pasquale vor sieben in den Park der Casa Giordano gegangen, im Morgenmantel und mit Pantoffeln an den Füßen, und hatte in seiner Thermometerhütte die Wetterdaten abgelesen. Der weiß lackierte Lamellenkasten stand ganz am Ende des Anwesens, dort, wo der Park in den Laubwald des abfallenden Hügels überging und der Blick über Turin und in die Berge hinein atemberaubend war. Pasquale hatte die kleinen Flügeltüren geöffnet, sein Wetterheft und einen Bleistift gezückt und die Temperatur, die Luftfeuchtigkeit und die Windrichtung notiert. Dabei bemerkte er die sich auftürmenden Kumuluswolken und das trockene Gras – kein Tau an seinen Schuhen. Er hielt noch einmal prüfend seinen angefeuchteten Finger in die Luft und entdeckte dabei die Gabelweihe. Bei bevorstehendem Wetterwechsel flog sie morgens dicht über dem Park und kreiste dort. Er hoffte, dass sie beizeiten den Maulwurf erledigen würde, der die Gärtner in den Wahnsinn trieb. Unschöne Erdhaufen türmten sich auf den ansonsten so gepflegten Rasenflächen.

»Der Vorbote also«, entgegnete Vincenzo und schlug die Zeitung auf. Auch er freute sich über den gefiederten Jäger mit dem gegabelten rostroten Schwanz, der den Winter in Spanien verbrachte, aber Mitte Februar zuverlässig zurückkam. »Was macht der Verkauf des Atalante?«, fragte er dann.

Pasquale hob die buschigen Augenbrauen. Er versuchte, den ausladenden Bauch etwas einzuziehen und die Schultern aufzurichten. Seine weiße Weste spannte über dem gestärkten Hemd, das schwarze Sakko stand offen, doch die Fliege saß wie immer akkurat. »So gut wie abgewickelt, Signor Vincenzo«, antwortete er bemüht emotionslos. »Der Bugatti beschließt sein behütetes Leben in Katar zwischen Salzsümpfen in infernaler Wüstenhitze. Ein Verwandter des Emirs hat ihn gekauft. Und ebenfalls die beiden Lancia und den Dreisechsundfünfzig, dessen nagelneuer Luftfilter sein Glück kaum fassen kann.« Er machte keinen Hehl daraus, dass er den Ausverkauf des Fuhrparks, der Kunstschätze und sogar der Garderobe seines Arbeitgebers nicht billigte, geschweige denn, dass Signor Vincenzo die Casa Giordano bereits veräußert hatte, sie im September an die neuen Besitzer übergab und emigrierte.

Vincenzo hatte Pasquale Vollmacht erteilt, einige der Geschäfte für ihn abzuwickeln und wahlweise auch das eine oder andere zu spenden. Er würde kaum etwas nach Neuseeland mitnehmen, und Daniele legte keinen Wert auf die Bilder und historischen Wagen, er liebte seine Autos fabrikneu. Von seinen Maßanzügen wollte Vincenzo lediglich zwei bis drei behalten und die übrige Kleidung in Dunedin neu anschaffen. Etwas Passendes für das künftige Landleben. Anders als sein Vater vor ihm ging er gern. »Ich werde nicht zurücktreten, darauf kannst du lange warten!«, hatte Vittore ihn noch zwei Jahre vor seinem Tod angebrüllt. »Nicht mal zur Seite treten, merk dir das!« Am liebsten hätte er die Firma mit ins Grab genommen, um seine Macht nicht teilen zu müssen. Und so hatte sich Vincenzo nicht nur in seinen Turiner Bürojob gefügt, obwohl er viel lieber bei der Entwicklung neuer Muster mitgearbeitet hätte, er hatte es auch noch unter der ständigen Überwachung seines Vaters getan, der ihm keine eigenen Entscheidungen zutraute. »Wir haben ja gesehen, wo das hinführt!« Vincenzo hatte sich geschworen, es einmal anders zu machen, und daran festgehalten, obwohl Danieles und seine Ansichten so verschieden waren, das Kalkül und die Seele.

Seit Wochen erkundigte Vincenzo sich nun schon bei Pasquale nach dem Stand der Dinge und unterzeichnete im Vorübergehen die ihm vorgelegten Kaufverträge. Zur leichteren Abwicklung hatte er ein Anderkonto eingerichtet, das Pasquale treuhänderisch verwaltete. Er vertraute seinem langjährigen Butler, den bereits sein Vater vor über vierzig Jahren der Villa d'Este abgeworben hatte, einem Luxushotel am Comer See. Der alljährlich dort stattfindende Concorso d'Eleganza Villa d'Este, bei dem klassische Oldtimer prämiert wurden, war ein fester Termin in Vittores Kalender gewesen. Er gewann den Wettbewerb mehrmals in Folge und die treuen Dienste Pasquales dazu.

Mittlerweile war der Butler gesundheitlich etwas angeschlagen, was er zu vertuschen versuchte. Seine Kurzsichtigkeit ließ ihn im Weinkeller immer öfter nach dem falschen Jahrgang greifen, und seine zunehmende Korpulenz und Wetterfühligkeit machten ihn auch nicht eben agiler. Pasquale hätte längst in den Ruhestand gehen können. Doch außer den Giordanos und Rosa gab es niemanden, mit dem er seine letzten Jahre hätte teilen können. Rosas Fürsorglichkeit und ruhige Präsenz banden ihn an das Haus. Und die Art, wie sie verklärt lächelte, wenn sie ihm beim Mittagessen im Personalraum gegenübersaß und fragte: »Noch ein paar Bohnen, Signor Rossi?«, und die Schüssel entgegenhielt.

»Gern, Signora Cottollo, vielen Dank«, antwortete er dann und freute sich an der Gesellschaft des einen Menschen, dessen Treue, Zuverlässigkeit und Ergebenheit nie schwankten.

»Wann können wir mit Besichtigungen für die Villa in Valle

Masso rechnen?«, fragte Vincenzo weiter, während Pasquale das Frühstücksgeschirr abzuräumen begann.
»Alsbald. Der Makler sagte mir, dass sich nun doch Interessenten gefunden hätten.«
Vincenzo hörte nur mit halbem Ohr hin und blätterte in der Zeitung. »Ich hatte ja schon befürchtet, das alte Haus müsste abgerissen werden.«
»Nein, der Makler meinte, eine Sanierung komme durchaus infrage. Jedoch die Lage ist prekär.«
»Bitte?«
»Schwierig, unattraktiv. Wer will schon dort wohnen, zwischen den Webereien, wo Fuchs und Hase sich Gute Nacht sagen?« Eine kleine Provokation, geschickt eingestreut.
Ich, hätte Vincenzo am liebsten gesagt, aber natürlich hatte Pasquale recht. Nur wer den Ort liebte wie er und mit Erinnerungen verband, würde dort leben wollen, und ein echter Naturfreund vielleicht. Alle anderen zog es ins nahe Biella, nach Mailand oder Turin.
Pasquale ging zum Büfett hinüber und stellte das Tablett ab. Er versuchte erfolglos, ein schwaches Hinken zu kaschieren. Tatsächlich, es wird regnen, dachte Vincenzo, als er es bemerkte, denn die Schmerzen in Pasquales rechtem Knie plagten ihn nur bei Wetterumschwüngen. Das Barometer im Salon, auf das sein Butler täglich mehrmals klopfte, ehe er es ablas, war weit weniger zuverlässig als seine Unpässlichkeiten.
»Rosa packt heute die Wintergarderobe für die Wohlfahrt«, fuhr Pasquale fort. »Welche Stücke wollen Sie behalten?« Die Überwindung stand ihm förmlich ins Gesicht geschrieben.
»Den Smoking brauche ich noch für die Feier der Geschäftsübergabe. Sie sollten ihn vielleicht zuvor noch einmal aufarbeiten lassen, ich habe ihn eine Weile nicht getragen.« Das

große Ereignis war für den 3. September geplant, Danieles dreißigstem Geburtstag, und der Auftakt zu einem spektakulären Wochenende, zu dem die Lanificio ihre wichtigsten Geschäftspartner aus aller Welt nach Portofino einlud. Das Hotel Splendido, das erste Haus in dem ehemaligen Fischerdorf, war exklusiv für die Gäste der Giordanos reserviert worden. Der Hubschrauberpilot würde Überstunden machen, um sie einzufliegen. Einige kamen auch mit ihren Jachten, und wenige mit dem Wagen. Portofino war eine autofreie Zone. Wer sich trotzdem über die einzige Küstenstraße heranquälte, dessen Fahrt endete in der öffentlichen Parkgarage gleich am Ortseingang. Aus Platzmangel hatte man sie in den Berg gebaut. War sie voll, stoppten *carabinieri* die Fahrer bereits kurz hinter Santa Margherita Ligure. Nur das geheime Passwort Splendido erlaubte dann noch die Weiterfahrt zur hoteleigenen Parkgarage.

»Der Smoking, natürlich«, entgegnete Pasquale und dachte mit gemischten Gefühlen an die letzten Tage, in denen er Signor Vincenzo noch zur Hand gehen würde. Wenn alles ausgestanden war, wollte er sich zur Ruhe setzen und ein paar Annehmlichkeiten genießen.

»Pasquale«, sagte Vincenzo nun versöhnlich, denn er glaubte zu wissen, warum dieser in letzter Zeit so ungehalten war, »für Sie und Rosa ist doch gesorgt, wenn wir uns im Herbst trennen.«

»Das kümmert mich nicht«, entgegnete er, und tatsächlich machte er sich um sich selbst die geringsten Sorgen.

»Ach, nein?«

»Nein. Mit Verlaub, wenn ich offen sprechen darf …«

»Als ob Sie sich je hätten abhalten lassen.« Vincenzo faltete die Zeitung wieder zusammen. Er würde sie auf der Fahrt ins Büro lesen.

»Dann lassen Sie mich noch einmal betonen, dass es zu früh

ist. Ich kann Sie mir ohne Ihre Stoffe nicht vorstellen. Sie mögen ja vielleicht die Schreibtischarbeit nicht, aber Sie könnten mir jeden Sack für eine Länge Vikunja verkaufen, Signor Vincenzo, so inspirierend ist das, wenn Sie Stoffe beschreiben.« Vincenzo war geschmeichelt. Mit Komplimenten ging Pasquale gewöhnlich sparsam um. »Den jungen Signor Daniele zieht es in die Welt, er kehrt dem Standort der Weberei den Rücken. Damit stirbt das Lebenswerk des verehrten *Monsù* Battista, verstehen Sie, der Ort, nicht der Betrieb! Haben Sie nicht immer gesagt, Valle Masso ist die Seele der Lanificio?« Vincenzo gab ihm recht. »Sehen Sie, hier geht es nicht nur um Arbeitsplätze, hier geht es um mehr.« Und um wie viel mehr, das war Pasquale schmerzlich bewusst, nicht aber Vincenzo. Denn diese Einsicht hatte er tief in sich vergraben, an einem Ort jenseits jeden Schmerzempfindens.

Vincenzo dachte an seine Pläne, die alte Cotonificio Occelli zu einem Museum auszubauen. Damit würde er etwas Bleibendes hinterlassen, selbst wenn Daniele die Firma in eine andere Zukunft führte. Er blickte Pasquale müde an. »Ich habe genug gekämpft«, sagte er dann, »für den Erfolg der Weberei, das Ansehen der Familie, für meine Ehe …« Erfolglos, wie er sich eingestand. Hier hielt ihn einfach nichts, nicht mal eine Frau. Die, denen er normalerweise begegnete, waren alle so austauschbar, die Modepuppen, mit denen sein Sohn sich umgab, oder Töchter und verschmähte Gattinnen der Bielleser Kollegen. Keine war wie … wie die bezaubernde Schneiderin, mit der er über die alte Cotonificio gesprochen hatte, dachte er und war von sich selbst überrascht. Sie hatte das Gesicht eines Engels und die Figur einer barocken Schönheit. Er mochte das, die prallen Kurven und pure Sinnlichkeit einer absichtslos erotischen Frau. »Irgendwann ist es genug. Ich habe immer nur getan, was andere von mir erwartet haben«, sprach er weiter. »Jetzt will ich endlich leben, wie ich es will. Das ist keine Laune.«

»Ich unterstelle Ihnen ja keine Midlife-Krise …«

»Natürlich denke ich mit neunundvierzig über mein Leben nach«, unterbrach Vincenzo ihn, »und stelle manches infrage. Doch die Krise begleitet mich schon, seit ich hinter diesem Schreibtisch versaure. Ich will keine Zeit mehr verschwenden.«

Pasquale verstand das durchaus. Er selbst hatte den Countdown längst gestartet, das Rückwärtszählen der Jahre. Wie viele blieben ihm noch? Zwanzig, neunzehn, achtzehn, jedes Jahr eines weniger. Wann begann man eigentlich damit? Die Jugend rundete auf. »Aber sind Sie wirklich sicher, dass Neuseeland das ist, was Sie wollen?«, fragte er rundheraus. Ihm schien, Signor Vincenzo steckten einfach noch zu viel väterliche Bevormundung und die freudlosen Jahre an der Seite der treulosen Gattin in den Knochen. Ja, er hatte seine Jugend darüber verpasst, ein Neubeginn war wünschenswert, nur warum um alles in der Welt auf der anderen Seite derselben? Er konnte sich doch genauso gut hier neu erfinden.

»Ja, ich bin mir sicher«, antwortete Vincenzo, »und Daniele tut es auch gut. Er ist so weit. Er braucht mich nicht, im Gegenteil.«

»Ich verstehe«, erwiderte Pasquale. Er würde das Thema nun nicht mehr ansprechen und fortan seine eigenen Pläne vorantreiben, das schien erfolgversprechender. Er nahm das Tablett wieder auf und schlurfte zur Tür. »Ich werde eine Vorauswahl treffen, was die Garderobe anbelangt«, fügte er noch an und empfand den Rückzug seines Arbeitgebers, der ihn geradezu zu Unregelmäßigkeiten zwang, als persönliche Beleidigung, »und den Tweed von Gieves and Hawkes mit meinem Leben verteidigen.«

11

Noch immer dieselben zwei Zimmer mit Blick auf den Fluss, dieselben Möbel, Lampen, Blumenvasen. Carlotta betrat Ginos schlichte Wohnung im fünften Stock eines Mietkomplexes aus der Nachkriegszeit und fühlte sich sofort geborgen. Hier hatte sie mit achtzehn gewohnt, in Ginos Bett geschlafen, während er auf das Sofa im Wohnzimmer ausgewandert war, mit ihm gemeinsam piemontesische Gerichte aus dem Kochbuch seiner Großmutter gekocht und ein Fotoalbum aus den wenigen Bildern angelegt, die er kurz vor dem Abriss aus seinem Elternhaus geborgen hatte.

»Willst du wirklich nicht wieder nach Hause, Carlotta?«, fragt Gino zärtlich und legt ihr eine Decke über die Schultern. Ständig hat er das Bedürfnis, sie warm zu halten, zu füttern, ihre Träume zu bewachen. »Deine Mutter ist nicht mehr die Gleiche, seit du bei ihr ausgezogen bist. Sie vermisst dich wirklich sehr.«

»Ich kann nicht«, antwortet Carlotta und blättert in dem spärlichen Album zweidimensionaler Vergangenheit. Ihr Vater als junger Mann zwischen seinen Eltern, ihren Großeltern, die auch nicht mehr leben. Bèp Occelli im Websaal der Cotonificio, ölverschmiert und stolz, weil die Maschinen laufen. Auf den Fotos entdeckt Carlotta Ähnlichkeiten, so wie sie sie früher aus Ginos Gesicht herausgelesen hat. Die beiden Brüder stehen mit einem Freund auf dem Hauptplatz von Valle Masso, Gino hält einen Fußball unter dem Arm. Sie blättert weiter. »Warum ist er nicht zurückgekommen, Gino? Warum hat mein Vater einfach aufgegeben?«, fragt sie und meint: mich aufgegeben. Als sie noch nicht von ihm

gewusst hat, hat es weniger wehgetan. Jetzt sehnt sie sich mehr denn je nach ihm und ist verbittert.
»Er dachte wohl, ich wäre die bessere Wahl. Er wusste, dass ich Mimi und dich liebe.«
»Sie verdient dich aber nicht! Und sie will dich auch gar nicht, Gino, jeden anderen, nur nicht dich!« Carlotta will, dass Gino ihre Mutter genauso verachtet, wie sie es jetzt tut. Dass er Mimi endlich aus seinem Leben streicht. Dass er … Als ihre Mutter zum dritten Mal schwanger geworden ist, hat Gino über seine Kündigung nachgedacht und dann vor lauter Kummer eine Affäre mit einer Choristin angefangen, die vor Kurzem an die Bayerische Staatsoper gewechselt ist. Ob er wohl weiß, wer der Vater ihrer Schwestern ist? Wenn es ein Kollege aus der Oper ist, ein Sänger oder Regisseur, muss er doch irgendetwas mitbekommen haben? Aber Carlotta traut sich nicht, Gino zu fragen. Sie will ihn nicht noch mehr verletzen. Er sieht doch jetzt schon so verzagt aus. Am liebsten würde sie ihm die Decke zurückgeben, weil er sie dringender braucht. Ihm ist schon seit so vielen Jahren so kalt, sein Herz friert unter Mimi Calmas gleichgültigem Blick.
»Warst du wieder an der Schule?«, fragt Gino, um auf das eigentliche Thema zurückzukommen. »Hast du deine Schwestern gesehen?« Rosina und Susa gehen jetzt beide in die Grundschule, in Carlottas Grundschule, in der sie mit Daniele gewesen ist.
»Ja. Sie haben im Pausenhof zusammen gespielt. Ich stand am Zaun.« Carlotta beobachtet die beiden von der Straße aus. Susa hat sich kürzlich das Knie aufgeschlagen und geweint. Sie wollte sofort zu ihr und sie trösten. Die Kleinen fehlen ihr mehr, als sie es sagen kann. Sie sorgt sich so sehr um sie.
»Wir müssen deiner Mutter nicht verzeihen«, sagt Gino, »aber einsehen, dass wir trotz allem zusammengehören.

Mimi weiß es vielleicht nicht, Carlotta, aber wir sind eine Familie.«

Carlotta setzte sich Gino gegenüber in einen abgewetzten Sessel. Ihr Blick wanderte über die Buchrücken in seinen Regalen: Opernführer, Biografien, Lyrik und allerlei Fachliteratur. Notenhefte stapelten sich, und an der Wand neben dem Fenster stand ein betagtes Klavier. Gino hatte spielen gelernt, nachdem er nach Turin gezogen war, und er sang mit der Stimme eines klassischen Tenors. Wenn er im Regio alleine auf der Bühne stand, versuchte er sich manchmal an bekannten Arien und genoss die Akustik.

»Hast du heute frei, oder fängst du nur später an?«, fragte Carlotta ihn.

»Ich habe frei. Ich brauche etwas Zeit …«

»Und Abstand?« Seit Mimi mit dem Bass aus der *La Traviata* angebändelt hatte, baute Gino Überstunden ab, besonders wenn Nachmittagsvorstellungen angesetzt waren und der blasse Beau schon ab Mittag auf den Gängen trällerte und Konsonanten prononcierte. Ginos Werkstatt lag zwar im Untergeschoss, aber dennoch begegnete er Mimi und ihrem Galan öfter, als ihm lieb war.

»Ich würde Urlaub nehmen, aber ich muss diese dummen mechanischen Hühner für die *Zauberflöte* bauen«, sagte Gino resigniert und blickte zu seiner Kommode hinüber. Darauf standen Fotos der Mädchen – Carlotta, Rosina und Susa. Ihre Einschulungen, Carlottas Ladeneröffnung, Geburtstagsfeiern. Und auch ein Bild von Mimi aus dem letzten Jahr, als sie gemeinsam einen Ausflug gemacht hatten. Ein kleines Samtetui lag daneben, es hatte Staub angesetzt.

»Was für Hühner?«, fragte Carlotta verwundert.

»Na, für den Papageno, der ist doch Vogelhändler, also tritt er mit …«

»Hühnern auf?!«, unterbrach Carlotta ihn und lachte.
»Du weißt ja, diese Regisseure heutzutage, sie sind ständig auf der Suche nach dem noch nie Dagewesenen.«
»Eigentlich bin ich gekommen, um mit dir über den Verkauf der Weberei zu sprechen«, wechselte Carlotta das Thema. »Ich weiß natürlich, dass du mit Vincenzo Giordano befreundet bist, aber ich hab dich nie gefragt, wie viel du ihm eigentlich über uns erzählt hast, über meine Mutter und mich und … alles eben. Kennt er denn meine ganze Familiengeschichte?«
»Nein. Er weiß nur, dass ich deine Mutter liebe. Und dass ich dein Onkel bin, natürlich. Er weiß, dass du und deine Schwestern ohne Vater groß geworden seid, weil deine Mutter ein Freigeist ist, und dass ich euch als meine Familie ansehe«, zählte Gino auf.
»Das ist verdammt viel.«
»Ich konnte ja nicht ahnen, dass ihr euch eines Tages kennenlernt«, entschuldigte er sich.
Carlotta wollte es damit gut sein lassen. Sie konnte Gino nicht lange böse sein, und warum auch? Doch dann fiel ihr noch etwas ein. »Sein Sohn war mit mir in der Grundschule, Daniele.« Gino nickte. »Wir haben bei dir in der Rüstmeisterei gespielt.«
»Richtig.«
»Du hast damals zu uns gesagt, dass es ein Geheimnis bleiben muss, weil seine Mutter es nicht erlaubt hat.«
»Ich erinnere mich.«
»Hattest du nicht mit dem … Butler gesprochen?«
»Pasquale Rossi, Enzos rechte Hand. Er hat ihn wie alles andere von seinem Vater geerbt.« Gino schmunzelte. »Wir hatten ausgemacht, dass Daniele kommen darf und er ihn deckt. Wir wollten nicht, dass Enzo sich darüber mit seiner Frau in die Haare bekommt. Beatrice war eine schwierige

Person.« Pasquale und Gino hatten den »kleinen Geschäftsweg« beschritten, wie der Butler es damals diplomatisch ausgedrückt hatte. »Ich glaube, Enzo weiß das bis heute nicht. Lassen wir's dabei.« Gino blickte versonnen. »Was nun aber deine Entscheidung wegen des Verkaufs angeht«, meinte er dann, »da möchte ich, dass du sie alleine fällst, ohne mich mit einzubeziehen.«
»Wann habe ich je eine Entscheidung ohne dich gefällt?«, fragte Carlotta. »Wir haben meine Schneiderei zusammen ausgesucht, die Mieter in Valle Masso und sogar mein Kleid für den Abschlussball in der Schule.«
»Das konnten wir unmöglich deiner Mutter überlassen«, sagte Gino und lachte nun laut. Sein ganzer Körper geriet dabei in Bewegung. Der Schalk in seinem Gesicht ließ ihn wieder zu dem Jungen werden, der auf dem Hauptplatz Fußball gespielt hatte, zerschlissene Kleider und ein abgegriffener Gedichtband in der Jackentasche, den er nachts unter seinem Kopfkissen versteckte. Vincenzos Mutter hatte ihn ihm geschenkt und Ginos Vater ihn im nächsten Winter verheizt.
»Nein, das konnten wir wirklich nicht«, bestätigte Carlotta. »Er würde unsere Mieter behalten, hat er gesagt, und auch das Firmenschild deiner … unserer Familie und die alten Webstühle ausstellen, an denen Bèp noch gearbeitet hat, und eigene mit einbringen.« Gino wusste, dass sein Freund nach einem Abschluss suchte. Das geplante Museum war seine Art, sich von Valle Masso und seinen Bürgern zu verabschieden, von seinen Arbeitern und deren Familien, und eine Zeitreise, zurück in ihre Kindheit – sorglose Ferientage und Pläne, denen das Leben noch keine Absage erteilt hatte. Gino verstand Vincenzo nur zu gut.
»Dann ist es also entschieden?«, fragte er Carlotta.
»Wir haben noch nicht über Geld gesprochen«, erklärte sie.
»Glaube mir, er wird großzügig sein. Und vielleicht kann ich

Enzo ja überreden, das alte Mühlrad wieder anzuwerfen. Oh, das weckt Erinnerungen!«
Sie hatten zwar nicht über Geld, dafür aber über Stoffe gesprochen, kurz bevor Carlotta Vincenzos Büro verlassen hatte. Er hatte ihr angeboten, ihr die Fabrikation zu zeigen, vom Klang der Karden seiner Wollmühle erzählt, die bunten Garne im Lager als abstrakte Kunst in Kisten beschrieben und in seinen Musterbüchern gelesen wie andere in Romanen. Freude, Begeisterung, ja, Liebe hatten in seinem Blick gelegen, als seine Hand mit dem Siegelring der Monte Ruvellos über den altrosa Stoff glitt und sie für den Bruchteil einer Sekunde wünschte, er spüre ihrem Kleid nach und der Form ihres Körpers. Aber in diese Konfusion war sie nur geraten, weil Vincenzo sie an Daniele erinnert hatte. So wie sie ihn von früher kannte, nicht so, wie er jetzt in den Zeitungen beschrieben wurde. Draußen auf dem Flur hatte sie dann gezögert und den Gang hinuntergesehen, gehofft, eine der Türen würde sich öffnen und Daniele plötzlich vor ihr stehen. Das Wiedererkennen, die Umarmung – er würde sie ansehen, staunen, sagen, wie sehr er sie vermisst hatte. Diese Szene hatte sie sich Tausende Male vorgestellt, mit jedem Nadelstich, den sie an dem schwarzen Mantel ausgeführt hatte, der in ihrem Büro auf der Schneiderpuppe hing, dem mit den paspelierten Pattentaschen und dem nachtblauen Seidenfutter, Schulterbreite fünfundvierzig Zentimeter, Taillenumfang achtundneunzig – reines Augenmaß –, die Ärmel ein klein wenig länger als üblich. Aber keine der Bürotüren war aufgegangen, und keine ihrer Hoffnungen war erfüllt worden.
»Machst du meiner Mutter dann endlich einen Antrag, wenn du keine Schulden mehr hast und Geld auf der Bank?«, fragte Carlotta Gino, denn sie wollten den Verkaufserlös teilen, und sah zu dem Etui vor Mimis Bild hinüber.

Er zuckte mit den Schultern. »Du meinst, ich soll mutig sein?«, fragte er unsicher.
»Ich meine, du sollst sie dir über die Schulter werfen und aufs Standesamt schleppen. Sie versteht die leisen Töne nicht.«
Carlotta hatte recht, und Gino fasste einen Entschluss. Sein Leben verdiente eine Neuinszenierung. Er dachte an die Oper *Fedora* und stellte sich Mimi in der gleichnamigen Hauptrolle vor. Er würde den Grafen Loris spielen, und der schweigsame Basso aus dem Baltikum, mit dem sie angebändelt hatte, durfte den Vladimir Andrejevich geben, dessen einziger Auftritt aus seinem Ableben am Beginn des ersten Aktes bestand, gemeuchelt von Graf Loris höchstpersönlich. Dann folgte eine Liebeserklärung mit beträchtlichem Pathos, die der Graf seiner Fedora machte, und die Schöne erlag ihm. *Amor ti vieta,* mit großem Orchester!

12

Als Carlotta Vincenzos Vorzimmerdame Anfang Mai telefonisch um einen erneuten Termin bat, um den Verkauf der Cotonificio zu besprechen, versprach diese, sie umgehend zurückzurufen. »Signor Giordano bittet Sie, ihn zu Hause aufzusuchen«, erklärte sie wenig später. »Er würde Ihnen gegen achtzehn Uhr seinen Fahrer vorbeischicken, um Sie abzuholen. Könnten Sie das einrichten?« Carlotta hatte ihr Mobiltelefon auf Freisprechen gestellt, und ihre Schwestern hörten mit. Susa nickte wie verrückt, und Rosina unterbrach ihre Arbeit, damit das Rattern ihrer Nähmaschine das Gespräch nicht störte.
»Haben Sie denn die Adresse?«, fragte Carlotta.

»La Cenerentola, Via Paolo Sacchi 6«, antwortete die Dame. »Signor Giordano lässt ausrichten, dass er ein zwangloses Abendessen plant.«

Carlotta beendete das kurze Telefonat und blickte ihre Schwestern mit großen Augen an. »Er hat mich zu sich nach Hause eingeladen«, sagte sie dann ehrfürchtig.

»Du wirst mit Sean Connery essen«, ergänzte Susa begeistert. »Bitte mach Fotos!«

»Sicher nicht«, entgegnete Carlotta, die nie wusste, wann ihre kleine Schwester es ernst meinte. »Außerdem ist er gar nicht so alt, keine fünfzig.«

»Na und? Connery gibt's in jedem Alter. Giordano ist eben mehr *Bond* als *Im Namen der Rose«*, erklärte Susa und trennte eine Naht auf. Langsam gewann sie den Eindruck, dass Nähen Auftrennen bedeutete und nicht Zusammenfügen. Der Nahtauftrenner war ihr meistbenutztes Nähutensil. »Wenn du Glück hast, taucht sogar sein Sohn auf. Den haben wir letztes Mal im Clorophilla gesehen, mit seiner Freundin, dem Model.« Susa blickte verzückt. »Der ist ziemlich heiß.«

»Ziemlich arrogant«, mischte Rosina sich in das Gespräch, ohne aufzusehen. Susas Begeisterung für schöne Männer ließ sie völlig kalt, wenngleich ihr junger Schauspieler tatsächlich Charme hatte. Rosina hatte Susa an jenem Abend, nachdem sie Marco in der Bar kennengelernt hatte, noch lange ausgefragt und erfahren, dass sie ihm Anfang des Jahres im Parco del Valentino begegnet war. Er hatte Susa bei den beiden Laternen angesprochen, die dort nebeneinander auf einer Parkbank saßen wie ein altes Ehepaar, eine Installation. »Haben die zwei einen Trauschein?«, hatte er gefragt, und Susa war ausnahmsweise einmal keine schlagfertige Antwort eingefallen. Sie hatte nur Locken gesehen, die ihm wirr ins Gesicht hingen – das helle Braun von Sandelholz –,

türkis-bernsteinfarben gesprenkelte Augen, ein verschmitztes Lächeln und seine Modelfigur im warmen Parka mit Schal. Lässig und unaufgesetzt. Blitzschnell war sie alle Schauspieler durchgegangen, die sie kannte, um einen Abgleich zu machen, aber keiner hatte Ähnlichkeit gehabt, nicht die geringste. Das passierte ihr selten. Ein paar Mädchen hatten ihn angesprochen. Sie baten kichernd um ein Autogramm, und da er keine Bilder dabeihatte, hatte er auf ihren Handrücken unterschrieben. Susa kannte die Serie *Marco Polo* da noch nicht, aber sie sah noch am selben Abend die ersten Folgen mit Lorenzo Richelmy, dem italienischen Hauptdarsteller der amerikanischen, neunzig Millionen Dollar teuren Produktion. Die zweite Staffel war bereits abgedreht worden und würde ab Juli zu sehen sein. »Ist er denn nicht ständig im Ausland?«, hatte Rosina ihre Schwester gefragt. »Wie soll das denn gehen?« Und Susa hatte siegessicher geantwortet, dass sie nicht vorhätten zu heiraten und sich alles Weitere schon ergäbe. »Hast du nicht Angst, in der Klatschpresse zu landen?«
»Wäre das so schlimm?«
»›Serienstar datet kleine Turiner Schneidergehilfin‹«, hatte Rosina sie provoziert und dabei mit ihren Fingern die imaginäre Schlagzeile in der Luft untermalt. »›Die Neue im Harem des Kublai Khan‹.«
»Die Einzige«, hatte Susa bester Laune erklärt und damit das Gespräch beendet. Sie ließ sich nicht verunsichern. Rosina hatte daraufhin Carlotta Bericht erstattet, und nun waren sie beide ratlos.
»Ich glaube nicht, dass wir uns Sorgen machen müssen«, hatte Carlotta sich einzureden versucht. »Er wird ihr das Herz brechen und sie sich einen Doppelgänger suchen. Sie steckt das weg, sie kommt nach unserer Mutter!«
Carlotta dämpfte gerade einen Coupon zartblaues Leinen

auf und sah dabei bewegte Flachsfelder vor sich, eine satte blaue Landschaft, die sich über sanfte Hügel erstreckte. Laubbäume standen in den Senken, und überall leuchteten wogende Blüten. Grün und Blau, so weit das Auge reichte, der Übergang zum Himmel war gar nicht auszumachen. Grün und Blau, die Felder, die Stoffbahn auf Carlottas Bügeltisch, es war die pure Meditation.

»Du findest Daniele Giordano also arrogant?«, fragte sie Rosina möglichst beiläufig, und ihr Herz schlug schneller. Unbewusst griff sie nach dem Fingerhut an ihrer Kette, von dem die Schwestern nur wussten, dass Carlotta ihn einmal von einem Klassenkameraden geschenkt bekommen hatte, der später nach Neuseeland ausgewandert war. »Er erinnert mich daran, dass ich die Welt sehen will«, sagte sie oft. Die Welt … Carlotta blickte auf die Uhr in der Werkstatt – elf Uhr fünfzig. Auf Gleis 16 fuhr gerade der Frecciarossa ab. Bis Mailand brauchte er nur eine Stunde.

Der Koffer steht gepackt an Ginos Tür. Carlotta hat ihm einen Brief auf den Couchtisch gelegt, worin steht, dass sie ihre Ausbildung in Mailand beenden wird, und ihn bittet, sich alleine um die alte Buntweberei zu kümmern. »Mein Vater ist dort überall, Gino«, schreibt sie. »Er steht noch an den alten Maschinen, er sitzt auf der Fensterbank, dort, wo er die zerbrochene Scheibe mit dem Ofenblech abgedeckt und mittags gegessen hat. Der Geruch nach Wald und feuchten Wänden, das ist er, und die spärlich beschriebenen Seiten in seinem Auftragsbuch. So viel Verlassenheit … Ob sie schon da war, als er noch gelebt hat? Ist das seine Einsamkeit, die ich dort spüre? Je näher ich meinem Vater komme, desto größer wird der Hass auf meine Mutter, Gino, und ich will sie nicht hassen, ich will es doch nicht.«

Carlotta muss weg. Turin ist zu klein für sie und Mimi, zu klein für sie und den Schmerz, dem sie im Websaal der Cotonificio Occelli begegnet ist. Sie öffnet gerade die Haustür, als das Telefon klingelt. Es ist Gino. »Carlotta, Rosina ist krank, die Schule hat angerufen.«

»Und?« Sie versucht, nicht besorgt zu klingen.

»Heute ist die Generalprobe, Mimi und ich können unmöglich hier weg. Bitte, du musst deine Schwester abholen.« Carlotta schweigt. Sie blickt auf den Brief. »Bist du noch dran?«

»Ja.«

»Bitte, Carlotta, Rosina braucht dich jetzt.« Stille. Der Koffer steht im Flur. »Deine Mutter braucht dich.«

»Ich bringe Rosina heim und warte dort, bis sie kommt. Sie soll sich beeilen«, sagt Carlotta, stürzt zur Tür hinaus und nimmt die nächste Straßenbahn.

Rosina hat hohes Fieber, es geht ihr sehr schlecht. Auf dem Rückweg hält Carlotta sie im Arm, und jeder Atemzug der Kleinen schmiegt sich an ihr Herz. Susa sitzt neben ihr. Ihre kurzen Beine zappeln wie hungrige Vögelchen im Nest. Carlotta hat sie aus dem Unterricht geholt, nachdem sie an Rosina die roten Pünktchen gesehen hat – Windpocken. Susa hat sie sicher auch schon.

Als der Arzt kommt, spielt sie im Wohnzimmer, und Rosina liegt auf dem Sofa, damit Carlotta beide Mädchen im Auge behalten kann. Sie hat Suppe gekocht und kalte Wadenwickel gemacht. Die kleine Wohnung unter dem Dach mutiert zur Krankenstation, und Carlotta ist glücklich, endlich, seit Monaten zum ersten Mal wieder. Als ihre Mutter nach Hause kommt, geht sie, aber nur, um von Gino ihren Koffer zu holen und wieder zu Hause einzuziehen. Sie sind eine Familie, hat er gesagt, und Carlotta weiß, dass er recht hat. Sie, die Mädchen, Mimi und Gino – sie gehören zusammen. Wenn sie fortginge, wäre sie nicht besser als ihr Vater.

»Ja, ich finde Daniele arrogant«, erwiderte Rosina und dachte an sein selbstsicheres Gebaren in der Bar. »Für den sind alle anderen doch nur Statisten, die seine Auftritte in der Öffentlichkeit flankieren. Der sieht die Leute nicht mal richtig an, wenn er wo reinkommt. Dem genügt es, selbst gesehen zu werden.« Während Rosina sprach, nahm sie eine nach der anderen die Stecknadeln aus dem Mund, mit denen sie gerade zwei Stofflagen zusammenheftete. »Und das Huhn, das er ausführt, ist nur Deko!«, nuschelte sie.
Carlotta stellte das Bügeleisen ab und überlegte, ob sie in der Mittagspause nicht besser nach Hause fahren und sich für den Abend umziehen sollte. Sie trug ihren dunkelblauen, wadenlangen Faltenrock, eine taillierte weiße Bluse mit breiten Manschetten und Ballerinas. Nichts Auffälliges, klassische Eleganz, unterstrichen durch die Perlohrringe, die Gino ihr kürzlich zum dreißigsten Geburtstag geschenkt hatte. Wollte sie so aussehen, wenn sie Daniele wiedersah? Falls sie ihn wiedersah. Doch egal, was sie tragen würde, ein Model wäre sie sowieso nie.
»›Das Huhn, das Daniele Giordano ausführt‹, das war letzte Woche übrigens in der ELLE«, griff Susa das Thema noch einmal auf, weil es sie faszinierte. Dabei hätte sie selbst jederzeit jedes internationale Modemagazin zieren und auf Laufstegen flanieren können. Ihr fehlten lediglich ein paar Zentimeter zur großen Karriere, diejenigen, die das Gewöhnliche vom Außergewöhnlichen trennten und in der Welt der Mode wahre Schönheit definierten.
»Nun streitet euch nicht«, sagte Carlotta, »und esst heute Abend bitte die isländische Lammsuppe, die ich für uns vorbereitet habe.«
»Lamm*suppe?*«, fragte Susa entgeistert.
»Isländisch?«, wiederholte Rosina.
»Ganz genau, *Kjötsúpa,* die ist köstlich.« Die beiden sahen

sich an und entschieden wortlos, Pizza zu bestellen. »Muss ich mich noch zurechtmachen?«, wollte Carlotta von ihnen wissen.

»Ja!«, antwortete Susa, und Rosina sagte zeitgleich: »Nein!«

»Das ist hilfreich, vielen Dank.«

»Du bist am schönsten, wenn du du bist«, erklärte Rosina, »genau so.« Carlotta blickte unsicher. »Soll ich dir vielleicht noch was ins Futter sticken?«

»Zum Beispiel?«

»Kohle her!«, erwiderte Rosina und lachte, und Susa fiel mit ein. Da waren sie sich wieder einig. »Der alte Herr soll dir einen fetten Scheck geben.«

»Er ist nicht alt«, beharrte Carlotta. »Und wir vereinbaren höchstens einen Notartermin.« Sie überlegte kurz. »Aber du hast recht, Rosina, es ist ein Geschäftstermin, egal, wo er stattfindet. Also bleibe ich, wie ich bin.«

»Spaßbefreit und angebunden«, murmelte Susa, die ihrer großen Schwester ein eigenes Leben gegönnt hätte.

»Bitte?« Carlotta hatte sie durchaus verstanden.

»Ich meine ja nur«, sagte sie, »du erkennst ein Abenteuer nicht mal, wenn es dich mit der Limousine abholt.«

13

Pasquale öffnete die Tür im Fond des platinfarbenen Maserati Quattroporte, dessen Lackierung mit feinsten Aluminiumpigmenten an flüssiges Metall erinnerte, und ließ Carlotta aussteigen. Sie hatte die kurze Fahrt genossen, sich in die herrlichen Ledersitze mit den samtweichen Einsätzen aus Maulbeerseide geschmiegt und in den Dachhimmel geträumt. Der Wagen duftete nach Erfolg und Weltläufigkeit. Beim

Anblick des Anwesens an der San Martino Superiore stockte ihr dann endgültig der Atem. Hier also war Daniele aufgewachsen, in diesem vornehmen Haus mit Laubengängen, Nebengebäuden und einem Park, den sie vom Eingang aus nur ahnen konnte. Langsam verstand sie, warum sein Vater ihn nicht länger in die öffentliche Schule hatte gehen lassen wollen. Er passte wirklich nicht dorthin. Nie war ihr das klarer gewesen als in diesem Moment, in dem Vincenzos Butler sie in die Eingangshalle hereinbat – Marmor, Stuck, Fresken, sparsam antik möbliert und ein gewaltiger Kristallleuchter, wie er auch im Palazzo Reale, dem Königspalast, hätte hängen können. Nein, jetzt wusste sie es, er sah aus wie der riesige Lüster der Oper, ein viel genutztes dominantes Requisit, Herzstück unzähliger Bühnenbilder.

»Signor Giordano bittet Sie in den Salon«, sagte Pasquale, der sich Carlotta vorgestellt hatte, obwohl sie sich an ihn erinnerte – aber das kam heute besser nicht zur Sprache. Er nahm ihr den Mantel ab.

»Danke, Signor Rossi, und besonders auch für die angenehme Fahrt.«

Pasquale lächelte, was nicht allzu oft geschah, nur ab und an in Rosas Gesellschaft angesichts ihrer köstlichen kulinarischen Kreationen und bei ausgeprägten Wetterphänomenen. Doch diese junge Frau hatte sein Herz sofort gewonnen durch ihre Natürlichkeit, Anmut und jene besondere Freundlichkeit, die sich nicht aufsetzen ließ, die war ihr eigen. Außerdem hatte ihn ihr dezentes Parfum an einen Sehnsuchtsort zurückgetragen und ihm gleichzeitig einen Blick in die Zukunft erlaubt.

Pasquale kündigte Carlotta an, und Vincenzo erhob sich aus seinem Chesterfieldsessel. Er nahm die Lesebrille ab, legte sie auf den schmalen Gedichtband, in dem er gerade gelesen hatte, kam Carlotta entgegen und reichte ihr die Hand. Heute trug er eine legere leichte Strickjacke über einem Hemd ohne Krawatte und dazu Bundfaltenhosen. Er wirkte wie ein Harvardprofessor, der über Korrekturen saß. Im Salon herrschte die Atmosphäre eines englischen Gentlemen's Club, wie sie viele Herrenschneider überall auf der Welt in ihren feinen Ateliers kopierten, um ihrem angestammten Klientel vertraute Heimeligkeit zu suggerieren – dunkles Holz, Ledersofas, Sessel und natürlich Orientteppiche. Ungewöhnlich waren nur die Gemälde und Lithografien von Gustav Klimt und Friedensreich Hundertwasser, die, sorgfältig gehängt, von kleinen Bilderleuchten angestrahlt wurden. Hier schienen zwei Welten aufeinanderzutreffen. Carlotta erkannte Hundertwassers *Insel der verlorenen Wünsche,* auf der sich Vincenzo seit Jahren gestrandet wähnte.

»Ich freue mich, dass Sie da sind«, sagte er und wandte sich an seinen Butler. »Das wäre fürs Erste alles, Pasquale, vielen Dank.«

»Ich serviere das Abendessen pünktlich um sieben«, erwiderte Pasquale, verneigte sich leicht und ging. Er war ausnahmsweise versöhnlicher Stimmung.

»Ich hatte mich schon in Ihren Wagen verliebt«, versuchte Carlotta sich an einem Scherz, »und wollte dort einziehen. Ich dachte nicht, dass er sich an Luxus noch überbieten lässt, bis ich Ihr Haus gesehen habe.« Sie sah sich um, und Vincenzo betrachtete seinerseits die bezaubernde Erscheinung in seinem Salon. Er spürte einen Anflug von Erregung, ein Gefühl, das ihn verwirrte.

»Das Haus ist in der Tat sehr schön«, entgegnete er. »Mein Vater hat es vor fast vierzig Jahren gekauft, und seither hat sich nicht viel verändert.« Carlotta blickte durch die breite Fensterfront in den Garten und über die Stadt hinweg in die Berge. Die Gipfel der steinernen Riesen waren noch immer tief verschneit, manche trugen die kalte weiße Pracht das ganze Jahr über. Der Himmel hob sich in Grautönen ab, kurze sonnige Abschnitte wechselten mit dichterer Bewölkung. »Darf ich Ihnen etwas zu trinken anbieten? Einen *aperitivo?*«

»Einen Punt e Mes, wenn Sie ihn haben …«

»Ah, da zeigt sich die Verwandtschaft mit Giòrs«, erwiderte Vincenzo erfreut, ging zu seiner Bar und schenkte Carlotta und sich je ein Glas des roten Wermuts ein, den die Turiner allein durch eine kleine Geste bestellten. Im Glas spielten topasfarbene Reflexe, die bittersüße Flüssigkeit schmeckte nach Orangenschalen.

»Sie mögen Hundertwasser?«, fragte Carlotta, und Vincenzos Gesicht erhellte sich noch mehr.

»Uns verbindet die Liebe zu Neuseeland«, erklärte er. »Hundertwasser verbrachte seine letzten Jahre größtenteils im Kaurinui-Tal. Man hat ihn dort unter einem Tulpenbaum beerdigt. Mir schwebt Ähnliches im Süden vor.«

Carlotta hoffte, ihn falsch verstanden zu haben, und dachte an eine Tour in ihrem Reisetagebuch: Neuseeland und seine Weingüter entdecken, den Sauvignon Blanc, Pinot Noir und Chardonnay der experimentierfreudigsten Winzer der Welt auf der anderen Seite des Globus genießen und die vielen Millionen Schafe sehen, deren Fell hier im Norden Italiens zu besten Tuchen verwoben wurde.

»Meine Mieter in Valle Masso haben im letzten Jahr eine Tapisserie von Hundertwasser für das Kunst Haus Wien restauriert, das war atemberaubend«, erzählte sie. »So nah kommt man den Exponaten sonst nie.« Außer in der Casa Giordano, ging es ihr durch den Kopf, denn sie war davon überzeugt, dass es sich bei den Bildern hier im Salon ausschließlich um Originale handelte. »Entschuldigung, hängt dahinten Klimts *Rosen unter Bäumen?* Ich dachte, das wäre in Paris.«

»Sie verstehen etwas von Kunst«, erwiderte Vincenzo anerkennend.

»Mehr von Farben und … Mustern, von … Gestaltung, Harmonie …« Carlotta suchte nach Worten. Sie wollte die Quelle der Inspiration beschreiben, die in die Entwürfe ihrer Kleider einfloss. »Und deshalb gehe ich gerne in Kunstausstellungen. Sie könnten Eintritt nehmen.«

Vincenzo lachte. »Das dahinten ist ein Giordano, kein Klimt. Es ist von meiner Mutter. Das einzige Bild von ihr, das mein Vater nicht weggegeben hat.« Pasquale hatte es gerettet und verwahrt, nachdem Vittore nach dem Tod seiner Frau all ihre persönlichen Sachen verschenkt hatte. So wie Vincenzo sich jetzt von den Antiquitäten und Oldtimern seines Vaters trennte, ein Akt ausgleichender Gerechtigkeit.

»Es ist nicht immer ganz leicht zu entscheiden, wann man zurück und wann man nach vorn schauen soll, nicht wahr?«, sagte Carlotta.

»Das ist dann wohl mein Stichwort«, entgegnete Vincenzo und bot ihr einen Platz an. »Haben Sie mit Giòrs gesprochen?«

»Ja.«

»Und?« Carlotta nippte an ihrem Wermut und leckte sich verstohlen über die Lippen. Sie glänzten vom flüssigen Zucker. Vincenzo wartete gespannt und bemerkte, dass ihre Augen ihre Farbe veränderten, durch alle Blautöne hindurch ins Türkis. In Hundertwassers *Der blaue Mond – Atlantis* drüben neben seinem Bücherregal fanden sich diese Farben wieder. Eine seiner Spiralen schien Vincenzo gerade in ein tiefes Wasser zu ziehen, in hundert Wasser, ein Strudel schnell kreisender Verlockungen. Er stand auf und schenkte sich nach. Seine Hände zitterten leicht, sein Herz schlug schneller.

»Ich verkaufe«, sagte Carlotta in diesem Moment, und er setzte sich wieder zu ihr. Der kurze Schwindel legte sich. »Die Handwebstühle könnten zerlegt und im ersten Stock wieder aufgebaut werden, dann wären meine Mieter auch nicht durch die Besucher unten gestört. Und einmal im Monat würden sie ein Wochenende drangeben und ihre Arbeit vorführen. Ist das vorstellbar?«
»Natürlich«, antwortete Vincenzo. »Vielleicht richten wir in den Räumen auf der Ostseite auch einen kleinen Museumsshop ein. Falls Ihre Weber noch Kapazitäten frei haben, könnten sie dort etwas verkaufen.« Vincenzo begeisterte sich. »Ich habe da kürzlich etwas über Manteltücher nach dem Vorbild römischer Tuniken gelesen, die in Mode kommen. Oder kennen Sie die beiden Moormäntel aus dem 2. Jahrhundert? Ein Fund aus dem Hunteburger Moor in Deutschland.«
»Sie sind sehr gut erhalten und haben ganz erstaunliche Farben«, erwiderte Carlotta.
»Blau- und Grüntöne, ein Karomuster«, fuhr Vincenzo begeistert fort. »Diese Farben haben mich inspiriert.« Er versank kurz in Gedanken. »Kennen Sie Portofino?«, fragte er dann unvermittelt.
»Nein, nur von Bildern.«
»Dort finden Sie die Farben überall, im Meer, im Himmel und in den Pinienwäldern. Sie haben mich ein Leben lang begleitet.« Vincenzo hielt sein Glas hoch und kehrte zum Geschäftlichen zurück. »Stoßen wir darauf an?«
Carlotta beugte sich zu ihm herüber, und er konnte nicht umhin, ihr Dekolleté zu bewundern, die seidige helle Haut, den üppigen Busen. Er nahm den schwachen Duft von Rosen an ihr wahr. In seinem Garten blühten nur wenige. Sein Vater hatte Zierbüsche setzen lassen und freie Flächen bevorzugt, auf denen seine Hunde herumtoben konnten. Sie

tranken einen Schluck, und Vincenzo entnahm dem Gedichtband, in dem er gelesen hatte, einen Zettel, auf dem er eine Zahl notiert hatte. Er reichte ihn Carlotta wortlos, und sie blickte auf sehr viele Nullen, signalisierte dann ihre Zustimmung und dachte dabei an Gino. Sie würden den Betrag teilen, ihre Schulden tilgen, und Carlotta würde sogar noch ein Angebot für ihren Laden abgeben können. Der Eigentümer erwog schon länger den Verkauf. Oder … oder sie ging endlich ins Reisebüro und stieg dann in ein Flugzeug. Konnte sie das? Durfte sie das? Susas Ausbildung für ein paar Wochen an Rosina übergeben und endlich losziehen? Und wenn ja, wohin? Mexiko? Am frühen Morgen den Mercado Medellín besuchen, Tortillas aus Nixtamal-Teig probieren und mit einheimischen Händlern bei einem Arabica-Kaffee, der von Kleinbauern in Chiapas angebaut wurde, ein Schwätzchen halten? Sie sprach gut Englisch und Spanisch und lernte gerade ein wenig Japanisch. Ihr Küchenlatein erstreckte sich aber auch auf Französisch, Portugiesisch und etwas Hindi. Mit ihren indischen Rezepten überraschte sie ihre Schwestern öfter mal.

»Wir haben ja die Associazione Ideabiella mit im Boot«, erklärte Vincenzo die großzügige Summe, die er nicht zuletzt auch in der Hoffnung anbot, seinen Freund Gino schuldenfrei zu stellen, wusste er doch um sein finanzielles Engagement für die Cotonificio. Wie oft hatte er ihm seine Unterstützung angeboten und Gino sie abgelehnt. »Und Sie dürfen die Lage am Fluss und bei der historischen Kapelle nicht vergessen, die ist unbezahlbar.«

»Wie schnell wollen Sie es abwickeln?«, fragte Carlotta.

»Ich bemühe mich um einen Notartermin und würde gleichzeitig eine Baufirma beauftragen, mir einen Kostenvoranschlag für die Sanierung zu machen. Der Umbau wird sich in den Winter ziehen, wenn wir ihn überhaupt noch in diesem

Jahr abschließen können.« Er überlegte. »Ich werde die Fertigstellung vielleicht gar nicht mehr sehen.«
»Warum?«, fragte Carlotta.
»Ich übergebe die Lanificio Anfang September meinem Sohn und habe vor, dann nach Neuseeland auf unsere Farm zu ziehen.« Daniele hatte Carlotta oft von der Mount Nicholas Station erzählt, von den Schafen und der Abgeschiedenheit, der Freiheit im Land der langen weißen Wolke, wie die Maori es nannten.
»Wollen Sie dort den neuseeländischen Sommer verbringen?«
»Genau genommen will ich dort leben«, gestand Vincenzo und begriff, wie nah seine Pläne nun rückten.
Carlotta sah ihn ungläubig an. »Und Schafe züchten? Ich meine … Entschuldigung … ich wollte sagen …«
»Ich weiß, was Sie meinen.« Vincenzo nickte.
»Wird Ihre Weberei Ihnen denn gar nicht fehlen? Und Ihre Familie?«
»Ein Unternehmen wie die Lanificio zu führen, bedeutet in der heutigen Zeit nur noch, dem Druck und Konkurrenzkampf wachsender Märkte nachzugeben. Billigproduktion, Wegwerfware, Wachstum um jeden Preis, das war nie meine Welt. Wen interessiert denn heute noch die Philosophie, die hinter einem Stück Stoff steht?«
»Mich«, sagte Carlotta, »die Schneider und Designer. Wir hauchen den Träumen, die sie schaffen, Leben ein und verändern mit unseren Kreationen Menschen. Wirklich!« Carlotta hätte sich stundenlang begeistern können. »Jeder Stoff erzählt doch eine Geschichte, jedes individuell angefertigte Kleidungsstück!« Vincenzo sah Carlotta an, und seine Augen erinnerten sie an die Haselnusshaine in den Hügeln der Langhe, die Spätsommerernte … Nicht wie Danieles, dachte sie, die waren blau, doch der Ausdruck war ähnlich.

Ob er wohl da war? »Wird Ihr Sohn dann auch das Haus übernehmen?«, wollte sie wissen.
»Nein, das ist schon verkauft. Daniele zieht nach Mailand. Er ist kaum noch hier.«
Carlotta konnte ihre Enttäuschung nicht verbergen. Er würde heute Abend also nicht da sein.
»Wie schade«, sagte sie.
»Er verlegt den Firmensitz dorthin.«
»Lebt nicht auch seine Mutter in Mailand?« Vincenzo wirkte überrascht. »So was steht in der Zeitung«, erklärte Carlotta.
»Ja, natürlich. Dort steht so manches, nicht wahr.« Vincenzo sah auf seine Armbanduhr. »Wollen wir ins Speisezimmer hinübergehen? Pasquale versteht keinen Spaß, was Verspätungen in seinem Haushalt anbelangt.«
Er durchquerte die Eingangshalle, einen Flur, der zur Gartenseite hin wie eine Galerie gebaut war, und öffnete dann eine Tür. Der lange Esstisch dominierte den Raum, dazu unzählige Stühle und eine schwere Anrichte. Carlotta sah, dass drei Gedecke aufgelegt waren. Vincenzo rückte ihr den Stuhl neben seinem angestammten Platz am Kopfende des Tisches zurecht. Er genoss es, einmal nicht alleine oder mit langweiligen Geschäftspartnern essen zu müssen.
»Erwarten Sie noch jemanden?«, fragte Carlotta und sah auf das Gedeck ihr gegenüber.
»Nein, nicht wirklich. Aber Pasquale lässt es sich nicht nehmen, jeden Tag für meinen Sohn mit zu decken. Rosa, meine Haushälterin, kocht nach wie vor seine Lieblingsgerichte.« Er räusperte sich. »Manchmal glaube ich, die beiden wollen mir damit etwas sagen.«
Als Pasquale mit einem Tablett hereinkam, auf dem eine Suppenterrine stand, erzählte Vincenzo Carlotta gerade von den Abenteuern, die er als Kind mit Bèp und Gino in Valle Masso erlebt hatte, und sie war glücklich, mehr über ihren

Vater zu erfahren. Wen sonst außer Gino konnte sie fragen, um sich diesen fremden Mann zu erklären, der ihr Leben so nachhaltig bestimmt hatte, ohne je da gewesen zu sein? Sie sah zur Tür und erkannte in dem Moment Daniele, der gleich hinter Pasquale das Esszimmer betrat. Er trug einen teuren dunkelblauen Anzug von der Stange, kein Stoff von Giordano – unverzeihlich! –, einen Dreitagebart und die dunklen Haare kurz geschnitten. Der vertraute Sternenblick ihrer Kindheit streifte sie. Nachtblaue Marquisette, dunkle Duchesse und funkelnde Glasperlen an einem brokatgewirkten Himmel tauchten in ihrer Erinnerung auf.

14

Wir müssen über unser Angebot für Borsalino sprechen«, sagte Daniele ohne Begrüßung zu seinem Vater und nickte Carlotta nur kurz zu. Die berühmte Hutmanufaktur war aufgrund obskurer Geschäfte eines Investors in gravierende Zahlungsschwierigkeiten geraten, und das bei steigender Nachfrage. Neues Kapital wurde gesucht, und Daniele erkannte darin eine einmalige Chance, die geplante Herren-Couture zu erweitern. Das piemontesische Traditionsunternehmen passte perfekt in sein angestrebtes Portfolio. Filmstars wie Johnny Depp oder Denzel Washington trugen Borsalino, Nicole Kidman und John Malkovich sowie internationale Sänger. Die Außenwirkung wäre unbezahlbar. Seit Al Capone galt der Fedora – das erfolgreichste Modell – als Symbol für Coolness und Eleganz.

»Ich habe einen Gast«, erwiderte Vincenzo, eine Rüge im Ton. »Darf ich vorstellen: Signorina Calma, mein Sohn Daniele. Bitte setz dich doch und iss mit uns.«

»Signorina Calma?«, fragte Daniele nach und überlegte. Er reichte ihr die Hand.
»Sie ist die Besitzerin der Cotonificio Occelli, das Museumsprojekt, du erinnerst dich?« Daniele musterte Carlottas Gesicht. War sie das wirklich? »Die Signorina hat sich entschieden, den Betrieb ihres Vaters an mich zu verkaufen.«
»Signor Giordano«, sagte Carlotta, und Daniele ließ ihre Hand los und setzte sich ihr gegenüber. Die Stimmung nach einem Blitzeinschlag griff Raum, die Entladung und Verwunderung über das unglaubliche Ereignis in nächster Nähe.
»Rosa hat ihre *minestrone* mit *parmigiano* gekocht«, sagte Pasquale zu Daniele, der sich gerade wieder fasste und von ihm den Teller füllen ließ, »nicht ohne Aufwand!« Schweigen. Vincenzo beobachtete Daniele und seinen Gast und versuchte sich zu erklären, was vorging. Signorina Calma strahlte, das taten alle Frauen in Danieles Nähe, und sein Sohn schien irritiert. Das war neu, denn keine der zahllosen Schönheiten, mit denen er sich normalerweise umgab, hatte ihn je aus dem Konzept gebracht.
»Wir kennen uns«, sagte Daniele. »Von früher, nicht wahr?«
»Ja, wir kennen uns«, antwortete Carlotta und wusste, dass sie keinen einzigen Löffel der wunderbar duftenden Gemüsesuppe würde essen können. Sie bekam kaum Luft. Die letzten neunzehn Jahre bauten sich gerade wie eine Wand zwischen ihr und Daniele auf, der Abschied, Stein um Stein, das Warten auf einen Brief, höher und höher, die Fragen, die Sehnsucht, zementiert. Der Tag, an dem er in der Galleria San Federico achtlos an ihr vorbeigegangen war, Jahre später, und sie nicht erkannt hatte, schloss das Bauwerk ab. Bruchsteine aus Enttäuschung, zu einer Mauerkrone gestapelt, versiegelten die Vergangenheit.
»Lola«, sagte Daniele jetzt und riss die Mauer mit diesem einen Wort wieder ein, »mein Gott, Lola, das ist ja verrückt!«

Keiner im Raum konnte die stürzenden Steine sehen, das innere Chaos, doch die Erschütterung spürten sie alle. Daniele schlüpfte aus seinem Sakko, streifte mit ihm die Insignien des künftigen Chefs der Lanificio Giordano ab, das Jetset-Leben, die Ovationen, und streckte seine Beine unter dem Tisch aus wie einst unter der schäbigen Schulbank der *scuola primaria*.

»Ihr kennt euch also?«, fragte Vincenzo, und Pasquale wurde blass. Eine kleine Komplikation, mit der er nicht gerechnet hatte. Dass Signor Daniele aber auch ausgerechnet heute zum Abendessen kommen musste! Vincenzo erfuhr nun von Carlottas und Danieles gemeinsamer Grundschulzeit und wunderte sich, dass Gino nie erwähnt hatte, dass seine Nichte mit seinem Sohn in dieselbe Klasse gegangen war. Aber damals wusste Gino ja auch noch nichts von der Verwandtschaft, da war Signorina Calma nur ein Mädchen, in dessen Mutter er verliebt war. Außerdem hatten sie sich zu der Zeit nicht so häufig gesehen, denn er, Vincenzo, war in der Welt unterwegs gewesen – Rohstoffeinkäufe. Er war mit dem Jeep über die kargen Hochebenen in der Inneren Mongolei gefahren, zu den besten Kaschmirproduzenten, hatte in der chinesischen Provinz Jiangsu um feinstes Seidengarn gefeilscht und in Südamerika mit den Quechua-Indianern den Verkauf der zarten Alpakawolle besiegelt. Und dann war sein Vater krank geworden und er hinter seinem Schreibtisch versauert. Die Abenteuer unternahmen jetzt andere.

Carlotta beschrieb den beiden Männern beim Essen ihren Werdegang und erzählte von ihrer Schneiderei. »Meine beiden Schwestern arbeiten bei mir, Rosina und Susa, die Kleine. Sie ist geboren worden, als du aufs Internat gegangen bist, Daniele.«

»Eine dieser Maßschneidereien, die das reiche Klientel bedient?«, fragte er. »Ein wenig Savile Row in der Via Roma?«

»Ganz und gar nicht«, entgegnete Carlotta und genoss – mittlerweile etwas entspannter – die *saltimbocca,* die Pasquale serviert hatte. »Mein Geschäft liegt am Bahnhof, in der Nähe unserer alten Schule. Und ich arbeite dort überwiegend für Frauen, die glauben, dass sie nicht schön sind, die nicht dem klassischen Schönheitsideal entsprechen, zu dick sind oder zu dünn, zu groß, zu klein, zu alt oder zu unscheinbar. Wirklich, ich frage mich immer, für wen eigentlich?« Sie gabelte ein Salbeiblatt auf. »Meine Kleider kosten kein Vermögen, aber sie machen die Frauen, die sie tragen, glücklich. Sie lassen ihre Unsicherheiten verschwinden und geben ihnen ihre Würde wieder.« Sie sah Vincenzo an, in der Hoffnung, dass er verstand, dass seine Stoffe sehr wohl von Bedeutung waren. »Diese Frauen kommen zu mir, und ich schicke sie auf eine Entdeckungsreise zu sich selbst.«

»Maßschneiderei für jedermann? Ein normaler Anzug kostet an die viertausend Euro«, hielt er dagegen, »mindestens, viele sind deutlich teurer.«

»Schon«, meinte Carlotta, »ein Schneider sitzt daran ja auch siebzig Stunden, und dazu kommt das Maßnehmen, die Schnitterstellung, die Anproben, das Material …«

»Und die Ladenmiete«, ergänzte Daniele und jagte Carlotta mit jedem absichtslosen Blick einen Schauer über den Rücken.

»Genau. Aber die ist bei mir niedrig«, erklärte sie, »und ein Rock oder ein Kleid ist auch nicht ganz so aufwendig. Oder auch mal eine Änderung.«

»Du änderst?«, fragte Daniele verwundert.

»Selten, aber ja.« Carlotta erzählte von einer jungen Frau, die ein altes Kostüm in die Schneiderei mitgebracht hatte, eine ihrer Lieblingsgeschichten. »Ich habe es im Schrank meiner Großmutter gefunden«, hatte die Kundin gesagt. »Sie ist über neunzig geworden und kürzlich gestorben.«

»Es stammt noch aus den Vierzigerjahren«, hatte Carlotta begeistert festgestellt und eine besondere Magie an dem Ensemble entdeckt, das einen Dornröschenschlaf hielt und darauf wartete, geweckt zu werden.

»Meine Oma hat es getragen, als mein Opa aus dem Krieg heimgekommen ist. Es gibt ein Foto von den beiden, von diesem Tag, da hat sie es an. Sie hat vier Jahre auf ihn gewartet, wissen Sie. Können Sie es für mich ändern? Ich will es unbedingt tragen.«

Carlotta hatte die Kundin gebeten, das schmale Kostüm mit der langen Jacke anzuziehen. Susa hatte um die Ecke gespäht und war an eine Szene aus *Casablanca* erinnert – »Ich seh dir in die Augen, Kleines.«

»Es fehlt nicht viel, nur ein paar Abnäher, und hier muss ich es kunststopfen, sehen Sie, das kleine Loch?« Das konnte Carlotta so gut wie keine andere, sie hatte es schon als Kind von Serafina Bandorotti, der damaligen Chefin ihrer Mutter, gelernt. »Warten Sie denn auch auf jemanden?«, hatte sie die Frau gefragt, während sie den Rock abgesteckt hatte. Es war nur ein Gefühl.

»Ja, auf meinen Verlobten. Er ist in Afghanistan bei der ISAF. Drei seiner Kameraden sind dort kürzlich bei Farah getötet worden.«

Carlotta hatte überlegt, bei der Änderung etwas unters Futter zu sticken, doch da hatte sie gespürt, dass dieses Kleidungsstück seine Botschaft längst verinnerlicht hatte: »Komm zurück!«

»*Solche* Änderungen mache ich schon«, erzählte sie Daniele und seinem Vater, und Vincenzo begriff, dass Carlotta – so wie er – Stoffe lesen konnte und die Geschichten von Kleidern. Niemand sonst war ihm je begegnet, der die textilen Metaphern verstand.

»Wie geht es deiner Mutter?«, wechselte Daniele nun das

Thema. »Ist sie noch am Regio?« Pasquale räusperte sich vernehmlich.
»Ja, sie ist jetzt Gewandmeisterin«, berichtete Carlotta nicht ohne Stolz.
»Weißt du noch, wie wir in der Rüstmeisterei …« Pasquale ging dazwischen und fragte, ob er Wein einschenken dürfe. Dann bedachte er Daniele mit einem erschrockenen Blick.
»Ich glaube, das ist verjährt, Pasquale«, beruhigte Daniele ihn. »Heute können wir es erzählen.« Der Butler setzte die Karaffe ab und versuchte, seinen Kragen zu lockern, denn er fühlte sich plötzlich beengt.
»Was erzählen?«, wollte Vincenzo wissen.
»Lola und ich haben früher öfter nach der Schule im Regio gespielt. Wir hatten da jede Menge Verstecke. Und besonders spannend war es in der Rüstmeisterei. Dort haben wir mit deinem alten Freund Gino Peter Pan gespielt.«
»Wieso wusste ich das nicht?«, fragte Vincenzo verblüfft und wendete sich jetzt seinem Butler zu. »Pasquale?«
»Signor Vincenzo?«, fragte der gespielt arglos zurück.
»Haben Sie nicht meinen Sohn früher zur Schule gefahren und wieder abgeholt? Was wissen Sie darüber?«
»Nun, ich … also …«, stammelte Pasquale. Er legte sich eine passende Antwort zurecht. »Manchmal war der Unterricht eben früher zu Ende«, erklärte er, »und das Klavierspiel des jungen Signor Daniele schien nicht zielführend …«, er feilte noch an seiner Formulierung, »… sodass diverse Stunden eben anderweitig verplant wurden.« Danieles Mutter war sowieso kaum zu Hause gewesen, das schrie doch förmlich nach Unterschlagung! Und der Junge war bei Gino in den besten Händen.
Vincenzo nahm sich vor, Gino darauf anzusprechen. Da trafen sie sich Monat für Monat und redeten über Gott und die Welt, und er hatte nie auch nur mit einem Wort erwähnt,

dass er mit seinem Sohn die Opernwerkstätten unsicher gemacht hatte.
»Tja, wir sind aufgeflogen, Pasquale«, sagte Daniele ohne Reue. »Jetzt weiß mein Vater, warum kein anständiger Pianist aus mir geworden ist.«
Das Speisezimmer der Casa Giordano füllte sich bald mit dem Duft von *espresso* und einer *tiramisù*. Der Abend war kurzweilig, und Carlotta hoffte, er würde nicht enden.
»Ich denke, ich ziehe mich zurück«, sagte Vincenzo da unvermittelt und stand auf. Draußen wurde es langsam dunkel. »Ich muss heute noch ein paar Unterlagen durchsehen und mit Pasquale Organisatorisches besprechen. Bitte entschuldigen Sie mich.« Carlotta wollte ebenfalls aufstehen.
»Nein, bleiben Sie, Signorina«, hielt er sie zurück. »Daniele kann Sie doch später nach Hause bringen, und ich melde mich dann morgen wegen des Notartermins bei Ihnen.«
»Klar«, bestätigte Daniele, »ich fahre sowieso zurück.«
»Wir sprechen dann morgen im Büro über Borsalino. Gute Nacht.«
Als Vincenzo die Tür des Esszimmers hinter sich zuzog, hielt er kurz inne und lauschte auf die Stimmen. Er war glücklich, dass sein Sohn heute dageblieben war, und über das Leuchten in seinen Augen, als er die junge Frau angesehen hatte, die auf den ersten Blick nicht zu ihm zu passen schien und auf den zweiten vielleicht die Lücke ausfüllte, die er in Danieles Leben hinterlassen hatte.

»Meinetwegen verschwindest du für immer! Vergrab dich ruhig in deiner Weberei in diesem Drecksnest!« Vincenzo stellt seinen Koffer auf den Rücksitz des Porsche 356, dessen Verdeck offen ist, und steigt wütend ein. Beatrice steht an der Tür der Casa Giordano und funkelt ihn an. Ihr Haar ist zerzaust, die Hände des Mechanikers haben eben noch darin

gewühlt, sein Körper an ihren gepresst. Irgendein Mann mit dreckigen Fingern, den sie nur benutzt, um ihr Selbstwertgefühl aufzupolieren und die Langeweile zu vertreiben.
Vincenzo will die Scheidung. Das Firmenvermögen ist durch den Ehevertrag geschützt, den sein Vater Beatrice aufgezwungen hat, und der Rest gehört noch immer dem alten Herrn. Aber Beatrice würde das Sorgerecht für Daniele bekommen und wegziehen, und er würde ihn noch seltener sehen. Außerdem würde sein Vater die Scheidung nicht gutheißen, sie sind schließlich eine renommierte katholische Familie. Solange Daniele nicht erwachsen ist und sein Vater noch lebt, muss er Beatrice' Provokationen also ertragen.
Es ist Anfang Juni. Daniele kommt nach Hause, die großen Ferien beginnen.
»Was«, provoziert Beatrice ihn, »keine Vorwürfe, kein Ultimatum?«
»Nein«, sagt Vincenzo und dreht den Zündschlüssel um. Mit diesem Wagen hat sein Vater vor Jahren den Concorso d'Eleganza gewonnen, mit ihm auf dem Beifahrersitz. Einer der seltenen Momente gemeinsam erlebten Erfolgs und gegenseitiger Beachtung, gerade genug, um sich nach mehr zu sehnen. Das ist ein Jahr nach dem Tod seiner Mutter gewesen. Vincenzo sieht sie vor sich, eine Frau wie ein Frühlingstag, mild, die Augen sternenklar, blau und ohne feste Bahn. Ein zartes Schweben.
Beatrice trommelt mit den Fäusten auf die polierte Motorhaube. Vincenzo rast los und hüllt sie in eine Wolke aus Sand und aufgewirbeltem Kies. Weg, er muss weg. Erst einmal nach Valle Masso und dann … Er denkt an Daniele. Er sollte ihn im Internat abholen und mit ihm an den Comer See fahren, nur sie zwei. Dem Dreisechsundfünfzig seine alte Wirkungsstätte zeigen und Daniele auf dem Parkplatz der Villa d'Este das Fahren beibringen. Er wird schließlich

bald fünfzehn, und Väter tun so etwas, zumindest sollten sie es.
Vincenzo fährt aus der Stadt und geht seine Termine durch. Er kann nicht einfach alles stehen und liegen lassen, denkt er und beschließt, vorerst in der Weberei zu bleiben. Die Dienstwohnung des Hausmeisters steht leer.

Seit Carlotta Vincenzo erzählt hatte, wie sehr die Abwesenheit ihres Vaters ihr Leben geprägt und wie tief es sie getroffen hatte, dass Bèp nicht um die Beziehung zu ihr, seinem einzigen Kind, gekämpft hatte, ging er in sich. Gab es gute Gründe zu kapitulieren? War der Wunsch, das eigene Kind zu beschützen, selbst um den Preis, es aufzugeben, selbstlos? Oder verbarg sich dahinter nur Schwäche? Mit Schwächen kannte Vincenzo sich aus.
Zurück in seinem Salon, saß er noch eine ganze Weile tatenlos vor Hundertwassers blauem Mond und verlor sich in seinen Farben. Kurz hörte er in der Eingangshalle Carlotta und Daniele lachen, dann fiel die Haustür ins Schloss, und ein Wagen fuhr los.

15

Was immer Rosina über ihn gesagt hatte, es stimmte nicht. Danieles Aussehen beförderte Vorurteile. Nur weil er so hübsch war, glaubten viele, er sei oberflächlich und arrogant, so wie man dicken Menschen Disziplinlosigkeit unterstellte, Faulheit und Trägheit. Ständig wurden sie durch den öffentlichen Raum zurechtgewiesen, durch fragile Stühle in Straßencafés, schmale Kinosessel und zu enge Duschkabinen. Und dann die vorwurfsvollen Blicke an Frühstücksbüfetts!

Dicksein galt als Grenzüberschreitung. Carlotta hasste diese Schubladen. Sie hatte viel zu lange selbst darin festgesessen, hineingezwängt von der Gedankenlosigkeit ihrer Mitschüler und mangelnder Empathie. Fast wäre sie darin erstickt, hätte sie Daniele nicht gehabt und ihre Mutter, die ihr jeden Tag aufs Neue vorlebte, wie man zu sich stand, selbst wenn man aus dem Rahmen fiel. Mimi polarisierte bewusst, sie setzte damit Zeichen und trug den freien Geist gelebter Kunst in die Welt. In der Natur bewunderten die Menschen doch auch die Vielfalt, warum sollte die eigene Spezies also konform sein, einheitlich, eintönig, gleich?

»Ich will deine Werkstatt sehen«, sagte Daniele und lenkte seinen Roadster in eine Kurve der San Martino Superiore Richtung Innenstadt.

»Jetzt?«, fragte Carlotta überrascht. Es war bereits dunkel, der Mond stand am Himmel.

»Klar, jetzt!«, entgegnete Daniele und trat aufs Gas. Er hatte einen sportlichen Fahrstil, die Scheinwerfer seines Wagens durchschnitten die wolkenverhangene Nacht. Unter sich sah er die Lichter Turins und die angestrahlte Mole Antonelliana, an deren markanter Kuppel der Blick immer zuerst festmachte – eine bauchige Pyramide mit aufgesetzter Laterne und überlanger Spitze. Zum Gedenken an den Flugzeugabsturz am nahen Wallfahrtsberg Superga am 4. Mai 1949, bei dem die gesamte Mannschaft des AC Turin ums Leben gekommen war, erstrahlte sie heute in der Vereinsfarbe und zeigte das berühmte granatrote Logo mit dem springenden Stier. Carlotta blickte ebenfalls hinüber und spielte versonnen mit dem Fingerhut an ihrer Halskette. Daniele war sich sicher, dass es der war, den er ihr geschenkt hatte. Unvermutet dachte er an eine Fata Morgana, an Wasser, das in der Wüste in unterirdischen Seen überdauerte, und an Regen, ja, warmen Sommerregen. Plötzlich blühte die Ödnis auf, das

Leben kroch aus dem heißen Sand hervor, und Hoffnung spross. Die Unbekümmertheit der ersten Schuljahre, der Blick seines Vaters voller Liebe und Anerkennung, Geborgenheit und Vertrauen. All das war an diesem Tag, an dem sich die Gedanken der ganzen Stadt in die Vergangenheit richteten, wieder aufgekeimt.

»Gut, dann fahr zum Bahnhof«, sagte Carlotta und sah auf die Uhr am Armaturenbrett – zweiundzwanzig Uhr zwanzig. Von Gleis 9 fuhr gerade ein Zug nach Alessandria ab. Von dort war es nicht weit bis Genua, und da ankerten die großen Schiffe im Hafen. Aber heute wollte Carlotta nicht weg. An Danieles Seite war sie im Paradies, weiter reisen konnte niemand.

Er parkte im Halteverbot, und sie stiegen aus. Carlotta ging voraus, überquerte die Straßenbahnschienen, betrat den Arkadengang und stand vor ihrem Laden – La Cenerentola, das Aschenputtel. Heute hielt der Prinz *ihren* Schuh in Händen. Sie sperrte auf, schaltete das Licht im Verkaufsraum ein, und Daniele sah sich um. Ihr Laden war tatsächlich anders als die der alteingesessenen Herrenschneider – hell, gemütlich und irgendwie ermutigend. Die Stoffauswahl war farbiger, das gepflegte Chaos in der Werkstatt, in die er hineinsah, jedoch identisch. Sie lehnten nun beide an Carlottas Verkaufstisch und lauschten auf die Stille, die durch das schrille Bimmeln der historischen Linie 7, der grünen *storica*, unterbrochen wurde. »Du hast nur zweimal geschrieben«, sagte Carlotta irgendwann.

»Öfter«, antwortete er kurz, »aber nicht abgeschickt.«

Um das Hauptgebäude mit dem Giebelturm scharen sich ein Dutzend weiterer Häuser – Rektorat, Speisesaal, Bibliothek und die Unterkünfte der Schüler, Zweibettzimmer, getrennt nach Alter und Geschlecht. Es gibt Tennis- und Fußball-

plätze, ein Cricketfeld und einen Golfplatz. Das Lyzeum ist über hundert Jahre alt, die Namen der Schüler lesen sich wie ein Who is Who der Großindustrie und Politik. Daniele vermisst Turin. Er vermisst seinen Vater, Lola und das Gefühl, dass sein Leben ihm gehört. Die Lehrer und Erzieher sind streng, der Tag verplant. Alles ist so fremd und Daniele einer der Jüngsten. Ihm fehlt noch der ungerührte, coole Gesichtsausdruck, hinter dem die Großen ihren Zorn und ihre Einsamkeit verbergen – oder den Überdruss. Daniele wartet – darauf, dass er vielleicht einen Freund findet, auf die Ferien, wenn er nach Hause darf, und ganz besonders auf Post. In den ersten Wochen scheint sie lange unterwegs zu sein, dann nicht mehr so sehr. Carlotta schreibt ihm Briefe, in denen er sich ausruht, bis er gelernt hat, ohne ihre Hilfe zu überleben. Bis der Trotz sich nicht mehr an seine Tränen klammert und die Wut und der Wille, sie zu verbergen, siegen.

Die Erwartungen formen Daniele in der neuen Welt, die Mädchen himmeln ihn an. Seine Mutter ist stolz, sie liebt die Partys der Reichen und Schönen und die Urlaube mit den Freunden aus prominenten Familien, über die die Gazetten berichten. Beatrice darf sich anschließen und entdeckt ihre wahre Bestimmung – sie ist ein Spiegel für die Eitelkeiten und ein Chamäleon; eine Kopie fremder Erfolge und irgendwann selbst der Erfolg. In diesen Kreisen zählt ihre Schönheit mehr als die Reputation, und Daniele ist ihre Eintrittskarte.

»Warum hast du deine Briefe nicht abgeschickt?«, fragte Carlotta, und sie klang, als wäre sie wieder elf. Kindliche Hilflosigkeit schwang mit.

»Weil es zu wehgetan hat, Lola. Ich habe versucht, das alles hinter mir zu lassen.«

»Ich habe dir lange geschrieben«, erinnerte sie sich.

»Und ich habe deine Briefe irgendwann nicht mal mehr aufgemacht.« Es musste sie verletzen. »Ich konnte nicht, ich hatte Angst, dass ich es sonst nicht schaffe«, versuchte Daniele, seinen Rückzug zu erklären. Über Versagen sprach er sonst nie, auch eine Lektion, die er gelernt hatte, nachdem er Nimmerland für immer verlassen hatte und Wendys Geschichten verblasst waren.

Carlotta und Daniele sahen sich gegenüber im großen Anprobespiegel und hatten beide das Bild zweier Kinder vor sich, die sich zaghaft an den Händen hielten. »Ich hab sie nicht weggeworfen, die Briefe. Ich habe alle aufgehoben, so wie du meinen Fingerhut«, sagte er. Sie wurde verlegen und griff nach ihrer Kette, als wollte sie prüfen, ob sie noch da war – so wie er, neben ihr, seine Schulter an ihrer. Seine Nähe fühlte sich noch ganz genauso an wie früher. Nur das Herzklopfen war mehr geworden, in die unschuldige Liebe mischte sich eine neue Empfindung. »Gibt es da jemanden in deinem Leben, Lola? Ich meine, einen Mann?«, fragte er.

»Nein.«

»Nein?«

»Einmal war ich mit jemandem zusammen, zwei Jahre. Er wollte mich heiraten und eine Familie gründen.« Das war die einzige echte Beziehung, die Carlotta je geführt hatte, abgesehen von ein paar unbedeutenden Anläufen. Aber sie hatte sich getrennt, weil sie ganz sicher wusste, dass Kinder in ihrem Leben keine Option waren. Sie hatte ja bereits zwei großgezogen und stellte sich ihre Zukunft anders vor.

»War er nicht der Richtige?«, wollte Daniele wissen.

»*Es* war nicht das Richtige«, antwortete sie unbestimmt, denn in diesem Augenblick wusste sie gar nichts mehr ganz sicher. »Und du?«

»Oh, ich bin mit diesem Model zusammen«, sagte er ohne große Leidenschaft und Aussagekraft und sah Carlotta dann lange an. Sein Sternenblick grub sich in ihre Himmelaugen und leuchtete dort. Ein Strahlen, das immer die gleiche Wirkung erzielte, bei jeder Frau. Carlotta machte sich da nichts vor, ihr Verstand hing noch mit einem letzten dünnen Faden an ihrem Bewusstsein. Sie verzwirnte ihn mit einem Quäntchen Vernunft, ihrem verbliebenen Urteilsvermögen und Realitätssinn zu einem stabilen Garn, das standhielt.

»Warte hier«, sagte sie, riss sich los, ging in ihr Büro und kam mit dem schwarzen Mantel zurück. Sie hielt ihn Daniele hin, und er schlüpfte verwundert hinein. Er saß wie angegossen über seinem Sakko.

»So einen hatte ich mal«, erinnerte er sich, »weißt du noch, in der dritten Klasse?« Er freute sich. »Ich glaube, der sah genauso aus!« Er blickte staunend an sich hinunter, auf die Taschen, strich vorsichtig über die Ärmel und musterte das nachtblaue Futter aus Seide, schwere Duchesse. »Er sieht wirklich genauso aus«, schloss er dann.

»Ja, genauso«, bestätigte Carlotta, »und er gehört dir.«

»Hast du ihn genäht?«

»Ja.«

»Für wen?«

»Für mich«, sagte sie, denn das war die Wahrheit. »Meine Abschlussprüfung«, ergänzte sie noch, damit er nicht weiter darüber nachdachte. »Möchtest du ihn haben?«

»Natürlich, Lola, was denkst du denn? Ich liebe ihn!«

Ich auch, dachte sie, ich liebe ihn auch.

Das Gewitter hatte sich schon angekündigt, es donnerte mehrmals, als Daniele Carlotta nach Hause in die Via Correggio fuhr, und es begann in dem Moment heftig zu regnen, als sie vor der Nummer 25 parkten. »Ich bringe dich«, sagte er, und ehe Carlotta protestieren konnte, war er auch schon aus seinem Wagen gesprungen und hielt ihr die Beifahrertür auf. Sie rannten unter das Vordach des Eingangs und standen dort völlig durchnässt im Licht einer schwachen Lampe, die die Klingelschilder beleuchtete. »Damals hat es auch geregnet, weißt du noch?«, fragte er, und sie nickte. Der Regen war das Einzige, woran sie sich erinnerte, der Regen und der Schmerz. »Warum regnet es nur immer, wenn wir uns verabschieden, Lola?« Sie zuckte mit den Schultern. Wasser tropfte aus ihrem Haar. Es sah aus, als liefe eine Träne über ihr Gesicht. Daniele wischte sie fort. Rund um sie herum prasselte es jetzt laut, die ersten Sturzbäche rauschten den Rinnstein entlang. Sie rückten enger aneinander, er hielt sie eine Weile wortlos im Arm, und dann rannte er zu seinem Wagen und fuhr zu Luisa.

Carlotta glaubte nicht, dass sie sich wiedersehen würden. Ihre Leben waren zu verschieden, seine Welt und ihre nicht kompatibel. Die Erkenntnis schmerzte, Abschied ließ sich nicht lernen. Er war auch beim zweiten Mal unerträglich.

16

Zwölf Tage vor der Premiere der neuen *Zauberflöte* war Ginos großer Tag gekommen. Das Ensemble verließ die Probebühne im Untergeschoss des Regio und nahm die Hauptbühne in Beschlag. Am frühen Morgen mussten die Kulissen der *La Traviata* weichen, am Nachmittag würden sie wieder zurückgebaut. Die Künstler probten nun endlich in der Originalkulisse, einem zugigen Haus auf der großen Drehbühne, an dem Schreiner, Schlosser und Tapezierer seit Monaten gearbeitet hatten. Es mutierte während der Vorstellung von der »felsigen Gegend mit Bergen« – erster Aufzug, erste Szene – zum »Gemach der Königin der Nacht« und stand später für »Sarastros Burg«. Das Drumherum war

Wald, Bäume wucherten, Äste türmten sich, offene Feuer brannten. Da die feuerpolizeilichen Vorschriften äußerst streng waren, wurden sie nur durch Lichteffekte und Wasserdampf simuliert. So wie auch für die Erde, die sich unschön in den Ritzen des Bühnenbodens und den sensiblen Lungen der Sänger festgesetzt hätte, gehäckselte Kautschuk-Isolierungen herhalten mussten – die Idee eines findigen Elektrikers von der Bühnentechnik, ein Recycling-Genie. Und dann kamen die Hühner – Terza, Quinte und Oktavia –, die seit ihrem Schlüpftag für diese Inszenierung vorgesehen waren und schon im Stall Mozart gehört hatten. Während der Proben der letzten Wochen hatte das musikalische Trio sich unter Aufsicht seines Tiertrainers an die Darsteller und provisorischen Kulissen gewöhnt und jegliche Scheu verloren, wenngleich … »Ich muss die Buchen umbauen, Mimi«, hatte Gino eines Tages gestöhnt, »Hühner sitzen nur auf geraden Ästen!«
»Bitte?«
»Die sitzen nur waagerecht, nicht schräg, hast du das gewusst?« Gerade Äste waren vom Bühnenbildner für den wilden Wald im Reich der Königin der Nacht jedoch nicht vorgesehen gewesen. Gino und seine Kollegen aus der Rüstmeisterei hatten den Kern der Bäume – ein Stahlgerüst – nach seinen klaren Vorgaben gefertigt. Darüber war dann eine Hülle aus Styropor, Stoff und Gips modelliert und bemalt worden, bis hin zu den Wucherungen in den Astgabeln. Doch jetzt mussten etliche der Äste erneuert werden, damit sich das gackernde Volk freiwillig darauf niederließ. Wenigstens funktionierten ihre mechanischen Artgenossen, deren Anfertigung Gino graue Haare gekostet hatte. Fast lautlos wiegten sie sich auf Fensterbrettern, scharrten im Elektromüll und drehten ihre Hälse – schwere Biester im Federkleid.

Die Neuinszenierung der *Zauberflöte* präsentierte sich als zeitgenössische Interpretation der Oper. Die Königin der Nacht trug in ihrer *Rachearie* Uniform, ihre Tochter Pamina Freizeitkleidung, und die drei Damen am Hofe hatten Bärte. Mimi hatte einige Kostüme sogar bei Woolworth gekauft. Auf einer der Proben hatte der Papageno dann mit einer Plastiktüte der Billigkette hantiert, die mittels Paketschnur in eine Umhängetasche verwandelt worden war. »Ein Provisorium?«, hatte Mimi den Requisiteur ängstlich gefragt und der die Frage betreten verneint. Mimi dachte mit Wehmut an die Ausstattung von 1997 zurück, an das opulente nachtblaue Kleid mit dem riesigen Flügel aus Pfauenfedern, und wünschte sich die damalige Kostümbildnerin Frida Pargiani zurück. Selbst stets schwarz gekleidet und in ihrer Grundhaltung erbost – dem Leben und den Männern gegenüber –, waren ihre Kostüme immer von brachialer Wucht gewesen. Um die bedauerliche Reduktion zu verkraften, hielt Mimi wenigstens in Sachen Selbstinszenierung dagegen. An diesem Tag im Mai wählte sie Himmelblau, ein Kleid mit tiefem Dekolleté und Medici-Kragen aus versteifter Spitze, Schößchen und Volants. Ein kleiner Hut mit Schleier schwebte über aufwendig drapierten Haarteilen, und am rechten Augenwinkel funkelte sogar ein Strassstein, als hätte sie gewusst, dass sie heute noch einen besonderen Auftritt haben würde. Mimis Haut war zart gepudert, das Rouge akzentuiert, und sie hatte die Augen kräftig betont, denn weniger war niemals mehr und zu viel wohl kaum genug, nicht in ihrer Welt.

»Hast du in der Mittagspause Zeit, Mimi?«, fragte Gino sie hinter der Bühne. Es erklang gerade die Arie des Papageno »Der Vogelfänger bin ich ja«, nach wie vor nur mit halber Stimmkraft, aber großem Orchester.

»Willst du essen gehen?«, fragte Mimi. Er trug heute einen dunklen Anzug, das Sakko lag auf dem Inspizientenpult,

und er hatte die Hemdsärmel hochgekrempelt. »Du hast dich heute so rausgeputzt!«
»Und du erst, schöne Frau!« Gino schenkte ihr ein breites Lächeln, und Mimi blickte betreten auf das Wanzenkostüm, das sie soeben für eine Choristin aus der Schneiderei geholt hatte. Sie seufzte. »Intelligent, witzig, über weite Strecken sehr kurzweilig, mit einem leichten Hang zur Hässlichkeit in Kostümen und Ausstattung« würde man in einer Premierenkritik lesen, eine Einschätzung, die sie bereits vorausahnte.
»Gegen halb eins?«, fragte sie Gino. »Wo wollen wir hin?«
»Wir treffen uns im Zuschauerraum.«
»Was?«
»Ich habe eine Überraschung für dich geplant.«
Papageno traf draußen gerade auf Tamino, den Prinzen, den die Königin der Nacht aussandte, um ihre Tochter Pamina zu retten, die entführt worden war. Fremde Klänge deutscher Sprache, die die meisten Sänger nur nachbildeten, da sie sie gar nicht beherrschten. Lediglich zwei Solisten aus Palermo hatten Deutsch gelernt.
Mimis Basso saß schmollend in den demontierten Kulissen der *La Traviata* auf der Hinterbühne. Er war die Zweitbesetzung eines Priesters, ein schmählicher Abstieg, der ihm augenscheinlich zusetzte. Gino freute sich, ihn zu sehen. Der Mann ahnte es nicht, aber sein Tag würde noch schlechter werden.
»Kann mal jemand die Bodenplatte nachschrauben?«, rief eine Stimme aus dem Parkett, wo das Regieteam an provisorischen Pulten saß. Der Tamino war gestrauchelt, ins bezaubernd schöne Bildnis seiner Angebeteten vertieft.
Alles in allem lief die Probe etwas unrund. Die Lichttechnik kämpfte, Requisiten verschwanden, und die Hühner erkundeten den Orchestergraben. Der Orchesterwart versuchte, sie einzufangen und auf die Bühne zurückzusetzen, ein Gei-

genbogen verfehlte ihn nur knapp, und die Harfenistin murrte. Sämtliche Gewerke waren im Einsatz, besserten aus und nach, justierten, verwarfen und gestalteten neu. Die Konzentration war hoch und die Drehbühne im Dauereinsatz. Fuhren Hühner gerne Karussell?
»Also im Zuschauerraum«, sagte Mimi und plante noch einen Abstecher in die Maske. Die Kolleginnen waren schon seit Stunden im Haus und fertigten Perücken.

Pünktlich um halb eins eilte Mimi dann aus der Gewandmeisterei in den ersten Stock hinunter und geradewegs in den Zuschauerraum. Sie bahnte sich ihren Weg zwischen den eintausendsechshundert unbesetzten Plätzen hindurch, über sich die fantastischen Kristalllüster – gläserne Zauberstäbe, gebündelte Eiszapfen, hundert und mehr, die wie lichtgeflutete Wasserfälle von der Decke stürzten. Die Bühne war leer, aber noch beleuchtet. Im Graben hoben Streicher und Holz- und Blechbläser an. Mimi erkannte den ersten Geiger, der die Besetzung aus Geigen, Bratschen, Celli, Querflöten und Hörnern dirigierte. Die Harfenistin des Orchestra del Teatro Regio war ebenfalls noch da, und auch die Kontrabässe und Oboen sah sie. Eigenartig, dachte Mimi, es ist doch Mittagspause. Sonst können sie gar nicht schnell genug in die Kantine kommen. Gino betrat die Bühne. Er trug jetzt sein Sakko und hatte sich eine Krawatte umgebunden. So sah Mimi ihn selten, es stand ihm gut. Sie setzte sich in die erste Reihe und bemerkte erst jetzt im dunklen Zuschauerraum die Kolleginnen aus der Schneiderei und dem Fundus, die verteilt im Parkett saßen. Sie erkannte Männer aus dem Team der Versenkung, der Rüstmeisterei und vom Schnürboden, und Sänger und Sängerinnen aus dem Ensemble. Ihr Basso, den sie langsam satthatte, weil er nicht nur schweigsam, sondern leider auch langweilig war, beobachtete die Szene aus einer Loge, und Gino begann zu singen: »Amor ti vieta« – die Arie des Grafen Loris aus der *Fedora,* mit der Caruso einst berühmt geworden war. Der Graf hatte aus Eifersucht Fedoras treulosen Verlobten ermordet und gestand ihr nun seine Gefühle. »Amor zwingt dich, mich zu lieben. Deine leichte Hand weist mich ab und sucht doch den Druck der meinen. Deine Augen sagen, ich liebe dich, deine Lippen, ich liebe dich nicht.«

War das so? Hatte Gino in den Jahren etwas in ihrem Blick gesehen, das sie sich selbst nicht eingestand? Es gab keinen Menschen auf der Welt, den sie mehr enttäuscht, tiefer gekränkt hatte, außer Carlotta vielleicht und Bèp natürlich. Aber den hatte sie wenigstens nur einmal abgewiesen. Gino hingegen musste jeden ihrer Liebhaber als erneute Niederlage verstehen, als Aufkündigung seiner Träume.

Mimi hatte ihn noch nie singen hören, nicht so. Gino war ein fantastischer lyrischer Tenor, seine Stimme fließend und unforciert. Der Basso beugte sich in seiner Loge nach vorn, um nichts zu verpassen, die Kollegen applaudierten bereits, und vom Tamino kam ein »Bravo!«. Das Orchester erhob sich und verbeugte sich vor Gino, die Geiger zollten Beifall, indem sie mit ihren Bögen sanft auf die Saiten ihrer Instrumente klopften.

Gino lächelte bescheiden. Er zog das Samtetui aus seiner Tasche, klappte es auf, der Beleuchter richtete einen Verfolger auf den Ring, dessen weißer Stein in dem Moment wie verrückt funkelte, und Gino kniete nieder. Das verstand der Basso auch ohne Übersetzung. »Mimi Calma, du bist die Liebe meines Lebens«, sagte er vernehmlich. »Jeder hier weiß das, nur du nicht.« Jetzt flammte ein weiterer Verfolger auf und richtete sich auf Mimi. Sie blinzelte, und der Strassstein an ihrem Augenwinkel blitzte. Alle Blicke lagen auf ihr. So liebte sie das Leben. »Du weißt«, fuhr Gino fort, und seine Stimme klang durch den ganzen Saal, »dass Carlotta und ich jetzt bald ein bisschen Geld auf der Bank haben werden. Wir könnten ein Haus kaufen, nichts Extravagantes, aber genug Platz für Enkelkinder.« Mimi wurde mulmig. An Enkel hatte sie noch keinen Gedanken verschwendet und ans Heiraten auch nicht – nie! »Mimi, willst du meine Frau werden?« Die Damen im Parkett seufzten, eine Logentür fiel vernehmlich ins Schloss. »Për piasì – bitte«, fügte Gino noch an. Dann war es still im Saal.

Mimi begab sich in die Mördergrube ihres Herzens und lotete dort auch noch den letzten verborgenen Winkel aus. Sie traf auf das bestgehütete Geheimnis ihres Lebens, schob es beiseite und zwang sich zur Ehrlichkeit. Natürlich liebte sie Gino … wie einen Freund … als Vater ihrer Kinder, der er nicht war, und als Mann, nun ja … Sicher fand sie ihn attraktiv, auf seine Art. Er war einfühlsam, zärtlich, großmütig, nachsichtig und so begabt. Er war treu und, Himmel, ja, auch begehrenswert. Wenn er sie ansah und glaubte, sie würde es nicht bemerken, und sie an seinem Blick ablas, wie seine fantasievollen Hände gerade über ihren Körper wanderten, betörte sie das schon.

»Mimi?«, fragte er noch einmal, und sie wusste in diesem Moment mitten in dieser kolossal romantischen Inszenierung, dass er einfach perfekt war, dieser Mann, besser als jeder andere.

Sie erhob sich, wischte sich die Tränen aus dem Gesicht, die die Rührung ihr beschert hatte, und sagte: »Ich kann dich nicht heiraten, Gino!« Und dann verließ sie, so schnell sie nur konnte, den Zuschauerraum und die Oper. Am liebsten hätte sie auch gleich die Stadt verlassen, das Land, den Planeten. Sie rannte über die Piazza Castello, ihr himmelblaues Hütchen löste sich aus ihrem Haar, die Wimperntusche verschwamm – weiter, immer weiter – und wusste erst kurz vor der Via delle Orfane, jenseits des Zenits ihres ungebundenen Lebens, dass sie vor sich selbst davonlief. Ein aussichtsloser Lauf, zumal auf hohen Schuhen.

17

Die größten Krisen meisterte Mimi seit jeher mit Koffein, Schokolade und einer angemessenen Portion Sahne, kurz, einem *bicerin* – Espresso, Trinkschokolade und dickflüssige kühle Sahne in einem kleinen Glas, dem *bicchierino.* Keinesfalls durfte das Nationalgetränk der Turiner umgerührt werden. So entlarvten sich Touristen. Mimi saß im Café gegenüber dem Marienheiligtum Santuario della Consolata, in dem sie manchmal zur Heiligen Jungfrau betete. Damals, als Carlotta wieder nach Hause gekommen war, hatte sie der Conslà, wie der Volksmund Consolata, die Tröstliche, nannte, sogar eine Votivtafel gespendet und sie der umfangreichen Sammlung vor der Sakristei hinzugefügt.

»Du weißt, dass sie dich irgendwann nach ihm fragen werden.«
Mimi hüllt sich in Ahnungslosigkeit. Die steht ihr, wie sie findet, ähnlich gut wie das Verdrängen. »Nach wem, Lotta-Schatz?«, fragt sie Carlotta scheinbar unbekümmert. Sie ist wieder da, Carlotta ist zu ihr und den Mädchen heimgekommen, jetzt ist doch alles wieder gut. Das ist es doch, oder? »Nach ihrem Vater«, sagt Carlotta schonungslos. »Sie werden wissen wollen, wer er ist.« Sie packt ihren Koffer aus und räumt ihren schmalen Schrank wieder ein. Zu viert ist es verdammt eng in der Wohnung unter dem Dach. »Bist du darauf vorbereitet?«

Mimi schweigt. Eine Katastrophe ist abgewendet, mehr oder weniger, da soll schon die nächste auf sie zukommen? Und alles nur, weil sie ihre Freiheit und Selbstständigkeit liebt? Carlotta wartet auf eine Antwort. »Was denn?«, sagt Mimi – nur eine Floskel, um sie abzuwimmeln.
»Wirst du bei ihnen auch warten, bis es nicht mehr anders geht, bis sie die Wahrheit von jemand anderem erfahren?«
»Aber von wem denn? Es weiß doch niemand, wer ihr Vater ist?«
»Ich hoffe für dich, dass du es weißt.«
Porca miseria! Sie ist immer noch so böse auf sie. Carlotta hat ihr noch lange nicht verziehen, dass sie ihr ihren Vater vorenthalten hat. Diesen Graben hat Mimi achtzehn Jahre lang gar nicht bemerkt. Nun, jedenfalls schien er ihr nicht so tief zu sein, sie konnte ihn mühelos umschiffen.
Mimi geht betreten aus dem Zimmer. Die Mädchen schlafen schon. Rosinas Fieber ist gesunken, aber Susa hat jetzt auch überall rote Pünktchen am Körper, die arme Maus. Mimi seufzt. Sie hat ihre Mädchen so lieb. Sie waren kein Unfall, sie wollte sie haben, auch Carlotta, ihr nicht geplantes Wunschkind. Warum musste sie sich für diese Liebe ständig entschuldigen? Sie steht jetzt im Bad, schminkt sich ab und zupft sich die falschen Wimpern vom Lid.
Carlotta taucht hinter ihr auf. »Ich bin fertig, ich gehe schlafen«, sagt sie.
»Gute Nacht, mein Schatz«, erwidert Mimi, nimmt sie in den Arm und küsst sie. »Ich danke dir … für alles.«
Carlotta blickt teilnahmslos. »Sie werden es wissen wollen«, sagt sie noch einmal.
»Und ich werde es ihnen sagen, wenn es nötig ist«, verspricht Mimi. »Später, irgendwann.«
»Ja, später«, wiederholt Carlotta resigniert. Irgendwann ist Mimis bevorzugte Zeiteinheit, konkreter plant sie nie.

Die Consla hatte gerade im Geiste an Mimis kleinem Bistrotisch im Caffè al Bicerin Platz genommen, als die den ersten Schluck des bittersüßen Getränks nahm. Die Tische standen in dem engen Raum zu beiden Seiten der Tür, an der Stirnseite thronte der Tresen mit einer schlürfenden, gurgelnden Kaffeemaschine. Ein Regal war mit unzähligen Gläsern vollgestellt, gefüllt mit Bonbons und Konfekt in Stanniolpapier in sämtlichen Farben. Das Bicerin war nicht größer als Mimis Wohnzimmer, so wie Puccinis Mansarde zwei Querstraßen weiter – seine Vorlage für das erste Bild der *La Bohème*. An einem dieser Tische war die Partitur entstanden, in Teilen zumindest, und sicher mit dem einen oder anderen dunklen Rand von einem Gläschen *bicerin* auf dem Notenblatt.

Schon seit seiner Gründung im 18. Jahrhundert wurde das Café ausschließlich von Frauen geführt. Gottesdienstbesucherinnen durften hier nach dem Kirchgang einkehren und sich eine kleine Stärkung gönnen, obwohl die Kaffeehäuser zu der Zeit noch den Männern vorbehalten waren. Und hier saßen sie auch heute noch nach der Messe und hielten ein Schwätzchen. Für Mimi also der rechte Ort, um Erbauung zu suchen. Sie bestellte bald schon den zweiten *bicerin* und führte ein stummes Gespräch mit der Heiligen Jungfrau.

»Ich würde ihn ins Unglück stürzen, er ist zu gut für mich«, erklärte Mimi ihr.

»Und einen Guten verdienst du nicht?«, fragte die Conslà und griff nach Mimis Glas. Die überlegte, ihr ein eigenes zu bestellen.

»Außerdem bin ich keine zwanzig mehr …«

»Denkst du, das weiß er nicht? Es ist schließlich nicht zu übersehen.« Mimi klappte ihren Taschenspiegel auf und zog demonstrativ ihre Lippen nach. Die Conslà redete sich leicht, ihr war die ewige Jugend geschenkt. »Und immer-

währende Jungfräulichkeit! Hast du vergessen, dass ich deine Gedanken lese?«, fragte sie pikiert.
»Entschuldigung, das war etwas anmaßend«, sagte Mimi.
»Ich bezweifle, dass du tauschen wolltest«, stichelte die Conslà.
Guter Gott, natürlich nicht! »Manchmal bin ich einsam«, gestand Mimi, und die Conslà nickte. »Seit die Mädchen nicht mehr bei mir wohnen, machen mich nicht mal mehr die Blicke der Männer froh.« Die Conslà schwieg. »Und viele schauen auch gar nicht mehr. Wenn ich an Gino denke, fühle ich mich verletzlich, er kennt mich so gut.« Mimi trank einen Schluck des süßen Gebräus. Es würde ihr ewig auf den Hüften hängen. Auch so eine Nebenerscheinung der Jahre. Die wurden immer weniger, und man selbst wurde immer mehr. Sie seufzte vernehmlich. Zwei alte Damen am Nebentisch sahen zu ihr herüber, ein Gebetbuch auf dem Tisch. Mimi wirkte verloren auf sie, wie sie da so einsam saß, aufgedonnert und schon beim zweiten *bicerin*. Sicher hatte sie ein Mann versetzt. »Da ist irgendwas …«, sagte Mimi zur Conslà.
»Ja, ganz genau«, bestätigte ihr diese, »und das nennt man Liebe. Ein Gefühl, das du dir Männern gegenüber bisher einfach nicht gegönnt hast.« Sie deutete auf den Bodensatz im Glas. »Trinkst du den noch?«
Mimi beschloss, ihr beim nächsten Besuch Schokolade mitzubringen statt einer Opferkerze für den Altar. Sie schob ihr das Glas über den Tisch, und die Bedienung räumte es ab. Mimi wagte nicht zu protestieren. »Ich hab es als Schwäche verstanden«, erklärte sie, »als Altersschwäche gewissermaßen, auch wenn ich das nicht gerne zugebe.«
»Unter uns Frauen«, beschwichtigte die Conslà sie.
»So ein Leben, wie ich es führe, braucht Mut«, betonte Mimi und wartete auf eine Erwiderung, aber sie kam nicht, denn

die Conslà war geübt im Aussitzen von Monologen. Sie hätte jederzeit eine Praxis für Psychotherapie eröffnen können, an Zulauf mangelte es nicht. »Und um zu heiraten, noch mehr«, gestand Mimi.
Die Conslà war zufrieden. Mit dieser Erkenntnis war schon einiges gewonnen. »Richtig«, lobte sie Mimi deshalb, »zu lieben, jemandem die Treue zu versprechen und zu halten, das braucht Mut. Aber du weißt, dass du belohnt wirst. Du hast es an deinen Mädchen gesehen.«
»Ich hab dir nie genug gedankt, dass du mir Carlotta damals zurückgeschickt hast«, sagte Mimi. Sie hatten sich schon lange nicht mehr so ausführlich unterhalten, die Gelegenheit war günstig.
»Sie ist nicht meinetwegen zu dir zurück, sie kam deinetwegen, weil du sie aufrichtig liebst und weil sie nicht den gleichen Fehler machen wollte wie ihr Vater und die Mädchen verlassen.« Das hatte Mimi schon immer geahnt. »Was hältst du von ein paar Mandelmakronen?«, fragte die Conslà. Sie schien hungrig zu sein.
»So unglücklich bin ich nun auch wieder nicht.«
»Bitte«, flehte die Conslà, »ich bin schließlich extra zu dir herübergekommen.« Mimi bestellte und wartete, bis die Makronen serviert wurden. Die alten Damen am Nebentisch entwickelten Mitleid mit der Verlassenen im Zuckerrausch. »Reden wir über deine Selbstachtung«, fuhr die Conslà unerbittlich fort.
»Bezieht sich das jetzt auf das Gebäck?«, fragte Mimi irritiert, eine Makrone im Mund.
»Mehr auf deinen Bass.«
»Ich weiß, was du sagen willst.«
»Was muss Gino sich denken, wenn du ihm so einen vorziehst?«
Mimi schwieg betreten. Die Makronen aß sie allein. Das war

ein billiger Trick von der Conslà, um sie zu mästen. »Das habe ich doch gar nicht«, beteuerte sie schließlich. »Den Basso hab ich doch nur genommen, damit Gino mich endgültig aufgibt. Stell dir vor, wir kommen zusammen und ich mache das kaputt, wie ich immer alles kaputt mache, dann verliere ich auch meine Mädchen, Carlotta zumindest. Das würde sie mir nicht verzeihen.«

»Zucker ist gut gegen Angst«, erwiderte die Conslà und beobachtete Mimi, wie sie den letzten Bissen verputzte. Die alten Damen am Nebentisch zahlten. »Sein Antrag war zauberhaft«, schwärmte sie dann und richtete ihren blauen Schleier. Mimi liefen die Tränen. Sofort zückte sie ihre Puderdose und brachte den Schaden in Ordnung.

»Denken Sie sich nichts, Kindchen«, tröstete sie eine der beiden Damen, die aufgestanden und auf dem Weg zur Tür waren. »Es lebt sich im Alter auch ganz gut ohne Mann.« Eine Warnung, dachte Mimi und sah sich bereits verlassen auf einer Parkbank Enten füttern, einen Gehstock neben sich und die blonde Perücke verrutscht. Der Lidstrich gelang nicht mehr, die Augen waren schlecht, dicke Brillengläser betonten das Unglück.

»Du doch nicht!«, unterbrach die Conslà das beängstigende Szenario. »Nicht in hundert Jahren!« Mimi blickte erleichtert auf. In dem Moment öffnete sich die Tür des Cafés, und Gino trat über die heruntergetretene steinerne Schwelle, in die sich zweihundertfünfzig Jahre Cafégeschichte eingegraben hatten. Er trug noch immer den dunklen Anzug, Hemd und Krawatte. Die Conslà sah ihn, entschwand und überließ ihm ihren Platz.

»Zwei *bicerin,* bitte«, orderte Gino bei der Bedienung und wunderte sich, dass Mimi nicht längst einen bestellt hatte. Wenn sie unglücklich war, trank sie ihn immer und das immer hier. Also hatte er nicht lange überlegen müssen, wo er sie fand, nur, ob er sie denn überhaupt finden wollte. Er hatte sich dafür entschieden. Die Bedienung machte zwei weitere Haken hinter dem Posten und servierte. »Ich sollte gekränkt sein«, sagte Gino dann zu Mimi, »du hast mich zum Affen gemacht oder ich mich selbst, ich weiß es gar nicht so genau.« Mimi griff nach seiner Hand und hielt sie fest, als säße sie wieder mit ihm am Orchestergraben wie damals, als sein Bruder gestorben und er so böse auf sie gewesen war. Gott, wie viel sie schon zusammen durchgestanden hatten. »Mimi, ich habe es vielleicht falsch angepackt. All die Leute und die große Geste … Ich dachte, ich muss dich umhauen, damit du mich nimmst.« Er sah sie an, ihre Mundwinkel zuckten, ihr süßes Kinn zitterte. Sie sah aus wie ein verlorenes Kätzchen, wie Carlotta damals auf seinem Sofa, aber hier gab es keine Decke, die er Mimi hätte umlegen können. Er hatte nur seine Liebe, seine tiefe und ehrliche Liebe, mit der er sie wärmen konnte. »Aber ich kann jetzt nicht einfach aufgeben, Mimi. Wir haben nicht mehr unser ganzes Leben vor uns, nur noch ein Stück – das beste allerdings.« Mimi spürte schon wieder die Tränen aufsteigen. Das musste der Wechsel sein, diese verdammten Hormonschwankungen! »Ich liebe dich«, sagte Gino.

»Ja …«

»Ja was?«, fragte er ängstlich. »Ja, ich weiß?«

»Ja, ich auch«, antwortete Mimi. »Ich liebe dich auch. Ich fürchte nur, dass ich schon viel zu viel zerstört habe über die Jahre.« Sie schniefte. »Gino, abgesehen von den Mädchen, bist du doch das Beste in meinem Leben. Ich habe ehrlich Angst, dich zu verletzen. Ich habe da so ein Talent.«

»Und ich habe ehrlich Angst vor einem Leben ohne dich«, erwiderte Gino, holte den Ring aus der Tasche und steckte ihn ihr an den Finger. Dann trank er in einem Zug seinen *bicerin* aus, zahlte eine erstaunlich hohe Rechnung, über die

er nicht weiter nachdachte, und zog Mimi nach draußen. »Ich werde dich jetzt küssen, Mimi Calma«, sagte er dort, »hier vor der Consolata, als Versprechen, und du wirst gefälligst stillhalten und es mir erlauben.«
Und dann nahm Gino sie in den Arm – stürmisch, wie sie fand, und ungemein männlich mit ungewohnter Dominanz – und küsste sie, bis ihr die Luft wegblieb. Ein wenig wie Bèp seinerzeit, der grobschlächtige Kerl, der ihr in seiner Urtümlichkeit so gefallen hatte, aber dann doch ganz anders, leidenschaftlich, fordernd und virtuos. Die Conslà erhaschte einen Blick von ihrem Altar aus durchs geöffnete Kirchenportal und war mehr als zufrieden, denn selbst sie, die sie an einer gewissen Zeitlosigkeit litt, hatte für diese Verbindung eine gefühlte Ewigkeit gebetet.

18

Am 1. Juni traf sich Vincenzo Giordano mit Carlotta beim Notar. »Einundzwanzig Grad und steigend, wolkenloser Himmel, schwacher Wind aus Südost«, hatte Pasquale am Morgen beim Frühstück verkündet und weder gehinkt noch geschnieft. Überhaupt kam er Vincenzo in den letzten Tagen verändert vor, mitunter etwas schreckhaft, aber voller Tatendrang.
Heute Morgen waren seine Schränke fast leer gewesen. Vincenzo stand davor und sah, dass Pasquale bis auf vier Anzüge und zwei Kombinationen alles weggegeben hatte. Da hatte er das Gefühl, seine Tagebücher wären verloren gegangen. Die verwaisten Regale klafften wie hässliche Mottenlöcher in seiner Biografie.
»Der katholische Männerfürsorgeverein war äußerst ange-

tan von der Kleiderspende«, hatte sein Butler berichtet und hinzugefügt: »Künftig werden Ihre exquisiten Beinkleider zu Einbrüchen und Drogengeschäften getragen.«

»Wie bitte?!«

»Nun, die höchst förderungswürdige Einrichtung unterstützt ehemalige Straftäter, Drogenabhängige, Wohnungs- und Arbeitslose. Der eine oder andere Rückfall ist da nicht auszuschließen.« Vincenzo hatte geseufzt. »Jedoch auf Fahndungsfotos macht sich Ihre Garderobe sicher gut. Der leichte Woll-Kaschmir, Sie wissen schon, der Fischgrät, verfehlt seine Wirkung nie.« 1997, Vincenzo hatte ihn zum ersten Mal zur Generalprobe der *Zauberflöte* im Regio getragen, die er als Mitglied des Fördervereins hatte sehen können. In diesen Tagen gab es eine Neuinszenierung. Er hatte überlegt, sie sich anzusehen. Hatte Signorina Calma nicht erwähnt, dass ihre Mutter Gewandmeisterin am Regio war? Er würde sie beim Notartermin fragen. »Wir haben den Fischgrät seinerzeit umarbeiten und neu füttern lassen, wenn ich mich recht erinnere. Sie haben ihn dann an Ihrem Scheidungstag getragen, Signor Vincenzo«, war Pasquale fortgefahren. »So gesehen ist er gefechtserprobt.«

»Sie sind ein Zyniker, mein Lieber«, hatte Vincenzo erwidert.

Die schwarzen Roben tuscheln miteinander. Sie beglückwünschen sich zum gelungenen Abschluss und ihren horrenden Honorarnoten. Beatrice lehnt an einem Fensterbrett des Gerichtsgebäudes und lächelt zufrieden. Vincenzo geht zu ihr. Er will etwas Versöhnliches sagen, obwohl ihm gar nicht nach Versöhnung ist.

»Ich werde heute tanzen gehen!«, sagt sie und knöpft demonstrativ die Bluse auf, die sie vor dem Richter bis zum letzten Kragenknopf geschlossen hatte. Vincenzo sieht den Ansatz ihrer Brüste und fühlt nichts.

»Warum hasst du mich so, Beatrice?«, fragt er sie. »Ich habe dir jeden Wunsch erfüllt.«

»Blödsinn, du hast mir dein langweiliges Leben aufgezwungen«, zischt sie ihn an, »mir und Daniele. Die sogenannten Werte deines verehrten Vaters.« Sie spricht dieses Wort aus, als wäre es Galle. »Jahrelang musste ich mit ihm unter einem Dach leben, und du warst nie da. Mir wird schlecht, wenn ich nur daran denke.« Jetzt beugt sie sich zu ihm, kommt ihm ganz nah. Er riecht ein neues Parfum an ihr, teuer und trotzdem vulgär. »Ich war ihm nicht gut genug, dem großen Vittore Giordano, die kleine Warenschauerin, dabei konnte er seine Finger nicht bei sich behalten. Er hat mich bei jeder Gelegenheit mit seinen Blicken ausgezogen, der scheinheilige alte Bock!« Vincenzo ist sprachlos. Sein Vater hatte seine Schwächen, aber vor allem Prinzipien, zu viele nach seinem Geschmack.

»Ich glaube, ich gehe jetzt besser«, sagt er. »Du hast das Haus in Portofino bekommen, und ich zahle dir so viel Unterhalt, wie meine Weber zusammen verdienen.« Vincenzo hat mit der Scheidung gewartet, bis sein Vater vor anderthalb Jahren gestorben ist. Er hat den Ehevertrag nicht auf den Tisch gebracht und Beatrice so großzügig abgefunden, dass sie sich ein neues Leben aufbauen kann. Keine ihrer Eskapaden hat er auch nur erwähnt, um eine öffentliche Schlammschlacht zu vermeiden. Er hat es für Daniele getan. Ein Sohn sollte seine Mutter lieben dürfen, selbst wenn er erwachsen ist.

»Was willst du denn noch?«, fragt er resigniert.

»Dass ich dich nie wieder sehen muss«, antwortet sie. Er wendet sich zum Gehen. »Übrigens, du warst der schlechteste Liebhaber, den ich je gehabt habe, und das waren so einige. Ich möchte, dass du das weißt«, ruft sie ihm noch nach. Die schwarzen Roben blicken auf, Gespräche verstummen. Selbstachtung ist nicht jedem geschenkt.

Pasquale hatte die Maßhemden von Venturi ebenfalls aussortiert, doch die verbliebene Auswahl war noch immer umfangreich. Vincenzo wählte zu seinem hellen Einreiher eine Krawatte in frischem Blau, die dem anstehenden Geschäftstermin die Strenge nehmen würde. »Eigenartig«, murmelte er, »den Schrank so zu sehen.« Er hatte sein ganzes Leben beherbergt, Geschäftsabschlüsse, Reisen, Beerdigungen, Jubiläen, den Erfolg und das Scheitern, wie Kette und Schuss in einem einzigen Gewebe, genauso dicht beieinander, so untrennbar miteinander verwoben. Die Ereignisse hatten in den Stoffen überdauert, denn Energie ging ja bekanntlich nicht verloren.
»Wir müssen los«, hielt Pasquale ihn nun zur Eile an.

Und so fuhren sie kurz vor elf in der Via Roma vor, und Vincenzo betrat das alteingesessene Notariat Dr. Sehmisch und Partner. Carlotta war bereits da. Sie saß in einem weißen Sommerkleid mit eleganten Pumps und Handtasche im Flur und begrüßte ihn in gedämpftem Ton. In Notariaten hatte jeder das Gefühl, er dürfe nicht laut sprechen, nicht einmal der Notar selbst, der kurz darauf die Verkaufsurkunde verlas, völlig unverständlich nuschelnd und leiernd. Die Parteien nickten und unterschrieben.
»Ich hatte gehofft, Sie würden den Abschluss bei einem Mittagessen mit mir feiern«, sagte Vincenzo, als er mit Carlotta später wieder auf der Straße stand. »Ich habe mir erlaubt, einen Tisch im Del Cambio zu reservieren. Wir sollten auf Ihren Vater anstoßen.« Carlotta kannte das Restaurant nur von außen. Casanova hatte es bereits in seinen Memoiren erwähnt. Es war einer der Schauplätze der italienischen Geschichte, genauer der Geschichte der Einheit Italiens, das vor gut hundertfünfzig Jahren noch aus verschiedenen Königs- und Herzogtümern bestand, dem Vatikanstaat und

österreichischen Gebieten. Junge Abgeordnete und Akteure des Risorgimento, der Bewegung für Freiheit und nationale Unabhängigkeit, machten das Del Cambio in dieser Zeit zu ihrer Kantine, weil es direkt gegenüber dem Palazzo Carignano lag, dem Sitz des ersten italienischen Parlaments. Die »Väter des Vaterlands« speisten dort und planten über einem Teller *agnolotti* die Zukunft der Nation. Der Graf von Cavour, Ministerpräsident von Piemont, behielt dabei stets ein kleines Fenster im Blick, vor dem ihm der Hausmeister ein Zeichen gab, wenn die Debatte drüben eine unerwünschte Wendung nahm und er eingreifen musste.
»Kann man draußen sitzen?«, fragte Carlotta, die das wunderschöne Wetter genießen wollte.
»Das weiß ich nicht«, entgegnete Vincenzo. Wie merkwürdig, er aß jetzt schon so lange dort und hatte nie daran gedacht, danach zu fragen. Mittag für Mittag saß er am selben Tisch unter Cavours strengem Porträt und nahm das edle Dekor kaum mehr wahr.
»Dann möchte *ich* Sie gern einladen, zu mir«, sagte Carlotta. Vincenzo wirkte erstaunt. »Begleiten Sie mich. Wir kaufen ein und … Nun, das sehen Sie dann.«
Carlotta wählte im Feinkostladen der Galleria San Federico Weißbrot und einige Spezialitäten aus: *castelmagno* mit Trüffelhonig – ein wunderbarer Blauschimmelkäse aus der Provinz Cuneo –, *fidighin,* eine piemontesische Mortadella, und diverse *antipasti* nebst einer gut gekühlten Flasche Prosecco. Dann holte sie gemeinsam mit Vincenzo in der Schneiderei Teller, Gläser und eine Picknickdecke, was Rosina und Susa Gelegenheit gab, Carlottas Gast unverhohlen und mit größtem Interesse zu betrachten. Seit ihrem Essen in seinem Haus vor vier Wochen fragten sie Carlotta über ihn aus. Zum Glück wussten die beiden nichts von ihrer Vergangenheit mit Daniele, und so hatte sie ihnen ihre Begegnung mit

ihm verschwiegen. Da er sich seitdem nicht mehr gemeldet hatte, war das auch besser so.
Im Giardino Sambuy, einem kleinen Park mit Teich und Pavillon gegenüber dem Haupteingang des Bahnhofs, legte Carlotta die Decke ins Gras, stellte die Teller darauf und überließ es Vincenzo, den Prosecco zu öffnen. Die Sonne schien, Autos hupten, die Straßenbahn pfiff auf den Gleisen, Stimmen schwirrten umher. Die Stadt atmete Leben, und alles war in Bewegung.
»Ich bin im Sommer mittags oft hier«, sagte Carlotta und reichte Vincenzo das Brot und die Mortadella.
»Die schmeckt fantastisch«, entgegnete er, nachdem er sie probiert hatte. »Wie heißt sie noch mal?«
»*Fidighin,* sie wird mit Rohleber gemacht.«
»Nein, wirklich?!« Vincenzo wirkte leicht bestürzt. Er wollte die Mortadella schon zurücklegen, da spürte er noch einmal dem ungewöhnlichen Aroma nach und entschied sich um.
»Gino liebt sie. Durch ihn habe ich die piemontesische Küche kennengelernt. Ich habe ein Kochbuch seiner Großmutter geerbt.«
»Sprechen Sie auch *piemontèisa,* so wie er?«, fragte Vincenzo interessiert.
»Ich verstehe sehr viel, aber sprechen kann ich nur Englisch, Spanisch, ein bisschen Französisch, Portugiesisch und Hindi.« Vincenzos Augen wurden immer größer. Carlotta fügte noch an: »Und ich lerne gerade Japanisch.«
»Japanisch«, wiederholte Vincenzo ungläubig.
»Ja, Chinesisch war mir zu schwer, das hab ich abgebrochen.«
»Ich bin beeindruckt.«
»Das müssen Sie nicht sein, mir ist von klein auf viel davon in der Oper zugefallen. Zum Simultandolmetschen reicht es

zwar nicht, aber ich könnte in jeder dieser Sprachen einen Kochkurs absolvieren, überall auf der Welt.« Carlotta schnitt sich ein Stück vom Käse ab und tunkte ihn in den Trüffelhonig.

»Sie kochen gern?«, wollte Vincenzo wissen.

»Leidenschaftlich!«

»Im Cambio hätten wir heute eine Kartoffel-Lauch-Tarte an gedünsteten Garnelen mit Holundermousse haben können«, verriet Vincenzo und genoss das Gespräch und den Trubel um sich herum. Er war schon lange nicht mehr einfach so durch die Stadt gelaufen oder in einem öffentlichen Park gesessen. Das alles sah er sonst nur durch die Seitenfenster seines Wagens, klimatisiert, gut gepolstert, abgeschottet. Die zweihundert Meter vom Büro zum Cambio hinüber oder einmal im Monat ins Mulassano waren seine einzigen Spazierwege. Zum Ausgleich ging er in die Berge und in Naturparks wandern. Er war ein sportlicher Typ, der das tägliche Herumsitzen hinter seinem antiquierten Schreibtisch verabscheute.

»Beeindruckend«, gestand Carlotta und lachte herzlich, »aber ich hoffe, dass Sie auch mit Oliven an Verkehrskreisel zufrieden sind.«

»In Ihrer Gesellschaft …« Es war ein Abenteuer! Nicht minder aufregend wie die Reise ins Hochland der Anden, befand er, als sie mit dem Jeep liegen geblieben waren und mit Mulis weiterreisen mussten. Oder die Lagerfeuer auf der Mount Nicholas Station weit oben in den Bergen, wenn die Nacht kam und das Zelt noch nicht stand. Das Gefühl, mit dem wenigen alles zu haben und frei zu sein. Wenn er früher von seinen Reisen zurückgekommen war, war ihm Turin eng und provinziell vorgekommen. Bevor die Universität neue Studiengänge anbot und der Campus Luigi Einaudi gebaut worden war, dominierten alte Leute und die Industrie das

Stadtbild. Das Del Cambio, in dem schon Vincenzos Vater gegessen hatte, hatte die verstaubteste Speisekarte gehabt, die man sich nur denken konnte. Seit Mozarts Besuch war sie kaum verändert worden. Bedeutete Geschichte zu bewahren Stillstand?

»Das nächste Mal essen wir dort«, versprach Carlotta. »Ich habe gelesen, sie haben kürzlich renoviert und einen neuen Küchenchef.«

»Richtig. Mit ihm ist unsere Slow-Food-Bewegung jetzt auch im Cambio angekommen.« Vincenzo beobachtete Carlotta. Sie war keine dieser Frauen, die missmutig Salatblätter zählten. Mit ihr zu essen machte Freude, sie war der personifizierte Genuss! »Das nächste Mal«, hatte sie gesagt, das nächste Mal war er wahrscheinlich schon fort. »Sind Sie denn nach dem Essen bei mir gut nach Hause gekommen?«, erkundigte er sich. »Ich hatte gar nicht gefragt.«

»O ja«, antwortete Carlotta, »danke. Ihr Sohn war wirklich sehr freundlich.«

»Das war eine Überraschung, dass Sie beide sich kennen.«

»Auch für mich«, erwiderte Carlotta. »Ich meine, ihn wiederzusehen nach so langer Zeit. Er ging damals ins Internat, und dann haben wir uns aus den Augen verloren.« Wir uns auch, dachte Vincenzo. So wie er und sein Vater und Gino und der alte Occelli. Aber Gino hatte sein Erbe ausgeschlagen und sich ganz von den Fesseln befreit. »Darf ich fragen, woran Sie denken?« Vincenzo sah so in sich gekehrt aus.

»An Ihren Vater«, antwortete er, denn über seinen eigenen sprach er nie. »Er war ein wilder Junge, wissen Sie, immer übermütig, aber dann ist er zum Knecht der alten Webstühle geworden. So wie sein Vater vor ihm.«

»Richtig, Sie kannten meinen Großvater ja auch noch.«

»Die harte Arbeit hat Bèp alle Illusionen geraubt«, erklärte Vincenzo, griff zum Weißbrot und spann den Gedanken weiter. »Was denken Sie, Signorina Calma, ist Erbe in Wahrheit nur eine Bevormundung, ein Diktat in der Maske einer Chance?« Sie wusste keine Antwort auf diese Frage. »Imperien entmündigen ganze Generationen für ihren Fortbestand«, resümierte er und trank sein Glas leer, »nur dem Untergang genügt ein Leben.« Er seufzte und dachte an die ehemaligen FIAT-Eigner, die Turin geprägt hatten wie keine andere Familie. Der legendäre »Avvocato« Gianni Agnelli hatte keinen starken und fähigen Nachfolger gefunden, mit seinem Tod begann der Ausverkauf. »Was glauben Sie, Signorina Calma, warum hat Ihr Vater Ihnen die Cotonificio vererbt?«, fragte er.

Diese Frage hatte sie sich oft gestellt. »Ich weiß es nicht. Vielleicht wollte er, dass sie weiterexistiert.«

»Oder er«, sagte Vincenzo. »Unsere Väter wollen weiterleben, und deshalb sollen ihre Kinder ihr Werk, mit dem sie sich identifizieren, das sie ausmacht, fortführen. In ihrem Sinn.« Er hielt kurz inne, dann sprach er weiter: »Mir ist dieses Ansinnen suspekt.«

»Aber mein Vater hat mir keine Auflagen gemacht. Vielleicht wollte er mich einfach nur versorgen.«

»Hat er Sie nicht eher beschwert? Sie mussten Schulden machen, so wie er.« Vincenzo streckte seine Beine aus und war froh, dass die Sonne wanderte. Ein Baum spendete jetzt Schatten. »Ich denke in letzter Zeit oft darüber nach, wissen Sie. Darüber, was ich hätte anders machen können und ob ich Daniele wirklich einen Gefallen tue, wenn ich ihn bald alleine lasse und die ganze Verantwortung auf ihm ablade.«

»Aber trägt er sie denn nicht gern? Er lebt doch für das, was er macht«, sagte Carlotta.

»Schon.«

»Und er kann auf dem, was da ist, aufbauen und sich selbst verwirklichen.«

»Natürlich«, erwiderte Vincenzo und war fast ein wenig neidisch auf seinen Sohn. Eine eigene Kollektion, was für eine innovative Idee.

»Also ich finde Ihre Entscheidung, fortzugehen, mutig«, gestand Carlotta, »ein bisschen radikal, aber mutig. Träume haben ein Verfallsdatum, man darf sie nicht ewig auf Eis legen.« Sie packte bereits die Reste zusammen. »Was hätten wir im Cambio als Dessert bekommen?«, wollte sie wissen.

»Gestern stand Crème brûlée mit Olivenöl, Vanilleschoten und Tintenfischmousse auf der Karte.« Vincenzo hatte dankend abgelehnt.

»Im Ernst?« Carlotta war begeistert. Das klang für ihren Geschmack gerade exotisch genug.

»Der neue Chefkoch hat piemontesische Wurzeln wie Sie«, berichtete Vincenzo. »Und einen ausgeprägten Sinn für Humor, wenn Sie mich fragen.« Er lachte. Er lachte bezaubernd. Carlotta sehnte sich zum ersten Mal seit Wochen nicht nach Regen. »Sie bedauern ja wirklich, dass wir nicht hingegangen sind«, sagte er verwundert, als sie seufzte.

»Wir holen es nach«, entgegnete sie.

19

Dass seine Sehkraft nachließ, war hinderlich. Pasquale saß über der Empfangsbestätigung eines Wiener Auktionshauses, das angeblich die Hundertwassersammlung und die Klimts anbot, und trieb seine kreativen Pläne für Signor Vincenzos baldigen Ruhestand voran. Er hatte sich für einen Händler in der Heimatstadt der Maler entschieden, da er dank eines treuen Gastes der Villa d'Este, den er in seiner Eigenschaft als Privatbutler des Nobelhotels regelmäßig dort betreut hatte, Deutsch leidlich beherrschte – Signor Vincenzo hingegen nicht. Kleine Fehler stachen so weniger ins Auge. Bei den Adressangaben und Stempeln durfte er trotzdem nicht schlampen, wenn er nicht auffliegen wollte. Er hatte sich deshalb das Original einer solchen Bescheinigung beschafft und kopierte es nun ansehnlich, eine Fertigkeit, die er ebenfalls besagtem Gast verdankte, einem verarmten Adligen, der seinen Unterhalt bestritten hatte, indem er Geburtsurkunden heiratswilliger Damen fälschte. Nicht ganz die feine Art, jedoch lukrativer, als man denken sollte. Das Nobelhotel am Comer See war ein idealer Umschlagplatz gewesen – für die Damen als solche und ihre amtliche Verjüngungskur. Gestern erst hatte Pasquale die Bilder abgehängt und sorgfältig für die Reise verpackt, morgen würde sie eine Sicherheitsfirma abholen und auf den Weg bringen. Nicht nach Wien, sondern zu den anderen Sachen, die er bereits beiseitegeschafft hatte.

»Wann findet die Versteigerung statt, Pasquale?«, hatte Signor Vincenzo gefragt, und er hatte ihm erklärt, dass es sich noch etwas hinziehen könne, da das Haus erst im Juli wieder eine Auktion zeitgenössischer Maler plane. Für den Hundertwasser gebe es bereits verschiedene Interessenten aus Übersee, und auch Museen seien darunter. Möglicherweise würden die Werke also in eine geschlossene Auktion gehen. Gut Ding will Weile haben, und ein paar falsche Spendenquittungen konnten auch nicht schaden.

Pasquale benutzte ein Tablet als Unterlage, das garantierte eine gute Lichtquelle und taugte zum Pausen. Wobei gerade bei Unterschriften die Variante frei Hand zu bevorzugen war. Erstklassige Grafikprogramme erleichterten die übrige Arbeit. Er hatte auf seine alten Tage noch eine Einweisung von der Sekretärin der Versandabteilung der Lanificio bekommen, von der er wusste, dass sie für die Verabschie-

dung von Kollegen fantastische PowerPoint-Präsentationen erstellte. Im Gegenzug hatte Pasquale die Dame mehrmals mit dem Maserati zu privaten Verabredungen gefahren.
Richtig, der Maserati musste auch noch auf den Markt! Aber erst kurz vor Schluss, das war kein Aufwand. Die Oldtimer verschwinden zu lassen hingegen schon. Er hatte sie offiziell verschifft und sogar Frachtpapiere angefertigt, außerdem ein Dokument auf Arabisch, das angeblich vom Zoll zugestellt worden war. Der Sprachkundige hätte ein Gedicht von Suweid Ben Ebi Kahil vom Anfang des 7. Jahrhunderts erkannt – »Sie warf mir zu den Strick des Kamels« –, aber wer, bitte, sprach in diesem Haus schon Arabisch?! Mit dem klangvollen Namen Ben Ebi Kahil hatte Pasquale dann auch gleich unterschrieben und den Einreisestempel in die Vereinigten Arabischen Emirate aus dem Jahr 1988 aus Vincenzos abgelaufenem und seinerzeit verlegtem Pass kopiert. Eine ordentliche Arbeit, die die wahren Wege der Wagen verschleiern dürfte.
Aber natürlich veräußerte Pasquale auch einiges legal, Dinge, die ihm entbehrlich erschienen und von geringerem Wert waren. Eine unansehnliche Porzellansammlung, ein paar schauderhafte Antiquitäten des verstorbenen Signor Vittore und etwas Schmuck – Manschettenknöpfe und Krawattennadeln, die die ebenfalls ausrangierte Signora Beatrice ihrem gehörnten Ehemann geschenkt hatte und dieser immer noch trug. Eine gute Gelegenheit, die Spreu vom Weizen zu trennen und das Anderkonto aufzustocken, dessen Kontoauszüge Pasquale nach Bedarf modifizierte. Dafür würde er entweder im Gefängnis landen oder mit einem wohlverdienten Ruhestand belohnt werden. Er hoffte natürlich auf Letzteres, und die neue Entwicklung, die sich beim Abendessen mit Signorina Calma abgezeichnet hatte, spielte ihm in die Hände. Signor Vincenzo war abgelenkt und heute bester Stimmung

nach Hause gekommen. Der Notartermin sei gut verlaufen, hatte er erzählt und sich voller Elan auf seine Museumspläne gestürzt. Er hatte in seinem Salon lange mit Bauunternehmern und Kollegen der Ideabiella telefoniert – zwischen kahlen Wänden. Nur *Rosen unter Bäumen* von seiner Mutter hing noch und *Der blaue Mond – Atlantis,* da Signor Vincenzo kurzfristig beschlossen hatte, sich doch nicht davon zu trennen, und etwas von »sich verändernden Blautönen« erzählt hatte, die ihn berührten. Natürlich, was sonst.

Pasquale setzte die Stirnlupe ab und wischte sich den Schweiß vom Gesicht. Wozu er auf seine alten Tage noch so getrieben wurde! Aber das stand er jetzt durch.

Für nächsten Montag hatte er einen Makler bestellt, eigentlich der Cousin eines Freundes des Chauffeurs des Nachbarn, vertrauenswürdig und ein hervorragender Schauspieler und Regisseur. Er inszenierte in einem Hinterhoftheater am Stadtrand und würde mit drei Ensemblemitgliedern der Dario-Fo-Aufführung *Zufälliger Tod eines Anarchisten* in die Villa in Valle Masso kommen. Eine improvisierte Vorstellung, ganz nach Dario Fos Idee vom »versteckten Theater«, dargeboten ohne Wissen der Zuschauer an alltäglichen Orten, nur ohne den gesellschaftspolitischen Konsens. Pasquale wollte Signor Vincenzo suggerieren, dass die Immobilienpreise außerhalb der Metropolen im Keller waren, um den Verkauf hinauszuzögern oder notfalls selbst zugreifen zu können.

Es klopfte. Pasquale schreckte auf. »Ja, bitte?«

»Ich bin es.« Signor Vincenzo! Hatte er nicht gesagt, er brauche ihn heute nicht mehr, er sitze noch länger über Papieren und gehe dann zu Bett?

»Augenblick.« Pasquale klappte den Deckel seines Sekretärs hoch und versperrte ihn. Dann ging er zur Tür, drehte den Schlüssel im Schloss um und öffnete.

»Seit wann schließen Sie ab?«, fragte Vincenzo. Er war schon im Schlafanzug und trug seinen Hausmantel darüber.
»Nur bei Neumond, da schlafwandle ich«, erklärte Pasquale.
»Seit wann?«
»Ein Rückfall.«
»Und nicht etwa bei Vollmond?«
»Nein.«
»Aha.« Vincenzo sah seinen Butler entgeistert an, und der starrte ebenso zurück. Neumond war erst in drei Tagen.
»Was kann ich für Sie tun, Signor Vincenzo?«
»Ich hatte gerade vor, ins Bett zu gehen, da fiel mir ein, dass Sie meinen Smoking aufarbeiten lassen wollten. Haben Sie sich darum gekümmert?«
»Der Smoking«, wiederholte Pasquale sehr akzentuiert und ging zu Phase zwei von Signor Vincenzos Ruhestandsplanung über. »Ich wollte es noch erwähnen …«
»Was?«, fragte Vincenzo etwas ungehalten.
»Dass ich ihn bedauerlicherweise mit der übrigen Garderobe entsorgt habe.«
»Sie haben …«
»Er ist mir reingeschlüpft«, gestand Pasquale und setzte seinen gegrämtesten Gesichtsausdruck auf. »Den sehen wir nicht wieder.«
»Und jetzt?«
»Jetzt müssen wir einen neuen anfertigen lassen.«
Vincenzo schnaubte verärgert. »Dann machen Sie einen Termin bei meinem Schneider aus, und das schnell. Es dauert Wochen, einen neuen anzufertigen!«
»Das habe ich heute Nachmittag bereits versucht, aber Signor Carmine hat sein Geschäft leider aufgegeben.« Tatsächlich war er nur umgezogen, wie Pasquale wusste, aber das genügte vollauf, um den Guten ganz in der Versenkung verschwinden zu lassen. Geschickt eingefädelt!

»Ich kann doch nicht in Portofino bei der Firmenübergabe in einem Smoking von der Stange erscheinen, aus irgendeinem x-beliebigen Stoff!«, wetterte Vincenzo. Einen neuen Schneider auszusuchen, war eine nervtötende Prozedur und allein das Maßnehmen für eine völlig neue Schnitterstellung lästig.

»Natürlich nicht«, bestätigte Pasquale und nahm Anlauf. »Weshalb ich an Signorina Calma gedacht habe.« Er wartete auf eine Reaktion, ein kleines Zwinkern, das Anheben einer Augenbraue, um zu sehen, ob sein Plan funktionierte. Signor Vincenzo lächelte – perfekt! »Es wäre eine gute Werbung für ihre Schneiderei, ihr Name käme in die Presse, und ich bin mir sicher, dass sie gerne für uns arbeitet.« Vincenzo schwieg. »Haben Sie Signor Danieles Mantel gesehen, den die Signorina gemacht hat?«, fragte Pasquale.

»Nein. Wann soll das gewesen sein?«

»Ihre Abschlussarbeit, wie er Rosa erzählte, schon etwas älter, aber daran könnte man anknüpfen …« Pasquale ließ bewusst Raum für Interpretation.

»Ich weiß nicht …« Vincenzo schien unschlüssig.

Es brauchte noch etwas Überredung. »Signor Daniele schwärmte in den höchsten Tönen.«

»Also gut, dann bitte ich sie eben um einen Termin. Sofern sie Zeit hat. Ich sehe Signorina Calma ohnehin am Freitag zum Essen.« Er hatte es nur so dahingesagt, halb im Scherz, und sie hatte sofort den Tag bestimmt.

»Tatsächlich«, tat Pasquale überrascht. In Wirklichkeit war er vom Oberkellner des Cambio bereits unterrichtet worden, dass Vincenzo seinen Tisch für heute zwar abgesagt hatte, weil er von seiner Begleitung andernorts eingeladen worden war, dafür aber Freitagabend mit der Dame komme. Er hatte um einen Eckplatz mit Blick auf den Palazzo Carignano gebeten.

»Ich weiß, dass ich Sie in letzter Zeit ziemlich in Anspruch nehme, Pasquale«, schloss Vincenzo die Unterhaltung versöhnlich. »Die Haushaltsauflösung belastet Sie ganz schön.«

»Sie machen sich keine Vorstellung!«, erwiderte Pasquale ehrlich erschöpft und hielt den Schlüssel seines Sekretärs umklammert.

»Aber wir haben es ja bald geschafft. In drei Monaten ist alles vorbei, dann sind Sie mich los.« Vincenzo klopfte seinem Butler jovial auf die Schulter und wünschte ihm eine gute Nacht. In drei Monaten, jawohl, dachte Pasquale und plante im Geiste schon Phase drei.

20

Die Zegna Trophy hatte wie jedes Jahr im Mai Stoffproduzenten und andere Unternehmer, Stars und Sternchen, bekannte Gesichter aus der Welt des Sports sowie Journalisten nach Portofino angelockt. Doch das ganz große Geld kannte kaum einer. Die wirklich Reichen tauchten höchstens in Wirtschaftsblättern auf, die verließen ihre teuren Jachten unerkannt, milliardenschwere Oligarchen und Erben ganzer Monopole. Luisa hatte mit Daniele in der Villa seiner Mutter gewohnt und ihre Unbedarftheit mit schnellen Internetrecherchen via Smartphone und dem geübten Blick auf Schmuck und Kleidung kompensiert. Doch neben Beatrice verlor sie an Glanz, eine hungrige Wölfin in Armani, die mit jedem per Du war und beschlagen in der Welt des schönen Scheins. Ein paar der alteingesessenen Bielleser Weber zollten ihr vielleicht keinen Respekt mehr, seit sie sich von Vincenzo hatte scheiden lassen, aber alle anderen hingen an ihren schönen Lippen. Beatrice akquirierte in

Portofino Modenschauen für ihre Starmodels, buhlte um Kontakte und schlürfte Champagner und Austern. Dass sie Danieles neue Flamme nicht leiden konnte, verbarg sie nicht. Sie waren sich zu ähnlich und fischten im selben Teich.

Luisa saß jetzt im seelenlosen Interieur ihres modernen Turiner Wohnzimmers im vierzehnten Stock und blickte finster. »Sie hat mich nicht mal gefragt, ob ich in ihre Agentur wechseln will«, ereiferte sie sich. Daniele war genervt. Das durfte er sich nun schon seit Wochen anhören, immer wieder. »Ich war in der ELLE, verdammt! Die blöde Kuh könnte froh sein, mich zu kriegen.«

»Du hast doch eine Agentur«, entgegnete er, »und die ist gut. Ich weiß wirklich nicht, was du willst.«

»Respekt! Ich will, dass deine Mutter mich mit Respekt behandelt und dass du ein Machtwort sprichst. Ich schwöre dir, wenn sie mich noch einmal ›das Mädchen‹ nennt, kratz ich ihr die Augen aus!« Daniele studierte Verkaufszahlen. Jetzt klappte er vernehmlich sein Notebook zu und schenkte sich einen Whiskey ein. »Fühl dich wie zu Hause!«, keifte Luisa ihn an.

»Ich muss meine Zeit nicht hier verbringen«, sagte er gefährlich kühl. »Ich habe im Büro genug Arbeit und hundert andere Türen, die mir offenstehen.«

»Hundert andere Betten meinst du wohl«, gab sie zurück.

Ihre Eifersucht war schon in Portofino eskaliert. Sie hatte wie eine Klette an ihm gehangen. Seine Mutter hatte recht, dachte Daniele, Luisa war wie ein kleines Mädchen, das sich um ihr Spielzeug stritt, und von der Sorte gab es wirklich genug, eine schöner als die andere. Wenn das erste kurze Begehren gestillt war, interessierten sie ihn weniger als sein neuer Wagen. Er schenkte sich nach und trank das Glas in einem Zug leer. Dann ging er zu ihr hinüber, zog sie aus ihrem Sessel hoch und widerstand der Versuchung, sie zu schlagen.

Luisa blickte siegessicher. Sie genoss es, ihn aus der Reserve zu locken. Danach musste sie nur noch ihre Kleider fallen lassen und die Bedingungen für ihre Kapitulation aushandeln – Reisen, Schmuck, Versprechen. Sie knöpfte ihr Mantelkleid auf, dicht vor ihm, und pokerte. Sie trug keine Wäsche darunter.
Daniele sah sie an, taxierte ihre gespielte Unterwürfigkeit und sagte abfällig: »Du hast nichts zu bieten, was deine Launen wert wäre, nichts, Luisa.« Dann nahm er sein Notebook vom Tisch und ging. Er setzte sich in seinen Wagen und fuhr los, ohne Ziel.
Es war schon fast halb elf und die Straßenbeleuchtung eingeschaltet. Im Rückspiegel sah Daniele die Mole Antonelliana strahlen, sie hatte ihre Trauer abgelegt. Irgendwann tauchte der Bahnhof vor ihm auf, und wenig später fand er sich – ein Stück am Fluss entlang und durch unbekannte Querstraßen hindurch – im Stadtteil San Silvario und vor Carlottas Haus wieder. Hier parkte er und wartete, er wusste nicht, worauf. Luisas ständige Streitereien klangen in ihm nach, und er überlegte zum wiederholten Mal, was sie eigentlich verband. Es konnte nur der Mangel sein, sein Mangel an Mut, sich wirklich zu verlieben, und ihrer an Selbstachtung. Körper, die übereinander herfielen, und Absichten, die sich trafen, Berechnung und Rausch. Verflucht, Daniele fiel ein, dass er eigentlich gar nicht mehr fahren durfte, er hatte zu viel getrunken. Aber das Biest hatte ihn zur Weißglut getrieben, diese Spielchen, die nackte Provokation. Er hätte ihre billige Einladung annehmen sollen und dann erst gehen.
Was machte er hier? Wonach suchte er?
Als Daniele auf Carlottas Klingelknopf drückte, glaubte er, es zu wissen. Und als kurz darauf der Türöffner summte und er an einem Teich vorbei durchs weite offene Treppenhaus lief, festigte sich die Einsicht.

Carlotta wohnte im obersten Stockwerk mit direktem Zugang zum Dach. Sie öffnete verwundert die Tür und sah Daniele überrascht an. Gerade hatte sie ins Bad gehen wollen, um sich für die Nacht fertig zu machen. Rosina und Susa waren schon in ihren Zimmern.

»Du?«, fragte sie nur und ließ ihn herein. Er sah etwas abgekämpft aus.

Sein Atem roch nach Alkohol, als er antwortete: »Ich, ja.«

»Ist alles in Ordnung?«

»Sicher.« Daniele sah Carlotta an, und das Gefühl, nach Hause zu kommen, umfing ihn. »Entschuldige, du wolltest wahrscheinlich gerade schlafen gehen«, sagte er. »Ich bin nur zufällig vorbeigekommen und habe nicht daran gedacht, wie spät es ist.«

»Kein Problem. Möchtest du mir zum Verkauf gratulieren?«

»Was meinst du?«

»Ich habe doch heute mit deinem Vater den Vertrag für das Museum unterschrieben.«

»Natürlich, das war ja heute.«

»Magst du einen Kaffee oder etwas anderes?«

Daniele folgte ihr in die Küche. Sie war geräumig, hatte eine Essecke mit Bank und Stühlen und einen imposanten Gasherd in der langen Küchenzeile – zarte Pastellfarben, helle Möbel, eine Schneiderbüste neben der Tür. Überall lagen Stoffe und Schnittmuster herum, Fachzeitschriften und Garnrollen.

»Etwas Stärkeres, gern«, sagte er und hing an ihrem Blick, aus dem die Furcht vor der Welt und ihren Kränkungen verschwunden war. Das war ihm schon bei ihrem gemeinsamen Abendessen aufgefallen.

»Ich habe Rotwein«, schlug Carlotta vor. »Wir könnten aufs Dach gehen, es ist noch warm.«

»Gut«, meinte er, griff über ihr in ein Regal nach der Flasche, auf die sie gedeutet hatte, und streifte dabei ihre Schulter. Die Konfusion wanderte tiefer.

Daniele bestaunte kurz darauf den nächtlichen Garten über der Stadt. Carlotta schaltete die Außenbeleuchtung ein, und er sah Gemüsebeete und Blumen in langen Pflanzkübeln, ahnte bunte Blüten und spürte der Erwartung ihres Dufts nach, der sich nachts entzog. Bäume und Dachbegrünung wurzelten in luftiger Höhe in piemontesischer Erde. Gießkannen, Harken und eine Gärtnerschürze lagen herum. Man ahnte die Jahreszeiten – buntes Laub, schneebedeckte Sträucher und Magnolien im Mondlicht. Von der Straße stieg durch die offene Tür einer Bar Musik herauf.

»Geht es dir wirklich gut?«, fragte Carlotta. Sie standen an der Brüstung und blickten, die Weingläser vor sich auf der niedrigen Mauer, über das Lichtermeer Turins in die nahen Berge. Die Dunkelheit verschluckte sie fast.

»Ich fühle mich wie damals, als ich ins Internat kam«, gestand er und trank den schweren Wein. »Ich weiß nicht, ob ich der Herausforderung gewachsen bin, aber ich bin allein und muss es deshalb irgendwie schaffen.«

»Meinst du die Firmenübernahme?«

»Ganz genau.«

»Aber dein Vater …«

»… will endlich raus aus dem Geschäft. Er hasst die Geschäftsführung.«

»Wirklich?«

»Er hat das nur seinem Vater zuliebe gemacht. Als er jung war, konnte er wenigstens noch reisen.« Daniele dachte daran, wie selten sein Vater zu Hause gewesen war. Er war mit seinem Großvater, Rosa und Pasquale aufgewachsen. Und seiner Mutter. »Er hat mir mal erzählt, dass er lieber Design studiert und Stoffe entworfen hätte.«

»Und warum hat er das nicht?«, wollte Carlotta wissen.
»O Lola, du hast keine Ahnung, was es heißt, ein Giordano zu sein. Da hängst du keinen Träumen nach, da steigst du in die Firma ein und füllst den Platz aus, den dein Vater vor dir ausgefüllt hat. Du erbst kein Unternehmen, du erbst Verantwortung, noch dazu als einziger Sohn.«
»Möchtest du mir von deinen Plänen erzählen?«, fragte Carlotta. Sie spürte, dass Daniele reden wollte.
»Ich verlege die Verwaltung und den Showroom nach Mailand. Es liegt zentraler, die großen Messen finden dort statt, das Herz der italienischen Modeindustrie schlägt in dieser Stadt.« Er nahm noch einen Schluck und stellte sein Glas zurück. »Ich habe ein erstklassiges Team internationaler Designer, das unsere erste Herrenkollektion entwirft, und wir können sie in Osteuropa produzieren lassen. Borsalino wird eine eigene Linie für uns fertigen, und ich verhandle mit Lizenznehmern. Wir haben einen guten Kontakt in Florenz.« Carlotta hörte ihm zu und war von seiner Zielstrebigkeit fasziniert. »Ich lasse mich nicht von den Chinesen schlucken wie andere. Ich werde den asiatischen Markt für uns erobern, verstehst du?«
»Das geht?« Carlotta hätte ihm die ganze Nacht zuhören können. Die Vertrautheit seiner Stimme weckte eine alte Sehnsucht, auch wenn seine zornige Zielstrebigkeit ihr jede Wärme raubte.
»Ja, das geht«, versicherte Daniele. »Ich werde nächstes Jahr einen Laden mit unserer Kollektion in Hongkong eröffnen und das dann weltweit ausbauen: Tokio, Schanghai, Paris, New York, Moskau, Berlin und anschließend der australische Markt. Wenn wir Fuß fassen, kommen noch mehr.«
»Du scheinst dir deiner Sache ganz sicher zu sein. Wovor hast du denn dann Angst?«
»Das ist ein Riesending, Lola. Ich brauche Kapital und gehe

hohe Risiken ein. Wenn ich das an die Wand fahre, habe ich die Arbeit von Generationen vernichtet und stehe wie ein Idiot da.« Carlotta konnte sich den Druck, unter dem er stand, kaum vorstellen. Davon schrieben sie nie etwas in der Regenbogenpresse. Vielleicht sollte sie künftig doch den Wirtschaftsteil lesen. »Ich knüpfe Kontakte zur Filmbranche, zu den großen Studios in Hollywood und den Agenturen. Ich will, dass der nächste James Bond Giordano trägt. Brioni hat Brosnan neun Jahre lang am Set eingekleidet, so etabliert man Marken.«

Carlotta zitterte leicht, es war doch kühl geworden. Daniele zog sein Sakko aus und legte es ihr um. Unwillkürlich blickte sie in den Himmel, als würde sie auf Schneeflocken warten, die sich auf seinem dunklen Haar niederließen. »Danke«, sagte sie und schmiegte sich in die Wärme seines Körpers, die das Jackett noch barg.

»Jude Law hat erst kürzlich für Borsalino gemodelt und hätte Interesse an uns, und vielleicht ist auch unser neuer italienischer Serienstar Lorenzo Richelmy ein gutes Gesicht für eine Kampagne. Du weißt schon, er spielt Marco Polo. Ich habe mal vorgefühlt, er lebt hier in Turin.«

Carlotta schmunzelte und dachte an Susa. Ihr neuer Freund wurde offensichtlich ziemlich schnell berühmt. Ob ihr das Sorgen machen sollte? »Was ist mit deiner Freundin, unterstützt sie dich?«, fragte sie.

»Das läuft irgendwie nicht.« Carlotta sah Daniele fragend an. »Luisa interessiert sich nur für ihre eigene Karriere. Und sie hört mir nicht zu, nicht so wie du.« Plötzlich fühlte er sich so viel besser, ein wenig angetrunken, aber besser. Carlotta hatte immer zu ihm aufgesehen, für sie war er der strahlende Ritter zu Pferd, der sie beschützte. Luisa war sich selbst genug, sie war keine Partnerin, sie war ein Accessoire, ein verdammt teures, aufsehenerregendes. »Mit dir bin ich ein anderer Mensch, Lola«, sagte er und griff nach dem Fingerhut an ihrer Kette. Dass sie ihn noch immer trug, schmeichelte ihm. Seine Finger wanderten über ihr Schlüsselbein. Carlotta erschrak. Da stand dieser Traum ihrer Kindertage, die Sehnsucht aller Jahre vor ihr und schüttete ihr sein Herz aus. Er war verunsichert, fühlte sich einsam, die Fassade bekam Risse, und er vertraute sich ihr an. »Mit dir bin ich …«, begann Daniele seinen Satz erneut, und seine Finger wanderten weiter über ihren Hals, »so …«, er strich ihr eine Strähne aus dem Gesicht, beugte sich zu ihr hinunter, »… so …«, und dann küsste er sie. Nach neunzehn Jahren küsste er sie wieder, aber nicht, weil er sie begehrte wie Luisa, die jeden niederen Instinkt in ihm ansprach, und nicht, weil er sich nach ihr sehnte, sie liebte, nur, weil er sich in ihrer Umarmung vollständig fühlte, angenommen und sicher.

21

Seit Maria Testa ahnte, dass sie mehr war als die Summe ihrer Glieder, war sie auf der Suche nach ihrer verlorenen Identität. Ihr war nicht klar, warum sie sie gerade hier suchte, aber vielleicht hatte es etwas mit dem Ladenschild zu tun, La Cenerentola, das eine Geschichte erzählte, nach der jede Frau sich sehnte. Neue Kleider, die ein Leben und die Wahrnehmung der anderen Menschen veränderten, herbeigezaubert von einem weißen Vögelchen auf einem Haselnussstrauch, so stand es im Märchen. Neue Kleider, die nur für dieses eine Mädchen gemacht waren und sie erlösten. »Sie sind das Maß der Dinge« las sie auf einem kleinen Emailleschild im Fenster neben den Schneiderpuppen mit den märchenhaften Sommerkleidern.

Carlotta fiel die junge, sehr salopp gekleidete Frau auf. Sie kam seit Wochen immer wieder vorbei, sah in die Auslage, versank in Gedanken und ging, ihre Tochter im Kinderwagen schiebend, weiter – das kleine Mädchen in hübschen Kleidern mit Spangen im Haar liebevoll ausstaffiert, Rüschen an den weißen Söckchen und blank polierte Schuhe, die Mutter mit überweiten Baumwollhosen oder bügelfreien Röcken aus Polyester, pflegeleicht, praktisch und geeignet, einen Großbrand zu schüren. Sie trug ihr kastanienbraunes Haar zu einem Pferdeschwanz gebunden und bewegte sich zaghaft. Heute stand sie länger vor dem Schaufenster der Schneiderei als sonst, und Carlotta öffnete ihre Ladentür und sprach sie an.

»Überlegen Sie, sich etwas schneidern zu lassen?«

Die junge Frau blickte auf. »O nein! Das heißt … vielleicht. Ich weiß nicht recht …«

»Ich hätte gerade etwas Zeit«, entgegnete Carlotta ihrer Unentschlossenheit. »Hätten Sie Lust, ein paar Kataloge mit mir durchzusehen und etwas in den Stoffen zu stöbern?«

Das Mädchen im Kinderwagen strahlte sie an. »Ist das Ihre Kleine?«, fragte sie. Der Kleidung nach hätte die Frau auch das Kindermädchen sein können.

»Ja, das ist meine Gianna«, antwortete sie stolz. »Sie ist letzten Monat zwei geworden.«

Carlotta erinnerte sich, das Mädchen an der Hand seiner Mutter drüben im Park gesehen zu haben, als sie vorgestern mit Vincenzo dort war. Am Abend war dann Daniele gekommen, hatte sie geküsst und war seitdem verschwunden. Kein Wort seit zwei Tagen, und doch war sie glücklich.

»Hallo, Gianna«, sagte sie und beugte sich zu dem Mädchen hinunter, um ihr ein Lächeln zu schenken. »Carlotta Calma«, stellte sie sich dann vor und streckte der jungen Mutter ihre Hand entgegen. »Und normalerweise fange ich meine Kund-

schaft nicht auf der Straße ein, aber Sie sind mir aufgefallen, Sie kommen öfter vorbei.«
»Maria Testa«, nannte die Frau ihren Namen. »Ich gehe mit Gianna oft durch die Altstadt und sehe mir die Läden an. Sie läuft gerne über die Piazza San Carlo. Sie mag, wie die Tauben auffliegen. Und im Giardino Sambuy sind wir auch hin und wieder.«
»Was meinen Sie, Maria«, sagte Carlotta, »kann ich Sie für einen Blick in meine Kataloge begeistern?« Minuten später hatte Gianna Carlottas Podest vor dem Anprobespiegel erobert und spielte darauf mit Stoffresten und alten Musterbüchern. Die vielen Farben gefielen ihr, sie stapelte, blätterte, befühlte alles und baute für ihre Puppe ein Bett. »Was, würden Sie sagen, ist Ihr Kleidungsstil?«, fragte sie die junge Frau, die höchstens zwanzig war.
»Ich habe keinen«, antwortete diese schüchtern und bewunderte die Stoffauswahl in den Regalen.
»Aber Sie haben doch Spaß an Kleidern, wenn ich mir Ihre Gianna so ansehe.«
»Sie ist so hübsch, da macht das Anziehen Spaß.« Maria betrachtete ihre Tochter liebevoll, ihr glattes dunkles Haar, die großen Augen. Sie sah aus wie eine kleine Puppe. »Ich habe in der Schwangerschaft angefangen, die alten Sachen meiner Mutter aufzutragen«, gestand sie dann den Verlust ihrer Selbstachtung.
Carlotta blickte sie nachdenklich an. »Aus Geldnot?«
»Nein, nein, gar nicht. Nur … es hätte sich doch nicht gelohnt, extra etwas zu kaufen.«
»Extra für diese ganz besondere Zeit in Ihrem Leben, in der ein kleines Wunder geschieht, meinen Sie?« Maria schwieg.
»Darf ich?«, fragte Carlotta dann. Sie stand jetzt hinter Maria vor dem großen Spiegel und raffte deren unförmiges T-Shirt am Rücken, bis sich die billige Baumwolle in ihre

Taille legte. »Die Sachen sind Ihnen mindestens drei Nummern zu groß«, stellte sie fest.
»Dann fällt es nicht so auf.«
In der Werkstatt nebenan ratterte Rosinas Nähmaschine, und Susa war mit einem Zuschnitt beschäftigt. Die Schwestern hatten nur kurz aufgesehen, als Carlotta mit der jungen Frau und ihrer Tochter hereingekommen war, und sich dann wieder auf ihre Arbeit konzentriert. Durch die offene Tür zum Laden hörten sie ohnehin jedes Wort.
»Was fällt nicht auf?«, wollte Carlotta wissen und studierte die Physiognomie der Frau.
»Dass sich meine Figur durch die Schwangerschaft verändert hat«, entgegnete Maria.
»Grund genug, sich neu zu erfinden, denken Sie nicht? Sie sollten nicht wie Ihre Mutter aussehen, Maria. Sie sind jung, und Ihre Kleidung darf ruhig etwas mutiger sein. Ich sehe Sie in hellen Farben.« Maria betrachtete sich argwöhnisch. In ihrem Kopf fällten Stimmen Urteile, und keine gehörte ihr. »Deine Hüften sind zu breit«, sagte ihr Vater. »Flach wie ein Bügelbrett«, lästerte ihr Bruder gedankenlos. »Das steht dir nicht«, beteuerte eine Kollegin, »und dann auch noch in diesem blassen Blau!«
Maria suchte nach Worten – und nach sich. Lange hatte sie gedacht, dass allein ihr Äußeres sie ausmache. Ihre Familie und ihr Umfeld hatten sie schon immer darauf reduziert. Im Schlafzimmer löschte sie deshalb das Licht, wenn ihr Freund sie berührte. Im Bad sperrte sie die Tür ab und vermied es, sich im Spiegel anzusehen, weil dann die Stimmen wieder mit ihr sprachen und jedes »Ich liebe dich« übertönten. Nach der Schwangerschaft waren sie noch lauter geworden. Maria fürchtete sich jetzt vor dem Tag, an dem Gianna schwimmen lernen wollte und sie ihre Dehnungsstreifen und unbarmherzige Selbstwahrnehmung nicht länger unter

weiten Kleidern verbergen konnte. Ihr Körper war ihr so fremd. Und dabei erinnerten Giannas Lachen, ihre Ausgelassenheit und Freude, die Art, wie sie die Welt eroberte, Maria jeden Tag daran, dass sie früher auch einmal so gewesen war und Träume gehabt hatte. Sie wollte Sängerin werden und schrieb Lieder, aber die verhassten Stimmen waren immer lauter gewesen als die eigene. Sie hatte versucht, sie auszuhungern, um sich zu befreien. Sie hatte in der Stillzeit abgenommen, sich mit Sport gequält, auch wenn sie oft zum Umfallen müde gewesen war, sich aber trotzdem unverändert gefühlt, unverändert mangelhaft.

Carlotta drapierte einen Coupon floralen Seiden-Jacquard um Marias Hüften. Die junge Frau war in etwa so groß wie sie selbst, aber schlanker. Ihre Proportionen waren nicht so ausgewogen, doch das ließ sich mit einem guten Schnitt in die Balance bringen. »Warten Sie einen Moment«, bat Carlotta und ließ Maria allein. Sie ging in die Werkstatt hinüber, blickte sehnsüchtig durch die geöffnete Tür in ihr Büro auf die unbekleidete Schneiderpuppe, auf der Danieles Mantel so lange gehangen hatte, und spürte seinen Kuss auf ihren Lippen. Sie griff sich eine Bluse und kam kurz darauf damit in den Verkaufsraum zurück. Maria sang ihrer Tochter gerade ein Kinderlied vor. Wenn sie sprach, bemerkte man nicht, welch außergewöhnliche Stimme sie besaß, klar und unverwechselbar. Carlotta hörte eine Weile zu, ehe sie sagte: »Ziehen Sie doch bitte Ihr T-Shirt aus, und probieren Sie die mal an. Dort drüben ist die Umkleide.« Maria verschwand und kam wenig später wieder zurück. Carlotta stellte sich hinter sie, krempelte die Ärmel um und drapierte erneut den Jacquard. Der erste Eindruck war eine frappante Verwandlung. »Sie könnten das mit einer leichten Lederjacke kombinieren, einen kleinen Stilbruch einbauen. Was denken Sie?«, fragte sie aufmunternd.

Und wieder waren sie da, die Stimmen: »Deine Hüften sind zu breit.« – »Flach wie ein Bügelbrett.« – »Das steht dir nicht.« Maria zuckte mit den Schultern. Der unausgesetzte Blick in den Spiegel kostete sie Überwindung. Wenn sie nackt war, war er unerträglich, demütigend. Und genau das sollte ihre Kleidung ihrem Umfeld auch sagen: Ich weiß, dass ich nicht hübsch bin. Seht ihr, ich reihe mich ein, tauche unter, ich kenne meinen Platz.

»Fühlen Sie sich wohl?«, wollte Carlotta wissen, denn die junge Frau hatte ihr nicht geantwortet. In ihr schien viel vorzugehen. Ein Kampf, den Carlotta kannte, viele Frauen führten ihn vor diesem Spiegel.

»Ja«, sagte Maria jetzt verwundert, »ich fühle mich wohl.« Das war ungewohnt, sie war ganz bei sich, als würde sie eines ihrer Lieder über ihre piemontesische Heimat und das Leben der einfachen Leute singen. Sie genoss den außergewöhnlichen Moment, er konnte unmöglich anhalten.

»Kennen Sie das«, fragte Carlotta, während sie Marias Bluse am Rücken zusammensteckte und mit dem improvisierten Rock verschmelzen ließ, »wenn man fotografiert wird und das Licht schlecht ist?«

»Ich lösche immer alle Bilder, auf denen ich drauf bin«, antwortete Maria. »Manchmal befürchte ich, Gianna wird irgendwann glauben, dass sie gar keine Mutter gehabt hat.« Sie lächelte.

»Sehen Sie, und so ist das auch mit falscher Kleidung. Sie zeigt Sie permanent in einem schlechten Licht.«

»Mein Freund hat am Tag nach der Entbindung im Krankenhaus ein Foto von mir gemacht. Ich habe Gianna im Arm und sehe glücklich aus. Dieses Bild mag ich sehr.«

»Glück steht jedem, man müsste es als Meterware produzieren«, erwiderte Carlotta und sah sich selbst im Spiegel strahlen. Hatte sie Grund dazu? Würde Daniele sich heute noch

melden? Sie war am Abend mit seinem Vater im Del Cambio verabredet. Vielleicht erfuhr sie von ihm, ob er überhaupt in der Stadt war. »Ich kann Ihnen ein paar Sachen schneidern, in denen Sie sich fast so gut fühlen wie mit Ihrer Tochter im Arm«, fuhr sie fort, und Maria versuchte, dem Gedanken eine Chance zu geben. »Sie werden sich darin mit anderen Augen sehen«, versprach Carlotta, »das ist der erste Schritt.« Mit meinen Augen, dachte Maria da erleichtert und spürte den Luftzug kleiner weißer Flügel, ein Wunder im Haselnussstrauch. Und vielleicht werde ich dann auch wieder meine eigene Stimme hören. Sie sah in den Spiegel und mochte, wie der zart gemusterte Stoff über ihre Hüften fiel. Sie waren gerade so breit wie die Hüften einer Frau, die ein Kind geboren hatte und sich ein zweites wünschte. Sie betrachtete die sanft fließende Bluse und ihren Busen darunter, und er war nicht zu flach. Es war der Busen einer Frau, die ein Kind gestillt hatte und den ihr Freund so oft mit Küssen bedachte. Sie bestaunte das angedeutete Ensemble, das sie trug, und beschloss, dass es ihr gut stand.
»Machen Sie mir etwas Blaues«, sagte Maria Testa, »ich habe Hellblau immer gemocht.«

22

Dieser Tag verging so schleichend wie der gestrige. »Wieso sagst du uns nicht, wo er abgeblieben ist?«, fragte Susa ihre große Schwester jetzt zum wiederholten Mal nach dem Mantel aus ihrem Büro. Sie saßen in ihrer Werkstatt über der Arbeit.
»Weil es dich nichts angeht. Er hat einen Träger gefunden, und jetzt lass es gut sein!«

»Hast du ihn verkauft?«, fragte Rosina, doch Carlotta reagierte nicht, sie lächelte nur merkwürdig beseelt. »Verschenkt?« Diesen Mantel hatte ihre Schwester gehütet, als hinge ihr Leben daran. »Einfach so, von heute auf morgen?«

»Genau.«

»Und wann?«

»Bitte?«

»Na, seit wann ist er weg? Sicher nicht erst seit letzter Woche, und vorher ist es uns nicht aufgefallen.«

»Dann ist's ja gut.« Carlotta hüllte sich in Schweigen und arbeitete weiter an einer korallenroten Spenzerjacke, die sie für eine Dame nähte, die mit ihrem Mann in den Laden gekommen war, beide in beigen Hosen, gestreiftem Poloshirt und hellem Blouson. Sie trugen den gleichen Kurzhaarschnitt. Das sah Carlotta oft, Ehepaare, die die Geschlechtergrenzen verwischten. Wir sind gleich, sagte ihre Aufmachung, und unsere Tage sind es auch. Sie sind grau, hellgrau und sandfarben, und sie verrinnen. Die Dame hatte nach einem Blazer gefragt, und Carlotta hatte nach dem korallenroten Stoff gegriffen, um die Konformität mit einer kleinen Explosion zu durchbrechen. Unter dem Futter stand jetzt »Unterscheide dich!«, da gleich sein nicht gleich eins sein hieß. Gerade setzte Carlotta die Ärmel in die Jacke ein und sah auf die Uhr. Es war zehn nach sechs. Der Zug über Mailand und Florenz nach Rom fuhr soeben ab, Ankunft zweiundzwanzig Uhr achtundzwanzig. Aber so weit zog es sie gar nicht fort. Mailand schien das Ziel ihrer Wünsche, die Stadt, in der sich Danieles Pläne für die Lanificio Giordano bündelten und in der er sicher auch bald leben würde. Sie könnte dort eine Schneiderei eröffnen. »Au!« Sie hatte sich das Nadelöhr unter den Fingernagel gebohrt.

»Das kommt davon, wenn man den Fingerhut um den Hals trägt«, ermahnte Rosina sie und schob ihr einen über die Arbeitsplatte.

Carlotta setzte ihn auf. Was für verrückte Gedanken! Sie plante ihre und Danieles Zukunft nach nur einem Kuss. Wahrscheinlich bedauerte er ihn längst, sonst hätte er doch angerufen oder wäre vorbeigekommen. Er hätte ihr Blumen und eine Karte mit seiner Telefonnummer schicken oder Signor Rossi, den Butler, bitten können, mit einer Nachricht vorbeizuschauen. Fast halb sieben. Sie beschloss, sich noch umzuziehen, ehe sie sich mit Vincenzo traf. Ihren Schwestern hatte sie erzählt, sie sähen sich, weil es aufgrund der Übernahme der Cotonificio noch so viel zu besprechen gäbe, und das war natürlich auch so. Aber eigentlich war Carlotta neugierig auf den Mann, der hinter den magischen Stoffen stand, die sie so liebte, und mehr noch auf den Vater des Mannes, dem seit Jahrzehnten ihr Herz gehörte.

»Sie sehen wunderschön aus, Carlotta«, begrüßte Vincenzo sie im Restaurant an seinem Tisch und erlaubte sich ein kurzes Bad im Blau ihrer Augen. Carlotta trug ein lavendelfarbenes Kostüm, das zart schimmerte und sich, wie Vincenzo fand, in seiner Zurückhaltung perfekt in das Interieur des Cambio fügte. Weiße Wandvertäfelungen mit Goldapplikationen, lichte Fensterfronten, Spiegel und Kristallleuchter, das 18. Jahrhundert edel und schlicht interpretiert, mehr Sein als Schein und dazu die ruhige Atmosphäre souveräner Unaufdringlichkeit. Heute nahm er all das erstmals wieder wahr. Er betrachtete den Raum mit Carlottas staunenden Augen, die alle Routinen unterbrachen.
»Danke«, erwiderte sie. »Diesen Glencheck, den Sie tragen, habe ich erst kürzlich verarbeitet.« Er hatte das Karo mit einer einfarbigen Krawatte und passendem Einstecktuch kombiniert.
»Die *neue* Kollektion, nehme ich an. Wir haben in diesem Jahr ein paar Klassiker wiederaufleben lassen und überarbei-

tet. Bitte, setzen Sie sich doch.« Er würde ihr die Geschichte des Sakkos vorenthalten, das schon neu gefüttert worden war, so sehr hing er daran. Er hatte es in London anfertigen lassen, unweit der Savile Row, in der die besten Bespoke-Schneider Großbritanniens selbstverständlich auch seine Stoffe anboten. Daniele hatte ihn damals begleitet, er studierte zu der Zeit dort, und sie hatten gemeinsam einen ganzen Tag bei Anderson & Sheppard verbracht. Nach diesem Tag sehnte er sich zurück, der Glencheck bewahrte ihn.

Vincenzo nahm ein Glas und deutete auf ein zweites. »Ich habe mir erlaubt, einen Aperitif zu bestellen, ein Brut Rosé. Ich hoffe, Sie mögen ihn.« Die Farbe ihrer Augen wechselte, und er versank im klaren Wasser des Golfs von Tigullien. Er spürte es auf seiner Haut, frisch und bewegt.

»Bestimmt«, erwiderte Carlotta und stieß mit ihm an.

Die ersten Pläne für die alte Buntweberei lagen schon vor. Vincenzo zeigte sie Carlotta, und während er ihr alles erklärte, studierte sie die Speisekarte: Safranrisotto mit Wacholder und Mandeln; Ravioli al Gorgonzola dolce; Kaninchen an weißen Maulbeeren und Kürbiskernen oder karamellisiertes Spanferkel. Und es gab …

»Kalbsnieren mit Seeigel, haben Sie das schon mal probiert?«, fragte Carlotta neugierig.

»Selbstverständlich«, bestätigte Vincenzo und versuchte, ernst zu bleiben. »Ich wurde in Japan bei einem Geschäftsessen dazu gezwungen. Seeigelinnereien sind dort sehr beliebt, eine schleimige, gallertartige Masse, die entfernt an Austern erinnert, unvergesslich!« Carlotta blickte interessiert. »Aber mit Kalbsnieren multipliziert sich der Genuss.«

»Sie machen sich über mich lustig«, stellte sie fest.

»Das würde mir nicht im Traum einfallen«, erwiderte Vincenzo. »Ich teste lediglich die Belastbarkeit Ihrer Geschmacksnerven.« Jetzt lachte er herzlich, aber nur, bis Carlotta den Seeigel tatsächlich bestellte. Eine asiatische Spezialität mit piemontesischer Note, das konnte sie sich doch nicht entgehen lassen.

Vincenzo und Carlotta einigten sich auf einen Gavi di Gavi zum Hauptgang. Der passte auch zum Fisch, den Vincenzo für sich wählte.

»Ich habe mich über Ihre Einladung wirklich sehr gefreut«, sagte Carlotta, den ersten Bissen auf der Gabel. »Meine Mutter ist ganz neidisch. Sie wollte schon immer mal ins Cambio.«

»Und?«, fragte er.

»Und was?«

»Wie schmeckt das so, es sieht … eigenartig aus.«

»Mal überlegen.« Carlotta kaute genüsslich. »Nach einem Tag am Meer, würde ich sagen, salzig, frisch. Die unterschiedlichen Konsistenzen sind interessant. Durch die Nieren kommt eine leicht bittere Note dazu … ein Unwetter am Meer, hohe Wellen, der Wind pfeift.« Vincenzo staunte. »Ja, so ungefähr schmeckt es, und ich glaube, ich liebe das aufgepeitschte Meer«, sagte sie glücklich und trank einen Schluck Wein.

»Sie glauben es nur?«

»Ich hab das Meer noch nie gesehen, ich weiß es also nicht sicher.«

»Und ich habe noch nie einen Menschen getroffen, der sieben Sprachen spricht und das Meer nicht kennt.«

»Ich fliege im Herbst nach Mexiko, dann sehe ich es.« Carlotta war im Reisebüro gewesen und hatte ihre Flüge gebucht. Sie würde Ende September, wenn Rosina ihr Abitur in der Tasche hatte, in Mailand ins Flugzeug steigen und drei Wochen fort sein. Die erste Station aus ihrem Reisetagebuch – jetzt oder nie!

»Ganz allein?«, wollte Vincenzo wissen.

»Aber ja. Ich erkunde die Märkte und die Landesküche, ich mache einen Kochkurs im Pujol, einem der weltbesten Restaurants, und ich kenne niemanden, der das ähnlich spannend findet wie ich.«
Vincenzo betrachtete die ungewöhnliche junge Frau. Sie war ein Familienmensch, verantwortungsbewusst, häuslich, kreativ, neugierig auf die Welt und so unerschrocken. Eine eigenwillige Mischung. »Sie verreisen also zum ersten Mal in Ihrem Leben, und gleich so weit weg, und fürchten sich gar nicht?«
»Wovor sollte sich eine Frau fürchten, die Kalbsnieren mit Seeigel zu schätzen weiß?« Carlotta lachte, und Vincenzo freute sich an ihrer Ungezwungenheit.
»Mexiko fehlt mir noch auf der Landkarte meiner Eroberungen«, gestand er dann.
»Das ist von Neuseeland aus sicher auch zu erreichen«, erwiderte Carlotta, deren Entschluss, ihre Träume nicht länger aufzuschieben, auch mit Vincenzo zu tun hatte. Nach all den Jahren, in denen er den Vorstellungen anderer entsprochen hatte, verwirklichte er sich nun selbst. Dieser Entschluss machte ihr Mut.
»Richtig.« Vincenzo schob die Baupläne beiseite, und ihm fiel wieder ein, dass Carlotta erwähnt hatte, ihre Mutter würde auch gerne mal im Cambio essen. »Was halten Sie davon, wenn wir zusammen in die Premiere der *Zauberflöte* gehen«, fragte er deshalb, »und anschließend gemeinsam mit Ihrer Mutter und Giòrs hier essen. Er sträubt sich immer, aber wenn Ihre Mutter ihn begleitet und wir auf ihre Verlobung anstoßen, macht er sicher eine Ausnahme. Ich würde sie gerne kennenlernen.«
»Sie wissen von der Verlobung?«
»Er hätte sich die Überraschung lieber für unser monatliches Treffen aufgehoben, aber dann konnte er doch nicht so lange

warten und hat gestern angerufen.« Vincenzo sah zufrieden aus. »Ich hätte nicht gedacht, dass sie je Ja sagt. Ihre Mutter scheint ein Freigeist zu sein.«
»Und sie liebt große Auftritte«, erwiderte Carlotta, »Sie werden sehen.«
»Schön, dann ist das eine Zusage! Daniele wird auch kommen. Er hat mir versprochen, mich zu begleiten«, sagte Vincenzo.
»Wirklich?!« Carlotta war wie elektrisiert. »Wird seine Lebensgefährtin auch dabei sein? Sie wohnt in Turin, soweit ich weiß.« Hatte das unbeteiligt genug geklungen? Sie kam sich dumm vor. Neuerdings benahm sie sich wie ein Schulmädchen.
»Das denke ich nicht«, beantwortete Vincenzo ihre Frage. »Normalerweise haben die jungen Damen an seiner Seite keine kulturellen Ambitionen.« Sie wechselten ständig, und Daniele sprach kaum über sie.
Der Ober kam an den Tisch und schenkte Wein nach. »Oh, und wenn wir schon beim Feiern sind: Pasquale hat meinen einzigen Smoking ausgemustert, und ich brauche einen zur Firmenübergabe Anfang September. Mein Schneider hat offensichtlich schon genug an mir verdient und privatisiert jetzt, weshalb Pasquale vorschlug, Sie zu fragen.«
»Ob ich einen Smoking für Sie mache?«
»Er sagte, Daniele habe einen Mantel aus Ihrer Werkstatt erwähnt.«
»Meine Abschlussarbeit, ja.« Carlotta war überrascht, dass Daniele davon erzählt hatte. »Zufällig passt er ihm«, sagte sie möglichst beiläufig.
»Würden Sie diesen Smoking für mich anfertigen, Carlotta? Hätten Sie Zeit?« Vincenzo gefiel der Gedanke immer besser. »Allerdings würde ich Sie bitten, die Anproben in meinem Büro zu machen, wenn das möglich ist. Die vielen Ter-

mine – das würde mir sehr helfen.« Das war natürlich ein Vorwand, aber so würden Daniele und Carlotta sich wieder über den Weg laufen, dachte Vincenzo, und möglicherweise entdecken, dass sie gut zusammenpassten. Pasquale hatte angedeutet, dass es zwischen den beiden gefunkt haben könnte, oder zumindest hatte Vincenzo ihn so verstanden – eine Entwicklung, die er begrüßte und mit dem gemeinsamen Opernbesuch gerne unterstützte.

23

Carlotta hatte darauf bestanden, das Maßnehmen nicht aufzuschieben, da sie für die Fertigstellung des Smokings einige Wochen benötigte. So erschien sie schon am Montagmorgen kurz nach zehn in Vincenzos Büro in der Galleria San Federico, und er bat sie in den Showroom hinüber. Hier präsentierte die Weberei Maßschneidern mit Weltruf, großen Modelabels und Tuchhändlern ihre neuesten Kollektionen – ein großer, fensterloser Raum mit Mahagonimöbeln, Ledersesseln und teuren Teppichen, dessen dunkle Holzdecke und eine Bar den Eindruck eines Herrenzimmers komplettierte. Auf einer Seite schloss ein langes Kabinett an, in dessen Mitte ein schwerer Zuschneidetisch stand, auf dem die Stoffballen aufgeschlagen werden konnten, die sich links und rechts, nach Qualitäten, Farben und Mustern sortiert, in den Regalen stapelten. »Wenn wir noch Zeit haben, zeige ich Ihnen nachher noch die Bibliothek«, schlug Vincenzo Carlotta vor und deutete auf frei stehende Regalwände, die bis unter die Decke reichten. Sie waren durch eine Glaswand vom Showroom abgetrennt, eine Anmutung an das Vatikanische Geheimarchiv.

»Alte Korrespondenz der Lanificio?«, fragte sie interessiert.
»Nein, besser!« Vincenzo strahlte gut gelaunt. Sein Tag hatte erfreulich begonnen, denn er hatte mit Daniele gefrühstückt, der schon seit ein paar Tagen wieder in der Casa Giordano übernachtete, und sich lange mit ihm unterhalten. Daniele hatte versprochen, zu Vincenzos Termin mit einem renommierten Tuchhändler um elf in den Showroom zu kommen, wobei sich der Händler verspäten würde, denn er war in Wahrheit erst um elf Uhr dreißig mit Vincenzo verabredet.
»Dort lagern sämtliche Stoffmuster, die seit der Gründung der Weberei produziert worden sind. Sie wären fast dem Hochwasser in Valle Masso zum Opfer gefallen, aber mein Vater hat sie gerettet und hergebracht, als wir nach Turin umgezogen sind.«
»Könnten Sie mich hier nicht vergessen und versehentlich über Nacht einsperren?«, fragte Carlotta. »Das ist besser als jedes Kaufhaus!«
»Sie zu vergessen, dürfte schwerfallen«, gab Vincenzo zurück und hätte fast mit ihr geflirtet. Der dunkle Bleistiftrock, den sie heute trug, umschmeichelte ihre herrliche Hüftpartie, die Wickelbluse unterstrich ihre natürliche Eleganz und lenkte den Blick in ein aufreizendes Dekolleté. Sie roch wieder nach Rosen, zart und umschmeichelnd. Das fand Vincenzo schon bei ihrer Begegnung in seinem Haus so passend, denn diese Blume entsprach ihr. Sie war üppig, verschwenderisch und dabei doch bescheiden. Keine Calla oder Amaryllis, keine Gladiole oder Paradiesvogelblume, nur der runde Duft der vollen Blüten, wie Renoir sie gemalt hatte. »Wo wollen Sie mich haben, Carlotta?«, fragte er, und sie deutete in die Mitte des Raums, wo das Licht gut war. Sie stellte ihre Tasche ab, nahm ein Notizbuch, einen Bleistift und verschiedene Maßbänder heraus und betrachtete Vincenzo eingehend.

»Ziehen Sie bitte das Sakko aus«, bat sie und konzentrierte sich ganz auf seine Physiognomie und die Art, wie er sich bewegte. Diese Informationen flossen später in ihre Schnittaufstellung mit ein. Vincenzo war groß, schlank, sportlich, seine Schultern relativ breit. Sie würde nur flache, angedeutete Schulterpolster einarbeiten. »Der Hosenbund wird hoch angesetzt, die Fußweite würde ich gerne etwas großzügiger berechnen. Die Anzüge werden ja immer schmaler, aber ich persönlich finde nicht, dass das gut aussieht.«

»Gott sei Dank!«, erwiderte Vincenzo. Er stand jetzt in Hemd und Hose vor ihr und in Schuhen, die der Absatzhöhe seiner schwarzen Lacklederslipper entsprachen, die er zum Smoking tragen würde, vorausgesetzt, Pasquale hatte die nicht auch entsorgt.

»Wir machen ihn also klassisch, ein Hauch Retrodesign, ist Ihnen das recht?«, fragte Carlotta.

»Es passt zu mir. Ich bin schließlich nicht mehr zwanzig.«

»Das ist keine Altersfrage«, entgegnete Carlotta, »das ist eine Frage der Persönlichkeit. Ich bin auch nicht der Typ für modische Experimente, und schon gar nicht für Sakkos, in denen ich nicht atmen darf.« Sie lachte, ging langsam um ihn herum, blieb dann dicht vor ihm stehen und legte ihm ein Maßband um die Taille, das sie mit einem winzigen Haken feststellte. Dann las sie es ab und notierte die Zahl in ihrem Buch. Durch kleine Plaudereien beim Maßnehmen vergaß man gerne die eine oder andere Größe. Hier war Sorgfalt geboten. »Außerdem denke ich an einen Einreiher. Zweireiher müssen Sie immer geschlossen tragen. Das ist beim Sitzen nicht bequem, und Sie wirken streng.«

»Nicht zu streng also«, wiederholte er ihre Anweisung. Sie hätte seinen Schrank gewiss besser entrümpelt als Pasquale.

»Die Modelle in Danieles neuer Men's Line werden sicher etwas angesagter sein.«

»Haben Sie Entwürfe gesehen?«

»Nein, aber er hat von seinem Team erzählt und von den Läden, die er plant.«

»Er kommt nach seinem Großvater – was das Geschäftliche angeht, *nur* was das Geschäftliche angeht –«, schränkte Vincenzo ein, »furchtlos und durchsetzungsfähig.«

»Aber ihm fehlt Ihre Liebe zu den Stoffen. Ich glaube, er sieht sie nur als Ware«, erlaubte sich Carlotta anzumerken. »Und er spricht von Expansion, als würde er in den Krieg ziehen. Er will sogar China erobern.« Sie schrieb erneut eine Zahl auf.

»Er weiß viel mehr als ich darüber, wie man heute ein internationales Unternehmen führt. Er war in seinem letzten Studienjahr der Beste seines Jahrgangs.«

»Trotzdem hat er Angst«, erwiderte Carlotta. »Sie schenken ihm so viel Vertrauen, da will er Sie natürlich nicht enttäuschen.«

Wirklich? Auf ihn wirkte sein Sohn gar nicht ängstlich, eher zielstrebig und souverän. Daniele war bei Verhandlungen so charmant wie seine Mutter. Er besaß ihre Strahlkraft und Freude am Gewinnen. Angst? Hätte er genauer hinsehen, besser zuhören sollen? Täuschte der Anschein vielleicht?

Carlotta kniete jetzt neben Vincenzo und nahm das Maß der äußeren Beinlänge. Die Kurven, die ihr Körper zeichnete, als sie sich zu seinen Füßen hinunterbeugte, hätte er ignorieren müssen, das war ihm klar. Und auch die kurze, absichtslose Berührung, als sie seine Gesäßweite vermaß. Er suchte einen Punkt auf der gegenüberliegenden Wand und fixierte ihn.

Das Maßnehmen war immer ein intimer Moment, in dem man sich einem Menschen überließ, der die Schutzlosigkeit zu allem Überfluss auch noch protokollierte. Selbstverständlich legten Schneider dabei die Professionalität eines Arztes an den Tag, damit beiderseits keine Befindlichkeiten aufkamen, aber heute fühlte sich die Prozedur auch für Carlotta anders an. Vielleicht, weil sie sich kurz vorgestellt hatte, es wäre Danieles Körper, über den sie hier in den Räumen der Lanificio ihre Maßbänder gleiten ließ. Vielleicht aber auch, weil da dieses Gefühl von Nähe war, schon seit ihrer allerersten Begegnung mit Vincenzo. Eine Art Déjà-vu, das Empfinden von Heimat in einem fremden Land. »Die Beine bitte ein klein wenig weiter auseinanderstellen«, bat sie und führte ihr Maßband von seinem Schritt zum Boden, wo sie es mit der rechten Hand festhielt, während die linke kurz unter seinem Reißverschluss auf der Innenseite seines Beines ruhte. Sie vermerkte die Länge in ihrem Buch und vermaß das andere Bein. Sein Blick wanderte dabei in ihren Ausschnitt und zurück zu dem Punkt an der Wand, der Sicherheit bot. Jetzt stand sie auf und legte ihm ihr Maßband um die Brust. »Meine kleine Schwester hat Sie mit Sean Connery verglichen«, erzählte sie, um die Stille zu durchbrechen, die sich kurzfristig aufgetan hatte. Eine beredsame Stille.

»Manchmal fühle ich mich wirklich so alt, wenn ich hinter meinem Schreibtisch Staub ansetze.« Er lächelte und sah unauffällig auf seine Armbanduhr. Es war halb elf. Vielleicht kam Daniele ja etwas früher. Das wäre gut.

»Susa meinte wohl eher James Bond«, erklärte Carlotta, und Vincenzo fühlte sich geschmeichelt. Dass ihn die Frauen attraktiv fanden, wusste er, doch nach dem Desaster seiner frühen Ehe hatte er keine Lust, sich wieder zu binden. Nun, wer weiß, was Neuseeland so bringt. Die Farm lag einsam, aber im nahen Queenstown tobte das Leben.

»Haben Sie ein gutes Verhältnis zu Ihren Schwestern? Sie arbeiten zusammen, nicht wahr?«, wollte er wissen.

»Ich hab sie mit großgezogen, deshalb fühle ich mich manchmal mehr wie ihre Mutter. Aber wenn ich in den Spiegel sehe, passt das irgendwie nicht zusammen.«

Vincenzo nickte. Als junger Vater ging es ihm ähnlich. »Sie haben schon viel erlebt für Ihr Alter«, stellte er fest.
»Das ist wahr! Und dann auch wieder nicht. Meine Träume warten alle noch.« Carlotta notierte Vincenzos Armlängen und seine Rückenbreite. Egal, wie genau sie ihn auch studierte, es ergab sich keine Unstimmigkeit, keine noch so kleine Abweichung in der Schulterhöhe, keine Schieflage. Er hätte seine Anzüge auch von der Stange tragen können, aber das verbat sich in seiner Branche natürlich. »An welchen Stoff haben Sie gedacht?«, fragte sie ihn und lenkte das Gespräch wieder auf die Arbeit.
»Wir wählen nebenan einen aus«, antwortete Vincenzo. »Er muss leicht sein. Im September ist es in Portofino noch warm, und ich will mit Fliege und Kummerbund keinen leidenden Eindruck machen.«
»Sie werden gut aussehen«, versicherte ihm Carlotta. Sie stand jetzt wieder vor ihm und nahm noch die Maße für eine tief ausgeschnittene Weste. Das Maßband zwischen ihm und sich, versank sie in seinen Augen – Haselnusshaine in den Hügeln der Langhe, grün-braun, ganze Leben umspannend, als kennte sie ihn aus einer anderen Zeit, Ruhe vermittelnd und doch gemacht, Herzen ins Chaos zu stürzen, beides gleichzeitig, mit nur einem Blick. »… besser als Bond«, ergänzte sie noch.
Vincenzo atmete das dezente Parfum ein, das sie umfing, und verglich intuitiv die Zartheit von Renoirs weißen Rosenblättern, die ihm nicht mehr aus dem Sinn gingen, mit ihrer hellen, feinen Haut. Sie hatte volle Lippen und trug nie Lippenstift. Wenn sie sprach, dann … »Sind wir hier fertig?«, fragte er unvermittelt und verscheuchte den verwirrenden Moment.
»Ja. Suchen wir den Stoff aus«, sagte Carlotta erleichtert und überlegte, ob sie anschließend Daniele in seinem Büro auf-

suchen sollte. Das Warten bescherte ihr sonst nur noch mehr absurde Empfindungen.

»Ich denke an reine Schurwolle«, erklärte Vincenzo und nahm im Kabinett drei schwarze Anzuglängen aus einem Regal, während Carlotta intuitiv einen nachtblauen Stoff auswählte. Sie falteten alle in ihrer vollen Breite auf und legten noch zwei Seiden dazu. Sie waren kaum schwerer als der Luftzug, den sie beim Wenden verursachten, als würden Rabenschwingen über die Haut gleiten. »Sagen Sie mir, womit Sie lieber arbeiten«, forderte Vincenzo Carlotta auf, die sich gerade fühlte wie ein Kind im Süßigkeitenladen.

»Mit dem nachtblauen Gabardine«, erwiderte sie, »und dazu der schwarze Crêpe Satin für den Reverspiegel. Ich mag seinen glatt-kühlen Griff.« Sie hielt den Stoff vor Vincenzos Brust und dachte, dass er genauso schön schimmerte wie seine Augen. »Ist er gut?«, fragte sie irritiert.

»Er ist perfekt«, antwortete er und meinte den Moment.

»Ich mache eine Zeichnung, damit Sie wissen, wie ich mir den Smoking im Detail vorstelle. Ich kann sie mailen«, schlug Carlotta vor und hielt noch immer den tiefschwarzen Stoff an sein Hemd, ihr Blick in seinem. Er schwieg. »Ja?«, fragte sie verunsichert, und weil er nichts sagte, aber seine Augen sie berührten, wie es kein Blick je zuvor getan hatte, stellte sie sich auf die Zehenspitzen, um ihn zu küssen.

Da schob er sie zärtlich von sich, noch bevor ihre Lippen sich berührten, und sagte: »Nicht, Carlotta. Tu das nicht. Du meinst mich doch gar nicht.«

»Wen dann?«, fragte sie mit zitternder Stimme. Sie war völlig durcheinander und begriff nicht, was über sie gekommen war. »Daniele?«

»Nein, deinen Vater«, antwortete Vincenzo so sanft, als spräche er mit einem Kind. »Du suchst deinen Vater in mir, mehr nicht.«

Carlotta ließ die Seide fallen, griff nach ihrer Tasche und rannte davon. Sie lief den Gang mit den Büros entlang, ohne auch nur einen Gedanken an Daniele zu verschwenden, durchs Treppenhaus, am Pförtner vorbei, und stürzte sich draußen ins Getümmel der Stadt. Nie zuvor in ihrem Leben hatte sie sich mehr geschämt.

24

Vincenzo sagte an diesem Tag sämtliche Termine ab und rief Pasquale an, er möge ihn früher aus dem Büro abholen. Er konnte keinen klaren Gedanken mehr fassen.

»Ausgeschlossen, Signor Vincenzo«, erwiderte Pasquale, »die Führung durch Ihr Elternhaus ist für vierzehn Uhr dreißig angesetzt. Ich wollte in einer Stunde nach Valle Masso aufbrechen, aber ich muss zuvor noch das Exposé studieren, das der Makler erstellt hat, und mich vorbereiten.« Das Exposé war eine Meisterleistung! Die Grundrisse sämtlicher Etagen und Zimmer mit genauer Quadratmeterangabe, die Beschreibung der Ausstattung des Hauses sowie des Standorts als »exklusive Villenlage im traditionsreichen Valle Masso, ein Juwel für Naturliebhaber mit weitläufigem Park, sanierungsbedürftig, denkmalgeschützt«, all das über elf Seiten ausgeführt und von einem Kaufpreis von 1.250.000 Euro gekrönt. Die Arbeit einer ganzen Woche steckte in diesen Unterlagen, wobei Pasquale auf das Logo der Colombo Real Estate besondere Sorgfalt verwendet hatte und als Firmensitz die Adresse eines registrierten Maklers in der Via dei Mille in Turin angab. Erst hatte er die des Hinterhoftheaters der Dario-Fo-Truppe gewählt, ein kleiner Leichtsinn, der in der Natur des Fälschers lag – der Freude daran, versteckte Hinweise zu streuen –, sich dann aber doch entschieden, so nah wie möglich an der Wahrheit zu bleiben. »Ich wähnte Sie in der Firma, Signor Vincenzo, weshalb mir der Zeitpunkt günstig erschien.«

»Das passt doch gut«, erwiderte Vincenzo, »dann kann ich Sie begleiten.« Pasquale beschloss, Mario Colombo, den Regisseur, anzurufen und darauf vorzubereiten, dass der Hausherr nun doch bei der Führung dabei sei. Schwere Geschütze mussten aufgefahren werden, Signor Vincenzo war schließlich nicht so leicht zu täuschen wie der gutgläubige Verwalter, der sich um das leer stehende Haus und das Grundstück kümmerte, damit es nicht gänzlich verfiel. Der erste Probelauf war eigentlich nur für ihn gedacht gewesen.

»Holen Sie mich doch am Ponte Vittorio Emanuele ab«, beendete Vincenzo das Telefonat, »dann mache ich noch einen Spaziergang.«

Ein wenig frische Luft würde ihm guttun, er musste seine Gefühle sortieren. Was war da im Showroom nur geschehen? Hatte er die Situation vielleicht falsch interpretiert? Hatte wirklich nur die Suche nach ihrem Vater sie dazu veranlasst … Ja, wozu eigentlich genau? Oder hatte sie Daniele in ihm gesehen? Sein Name war gefallen.

Das Wetter war traumhaft, der Sommer endgültig in der Stadt angekommen. Die großen Ferien standen unmittelbar bevor, und das Leben verlagerte sich zunehmend nach draußen. Vincenzo sah ungewöhnlich viele junge Leute auf den weiten historischen Plätzen und in den Straßencafés, Studenten womöglich. Sie unterhielten sich, lachten oder musizierten. Das war also das Leben, wenn es sich gerade erst aufmachte, sinnierte er, wenn es nicht dennoch gelebt wurde, sondern deshalb. So hatte es sich für ihn angefühlt, ehe er Beatrice begegnet war und Daniele geboren wurde. Er war viel zu früh Vater geworden, und seine Ehe war eine einzige

Ernüchterung gewesen. Trotzdem war Daniele sein ganzer Stolz, und er liebte ihn mehr als jeden anderen Menschen. Dass er so wenig Zeit mit ihm verbracht hatte, bedauerte er immer mehr.

»Ah, Mario«, begrüßte Pasquale seinen Bekannten am schmiedeeisernen Tor zum Park. Vincenzo war gerade auf dem Weg zum Verwalter der Villa – er war in der Weberei als Hausmeister angestellt – und holte von ihm die Schlüssel. Mario Colombo hatte sich in Schale geworfen und seinen besten Anzug an. »Man sieht Ihnen die erfolgreichen Vermittlungen förmlich an«, lobte Pasquale ihn.

»Ist Ihr Chef schon da?«, fragte Colombo in gedämpftem Ton und stellte Pasquale, als dieser verneinte, seine Kollegen vor. »Signora de Santis, unsere Muse. Sie gibt heute eine Industriellengattin, Energie- und Telekommunikationskabel.«

»Sehr erfreut«, begrüßte diese Pasquale und ließ dabei falsche Brillanten blitzen. Sie trug den Nachbau einer CHANEL-Kreation, eine Brille im Stil der Fünfzigerjahre – die Monroe hatte so eine in *Wie angelt man sich einen Millionär* – und war auffallend gut frisiert.

»Dann unser verehrter Signor Longo, der bei Ihnen einen Spross der Ferrero-Dynastie mimen wird – alteingesessene piemontesische Süßwarenhersteller aus Alba.« Der falsche Spross mit schlecht gefärbtem Schnauzbart nickte. »Und zu guter Letzt unser Nachwuchstalent Marco, der unserem Ensemble derzeit ein ausverkauftes Haus garantiert. Er ist unser Hauptdarsteller und tritt hier als er selbst auf.«

Pasquale sah einen ausgesprochen hübschen jungen Mann vor sich, dunkle Locken, ein Gesicht wie ein Gott, dessen Lächeln jede Frau hypnotisierte. Irgendwie kam ihm der Schönling bekannt vor. Gerade als er noch ein paar Modalitäten besprechen wollte, kam Vincenzo, und Mario Colombo stellte ihm – jetzt in seiner Eigenschaft als Makler der Colombo Real Estate – die falschen Kaufinteressenten vor. Sehr bedacht übrigens, wie Pasquale fand, ohne jede Übertreibung. Lediglich Signora de Santis, die Vincenzo mit einem Augenaufschlag hinter den Brillengläsern fragte, ob das Anwesen eventuell auch *mit* dem Hausherrn zu haben sei, überspannte den Bogen ein wenig.

Hinter dem Tor, das in den verrosteten Angeln quietschte, präsentierte sich der verwunschene Park – alter Baumbestand, verwilderte Beete und die Rosen, die Vincenzos Mutter mit so viel Hingabe gepflegt hatte. Sie blühten bereits, kletterten zartrosa über die Fassade, umrundeten in kräftigem Rot Fenster, bogen sich in pudrigem Gelb über dem Palladio-Motiv am Türsturz des Eingangs. Die Villa selbst war sandsteinfarben mit rostroten Fassadenelementen und Stuck. Die beiden äußeren Gebäudeflügel hatten ein spitz zulaufendes Turmdach, mit Schieferplatten gedeckt, die Kassettenfenster waren mit Rundbögen überspannt. Art déco par excellence, stimmig komponiert und auch im Inneren des bröckelnden Märchenschlosses detailverliebt ausgeführt.

Die Interessenten betraten das Foyer hinter einer aufwendig gestalteten doppelflügligen Eingangstür, von der die Farbe blätterte. Der schwarz-weiße Marmorboden und die geometrischen Stuckverzierungen der hohen Decke wurden allseits gelobt. Pasquale öffnete eilig die Türen zu den angrenzenden Räumen und riss die Fenster auf. Manche hatten sich derart verzogen, dass sie klemmten. Es roch muffig im Haus, aber nicht unangenehm, mehr nach Stillstand als nach Verfall. Im Salon, in dem noch ein paar abgedeckte Möbelstücke standen, tönte Signor Longo beim Anblick der leeren Wände: »Das ist perfekt für meine Sammlung alter Werbeplakate!

›Nutella jetzt mit Asterix-Zeichenschablonen‹ von 1976! Das ist das Herzstück meiner Sammlung.« Vincenzo sah die Kunstsammlung seiner Mutter vor sich, ihre geliebten Bilder, die hier einst hingen, und konnte so viel Trivialität kaum fassen. Im angrenzenden Speisezimmer warf Signora de Santis dann ein: »Ich sehe förmlich eine lange Tafel vor mir! Wenn ich da mein Kabelmännchen ans andere Ende platziere und die Brille abnehme, kann ich mir vorstellen, er wäre ein neuer Liebhaber!« Wieder schenkte sie Vincenzo einen einladenden Augenaufschlag, und Pasquale räusperte sich vernehmlich. Die Truppe wanderte weiter in die Bibliothek, in die Wirtschaftsräume und über einen breiten, mit Ornamenten geschmückten Treppenaufgang ins erste Obergeschoss.
Vincenzo war sehr still. Er war seit vielen Jahren nicht mehr im Haus gewesen. Der schlechte Zustand schmerzte ihn, und doch sah er die Zimmer alle noch so vor sich, wie sie früher waren, als er im Ort zur Grundschule gegangen war. Der Zorn seines Vaters schwebte über allem, die Mauern speicherten jeden Wutausbruch, jede Kränkung und Ungerechtigkeit, fast glaubte Vincenzo, die Hunde zu hören. Doch auch die Liebe seiner sanften Mutter war noch hier. Einem warmen Windhauch gleich umwehte sie die brausende Gewalt. Die Casa Giordano verband Vincenzo seit jeher mit seinem Vater und dessen Regentschaft, weshalb er ihr auch keine Träne nachweinte, doch die Villa in Valle Masso verkörperte seine Mutter und Vincenzos erste glückliche Lebensjahre.

Maria Theresa Giordano sitzt im Park an ihrer Staffelei und verleiht ihren geliebten Rosen Dauer. Sie hat ein Bild von Klimt vor Augen, das sie auf ihrer Hochzeitsreise im Musée d'Orsay in Paris gesehen hat – damals, als ihr Mann noch aufmerksamer gewesen ist und sich nicht ständig über alles so aufgeregt hat, bevor die Arbeit in der Weberei, die Last der Verantwortung ihn verändert haben. Klimts Rosen unter Bäumen ist *ein Geflecht aus grünen Farbtupfern und kurzen Pinselstrichen, rosa, blasslila und gelben Tönen, eine abstrakte Liebeserklärung an das romantische Blühen.*

»Enzo, du bist wieder da!«, ruft Maria fröhlich und winkt ihren Sohn zu sich. Er ist gerade von der Schule nach Hause gekommen, und Giòrs, der Sohn der Occellis, ist bei ihm. »Ich habe euch ein Picknick gemacht«, sagt sie und tupft Ölfarbe auf die Leinwand, »oben in deinem Baumhaus.« Vincenzo küsst sie, und sie streichelt ihm übers Haar. Giòrs sieht verlegen weg. So viel Nähe ist ihm fremd, das gibt es bei ihm zu Hause nicht. Seine Mutter ist eher eine praktische Frau, die schwer arbeitet, daheim und in der Buntweberei. Ihre Hände sind immer rau, nicht wie die der Signora Giordano, die ihn an weiße Seide erinnern. »Ich hoffe, ihr habt Hunger«, sagt sie.

»Ja«, antwortet Vincenzo, und Giòrs nickt. »Das gefällt mir, Mama.« Vincenzo deutet auf die Leinwand. Seine Mutter malt die Rosen, die überall im Park wachsen und jetzt im Sommer so gut duften. So wie sie.

»Ich zeige dir das Original. Es hängt in Paris, aber ich habe ein Buch, da kannst du es dir anschauen, Enzo.« Das tut er oft, mit seiner Mutter in Kunstbänden blättern und die Werke berühmter Maler studieren, die in Museen auf der ganzen Welt hängen.

»Wo ist der Junge?«, ruft sein Vater ungehalten aus dem Haus. »Wir haben ausgemacht, dass ich ihn abfrage. Ich habe nicht ewig Zeit!«

Vincenzo erschrickt, das hat er vergessen.

»Ich habe ihn zu meiner Schneiderin in den Ort geschickt, er holt etwas für mich ab«, ruft seine Mutter zurück und bedeutet Vincenzo und Giòrs zu verschwinden. »Schnell ins Baum-

haus«, flüstert sie ihnen zu und verschenkt ihren Sternenblick. Eine blaue Berührung, himmelgleich.
»Wieso erledigt Pasquale das nicht?« Vittore ist auf die Terrasse getreten und sieht sich um.
»Er hat sich den Nachmittag freigenommen«, erklärt Maria Theresa ihrem Mann und wünscht sich, er würde es auch einmal tun, so wie früher, sich ausruhen, das schöne Wetter genießen und ihre Gesellschaft.
Als Vittore kehrtmacht, klettern die Jungen bereits auf die große Kastanie. Oben in Vincenzos Baumhaus stehen Gläser und Teller auf einer Decke, es gibt belegte Brote und gianduiotti, die kleinen Nugatpralinen von Caffarel aus Turin. Und ein Gedichtband liegt da, FÜR GIÒRS steht auf der ersten Seite.

»Sie sind also Schauspieler?«, fragte Vincenzo den jungen Mann, der ihm vom Makler als Lorenzo Richelmy vorgestellt worden war, obwohl der ihn vertraut mit Marco ansprach. Sie waren gerade im ersten Stock angekommen und betraten das alte Schlafzimmer mit dem angrenzenden Ankleideraum. Vincenzos Mutter hatte alle ihre Kleider von einer Schneiderin im Ort arbeiten lassen, die längst nach Biella umgezogen war. Ihr kleines Atelier in einer Seitenstraße hinter dem Hauptplatz war seit Jahren mit Brettern vernagelt, wie so viele Läden im Ort. »Ich nehme an, Marco ist Ihr Künstlername.«
»Signor Richelmy«, grätschte Colombo dazwischen, »spielt den Marco Polo in einer amerikanischen Serie. Sie müssen sich von den Dreharbeiten erzählen lassen, das ist wirklich ganz großes Kino!«
»Und Sie leben …«, begann Vincenzo seine Frage nach dem Wohnsitz des jungen Mannes, denn Hollywood war als Arbeitsplatz ja nicht gerade um die Ecke.

»… derzeit in Turin«, antwortete Marco entspannt. »Ich versuche, die Schauspielerei mit meinem Studium der Theaterwissenschaften an der hiesigen Universität zu verbinden. Aber leider verlangt die Arbeit immer wieder Unterbrechungen, weshalb es sich etwas hinzieht.« Marco lächelte, und die de Santis erlag einer kleinen Beinahe-Ohnmacht. »Ich habe Anfang April Ihren Sohn im Clorophilla kennengelernt«, plauderte Marco weiter. »Er hat mir von seinen Plänen mit der Herrenkollektion erzählt.«
»Tatsächlich?« Vincenzo war überrascht.
»Ja. Er sucht noch ein Gesicht für die Kampagne und hat an mich gedacht. Er hat mich letzte Woche angerufen und für Anfang September nach Portofino eingeladen, falls ich Interesse habe.« Marco hatte Daniele vertröstet und erklärt, dass er gerade eine Agentur suche. Bis jetzt habe sein Vater, der Anwalt war, seine Verträge für ihn ausgehandelt, aber nun sei es an der Zeit, dass er sich professionell vertreten lasse. Er melde sich, sobald er sich entschieden habe.
»Wie schön, dann sehen wir uns ja wieder«, entgegnete Vincenzo, der gar nicht richtig zugehört hatte, denn er dachte unentwegt an Carlotta. Er würde ihr gerne sagen, dass sich nichts an ihrer freundschaftlichen Beziehung geändert habe und dass er ihre Gesellschaft nach wie vor sehr schätze. Es gab keinen Grund für Befangenheit.
»Ich fürchte, der Kaufpreis ist nicht realistisch«, sagte Signor Longo jetzt. Er hatte diesen Satz für das Ende der fingierten Führung in verschiedenen Variationen eingeübt.
»Das denke ich auch«, stimmte ihm Signora de Santis mit gut gestützter Stimme zu. »Ein wundervolles Anwesen, ohne Zweifel, aber alles über sechshunderttausend ist utopisch. Mein Kabelmännchen würde mir einen Leitungsschaden attestieren, wenn ich ihm das ernsthaft vorschlagen würde.«

»Man braucht viel Fantasie, um sich vorzustellen, was man daraus machen könnte«, meinte Marco.
»Ich hätte die alten Fotos mitbringen sollen«, warf Vincenzo in die Runde. »Die würde ich dem Käufer natürlich überlassen, damit er sich bei der Renovierung daran orientieren kann. Der Denkmalschutz macht bestimmt ein paar Auflagen.«
»Alte Fotos?«, flötete die de Santis. »Oh, die würde ich aber wirklich gerne sehen. Geht das vielleicht heute noch?« Vincenzo sah Pasquale fragend an, dem nicht ganz klar war, was die Frau beabsichtigte.
»Ja, das würde mich auch interessieren«, pflichtete Signor Longo ihr bei, und Pasquale ahnte, dass es hier um eine Einladung in die Casa Giordano und ein kostenloses Abendessen ging.
»Wenn Sie nichts dagegen haben, Signor Vincenzo«, sagte er leicht verstimmt – diese Schauspieler waren doch wirklich ein skrupelloses Völkchen! –, »dann könnte Rosa ja einen kleinen Imbiss herrichten, und wir beschließen die Führung bei einem *aperitivo* mit den alten Fotos in der Casa Giordano.«

25

Als die Truppe in einem schwarzen Wagen der Oberklasse, den Mario Colombo angemietet hatte, und auch Vincenzo und Pasquale im Maserati die Casa Giordano erreichten, erbleichte Pasquale, denn vor der Tür stand die eine Person, von der er gehofft hatte, sie in seinem ganzen Leben nie wiederzusehen – Beatrice. Sie hatte ihren protzigen gelben Porsche plakativ vor dem Eingang geparkt und einen Koffer auf dem Rücksitz, der nichts Gutes ahnen ließ.

»Äußerst unpassend, wie immer«, begrüßte Pasquale Vincenzos geschiedene Gattin und rang um Fassung. »Wir haben Gäste.«
»Beatrice«, staunte Vincenzo, »was verschafft uns die zweifelhafte Ehre?« Er wollte wirklich nicht unhöflich sein, aber ihr Besuch kam ihm ungelegen. Außerdem hatten sie sich schon ewig nicht mehr gesehen, zuletzt auf einer Wohltätigkeitsveranstaltung, bei der sie von jungen Männern ihrer Agentur umschwirrt worden war.
Beatrice warf ihre lange dunkle Mähne in den Nacken und ließ die von Kajal umrahmten Augen aufblitzen. Neben ihr verkommt der beste Schauspieler zum unbegabten Wicht, dachte Pasquale, sie spielt wirklich jeden an die Wand.
»Ich möchte mit dir reden, Vincenzo, aber es kann warten. Möchtest du mich nicht vorstellen?« Sie reichte allen die Hand, stutzte kurz bei der de Santis und lächelte dann breit, als sie den jungen Shootingstar entdeckte, von dem ihr Sohn ihr berichtet hatte, dass er eine Agentur suche. Natürlich hatte er die freie Auswahl, jede wollte ihn haben. Sofort zückte sie aus ihrer Birkin Bag eine Visitenkarte und hielt sie ihm entgegen. »Beatrice Giordano«, stellte sie sich selbst vor, und ihre rauchige, tiefe Stimme raunte: »Meine Mailänder Agentur vertritt die bekanntesten Gesichter Italiens, Schauspieler, Models und die …«, sie legte eine Kunstpause ein, der Dramatik wegen, »die das Zeug zu beidem haben.«
Pasquale befürchtete, Beatrice könne den armen Burschen gleich hier vor der Haustür verführen, vor aller Augen. Sie fuhr mit der Hand über ihr eng anliegendes Kleid, zeichnete ihre Rundungen nach und leckte sich über die rot geschminkten Lippen. Vincenzo überfiel ein Déjà-vu.
»Ihr Sohn hat Sie erwähnt«, sagte Marco und blieb unbeeindruckt. Er steckte die Karte ein, quälte Beatrice mit einem langen bernsteinfarben gesprenkelten Blick, bis sie sich in

seiner Umarmung am Hof des Kublai Khan glaubte, und ging dann mit seinen Kollegen ins Haus.

Interessant! Pasquale erlebte zum ersten Mal, wie die Natter weiche Knie bekam. Das Alter, dachte er versöhnlich, es ist auch an ihr nicht vorbeigezogen. Auf die Zeit war eben Verlass, sie war unbestechlich und klassenlos. Zwar bot Beatrice ohne Zweifel – und Pasquale gab es nicht gerne zu – immer noch einen überaus reizvollen Anblick, aber eben nur für jene, die das Vordergründige schätzten. So wie Signor Daniele, der sich noch immer wie ein kleiner Junge nach der Liebe seiner Mutter sehnte und deshalb diese dummen Hühner so anziehend fand, die ihr aufs Haar glichen. Leere Plakatlarven. Pasquale stand natürlich kein Urteil zu, aber das hatte ihn noch nie abgehalten, sich zu äußern.

Nach mehreren Gläsern Wermut und Rosas Köstlichkeiten, die im Salon gereicht wurden, verabschiedete sich Colombos Truppe bald wieder. Sie hatten die Fotos der alten Villa bestaunt, sich vollgestopft und standen jetzt mit Pasquale im Foyer, während Beatrice Vincenzo heimsuchte. Pasquale verteilte Geldscheine. Die Gage fiel trotz minimaler Zuschauerzahl großzügig aus, nicht zu vergleichen mit dem Hungerlohn, der andernorts etwa für Castings gezahlt wurde, zu denen sich die Mitglieder des Ensembles in Zeiten ohne Engagement schleppten.

»Und Sie«, fragte Pasquale Marco etwas verunsichert, »sind Sie eventuell wirklich an dem Anwesen interessiert?« Ihm war nicht ganz klar, wie der junge Mann ins Bild passte. Offensichtlich war er ein Serienstar. Rosa hatte ihn sogar um ein Autogramm gebeten, und er hatte ihren Einkaufszettel signiert.

»Ich wohne eigentlich lieber in Turin«, antwortete Marco. »Aber das Haus hat was, tatsächlich. Wäre die perfekte Kulisse für eine Dornröschen-Verfilmung.« Marco griff sich den Hunderteuroschein, den Pasquale noch immer unentschlossen festhielt, weil er nicht wusste, ob man Schauspieler, die sich selbst spielten, auch bezahlte, und verließ mit seinen Kollegen das Haus.

Beatrice saß Vincenzo im Salon in einem Chesterfieldsessel gegenüber und schlug die schlanken Beine übereinander. Sie sah aus, als wäre sie nur eben von einem langen Einkaufsbummel nach Hause gekommen, bei dem sie das Kreditkartenlimit überzogen hatte.
»Was kann ich also für dich tun?«, fragte Vincenzo sie.
»Daniele hat mir erzählt, dass du im Herbst deine Zelte in Turin abbrichst und nach Neuseeland auswanderst.«
»Richtig.«
»Du hast mir kein Wort gesagt!« Das klang vorwurfsvoll.
»Warum auch, es geht dich nichts an.« Vincenzo stand auf und schenkte sich einen Whiskey ein. »Du auch?«, fragte er.
»Gern.« Sie sah sich um und bemerkte, dass sich Vincenzos geliebte Kunstsammlung dezimiert hatte und sogar ein paar der vertrauten Möbelstücke fehlten. »Du trennst dich von deinen Schätzen?«, fragte sie und deutete auf die leeren Wände. Natürlich hatte Daniele es erwähnt.
»Pasquale kümmert sich darum. Ich will mich damit nicht auch noch befassen müssen.«
Sie holte ihr Smartphone aus der Handtasche und gab einen Suchbegriff ein, dann nahm sie Vincenzo wieder ins Visier. Zugegeben, er war ungesellig, viel zu introvertiert, aber mit etwas Abstand betrachtet – und die Ereignisse der letzten Monate mit eingerechnet –, gewann er doch zusehends an Attraktivität. Der gepflegte Vollbart stand ihm gut, erste Falten machten sein Gesicht markanter. Vincenzo reichte ihr ein Glas. »Denkst du nicht, dass unsere gemeinsame Vergan-

genheit wenigstens eine Verabschiedung wert ist? Wir haben schließlich einen Sohn«, stellte sie fest.
»Denkst du nicht, dass diese gemeinsame Vergangenheit Grund genug sein könnte, ohne Abschied zu gehen?«
Beatrice überging die Kränkung. »Lass uns bitte nicht zurückschauen«, sagte sie versöhnlich, »sondern in die Zukunft. Ich bin wegen Daniele hier.«
»Ach ja?«
»Du gehst weg und überlässt ihm die alleinige Verantwortung. Das ist ein großer Vertrauensbeweis, wirklich, aber nicht genug.«
»Denkst du?«
»Ja. Er weiß, dass du ihm das zutraust und stolz auf ihn bist, aber er weiß nicht, dass du ihn liebst.«
»Unsinn!«
»Bitte, Vincenzo, ihr kennt euch doch kaum. Du warst wirklich nicht gerade oft zu Hause, und dann war Daniele im Internat und später in London …«
»Du hast recht, ich war viel unterwegs«, unterbrach Vincenzo sie und räusperte sich, scheinbar mit sich ringend. »Ich wollte dir das schon längst einmal sagen …«
»Was?« Sie sah ihn erwartungsvoll an.
Er zögerte. »Dass ich in unserer Ehe auch Fehler gemacht habe«, gestand er dann ein. »Ich habe dich nach Turin geholt und mit Daniele hier allein gelassen.«
»Und mit deinem Vater, der mich verachtet hat.«
»Ich hätte euch wenigstens hin und wieder auf meine Reisen mitnehmen sollen«, sagte er, »und später in der Firma mehr delegieren müssen. Es wäre schon irgendwie gegangen, wenn ich meinen Vater mal überstimmt hätte.« Beatrice stiegen fast Tränen in die Augen. Damit hätte sie nicht gerechnet, aber es kam ihr gelegen. »Es tut mir ehrlich leid, Beatrice, bitte verzeih mir.«

Sie nickte und schluckte. »Dann mach das doch jetzt wieder gut«, erwiderte sie und fasste sich. »Nimm Daniele ein bisschen was ab, unterstütze ihn und lernt euch dabei besser kennen.« Vincenzo trank seinen Whiskey und überlegte. »Wenigstens bis du fortgehst, Vincenzo«, fügte sie noch hinzu. »Vielleicht hat unser Sohn dann weniger Angst, dass er sich übernimmt.«

»Angst? Wirklich?«, fragte er.

»Wirklich«, antwortete sie.

Hatte Carlotta am Vormittag nicht etwas ganz Ähnliches erwähnt?

»Geht das letzte Stück gemeinsam«, beschwor Beatrice ihn. »Lass dir erklären, was er vorhat, geh die Verträge mit ihm durch, lass dir die Mailänder Büros und die Entwürfe der Designer zeigen. Gib ihm das Gefühl, dass du seine Entscheidungen mitträgst …«

»Ich dachte, das täte ich«, unterbrach Vincenzo sie erneut.

»… und verbringt Zeit miteinander«, sprach Beatrice weiter.

»Es stimmt schon, ich sehe ihn kaum«, bestätigte Vincenzo und stand auf, um sich nachzuschenken. Eigentlich war der Tag wie gemacht, um sich zu betrinken, die Bilder der Vergangenheit zu verscheuchen, dieses leise Sehnen nach Liebe und Geborgenheit, und die Verwirrung zu betäuben, die der Vormittag ihm beschert hatte.

»Hat Daniele nicht in den letzten Tagen hier übernachtet?«, fragte Beatrice.

Vincenzo staunte, wie gut sie informiert war. »Doch«, antwortete er.

»Siehst du. Und er würde auch bleiben, wenn du ihm zeigst, dass dir etwas daran liegt.«

»Ist er nicht meistens bei dieser …« Vincenzo überlegte, wie Danieles aktuelle Flamme hieß.

»… kleinen blonden Maus? Lina? Lisa? Nein. Sie haben sich

getrennt. Der Zeitpunkt könnte nicht günstiger sein.« Das sah Vincenzo auch so, denn auf diese Weise stand der Verbindung mit Carlotta, die ihm eine richtige Partnerin sein könnte, nichts mehr im Weg. Oder war sie vielleicht sogar der Grund für die Trennung? Daniele musste sich ihr anvertraut haben. Woher sonst hätte Carlotta gewusst, was in ihm vorging? »Lass uns dem Jungen in den letzten Monaten vor der Firmenübernahme die Familie geben, die er verdient. Nur bis du nach Neuseeland umziehst. Bitte, Vincenzo, du und ich, wir unterstützen ihn, damit er seine Träume verwirklichen kann. Es wird ihm guttun zu sehen, dass wir beide für ihn da sind.«

»Du und ich«, wiederholte Vincenzo, und es klang befremdlich.

»Als Familie«, wiederholte sie, als wollte sie es damit zementieren.

Vincenzo sank in seinen Sessel und fühlte sich, als hätte ihn ein Lastwagen überrollt. Diese emotionalen Berg-und-Tal-Fahrten waren nicht seins. »Und wie stellst du dir dieses ›Familienleben‹ genau vor?«, fragte er.

»Ich bleibe hier«, antwortete Beatrice, als wäre es längst beschlossen.

»Hier?!«, fragte Vincenzo überrascht. »Du meinst …«

»Ich meine natürlich, dass ich in Turin bleibe«, beruhigte sie ihn, »und hier in ein Hotel ziehe, vorübergehend.«

»Und deine Arbeit?«

»Ach, das kann ich doch auch alles von hier aus machen. Wozu gibt es Internetverbindungen.« Sie blickte wieder auf ihr Smartphone, schloss ein paar Seiten und steckte es zufrieden in ihre Tasche zurück. »Außerdem wird mein Penthouse gerade renoviert. Ich bin da nur im Weg.« Vincenzo war sprachlos, wie sich dieser Tag entwickelte. »Wir müssen ja nicht gleich wieder heiraten«, versuchte Beatrice sich an einem Scherz und schenkte ihm einen Blick aus *Tausendundeiner Nacht*. Vincenzo spürte ihn ungewollt in der Lendengegend.

»Gott bewahre!«, stöhnte er.

»Gut«, Beatrice stand auf, »dann werde ich mich mal um ein Zimmer kümmern.« Vincenzo sagte nichts darauf. »Vielleicht im Palace, was meinst du?« Er war in Gedanken versunken. Beatrice ging an die breite Fensterfront und blickte in den Park. »Ich hatte ganz vergessen, wie schön es hier ist«, unternahm sie noch einen Versuch, und es klang sogar für sie verlogen.

»Ich werde Pasquale bitten, die Gästesuite für dich herzurichten«, erlöste Vincenzo sie von ihrem Monolog, und Beatrice strahlte. »Er wird nicht erbaut sein«, fügte er noch an.

»Lass mich das doch machen, du hast genug anderes zu tun«, erwiderte Beatrice nun bester Laune. »Ich hatte ohnehin vor, mich bei ihm zu entschuldigen.« Vincenzo hob fragend eine Augenbraue, ein Zweifel, der ihm gut stand. »Ach, du weißt schon«, spielte Beatrice die Sache herunter, »ich habe ihn manchmal etwas barsch behandelt.« Nicht nur ihn, dachte Vincenzo, verzichtete aber darauf, es auszusprechen. Es war besser, das neue Arrangement nicht gleich mit alten Vorwürfen zu belasten. »Der Griesgram hat mir aufs Gemüt geschlagen. Aber ich bedaure das«, fuhr Beatrice mit ihrer Selbstanklage fort und sah Vincenzo dann tief in die Augen. »Ich bedaure so manches, Vincenzo.«

26

Beatrice fand Pasquale gleich im Foyer auf dem Weg in die Wirtschaftsräume. »Pasquale!«

»Signora?«

»Was denn, plötzlich so höflich? Das ist ja ganz ungewohnt.« Pasquale wartete auf Anweisungen, wenngleich er sie von ihr nicht entgegennehmen würde. Aber das konnte er ihr auch sagen, nachdem sie sich aufgespielt hatte. »Vincenzo bat mich, wieder hier einzuziehen, vorübergehend. Er hat mir die Gästesuite angeboten. Würden Sie sie für mich herrichten?«

»Darf ich fragen …«

»Nein«, unterbrach Beatrice ihn, denn es war in seinem Interesse, keine Diskussion aufkommen zu lassen, »aber Sie dürfen mich herzlich willkommen heißen und bei meinem Mann ein gutes Wort für mich einlegen. Ich habe nämlich die Absicht, länger zu bleiben, und Sie werden mich unterstützen.« Sie hatte gerade so laut gesprochen, dass Pasquale sie verstand, aber Vincenzo nicht mitbekam, wie ihre angebliche Entschuldigung in Wahrheit ausfiel. Dass Beatrice ihre pekuniäre Treibjagd nicht einmal mit der mütterlichen Besorgtheit bemäntelte, die sie ihrem Exmann gegenüber an den Tag gelegt hatte, kränkte Pasquale. Selbstverständlich hatte er das Gespräch belauscht, auch wenn ihm Indiskretionen normalerweise verhasst waren. Aber in diesem Haus war nichts mehr, wie es einmal war.

»Und warum sollte ich das tun, Signora?«, fragte Pasquale mit blasierter Miene. Diese Frau war doch übergeschnappt!

»Weil ich Vincenzo sonst erzählen muss, dass die Hausbesichtigung, die sein Butler heute angesetzt hat, von Laiendarstellern aufgeführt worden ist.«

»Wie bitte?« Pasquale wurde heiß. Er zog an seiner Fliege und verfluchte den Kragenknopf.
»Und von einem jungen aufstrebenden Kollegen. Wie Sie an Lorenzo Richelmy gekommen sind, ist mir ein Rätsel, aber Sie werden mir in der Sache ebenfalls behilflich sein.« Pasquale blickte verwirrt. »Sie werden Ihre überraschenden Verbindungen spielen lassen, damit ich ihn unter Vertrag nehmen kann.«
»Die Agentur hat wohl zwischenzeitlich etwas gelitten?«, fragte Pasquale mit neuem Lebensmut. »Haben Sie Nachwuchssorgen?«
»Das geht Sie nichts an. Meine Geschäfte brauchen Sie nicht zu interessieren.«
Aha, dachte er sich's doch, daher wehte also der Wind. Die Handtasche, die noch aus der Zeit vor ihrer Scheidung stammte, und ihre falschen Perlen hatten ihn darauf gebracht. Er musste schnellstens die finanziellen Verhältnisse der Natter recherchieren, um Gewissheit zu haben. Er vermerkte es auf seiner imaginären To-do-Liste, die langsam bedenkliche Ausmaße annahm, und versuchte, unbeeindruckt auszusehen.
Beatrice kramte jetzt ihr Smartphone aus der Tasche, rief eine Seite im Internet auf und zeigte sie ihm. Es war die persönliche Website der de Santis, auf der sie mit ihrem gewaltigen Repertoire prahlte und leiernde lyrische Lesungen als mp3-Datei bereithielt. »Ich wusste doch gleich, dass sie mir bekannt vorkommt«, triumphierte sie, und Pasquale schluckte. »Ich habe nicht immer Stars vermittelt, das sollten Sie wissen, mein Lieber, ich habe auch mal klein angefangen.«
»›Klein‹ ist ein Wort, das in Ihrem Wortschatz gar nicht vorkommt, Signora«, erwiderte Pasquale, »außer vielleicht im Zusammenhang mit ›Geist‹.«
Beatrice war kurz versucht, handgreiflich zu werden. Früher

in der Weberei hatten sie solche Unverschämtheiten mit schlagenden Argumenten quittiert. Bei den Frauen in der Reparaturabteilung ging es manchmal ordentlich zur Sache. Aber jetzt war sie eine Dame und dieser arrogante Kerl kein würdiger Gegner. »Also, raus damit, was ziehen Sie hier ab, Hausmeister?«, fragte sie scharf.
»Wie meinen?«
»Vincenzo sagt, Sie wickeln die Verkäufe ab, die Bilder, die Möbel, und ich nehme an, auch seine alten Blechkarossen.« Blechkarossen! Pasquale schauderte. Diese Person war wirklich von einer Primitivität, die ihresgleichen suchte. »Und dann das Haus in Valle Masso. Lassen Sie mich raten: Sie stecken mit dem Makler unter einer Decke.« Pasquale stutzte. »Er kommt mit falschen Interessenten, und die machen das Haus so lange madig, bis es für ein Butterbrot über den Tisch geht und Sie eine fette Provision kassieren. Hab ich recht?«
»So ist es«, antwortete er und blickte gespielt betreten zu Boden. Sollte sie doch glauben, was sie wollte.
»Wie viel ist drin?«, fragte sie gierig.
»Etwa hundertfünfzigtausend Euro.«
»Nur für Sie?«
»Nur für mich, ja.« Er setzte seinen treuherzigsten Blick auf und sah Beatrice Hilfe suchend an.
»Gut, meinetwegen. Eine Hand wäscht die andere, und Vincenzos Privatvermögen verkraftet das locker.«
»Locker«, wiederholte Pasquale und verbarg jeden Groll.
»Wenn das Haus über den Tisch geht, bekomme ich die Hälfte.«
»Als Schweigegeld«, benannte Pasquale die Forderung beim Namen.
»Richtig. Sie wollen Ihren Ruhestand doch wohl nicht hinter Gittern verbringen, oder?«

»Ungern. Ich hatte anders disponiert.«
»Die Hälfte also«, fuhr Beatrice fort, »und zwar von allem, was immer Sie unterschlagen haben.«
»Sind Sie gegebenenfalls auch an den ausgemusterten Anzügen von Signor Vincenzo interessiert?«, fragte Pasquale betont emotionslos, denn er sah einen Ausweg – Phase vier. Oder besser Phase drei, Version zwei. Ganz egal, Hauptsache, er gewann Zeit.
Beatrice drückte ihm ihren Autoschlüssel in die Hand. »Holen Sie mein Gepäck aus dem Wagen«, befahl sie und wollte bereits nach oben in den zweiten Stock.
»Verzeihung«, hielt Pasquale sie zurück, »nur noch eine Kleinigkeit.«
»Ja?«
»Wie, denken Sie, soll ich Signor Vincenzo dazu bringen, Ihnen wieder zu vertrauen? Er verabscheut Sie.« Unschöne Bilder stiegen in seiner Erinnerung auf, die Herabwürdigungen, ihre obszöne Treulosigkeit, er hatte mitgelitten, als wäre es seine eigene Entmannung.
»Sie würden sich wundern«, konterte Beatrice und dachte an Vincenzos Eingeständnis. »Mein Mann sieht heute vieles anders. Und mit ein paar schlagenden Argumenten …« Beatrice blickte an ihrem hinreißenden Körper hinunter, ging und ließ Pasquale im Foyer stehen. Das Gefühl, von einem Lastwagen überrollt worden zu sein, das schon Vincenzo befallen hatte, ereilte nun auch ihn. Wobei er eher an den Bus der Linie 54 dachte, der auf seinem Weg hinunter in die Innenstadt unter lautem Hupen in die Kurven schoss, als gäbe es auf dieser Strecke keinen Gegenverkehr. Aber den gab es immer!
»Ich bitte um Entschuldigung«, sagte Pasquale, nachdem er die Tür zum Salon geöffnet hatte, wo Vincenzo bereits bei seinem dritten Whiskey saß. »Ich glaube, ich brauche auch einen Schluck.«

»Pasquale«, Vincenzo sah auf. »Mein Gott, Sie sind ja ganz bleich. Setzen Sie sich.« Er deutete auf einen Sessel und schenkte ihm ein. »Sie haben mit Beatrice gesprochen.«
»Ja«, bestätigte Pasquale matt.
»Ich weiß natürlich, Pasquale, dass Ihnen dieses Arrangement die letzten Wochen nicht erleichtern wird.«
»Milde gesagt.«
»Aber sie hat mir klargemacht, dass das meine Chance ist, die Beziehung zu meinem Sohn zu vertiefen.«
Pasquale versuchte, die neue Gleichung mit den zu addierenden Unbekannten aufzustellen, um einen Weg durch diesen Dschungel der Verstellung und des Verrats zu finden. Er nahm einen tiefen Schluck und schnaubte. So viel lag ihm auf der Zunge, so viel, das er nicht sagen durfte. »Eine gute Entscheidung, Signor Vincenzo«, versicherte er ihm. »Ich denke, die Signora hat sich verändert.«
»Ja?« Vincenzo wusste keinen Grund, warum Beatrice sich so plötzlich für jemand anderen als sich selbst interessieren sollte. Ihr Verhalten war schon etwas seltsam. Aber vielleicht dachte sie ja genau wie er neuerdings über die Fehler und Versäumnisse der Vergangenheit nach und ging in sich.
»O ja!«, bestätigte Pasquale, die Natter hatte sich ganz ohne Zweifel verändert. Sie war noch ruchloser geworden, noch berechnender. Aber er, Pasquale Rossi, einst Butler im Dienste eines der besten Betrüger, die je ein Fünfsternehotel von innen gesehen hatten, war ebenfalls mit allen Wassern gewaschen. In ihm hatte sie ihren Meister gefunden!

27

Drei Briefe im Papierkorb, mehrmals zum Telefonhörer gegriffen und doch nicht gewählt. Nein, Carlotta konnte keinesfalls persönlich mit Vincenzo sprechen. Aber das Schreiben gelang ihr auch nicht, sie fand einfach nicht die richtigen Worte. Sie war aus dem Showroom geflüchtet und versteckte sich den restlichen Tag über in ihrem Büro. Rosina bediente ihre Kundinnen und hatte ein Auge auf Susas Arbeit. Die beiden fragten nicht, was passiert war, und hielten Carlotta den Rücken frei. Wenn sie nicht schrieb, zeichnete sie den Smoking, von dem sie überzeugt war, dass sie ihn nun doch nicht anfertigen würde – konnte. Der Stoff, den sie ausgesucht hatte … Nachtblaue Marquisette tauchte in Carlottas Erinnerung auf, dunkle Duchesse und schwarze Gaze, Augen, die heller strahlten als die Kristalle auf dem Kleid der sternflammenden Königin, und dann ein Blick, der sie berührte wie kein anderer je zuvor. Wieso nur hatte sie den nachtblauen Stoff ausgewählt, und wen wollte sie tatsächlich küssen? Daniele? Es konnte doch nur Daniele sein, weil sie sich nach ihm sehnte. Es hatte nichts mit ihrem Vater zu tun und mit Vincenzo schon gar nicht. »Sehr geehrter Signor Giordano«, wie das schon klang! »Lieber Vincenzo«, ausgeschlossen! »Ich liebe Ihren Sohn, er hat mich geküsst und sich nicht mehr gemeldet«, das konnte sie nicht schreiben. »Sie haben sicher recht, ich habe in den letzten Wochen viel über meinen Vater nachgedacht«, ja, vielleicht war seine Erklärung für dieses Desaster wirklich die beste und unverfänglichste. Außerdem würde sie Vincenzo in diesem Brief sagen, dass sie den Smoking aus Zeitgründen nicht machen könne, sie habe unüberlegt zuge-

sagt und die derzeitige Auslastung der Schneiderei nicht bedacht.
Ein klassisch breiter Schalkragen und die Taillierung nur angedeutet, seiner Figur folgend ... Carlottas Stift flog über das Blatt, ließ vor ihren Augen den Anzug entstehen und kleine individuelle Details einfließen. Sie hatten keinen Futterstoff ausgesucht.
Die Premiere der *Zauberflöte* kam ihr in den Sinn. Sie brauchte eine Ausrede, um Vincenzo nicht begleiten zu müssen. Daniele würde denken, sie hätte es darauf angelegt, ihn zu treffen, und das wäre ihr zutiefst peinlich. Fast so peinlich wie ihre heutige Entgleisung.
»Carlotta, ich vernähe gerade das Futter des Hosenanzugs für Signora Mancini.« Rosina stand in der Tür und blickte ihre Schwester fragend an. »Willst du noch etwas reinsticken, bevor wir heute Schluss machen?« Carlotta sah von ihrem Blatt auf. »Die toughe ältere Dame, du weißt schon, sehr diszipliniert, zu viel Botox, zu wenig Spaß«, erklärte Rosina kurz.
Jetzt wusste Carlotta, wen ihre Schwester meinte. Die Signora bettelte um Blicke, kämpfte mit unbewegtem Gesicht um Komplimente, kasteite sich, um sich und anderen noch ein paar Jahre länger vorzugaukeln, die Zeit stünde still. Dabei hatte sie doch jedes Jahr genutzt. Sie hatte erwachsene Kinder und war im Vorstand einer Bank, behauptete sich in einer Männerwelt, in der Frauen gerne auf ihr Äußeres reduziert wurden, um sich nicht mit ihren Qualifikationen auseinandersetzen zu müssen. »Natürlich, ich komme gleich«, erwiderte Carlotta und wusste auch schon, was sie unter das Futter sticken würde, »Loslassen!«, eine Aufforderung, der sie sich anschließen sollte. Sie stand auf und beschloss, den Brief an Vincenzo später zu schreiben, mit etwas Abstand und ruhigeren Gedanken. Der Verkauf der Cotonificio war

abgewickelt, und abgesehen davon, dass sie den Kontakt zu ihren Kunstwebern halten wollte, würde sie mit diesen Zeilen einen Schlussstrich unter ihre nicht gelebte Vergangenheit mit ihrem Vater ziehen. Was immer da wieder aufgeflammt war, sie würde es beenden und ihre Hoffnung auf eine Zukunft mit Daniele gleich mit. Ja, dieser Brief sollte wohlüberlegt und keinesfalls zu emotional ausfallen.

Am Mittwoch kam dann das Paket, eine Lieferung von CHANEL aus der Via Giuseppe Luigi Lagrange. Ein Bote brachte es in die Schneiderei. Carlotta zog die Schleife von dem feinen Karton und blickte auf Seidenpapier und ein Kuvert der Lanificio Giordano. Allen guten Vorsätzen zum Trotz klopfte ihr Herz heftig, als sie es öffnete.

»Liebe Signorina Calma,

bitte nehmen Sie dieses Geschenk als Zeichen meiner Verbundenheit und Entschuldigung an. Sie haben eine Schulter zum Anlehnen gesucht, väterlichen Zuspruch, und ich habe nicht richtig reagiert.
Ich freue mich so sehr, dass Sie meinen Smoking für die Feier der Firmenübergabe anfertigen werden, diesen großen Wendepunkt in meinem Leben. Ich weiß, dass nicht nur Ihr handwerkliches Geschick, sondern auch der Zauber Ihrer Persönlichkeit mit einfließen und für immer in diesem Kleidungsstück überdauern werden.«

Carlotta seufzte. Sie hatte nie zuvor schönere Zeilen bekommen. Gott sei Dank hatte sie ihren Brief an Vincenzo noch nicht abgeschickt, ihr Entschluss, nicht für ihn zu arbeiten, kam gerade ins Wanken.

»Ich habe mir erlaubt, das Beiliegende persönlich für Sie auszusuchen, in der Hoffnung, Sie würden es vielleicht am Samstag zu unserem gemeinsamen Premierenbesuch tragen. Ich sah es und wusste, es ist für Sie gemacht, für Sie und keine andere. Zwar ist es kein Stoff aus meiner Weberei, aber er ist trotzdem von allerbester Qualität und in seinem Glanz ein Verbündeter Ihrer unermesslich blauen, lebendigen Augen. Ein Kompliment, das ich als Kunstliebhaber wage und dem sich selbst Friedensreich Hundertwasser angeschlossen hätte.

Ich habe mit Giòrs vereinbart, unser monatliches Treffen auf den Samstag zu verschieben und uns nach der Vorstellung mit Ihnen und Ihrer Mutter im Cambio zu treffen – beinahe könnte man sagen, ein Essen im Kreis der Familie.

Ihr Vincenzo Giordano«

Carlotta war sprachlos. Er war ein Gentleman durch und durch. Er entschuldigte sich bei ihr für ihre Übersprungshandlung und beschenkte sie auch noch. Sie schlug die zwei Lagen Papier zur Seite und nahm ein hellblaues Abendkleid aus dem Karton, bodenlang, um die Hüften drapiert und mit einer türkisfarbenen Schärpe umwunden wie ein indischer Sari, schulterfrei, das Dekolleté mit einer schmalen Paspelierung aus flaschengrüner Rohseide eingefasst. Sie probierte es augenblicklich in der Umkleide ihres Ladens an und betrachtete sich vor dem großen Spiegel im Verkaufsraum. Es saß wie angegossen, als hätte Vincenzo am Montag sie vermessen und nicht umgekehrt.

»Hammer!«, tönte es aus der Werkstatt, und Susa kam mit Rosina zusammen herüber. »Woher hast du das?«

»Vincenzo Giordano hat es geschickt«, sagte Carlotta noch immer perplex.
»Einfach so? Ein CHANEL-Original?« Susa konnte sich gar nicht beruhigen. »Wofür?«
»Für die Opernpremiere am Samstag. Wir wollen uns doch anschließend mit Mama und Gino zum Essen im Cambio treffen und auf ihre Verlobung anstoßen.«
»Ohne uns«, murrte Rosina, die nicht wirklich böse war, da sie feine Restaurants und große Abendgarderobe nicht annähernd so prickelnd fand wie ihre Mutter oder Carlotta.
»Genau, das ist nicht in Ordnung!«, stimmte Susa ihr zu, denn sie hätte zu gerne im Cambio nach Promis Ausschau gehalten, allen voran nach Carla Bruni, die man dort öfter sah. Vor drei Jahren hatte die Chansonnière für Bulgari gemodelt und war mit dieser Kampagne in Susas Promi-Fokus geraten.
Carlotta stand noch immer vor dem Spiegel und begutachtete sich von allen Seiten. Dieses Kleid war atemberaubend. Sie würde ihr Haar aufstecken und statt des Fingerhuts die Kette mit dem kleinen Brillanten und den passenden Ohrsteckern tragen, ein dezentes Funkeln, ohne zu sehr vom Kleid abzulenken. Womöglich eine gute Gelegenheit, um sich ganz von diesem Relikt zu trennen. Die Kinder aus dem Nimmerland waren erwachsen geworden, ihr Glaube an Elfen und Feen verloren.

Noch ganz in CHANEL und Vincenzos Worte gehüllt, ging Carlotta wenig später in ihr Büro hinüber und schrieb »Tausend Dank, das Kleid ist herrlich, ich freue mich auf Samstag« neben den Entwurf des Smokings, auf den sie in den letzten Tagen deutlich mehr Zeit verwendet hatte als auf den Brief, den sie jetzt wegwarf. Sie scannte die Zeichnung ein und mailte sie mit ihren Zeilen an Vincenzos persönliche

E-Mail-Adresse. Dann zog sie sich um, ging eigenartig glücklich – warum war sie denn glücklich, Daniele hatte sie einfach sitzen lassen?! – wieder an ihre Arbeit und summte das Duett der Pamina und des Papageno: »Bei Männern, welche Liebe fühlen, fehlt auch ein gutes Herze nicht. Die süßen Triebe mitzufühlen, ist dann der Weiber erste Pflicht.« Als sie zum Bügeleisen griff, schlug erneut die Ladenglocke an, und wieder war es keine Kundin, die die Schneiderei betrat, sondern Pasquale.

»Buon giorno, die Damen Calma«, begrüßte er die drei Schwestern, stand im Türrahmen der Werkstatt und nickte allen freundlich zu. Sein Bauch wölbte sich unter einem leichten Trenchcoat, den er über seiner Livree trug, die weiße Fliege saß wie immer tadellos zwischen den Kragenspitzen. Er hatte einen Blumenstrauß dabei und ein großes Kuvert.

»Das kann aber unmöglich Signor Giordanos Antwort auf meinen Smoking-Entwurf sein, Signor Rossi«, sagte Carlotta und stellte Pasquale ihren Schwestern vor. »Den habe ich ihm doch eben erst gemailt.«

»O nein, Signorina«, entgegnete Pasquale, »das hier schickt Signor Daniele. Er bat mich ausdrücklich, es persönlich zu übergeben.« Rosina und Susa sahen Carlotta mit großen Augen an, und diese bekam jetzt weiche Knie. Pasquale nahm es zur Kenntnis, entdeckte dann das Kleid, das Vincenzo geschickt hatte – eine ausgezeichnete Wahl, er hätte sie selbst nicht besser treffen können – und war zufrieden mit dem Verlauf. Beide Männer, Vater und Sohn, warfen ihren Hut in den Ring, der eine, ohne es zu wissen, der andere, ohne zu wissen, warum, Pasquales geschickter Choreografie gehorchend. Die Anwesenheit der Natter komplizierte die Angelegenheit zwar, aber letztlich belebte Konkurrenz das Geschäft, das galt für alle Lebenslagen, also auch hier. »Meine Damen, ich empfehle mich.« Pasquale verbeugte sich höflich und ging.

»Willst du uns vielleicht was erzählen?«, fragte Susa ihre große Schwester, und Carlotta wusste, dass sie jetzt nicht mehr drum herumkam.

»Ich habe Daniele damals beim Essen in der Casa Giordano kennengelernt«, erklärte sie. »Also, genau genommen habe ich ihn da wiedergesehen, weil ich ihn schon aus meiner Schulzeit kenne.«

»Und warum wissen wir das nicht?«, fragte Rosina.

»Weil es nicht wichtig war.«

»Und ist es jetzt wichtig?«

»Nein ... doch ... vielleicht. Ich weiß nicht«, sagte Carlotta.

»Auf jeden Fall solltest du heute noch Lotto spielen«, schlug Susa vor.

»Warum?«

»Es scheint, du hast einen guten Lauf. Kleider, Blumen und ein geheimnisvolles Kuvert von Casanova persönlich. Was soll da noch schiefgehen?«

»Ich denke darüber nach«, erwiderte Carlotta mit hektischen Flecken am Hals und ging ohne weitere Erklärung in ihr Büro, um zu sehen, was Daniele ihr geschickt hatte.

Ein unscheinbarer Umschlag, auf dem »Lola« stand und der zugeklebt war. Sie öffnete ihn vorsichtig und hielt ein Bündel Briefe in der Hand, die mit einer dunkelblauen, nein, einer *nacht*blauen Schleife zusammengebunden und an sie adressiert waren. An sie, unter der Adresse ihrer Mutter, alte Briefmarken, aber kein Poststempel. Eine Karte war auch noch im Kuvert, auf der stand: *»Entschuldige, Lola, dass ich mich nicht gemeldet habe. In den letzten Tagen ist viel passiert. Lass uns am Samstag reden, in der Oper oder danach, wenn wir zusammen essen. Ich freue mich, Deine Mutter und Gino wiederzusehen. Und Dich natürlich. Daniele«*

Carlotta löste die Schleife und holte den ersten Brief aus seinem Umschlag.

September 1997

Liebe Lola,
Neuseeland war sehr schön. Mein Vater und ich haben viel unternommen. Wir haben Skitouren gemacht und waren sogar auf der Jagd. Ich hätte Dir so gerne die Schafe gezeigt, Du würdest sie mögen.
Ich bin jetzt im Internat, aber das weißt Du ja, weil Du mir geschrieben hast. Das Fremdsein fühlt sich gar nicht gut an, und Du fehlst mir …
Oktober 1997

Liebe Lola,
Du wunderst Dich sicher, warum ich Dir nicht antworte. Ich schreibe Dir schon, aber dann schicke ich die Briefe nicht weg, weil ich mir manchmal wünsche, dass mich nichts mehr an zu Hause erinnert. Kannst Du das verstehen? Die anderen sagen, dass das Heimweh ist und weggeht, aber ich habe kein Heimweh, ich vermisse nur meine Eltern manchmal und Dich …

Januar 1998

Liebe Lola,
über Weihnachten war ich mit meiner Mutter und Klassenkameraden in St. Moritz. Mein Vater war auch da, aber sie haben sich dauernd gestritten. Das tun sie jetzt oft, und deshalb bleibe ich auch an den Heimfahrwochenenden lieber im Internat mit den anderen, die auch nicht nach Hause wollen. Weißt Du, Lola, wir sind hier jetzt so was wie eine Familie geworden, genau wie Du und ich oder Peter Pan und die verlorenen

Jungs im Nimmerland, die aus ihren Kinderwagen gefallen sind und keine Eltern mehr haben. Weißt Du noch, Peter hat gesagt, nur Jungs sind so dumm, dass ihnen so was passiert!
Wenn ich fliegen könnte, Lola, würde ich Dich besuchen …

28

Guipure-Spitze und florale Stickereien, Roben aus Seiden-Georgette, die sich anmutig mit ihren Trägerinnen bewegten, Crêpe de Chine und aufwendige Fil Coupé-Gewebe mit Goldlamé. Carlotta schwelgte im Foyer des Teatro Regio beim Anblick der Damen nicht minder, als es Carlo Mollino, der Architekt der Oper, getan hätte, wäre ihm das noch vergönnt gewesen. Leider verstarb der vielseitige Lebemann Anfang der Siebzigerjahre des letzten Jahrhunderts, bald nach der Fertigstellung seiner modernen Interpretation des Barock, die sich hinter der Fassade ihres historischen Vorgängerbaus verschwendete. Weiblichen Rundungen nachempfunden, traf man im Regio auf dynamische Kurven und fließende Formen, weichen roten Teppichboden, der sich über vier offene Etagen zog, rotsamtene Sitzgelegenheiten und Lampen aus Milchglaskugeln, die wie leuchtende Bäume in einer futuristischen Landschaft anmuteten. Ein riesiges »Freudenhaus« im doppelten Wortsinn, Kunst und Erotik, Knistern und Klang.
Carlotta entdeckte Vincenzo und Daniele – beide in schwarzem Anzug und ein Blickfang für die Frauen –, wie verabredet an einem Stehtisch in der Nähe der langen oval geschwungenen Bar im zweiten Obergeschoss, zwischen ihnen eine

dunkle Schönheit in eng anliegendem Kleid mit nicht enden wollendem Rückendekolleté. Sie posierte für die Fotografen, die die Gruppe umstanden, schmiegte sich mal an Vincenzo, mal an Daniele und strahlte oscar-verdächtig. Carlotta hielt Abstand und wartete.

»Du bist wohl nicht darauf aus, dich morgen in der Zeitung wiederzufinden«, sprach Daniele sie an. Er hatte Carlotta gesehen und war durch die Menge auf sie zugekommen. Sofort schwenkten die Objektive, und das Blitzlichtgewitter begann von vorn. Die junge Unbekannte in CHANEL erregte Aufmerksamkeit. »Bitte, ich glaube, das reicht!«, rief Daniele den Leuten von der Presse zu. »Gehen Sie hinter die Bühne, da treffen Sie richtige Stars.«

»Wer ist die Dame an Ihrer Seite, Daniele?«, fragte ein Reporter, und Aufnahmegeräte wurden gezückt.

»Eine Jugendfreundin, und mehr müssen Sie nicht wissen. Einen schönen Abend.« Daniele legte seinen Arm um Carlotta, bot ihr mit seinem Körper Sichtschutz und führte sie zum Tisch.

»Signorina Calma, wie schön, ich freue mich sehr«, begrüßte Vincenzo sie. Bei ihrem gemeinsamen Essen im Cambio hatte er sie Carlotta genannt, jetzt nahm er die vertraute Anrede zurück. Er küsste ihre Hand, und sein Blick wanderte bewundernd über ihr Kleid, streifte den Fingerhut an ihrer Kette, den sie nun doch trug, und verweilte kurz in ihren Augen, offen, herzlich und ohne einen Anflug von Beklommenheit. Alles war gut.

»Mutter, das ist Lola. Ich habe dir von ihr erzählt«, stellte Daniele Carlotta seiner Mutter vor.

»Die Schulfreundin.«

»Richtig.«

»Aus dem Lyzeum.«

»Nein, aus der Grundschule in Turin.«

»Ach so.« Beatrice verbarg ihre Verachtung nicht. »Sehr erfreut«, sagte sie – nicht mehr als eine Floskel – und überlegte, was Carlottas Kleid gekostet haben könnte. Das Feuer ihrer Augen, gepaart mit der Kühle des Empfangs, machten Beatrice' besonderen Charme aus. Herablassung war ihr zweiter Vorname.
»Sie leben in Mailand, nicht wahr«, bemühte Carlotta sich um ein Gespräch. Beatrice' unvermutete Anwesenheit verunsicherte sie.
»Zurzeit nicht«, erwiderte Beatrice, und Vincenzo fühlte sich unwohl. »Ich verbringe etwas Zeit mit meinem Mann und meinem Sohn in Turin.« Meinen Mann nannte sie Vincenzo neuerdings öfter. Pasquale hatte es aufgegeben, sie zurechtzuweisen, und Vincenzo war zu höflich dazu. Er entschied sich, es zu überhören. »Lass uns anstoßen«, sagte sie, an ihn gewandt, weil ihr nicht entging, wie er die junge Frau betrachtete, und griff nach ihrem Champagner. »Auf die Familie!«
Carlotta kam sich total deplatziert vor. Sie nahm die vielen Menschen um sich herum kaum noch wahr und hielt sich an ihrem Fingerhut fest, in den sie sich am liebsten verkrochen hätte. Da spürte sie wieder Danieles Hand an ihrer Taille. Er hatte seinen Arm um sie gelegt und meinte: »Lass uns ein wenig herumgehen, vielleicht finden wir eines unserer alten Verstecke.«
Carlotta musste lachen. »Die waren alle hinter der Bühne oder im Untergeschoss, aber da geht es jetzt gerade zu wie im Tollhaus. Das halbe Orchester behauptet, auf die Hühner allergisch zu sein, die du heute auf der Bühne sehen wirst.«
»Hühner?«
»Echte Hühner«, bestätigte Carlotta, froh um ein Gesprächsthema, das sie aufheiterte. »Angeblich greifen die Bratschen zum Asthmaspray. Aber Gino hat auch ein paar mechanische gebaut. Das war ein Aufwand!«

»Ich habe ganz vergessen, wie viel Spaß das früher gemacht hat.« Sie schlenderten durch das Foyer del Toro, stellten sich an die breite Fensterfront und sahen auf die Piazza Castello hinunter. »Ich hätte anrufen sollen«, sagte Daniele. »Du wusstest sicher nicht, was du denken sollst.« Carlotta wünschte sich, die vielen Menschen um sie herum würden wie durch einen Zauber verschwinden. »Aber ich hatte endlos Termine, und außerdem habe ich mich von Luisa getrennt. Das war ein Drama in mehreren Akten.«

»Wirklich?« Carlotta hatte es so gehofft, und jetzt war ihr, als hätte sich der Vorhang gehoben, und sie stünde auf der Bühne, in Kulissen, die eine Traumwelt schufen, und in einem fremden Kostüm – CHANEL! –, als würde sie nur eine Rolle spielen. Es war so irreal.

»Lola, ich weiß nicht, was daraus wird …«, versuchte Daniele zu erklären, und sie sah ihn fragend an, »… aus uns. Ich bin nicht oft in der Stadt, ich muss ständig irgendwohin fliegen, und dann ist meine Mutter gerade wieder bei uns eingezogen …«

»Kommen deine Eltern wieder zusammen?«, fragte Carlotta.

»Ich glaube, meine Mutter legt sich ganz schön ins Zeug, was mich wundert.«

»Und dein Vater?«

»Keine Ahnung. Es ist ihm ernst mit dem Umzug nach Neuseeland, er liebt die Farm, aber meine Mutter kann ich mir dort wirklich nicht vorstellen. Andererseits …« Daniele griff vorsichtig nach Carlottas Fingerhut. »Warum hast du ihn behalten, Lola? Warum trägst du ihn an dieser Kette?«, wechselte er das Thema.

Carlotta war verlegen. »Solange ich ihn bei mir hatte, habe ich dich nicht so sehr vermisst«, gestand sie, »damals. Und irgendwann, als ich glaubte, dass ich dich nur geträumt habe, da hat er mich daran erinnert, dass es dich wirklich gibt. Du hast mich immer beschützt, weißt du, so wie vorhin vor den Fotografen.« Er lächelte, seine blauen Augen strahlten, der dunkle Wimpernkranz verbot dem Glanz, auszubrechen. »Der Fingerhut ist mein Talisman. Solange ich ihn trage, bin ich unverwundbar!« Daniele schmunzelte. »Und außerdem ist da doch der Sternenstaub drin, den ich brauche, damit ich ins Nimmerland fliegen kann, Peter«, schloss Carlotta und sah aus wie früher, als sie Wendy war und er Peter Pan in der Höhle der verlorenen Jungs, die sie sich im Lichtlager eingerichtet hatten.

»Wenn ich fliegen könnte, Lola, würde ich dich besuchen …«, flüsterte Daniele, Worte, die er schon fast vergessen hatte. Sie kamen von weit her.

Carlotta spürte Tränen aufsteigen. Sie war auf einmal tieftraurig. Es war seine Traurigkeit, die sie befiel, die Einsamkeit seiner Tage und schlaflosen Nächte im Internat, wo ihn niemand mehr zugedeckt oder einen Gutenachtkuss gegeben hatte, sein Heimweh und sein Warten. Daniele beugte sich zu ihr hinunter, wischte die verirrte Träne fort und küsste sie ganz sacht auf die Lippen, als wäre dieser Kuss nur eine Bitte um die Erlaubnis, sie küssen zu dürfen, ein Aufatmen, mehr Erleichterung als Drängen. Der Gong hallte schon zum zweiten Mal durch die Etagen. Daniele nahm Carlotta bei der Hand und lief mit ihr zu den Eingängen des Zuschauerraums. Sie rannten fast und wären nicht verwundert gewesen, wenn sich ihnen plötzlich der Hausmeister in den Weg gestellt hätte, Signor Simone, klein, schmerbäuchig und streng: In meinem Haus wird nicht gerannt! Die Oper ist doch kein Spielplatz.

Beatrice und Vincenzo saßen schon, Block B, dritte Reihe, fantastische Plätze. Carlotta konnte in den Orchestergraben und ungehindert auf die Bühne sehen. Daniele ließ ihr den

Vortritt. Sein Vater und er nahmen sie zwischen sich. Noch war der Saal hell erleuchtet, die langen dünnen Leuchtstäbe schwebten wie gleißende gläserne Wolken über ihren Köpfen. Tausendsechshundert Menschen unterhielten sich gedämpft oder lasen in ihren Programmheften und Libretti. Reihe um Reihe, Loge um Loge füllte sich der Raum und reflektierte die Spannung und Vorfreude. Carlotta dachte an ihre Mutter, die sicher gerade ein paar Nervenzusammenbrüche versorgte und letzte Nachbesserungen in den Garderoben überwachte, während sie mit einem Maskenbildner kokettierte. Seit Mimi verlobt war, reduzierte sie das Flirten auf das überlebensnotwendige Maß. Dass sie es ganz aufgab, erwartete nicht einmal Gino von ihr.
Es wurde dunkel im Saal, die Musiker hatten an ihren Pulten Platz genommen. Die Tür zum Orchestergraben ging auf, der Dirigent kam, das Publikum applaudierte. Die Musiker erhoben sich, ihr Chef in einer angedeuteten Verbeugung, höchste Kontemplation – dann hob die Ouvertüre der *Zauberflöte* an. Die Klänge trugen Carlotta sofort an einen anderen Ort, dorthin, wo die Seelen sich ausruhten, wo Freude ungebrochen, ja, ununterbrochen existierte, frei war von den Schatten täglicher Sorgen oder Bedenken, ein Ort ohne Zeit und Vergänglichkeit. Die Musik war ein Kontinent von Harmonien, der sich ohne Kampf erobern ließ. Wer sich hingab, wer losließ, fand sich dort geborgen. Carlotta spürte Daniele neben sich. Eine unterschwellige Unruhe hielt ihn zurück. Er saß im Saal, und sie schwebte schon darüber, jenseits des verloschenen Lichtgewoges, im Reich der Königin der Nacht. Auf der Bühne wurde aus der Angst vor dem Tod gerade eine Sehnsucht geboren, Taminos Kampf mit der Schlange war vorüber, die drei Damen der Königin überreichten ihm das Bild ihrer Tochter Pamina, die er finden und retten sollte, und er verliebte sich im Wirbel zarten

Flaums. Jetzt spürte Carlotta auch Vincenzo neben sich, ganz nah, angelandet auf der Insel ihres Empfindens, heiter und absichtslos. Die Musik schuf Brücken, sie trafen sich darauf, ihre Arme teilten sich die Stuhllehne. Die Dunkelheit war gnädig. Sie sahen zur Bühne und wussten um den Gleichklang ihrer Seelen. Ein Augenblick, dem die Musik Dauer verlieh und die Geste einer Ehefrau zerstörte – Beatrice legte ihre Hand auf Vincenzos Knie. Carlotta sah es aus dem Augenwinkel. Die Brücken brachen, sie zog ihren Arm vorsichtig zurück, und die Königin der Nacht erschien auf der Bühne. »… Noch seh ich ihr Zittern, mit bangem Erschüttern, ihr ängstliches Beben, ihr schüchternes Streben …« Ihr Kleid war finster und schlicht. Carlotta vermisste die funkelnden Sterne, die schimmernde Magie, selbst der Mond war nur eine blasse Reflexion des Trabanten.

29

Im Del Cambio gab es auch an diesen Abend keinen freien Tisch. Die meisten Gäste kamen aus der Oper herüber, und die zentrale Frage des Abends war, warum die Königin der Nacht – eine wunderbare Sängerin ohne die üblichen Manierismen – erst zum dritten Vorhang erschienen war, hinkend und auf einen Kollegen gestützt. Die ersten Reihen hatten bemerkt, dass sie leicht derangiert wirkte. Carlotta und die Giordanos spekulierten beim Aperitif, als Gino und Mimi endlich kamen, er in seinem dunklen Anzug und sie ganz in Gold. Mimi trug ein Cocktailkleid, und ein Maskenbildner hatte Zeit für sie gefunden und Haarteile, Federn und Strass in ihre Hochfrisur eingearbeitet. Ihre falschen Wimpern erlaubten schwere Augenaufschläge, die Lippen leuchteten glutrot.

»Giòrs, mein Freund«, begrüßte Vincenzo Gino freudig und stand auf. »Dass ich das noch erleben darf, du im Cambio!«

»Für diese Frau würde ich auch durch die Hölle gehen«, erwiderte er und lachte, dann stellte er Mimi vor. Sie verschlang Vincenzo mit den Augen, spann eine kleine, belebende Fantasie, musterte Beatrice mit unverhohlener Neugier – ähnlich wie Gino, der sie heute auch zum ersten Mal traf – und wuschelte dann Daniele durchs Haar, als wäre er immer noch elf.

»Signora Calma ist Gewandmeisterin am Regio«, erzählte Vincenzo, nachdem auch Gino und Mimi etwas zu trinken bestellt hatten, »und kann uns sicher sagen, was der Königin der Nacht passiert ist. Das ganze Haus hat getuschelt.«

»Sie ist in der Versenkung verschwunden«, sagte Mimi trocken.

»Sie ist was?«, fragte Carlotta erschrocken, und die Gäste am Nebentisch versuchten mitzuhören.

»Sie ist auf der Parkseite abgegangen statt wie geprobt gegenüber, und als ihr auf der Treppe der Chor entgegenkam, ist sie ausgewichen und im Dunkeln in die Versenkung der Bäume gestürzt.«

»Hat sie sich verletzt?«, fragte Vincenzo.

»Es sah nicht so schlimm aus, aber trotzdem sitzt sie jetzt gerade in Kostüm und Maske in der Notaufnahme. Ihr Bein muss geröntgt werden, und die Sanitäter haben ihr nicht erlaubt, sich nach dem letzten Vorhang noch umzuziehen. Die Dame in Uniform wird auffallen.«

»Ich muss sagen, die Kostüme haben mich diesmal wirklich überrascht«, gestand Vincenzo, und seinem Ton war zu entnehmen, dass er von der modernen Interpretation der Oper enttäuscht war.

»Mimi leidet auch unter dem angesagten Minimalismus«, erklärte Gino, und sie seufzte vernehmlich.

»Das kann ich mir denken«, bemerkte Beatrice mit einem

vielsagenden Blick auf Mimis Aufmachung. Mit was für Menschen Vincenzo sich umgab! Ein Schlosser, eine Kostümschneiderin und ihre pummelige Tochter, und das in aller Öffentlichkeit. Aber so war er ja schon immer gewesen, er hatte kein Standesgefühl, er verbrüderte sich gern mit dem Volk, mit den kleinen Leuten aus Valle Masso, diesem heruntergekommenen Nest. Und was war das nur für eine Sache mit Daniele und dieser Schulfreundin? Der Junge konnte doch nicht ernsthaft an ihr interessiert sein. Beatrice beschloss, sich mit dem Mäuschen zusammenzutun, das ihr Sohn gerade erst abgeschoben hatte. Die war allemal besser als das. Hoffentlich verzichtete die Presse morgen auf einen Bericht über das Premierenpublikum und stürzte sich stattdessen auf die Nachricht von der gefallenen Sopranistin. Künstler! Beatrice hatte jede Achtung vor ihnen verloren, seit sie ihre Agentur eröffnet hatte, und mehr noch, seit das treulose Pack sie nach und nach verließ. Sie sei nicht international genug, hatte es geheißen, ihre Kontakte zu begrenzt. Von wegen! Mit dem Marco-Polo-Star würde sich das ändern, der konnte das Renommee ihrer Agentur wieder aufpolieren.

»Haben die Herrschaften schon gewählt?« Der Ober war an den Tisch gekommen und wartete mit gespitztem Bleistift.

Gino schüttelte den Kopf. »Also, Enzo, beim besten Willen, aber das ist mir hier alles zu speziell. Die servieren Seeigel! Du erlaubst, dass ich beim Wein bleibe und den Brotkorb leere.«

Carlotta und Vincenzo sahen sich an und lachten.

»Für meinen Freund und mich das *vitello tonnato* und dann die *agnolotti al plin*, bitte«, bestellte Vincenzo. »Der Küchenchef weiß Bescheid.« Gino blickte erleichtert. Mimi erlaubte sich den Hummer, Daniele wählte Steinbutt und Carlotta Lamm. Beatrice bestand darauf, nur Salat zu essen, denn

gewöhnlich aß sie nach achtzehn Uhr überhaupt nicht mehr, sie gab es höchstens vor, häppchenweise, auf Veranstaltungen. Für Mimi war diese Kasteiung das Ende jeder Sinnlichkeit. Was half der schönste Körper, wenn er freudlos darbte?
»Ehe wir auf die Frischverlobten anstoßen, muss ich allerdings noch ein Hühnchen mit dir rupfen, Giòrs«, sagte Vincenzo dann und wandte sich seinem Freund zu.
»O bitte, von Hühnern hab ich die Nase voll!«, rief der vergnügt, und Mimi richtete intuitiv die Federn in ihrem Haar.
»Kann es sein, dass du mir zwanzig Jahre lang etwas Wichtiges verschwiegen hast?«, ließ Vincenzo nicht locker, und Gino sah ihn ratlos an. »Zum Beispiel, dass du dir mit meinem Sohn Schwertkämpfe in der Rüstmeisterei geliefert hast?« Beatrice horchte auf. Was sollte das? »Und dass du dort heimlich mit ihm an der Werkbank gestanden und ihr Toscas Erschießungskommando mit Bajonetten ausgestattet habt?« Daniele hatte seinem Vater im letzten Monat so einiges erzählt, und der hatte immer mehr gestaunt.
»Ach, das«, sagte Gino kleinlaut. »Woher weißt du das denn?«
»Als die beiden hier«, Vincenzo deutete auf Carlotta und Daniele, »sich bei mir wiedergetroffen haben, ist es ihm rausgerutscht.« Gino blickte Daniele und Carlotta vorwurfsvoll an. Carlotta hätte ihn vorwarnen können, doch die zuckte nur entschuldigend mit den Schultern, als wollte sie sagen, sie habe es schlicht vergessen.
»Wann soll das denn gewesen sein?«, fragte Beatrice und nippte an ihrem Rotwein. Dieses konspirative Grüppchen behagte ihr nicht. Normalerweise war sie diejenige, die die Fäden zog.
»Als die Kinder zusammen in der Schule waren«, erklärte Mimi. »Meine Carlotta ist jeden Tag nach dem Unterricht zu mir in die Oper rübergekommen, und Daniele war eben

auch manchmal dabei. Ein süßer Junge, wirklich, Signora.« Sie zwinkerte Daniele zu und strahlte in die Runde.

»Du hättest etwas sagen können, Giòrs«, fuhr Vincenzo fort, »das hätte doch kein Geheimnis sein müssen.«

»Doch«, meinte Daniele. »Ich habe Mutter gefragt, und sie hat Nein gesagt, nicht wahr?«

Beatrice' Blick loderte mal wieder angriffslustig. »Selbstverständlich. Das ist doch kein angemessener Ort für ein Kind.«

Mimi schluckte.

»Ach, Signora«, sagte Gino, »das ist sogar der beste Ort überhaupt. In der Oper wird die Fantasie geboren, die Kunst öffnet die Welt. Hier lernen die Menschen, dass es nur die Grenzen gibt, die sie sich selbst auferlegen.« Er wurde jetzt bestimmter. »Mein Vater hat auch nicht verstanden, dass man manche Kinder besser fliegen lässt.«

»Was soll das heißen?« Beatrice mochte nicht, wie Gino mit ihr sprach.

»Ihr Sohn hat sich damals schon für so vieles interessiert. Er war geschickt und mit einer kolossalen Vorstellungskraft beschenkt. Diese Anlagen muss man doch fördern. Ausprobieren und Spielen wecken den Geist und verleihen der Seele Flügel.« Gino griff nach einem Stück Brot und fuhr fort: »Dein Junge hat mich an dich erinnert, Enzo, und er hat die Augen deiner schönen Mutter.«

»Ich weiß«, erwiderte Vincenzo. Er empfand es als Gnade, vom ersten Tag an.

»Danke dafür, Signor Occelli«, meinte Daniele, »dass Sie sich damals um mich gekümmert haben. Ich hatte nie Gelegenheit, es mal zu sagen.« Und dabei hätte es nach Beatrice' Geschmack auch bleiben können. Was waren das denn für Anwandlungen? Daniele war zwischen diesen Leuten ja kaum wiederzuerkennen!

»Es war mir eine Freude, wirklich! Und im Übrigen, Enzo«,

Gino sah wieder seinen Freund an, »wusste dein Butler doch Bescheid. Er hat den Jungen ja immer abgeholt, und deine Rosa hat ihm Selbstgebackenes für die Solisten mitgegeben.«
»Und ich dachte, ich unterstütze das Haus nur finanziell«, erwiderte Vincenzo.
»Nein, du hast auch für die Verpflegung gesorgt … ab und an. Die Gruberová hat Rosas Mandelkuchen geliebt. Wenn die mal ihre Autobiografie schreibt, steht er drin!« Vincenzo hatte sie erst letztes Jahr in der Bayerischen Staatsoper gesehen. Edita Gruberová hatte mit neunundsechzig Jahren die Lucrezia Borgia gegeben, eine Frau, in die sich der eigene Sohn verliebt, weshalb ihn der vor Eifersucht rasende Gatte töten lassen will. Sie hatte rauschenden Applaus bekommen, der die Bedeutung, die man dem Alter zusprach, ad absurdum führte. Nichts war ehrlicher als der Schein.
Das Essen wurde serviert, Vincenzo orderte noch zwei Flaschen Wein, die Premiere wurde ausgiebig besprochen und anschließend mit einem Vin Santo auf Ginos und Mimis Verlobung angestoßen. Der Ober servierte eine kleine Torte mit den Initialen M und G, die Vincenzo bestellt hatte.
»Wann soll denn die Hochzeit sein?«, wollte er wissen.
»Ende August, in der Sommerpause«, antwortete Mimi.
»Richtig«, bestätigte Gino. »Im Juli ist noch zu viel zu tun, da wird wie üblich das halbe Haus überholt, aber Ende August können wir uns freinehmen.«
»Und dann?«, fragte Vincenzo. »Macht ihr Flitterwochen?« Er konnte kaum glauben, dass sein Freund diese lebensfrohe, bildhübsche Frau heiraten würde, während er gerade sein Testament gemacht hatte. In seinen Kreisen und seiner Position war das so früh durchaus üblich und bevor er ins Ausland übersiedelte, auch angeraten, aber es hatte sich trotzdem merkwürdig angefühlt. Er musste an das Familien-

grab auf dem kleinen Friedhof in Valle Masso denken, den sein Urgroßvater begründet hatte. Dort lagen alle Giordanos seit dem legendären *Monsù* Battista begraben. Eine schöne Tradition, denn der Cimitero Monumentale in Turin war mit seinen überdimensionierten marmornen Mausoleen, die wie protzige Lifteingänge von U-Bahn-Stationen aussahen, derart hässlich, dass Vincenzo ihn als Zumutung für die Hinterbliebenen empfand.

»Wir haben noch nichts Konkretes geplant«, antwortete Gino und riss seinen Freund damit aus seinen morbiden Gedanken.

»Wie wäre es dann mit Portofino?« Vincenzo kam die Idee ganz spontan und sicher nicht ohne Hintergedanken, denn wenn Gino und seine Frau ihre Flitterwochen in Portofino verbrächten, während er die Firmenübergabe offiziell machte und seinen Abschied nahm, hätte er seinen ältesten Freund bei seinem großen Finale bei sich. »Ihr könntet die ganze Familie mitnehmen«, bot er an und sah zu Carlotta und Daniele hinüber, die sich ein Kuchenstück teilten.

»Eine reizende Idee, Vincenzo«, stimmte Beatrice ihm zu. Sie war lange auffallend still gewesen und küsste ihn jetzt auf die Wange. »Wollen wir nicht alle in unserem Haus unterbringen? Das Splendido ist sicher ausgebucht.«

»Sie haben bestimmt noch Zimmer unten am Jachthafen.«

»Aber wozu denn?«, fragte Beatrice und blickte verführerisch. »Unsere Villa ist doch viel persönlicher.« Unser Haus, unsere Villa. Vincenzo misstraute diesem Wandel, auch wenn Pasquale das anders sah. Plötzlich schien Beatrice die Frau zu sein, nach der er sich so lange gesehnt hatte, aber er war nicht mehr derselbe Mann. Oder doch? Vielleicht, wenn er die Verletzungen und seinen Stolz vergaß? Ihre Hand lag schon wieder so vertraulich auf seinem Knie. Beatrice suchte seine Nähe, nur warum? Das hatte schließlich nichts mit

ihrer Vereinbarung, Daniele betreffend, zu tun. Vincenzo rätselte und spürte eine unfreiwillige Erregung.
»Du sprichst von deinem Abschied?«, fragte Gino seinen Freund.
»Ich spreche von einem noch nie da gewesenen Fest mit spektakulärem Feuerwerk über der Bucht, von einem pittoresken Fischerdorf in einmaliger Lage, glasklarem Wasser und unberührter Landschaft.«
»Nein, nein«, verbesserte Gino, »du sprichst von Luxushotels und Jachten, von zwei Quadratkilometern, auf denen sich die Läden der teuersten Designer drängeln, zwischen unbezahlbaren Restaurants an einem Hafenbecken, wo es Champagnerkorken an Land spült.«
»Wenn du es so sehen willst.«
Mimi stieß Gino unter dem Tisch an und bedeutete ihm, zuzusagen. Seine Beschreibung hatte sie restlos überzeugt. Sie spürte bereits die betuchten Blicke und eine leichte Meeresbrise auf ihrer Haut.
»Ihr könntet länger bleiben und eure Zweisamkeit genießen, sobald der Rummel vorbei ist. Bitte, Giòrs, schlag mir diesen letzten Wunsch nicht aus«, versuchte Vincenzo, ihn zu gewinnen.
»Du tust so, als ob du sterben würdest.«
»Nicht sterben, aber das Land verlassen«, entgegnete er und wendete sich an Carlotta. »Würden Sie und Ihre Schwestern die Giordanos auf ihrer letzten gemeinsamen Reise begleiten, Signorina Calma?«, fragte er, und sie sah zu Daniele, um von ihm zu hören, ob es ihm recht wäre.
»Wir haben viel zu tun«, sagte dieser zu seinem Vater. »Du weißt, dass wir uns um hundert Leute kümmern müssen, und jeder wird irgendetwas von uns wollen.«
»Das ganz sicher.«
»Andererseits sollten wir auch ein bisschen an uns den-

ken …« Ein Blick, und Vater und Sohn spürten beide dasselbe belebende Gefühl, das des nächtlichen Davonschleichens aus dem Internat oder des kurzfristigen Stornierens eines Geschäftstermins, weil die Sonne schien und der Tag kostbar war. Daniele erlaubte sich diese Auszeiten immer seltener, Vincenzo gar nicht mehr. Doch es erinnerte beide an ihre gemeinsame Zeit auf der Mount Nicholas Station, wo sie Touren gemacht hatten oder beim Eisfischen gewesen waren – frei und ungebunden.

»Na gut«, antwortete Carlotta endlich. »Dann kann ich Ihren Smoking noch an Ihnen sehen. Und Susa wird sofort zusagen, wenn sie die Aussicht hat, ein paar Prominente zu treffen.«

»Gino«, fragte Vincenzo noch einmal, »Signora Calma?«

»Natürlich kommen wir mit, was gibt es da zu überlegen«, kürzte Mimi die Entscheidung ab und gabelte ein Stück Kuchen auf. »An den Zaghaften zieht das Beste im Leben vorbei, und ich möchte mir da später mal nichts vorwerfen müssen.« Sie klimperte mit ihren fantastischen Wimpern, lachte erfrischend und küsste Gino.

»Und ich möchte nicht, dass du *mir* was vorwirfst, Mimi Calma«, sagte Gino und erwiderte ihren Kuss so leidenschaftlich, dass Vincenzo um die Rechnung bat, um von den beiden abzulenken.

Als er an diesem Abend nach Hause kam, bemerkte er zum ersten Mal die Leere, die dem baldigen Abschied vorausging. Beatrice' Anwesenheit füllte sie nicht, und Danieles Nähe schürte sogar leise Zweifel an seinem Entschluss, fortzugehen. Auf einmal fühlte er sich so entwurzelt.

Vincenzo lag wach und spürte, wie die Musik erneut in ihm aufstieg. Das erste Blühen der Rosen im Park der alten Villa seiner Eltern geisterte durch seine Gedanken und ihr Absterben Ende September. Manche sahen noch den ersten Frost. Langsam fielen ihm die Augen zu. Eine Dame in einem maigrünen Kostüm tauchte auf … ein Erwachen … Er driftete in einen unruhigen Traum, Bilder wie Theaterkulissen – ein Schloss, von Rosenhecken überwuchert, eine schlafende Prinzessin im Turm, die er küsste und die ihre blauen Augen aufschlug.

30

Carlotta und Daniele flanierten in dieser warmen Vollmondnacht noch durch die Stadt, vorbei an den beleuchteten Auslagen feiner Geschäfte, an Straßenhändlern, Bars und Restaurants, die draußen auf den weiten Plätzen noch immer Gäste bewirteten. Kulturbeflissene Turiner nutzten »Die lange Nacht der Museen«, um die zahlreichen Ausstellungen der Stadt zu besuchen. Unter ihnen waren sie ohne Zweifel das am besten angezogene Paar, weshalb sich so mancher nach ihnen umdrehte.

»Gehst du gerne in die Oper?«, fragte Carlotta Daniele auf ihrem Weg Richtung Fluss.

»Eher nicht«, antwortete er, »aber ich hatte es meinem Vater versprochen, und als ich dann gehört habe, dass du auch da sein wirst, war es natürlich perfekt.«

»Dein Vater liebt die Musik«, stellte Carlotta fest. Sie hatte Vincenzos Freude fast körperlich empfunden.

»Ja, immer schon, viel mehr als ich.«

»Dir fehlt nur die Ruhe. Du warst in Gedanken woanders.«

»War das so offensichtlich?« Carlotta nickte. »Mir geht so viel durch den Kopf, ich stehe ständig unter Strom. Ich führe in Gedanken Geschäftsgespräche und plane. Vorhin war ich, glaube ich, schon in Mailand, wo ich am Montag einen Terminmarathon absolvieren werde, bevor ich am Abend in die Schweiz fliege.«

»Für wie lange?«

»Nur zwei Tage, dann nach Berlin und am Freitag wieder zurück. Anschließend sollte ich eigentlich noch nach Valle Masso, aber ich hoffe, dass mein Vater mir das Gespräch mit dem Bürgermeister abnimmt. Er kann sowieso besser mit ihm als ich.« Carlotta ging schweigend die Via Po entlang und dachte nach. »Du bist so still, Lola«, meinte Daniele.

»Deine Welt ist mir so fremd, und das macht mir irgendwie Angst«, gab sie zu. »Die vielen Reisen, Hotels, Sternerestaurants ...« Sie blieb kurz stehen. »In Berlin musst du unbedingt Currywurst essen, hörst du, an irgendeinem Imbiss.«

»Ich weiß nicht, ob ich das einplanen kann«, erwiderte er leicht verwundert.

»Das wäre nichts für mich.«

Daniele legte seinen Arm um Carlotta und genoss die Zeit, in der keiner etwas von ihm wollte und er sich nicht beweisen musste, vor niemandem und auch nicht vor sich selbst. Normalerweise stimulierten ihn seine Arbeit und seine ambitionierten Ziele – es war eine ganz eigene Art von Lust und Befriedigung, wenn er bei Verhandlungen die Oberhand behielt und sich durchsetzte –, aber jetzt, da der Ausstieg seines Vaters immer näher rückte, befiel ihn manchmal Panik. Bald würde er seine Saltos ohne Netz absolvieren. »Stärke erwächst aus dem Handeln«, hatte sein Großvater oft gesagt. Er war ein strenger Mann gewesen, aber tief im Inneren hatten sie Verwandtschaft empfunden.

»Hast du nicht immer vom Reisen geträumt?«, fragte Daniele.

»Natürlich, aber doch nicht so. Du siehst ja gar nichts von den Städten, in die du fliegst.«

»Nur Hotelzimmer und Konferenzräume«, bestätigte er, »und die eine oder andere angesagte Bar – Drinks und unverbindliche Begegnungen.« Carlottas Herz setzte einen Schlag lang aus.
Eine große Menschenmenge kam ihnen aus der Via Montebello entgegen. Hier strahlte die Mole Antonelliana mit ihren kleinen roten Positionslichtern ab Höhe der begehbaren Laterne in die sternklare Nacht. Das Filmkunstmuseum war noch geöffnet. »Warst du schon mal oben?«, fragte Daniele, als sie darauf zugingen und an der sandfarbenen, säulenverzierten Fassade hochsahen, die in den ersten vier Stockwerken nur aus Fensterfronten bestand – blinde, weiß verhangene Augen, die dem Licht den Eintritt verwehrten.
»Noch nie.«
»Der Ausblick ist unglaublich!«, versprach Daniele.
»Meine Höhenangst auch«, erwiderte Carlotta und blieb unwillkürlich stehen.
»Das kann doch nicht sein! Du behauptest, dass du fliegen kannst, willst die Welt erkunden und traust dich nicht mal auf diesen Turm?«
»Genau.«
»Das sind nur fünfundachtzig Meter, und du musst nicht einmal Treppen steigen, der Aufzug braucht nur eine Minute.«
Carlotta löste sich von Daniele, griff nach seiner Hand und wollte ihn fortziehen. »Lieber nicht. Außerdem machen sie sicher gleich zu.«
»Ach ja?« Daniele ging zu dem Herrn in blauer Livree, der vor dem Eingang stand. »Entschuldigung, schließen Sie jetzt?«, fragte er, und der Mann sah auf seine Uhr.
»Um null Uhr dreißig. Der letzte Aufzug fährt in fünf Minuten«, erklärte er. »Vielleicht haben Sie noch Glück, es sind nicht mehr viele Leute da.«

»Danke.« Daniele sah Carlotta auffordernd an. »Einmal um den Mond, Lola. Komm schon, fahr mit mir da rauf!« Im Funkeln seiner blauen Augen lagen sämtliche Abenteuer, die das Leben bereithielt, und Carlotta kämpfte mit sich.

Du erkennst ein Abenteuer nicht mal, wenn es dich mit der Limousine abholt.

»Mit dem Aufzug?«, fragte sie sicherheitshalber noch einmal nach.

»Mit dem Aufzug«, versicherte ihr Daniele. »So wie in *Charlie und die Schokoladenfabrik.* Kennst du den Film?«

»Nein.«

»Das ist vielleicht auch besser so«, sagte er beiläufig, kaufte zwei Eintrittskarten und betrat mit Carlotta die Mole, was nicht mehr als »großes Bauwerk« bedeutete, eines, das den Namen seines Architekten Alessandro Antonelli trug. Im Erdgeschoss des quadratischen Baus – ein einziger hoher Raum ohne Zwischenwände – gab es ein Café und einen Museumsshop, Sitzgelegenheiten und im Zentrum den Lift. Er war in keinen Schacht eingelassen und ganz aus Glas. Normalerweise wand sich davor eine endlos lange Besucherschlange, doch zu dieser späten Stunde, am Ende der »langen Nacht«, öffneten sich die Glastüren nur noch für Carlotta und Daniele, und ein ebenfalls livrierter Angestellter des Museums drückte den Fahrstuhlknopf. Kurz erschrak sie, als der Lift sich in Bewegung setzte und zu schweben schien, doch dann fuhr er durch ein Loch in der Decke, und sie wähnte sich sicher. Stockwerk für Stockwerk, von Zwischendecke zu Zwischendecke würde es schon gehen. Es war ein wenig wie Paternoster fahren, nur mit Rundumsicht. Doch in dem Moment, in dem der schnelle Lift die Decke passiert hatte, gefror Carlotta das Blut in den Adern, denn jetzt gab es keine Böden oder Decken mehr. Ab dem zweiten Stock war die Mole Antonelliana ein einziger offener Raum auf fünfhundertfünfzig Quadratmetern, der nahtlos in die Kuppel überging, fast achtzig Meter hoch. Der Fahrstuhl glitt lautlos hindurch, nur von Stahlseilen gehalten und geführt. Der Boden verschwand unter ihr, es war düster in der endlos anmutenden Weite. Sie sah im diffusen Licht eine Rampe, die sich an den Außenwänden langsam ansteigend nach oben wand. Die Exponate der Filmgeschichte, an denen die Besucher auf ihrem Weg zur Aussichtsplattform vorbeikamen, waren mal mehr, mal weniger gut beleuchtet.

O Gott, eine Minute war eine Ewigkeit im freien Flug. Carlotta stand dicht vor Daniele und hielt sich mit beiden Händen am Revers seines Sakkos fest. Nichts anderes bot Halt, nur er, nur dieses Stück Stoff – von Armani. Warum nur? Er musste sich dringend ein paar Anzüge aus dem Giordano-Sortiment anmessen lassen. Wirklich? Carlotta zitterte vor Angst und dachte an die richtige Stoffwahl. Sie hatte sie ja wohl nicht mehr alle!

»Sieh nicht hinaus«, sagte Daniele, der ihre Panik spürte, und der Herr in Livree, der Ähnliches jeden Tag erlebte, blickte unbeteiligt auf die Türen. »Sieh mich an, Lola, nur mich.« Carlotta blickte auf und in Danieles blaue Augen. Ihre Finger gruben sich noch tiefer in sein Revers. »Gleich hast du es geschafft«, sagte er beruhigend, »gleich.«

»Ja?«

»Ja, Lola, gleich sind wir auf dem Mond.« Der Aufzug war schon fast unter der Decke angekommen. Die riesige Kuppel war wie ein überdimensionales Kreuzrippengewölbe gestaltet. Der Durchbruch mutete winzig an, gleich einem Heilig-Geist-Loch in Kirchen. Carlotta schoss aus dem Nichts in diese schwebende Symmetrie hinein, und ihr Herz raste. »Sieh nur mich an«, wiederholte Daniele das Mantra der kurzen Fahrt, die für sie Äonen andauerte. Sechzig Sekunden, scheinbar ohne Halt, sie repräsentierten das exakte Maß

der Unendlichkeit. Sie füllte den Raum, bestimmte die Zeit und barg die Tiefe seines Blicks. Carlotta ließ Daniele nicht los, er wandte sich nicht ab. Sie drang tiefer in den Kosmos seiner Seele vor, flog höher und spürte dabei blanke Angst und Erregung. Es hatte etwas Beklemmendes und Befreiendes zugleich. Diese Ausnahmesituation machte etwas mit ihr, sie zog ihr den vertrauten Boden unter den Füßen weg und bot ihr eine neue Erde an, näher am Himmel. So fühlt sich Reisen an, dachte sie, das Entdecken eines fremden Kontinents, einer unbekannten Kultur, allein, ohne vertrauten Bezugspunkt. Ja, genauso würde es sein. Sollte sie Daniele von Mexiko erzählen? Würde er sie vielleicht sogar begleiten wollen? Nein, eher nicht, an so etwas wie Urlaub war für ihn in den nächsten Jahren nicht zu denken.
Die Aufzugtüren öffneten sich. Carlotta umgab wieder festes Terrain, Stein, Wände und eine Balustrade, die um die quadratische Aussichtsplattform verlief. Im Nordwesten dominierten schwarz-blau die Giganten aus Eis und Fels das nächtliche Bild. Tausende von Lichtern funkelten unter ihnen, und über allem leuchtete hell und rund der volle Mond. Der Anblick war atemberaubend, magisch und schwindelerregend.
»So schön habe ich das Panorama noch nie gesehen«, gestand Daniele und suchte ein paar Fixpunkte. Den Hauptsitz der Großbank Intesa Sanpaolo, das höchste Gebäude der Stadt mit seiner fein gerasterten Glas-Aluminium-Fassade. Es stand am Rand des historischen Stadtzentrums gegenüber dem modernen Bahnhof Porta Susa, der wie ein kopfloser leuchtender Fisch davorlag. Und Luigi Einaudi, den neuen Campus der Universität, dessen weiße textile Dachbespannung – ein markantes Dreieck – das Mondlicht reflektierte. Es herrschte samtene Stille. Nur ein Liebespaar wisperte in der Dunkelheit, die letzten Besucher wohl außer ihnen. Sie

mussten auf der anderen Seite des Turms stehen und auf den Fluss hinuntersehen. Carlotta hörte ihr leises Lachen und das Schweigen ihrer Küsse. »Als Antonelli mit dem Bau der Mole begonnen hat, war Turin die erste Hauptstadt des Vereinigten Königreichs Italien«, sagte Daniele unvermittelt.

»Ich dachte, das war Florenz«, gestand Carlotta.

»Erst ein Jahr später. Geschichte, fünfte Klasse bei Signora Battaglia. Erinnerst du dich an den alten Drachen mit der dicken Brille?«

»Die hat sie dauernd verlegt und gesucht.«

»Einmal hat sie doch den Rektor mit dem Hausmeister verwechselt und ihn angepfiffen, weil er ihren Unterricht gestört hat«, erinnerte sich Daniele und lachte.

»Ja, richtig. Und einmal hat sie sich verabschiedet und ist in der kleinen Kammer verschwunden, in der die Atlanten aufbewahrt wurden, weil sie die Tür verwechselt hat. Da kam sie dann erst wieder raus, als Signor Riva schon mit Mathe angefangen hatte. Ich sehe sein verdutztes Gesicht heute noch.« Carlotta lachte jetzt auch, ihre Höhenangst war vergessen, das Zittern ließ nach. Sie blickte mutig über ihre Stadt, lehnte sich sogar gegen die Balustrade, spürte dem Gefühl von Freiheit und ungezählten Möglichkeiten nach, dem sie an Danieles Seite begegnete. Sie verwarf im Rausch des Adrenalins die Zweifel, die sie seit Tagen begleiteten, dass sie nicht in seine Welt passte und nicht zu ihm, dass die Frauen, in die er sich sonst verliebte, ihren Laden nie betreten würden, weil sie des Wunders der Verwandlung nicht bedurften – exotische Schmetterlinge, Feen und Elfen. Die Höhe wirkte wie Champagner. Sie war fast betrunken vor Glück. »Rufst du mal an?«, traute sie sich deshalb zu fragen.

»Natürlich«, antwortete er. »Und du? Kannst du warten?«

Ich warte doch schon neunzehn Jahre lang, wollte sie erwidern, sagte stattdessen aber nur: »Ja.«

Da küsste er sie, und seine Hände glitten über das Kleid, das sein Vater für Carlotta ausgesucht hatte, weil es die wechselnden Farben ihrer Augen aufnahm, und er fragte sich, wie es sich anfühlen würde, es abzustreifen. Es wäre einfach gewesen, aber nicht richtig. Noch nicht.
»Ich gebe dir ein Pfand«, erklärte Daniele, nachdem er sich von ihr gelöst hatte, und holte seine Geldbörse heraus.
»Hinterlegst du bei mir deinen Ausweis oder deine Kreditkarte?« Sie schmunzelte. Plötzlich fühlte sie sich so unbeschwert, heiter und leicht. »Das ist mal was Neues, ich weiß nur nicht, ob ich es romantisch finde.«
»Du sollst dich nicht über mich lustig machen, Lola«, erwiderte Daniele gespielt streng, denn in Wahrheit liebte er es, dass sie ihm widersprach, ihre Meinung sagte und nicht wie die anderen Frauen willenlos an seinen Lippen hing und alles, was er tat, bewunderte. Ihr Humor tat ihm gut, er nahm ihm etwas von seiner Wichtigkeit. Er legte ihr eine Zweicentmünze auf die Hand, die italienische mit der Mole Antonelliana auf der Rückseite. »Wenn wir im September in Portofino sind, kannst du sie bei mir einlösen«, sagte er und schenkte ihr seinen vertrauten Sternenblick.
»Und was bekomme ich dann dafür?«, fragte sie erwartungsvoll.
»Einen Blick in meine Seele und das Versprechen, dass ich immer ehrlich sein werde.«

31

»Es ist wohl gestern spät geworden?«, fragte Beatrice Daniele beim gemeinsamen Frühstück am Sonntagmorgen, und Vincenzo sah von seiner Zeitung auf. Die Wochenendausgabe

erlaubte ihm, in Ruhe in den Kulturteil einzutauchen und die Sportnachrichten wenigstens zu überfliegen.
»Ich fahre morgen sehr früh nach Mailand«, überging Daniele die Frage seiner Mutter. »Ich habe zwar jede Menge Termine, aber wenn du willst, kann ich an deiner Wohnung vorbeischauen. Oder in der Agentur. Brauchst du irgendetwas?«
»Nein danke, nichts«, erwiderte Beatrice, die bereits perfekt geschminkt und in einem Jerseykleid am Tisch saß, das ihren Körper aufreizend umspielte, während Vincenzo über Hemd und Hose seinen Hausmantel trug. »Und in der Wohnung herrscht Chaos. Die alten Böden wurden rausgerissen, die Wand zur Küche lasse ich herausnehmen, das Bad wird komplett erneuert und die Dachterrasse saniert. Sie ist wohl undicht. Es gab im Apartment unter mir einen Wasserschaden.«
»Wie kam das so plötzlich?«, fragte Daniele. »Letzten Monat war doch noch alles in Ordnung.«
»Offensichtlich nicht.« Beatrice schenkte sich Kaffee nach. Sie hatte Pasquale weggeschickt, gerade als er seinen täglichen Wetterbericht anstimmen wollte. »Es ist Sommer, es wird warm, vielen Dank, Pasquale, aber die Einzelheiten können Sie uns ersparen«, hatte sie zu ihm gesagt. Diesen Spleen des Butlers hatte sie schon verdrängt und auch seine dämliche aufgebügelte Zeitung, hinter der Vincenzo schon früher jeden Morgen verschwunden war. Wer, bitte, bügelte im Online-Zeitalter noch Papier auf?!
»Ganz wie die Signora belieben. Darf es noch etwas Tee sein, Signor Vincenzo?«, hatte Pasquale gefasst reagiert.
»Ich kümmere mich um meinen Mann, Pasquale. Erlauben Sie mir doch, Sie etwas zu entlasten.« Sie hatte süß gelächelt und mit ihren langen rot lackierten Nägeln die Schale von Vincenzos Frühstücksei gezupft.
»Ich dachte mir, wenn ich die Handwerker schon im Haus

habe, dann kann ich mir auch gleich ein paar Extravaganzen erlauben«, erläuterte Beatrice jetzt Daniele ihren spontanen Entschluss zur umfangreichen Renovierung. »Du kennst mich doch, ich denke über diese Dinge nicht lange nach, ich mache sie einfach. Da bin ich wie du.«
Vincenzo tat die Zeitung beiseite, griff zum Salz und fragte sich, ob dem tatsächlich so war. Traf Daniele seine Entscheidungen wirklich schnell und unüberlegt? Er warf ihm einen fragenden Blick zu.
»Du bist kein bisschen wie ich, glaub mir«, antwortete Daniele seiner Mutter. »Du brauchst diesen ganzen Rummel, deine Stars, die Presse, das Dolce Vita und die Partys in deinem Penthouse. Ich dagegen spiele da nur mit, um etwas für die Firma zu erreichen.«
»Ich führe auch eine Firma, mein Lieber«, unterbrach Beatrice ihn beleidigt, und er lenkte ein.
»Sicher, und du bist gut. Ich habe viel von dir gelernt, etwa über die Außenwirkung einer Marke, das Product Placement und wie man Geschäfte an einer Cocktailbar abwickelt, die man im Büro nie an Land gezogen hätte.« Vincenzo blickte skeptisch. »Aber die Geschäftswelt soll mich nicht als smarten Sonnyboy wahrnehmen, der ein bisschen Geschäftsführer spielt.« Er deutete auf die Börsenkurse des Wirtschaftsteils, der neben seinem Teller lag. »Ich kann diese Zahlen lesen und euch sagen, wie sie sich in fünf Jahren entwickeln. Ich kann die Firmengründungen und die Konkurse interpretieren und fürchte mich nicht vor der Veränderung, die uns bevorsteht. Wir können den Wandel im Weltmarkt für uns nutzen.«
»Das sehe ich auch so«, sagte Vincenzo. »Und ich habe da auch ein paar Ideen zum neuen Logistikzentrum in der Schweiz, das du aufbaust. Ich glaube, wir könnten bei voller Auslastung des neuen Standorts die bestehenden Arbeits-

plätze in Valle Masso halten und so die Gewerbesteuerermäßigung mitnehmen, die uns der Bürgermeister angeboten hat, wenn wir nicht abbauen. Ich habe mir ein paar Zahlen besorgt. Wollen wir die heute noch gemeinsam durchgehen?«

»Aber ja, gern.« Daniele lockerte seine Krawatte und streckte die Beine unter dem Tisch aus. Er war zu Hause.

»Ist die Gründung der Tochtergesellschaft beschlossen? Keine AG?«

»Ja«, antwortete Daniele. »Das ist der beste Weg. Ich hole Investoren ins Boot und muss nicht mit unserem gesamten Vermögen haften. Du könntest mit einsteigen, Mutter«, schlug er Beatrice vor, »du bist eine wohlhabende Frau. Investiere in die Familie!«

»Vielleicht mache ich das sogar«, erklärte sie und überlegte, ihren Anteil aus Pasquales krummen Geschäften einzubringen. Dann könnte sie die Lanificio mit ihrem Sohn gemeinsam regieren, sobald Vincenzo das Landleben genoss, und hätte wieder einen Fuß in der Tür. »Ich lasse euch jetzt allein. Sehen wir uns beim Abendessen, Daniele, oder bist du wieder mit der kleinen Schneiderin unterwegs?«, fragte sie noch. Daniele nahm die abfällige Bemerkung zur Kenntnis und entschied sich – wie wohl alle in diesem Haus –, nicht näher darauf einzugehen. »Nein, ich bin da. Lola ist keine Frau, die gleich eifersüchtig wird, nur weil ich mal einen Abend mit jemand anderem verbringe.«

»Oder für eine Woche die Stadt verlasse«, ergänzte Beatrice.

»Ganz genau. Sie ist nicht wie Luisa, die ständig wissen wollte, wo ich gerade war, mit wem und warum. Für so was habe ich keinen Platz in meinem Leben.«

Vincenzo verstand seinen Sohn gut, unselbstständige Frauen waren auch ihm ein Graus, die Anhänglichen, die sich nur über einen Mann an ihrer Seite definierten.

»Dann gehört die nächste Woche ganz uns, Vincenzo«, raunte Beatrice, beugte sich zu ihm hinunter und küsste ihn auf die Wange, wobei sich ihm ihr Busen einladend näherte und ihre Haut eine Wolke ihres betäubenden Parfums verströmte. Daniele zog es vor, es nicht bemerkt zu haben, und Vincenzo hielt kurz die Luft an. Beatrice war nie besonders subtil gewesen, aber dafür durchschaubar. Das hatte sich geändert.

»Es ist also gestern spät geworden?«, nahm Vincenzo Beatrice' Frage auf, als sie gegangen war, und sah seinen Sohn liebevoll an. Dass er jetzt hier war, dafür war er zutiefst dankbar. Noch vor wenigen Monaten hatte er gedacht, seine Versäumnisse einfach hinter sich lassen zu können, wenn er fortging, doch durch die Gespräche mit Carlotta, die ihren Vater heute noch vermisste, war ihm klar geworden, dass ihm dieser Schmerz über jeden Kontinent nachjagen würde. Manche Wunde heilte nie.

»Signor Vincenzo, es wird Zeit, Sie müssen sich verabschieden«, erklärt Pasquale und öffnet leise die Tür zum Schlafzimmer. Der Hausarzt nickt Vincenzo zu und verlässt den Raum. Sein Vater liegt ausgezehrt im Bett, neben ihm die hohe Sauerstoffflasche und der Infusionsständer. Zwei Krankenschwestern haben sich in den letzten Monaten um Vittore gekümmert.
»Vater«, sagt Vincenzo und setzt sich etwas steif zu ihm.
Plötzlich ist es sehr schnell gegangen. Zwei Herzinfarkte kurz hintereinander und dann ein Schlaganfall, der Vittore mit einer halbseitigen Lähmung zurückgelassen hat. Seinen übermächtigen, starken Vater so zu sehen, lässt Vincenzo verzweifeln. Tränen stehen in seinen Augen.
»Wir … zeigen es … nicht«, sagt sein Vater, dem das Spre-

chen Mühe macht, »die ... Schwäche ... wir zeigen sie nicht.« Vincenzo wischt sich die Tränen aus dem Gesicht, trotzig wie ein Kind. Er ist wieder elf und seine Mutter schwer krank.
»Wo ...«, versucht Vittore zu fragen, »... wo sind meine ... Hunde?«
»Es geht ihnen gut, Vater, Pasquale kümmert sich um sie.« Vincenzo sollte es selbst tun, aber er kann seine Abneigung nicht überwinden.
»Ich will ... sie ... sehen ...« Vittores Stimme bricht, er ringt um Luft. Vincenzo legt ihm die Sauerstoffmaske aufs Gesicht, und der alte Mann atmet gierig das geruchlose Gas ein.
»Sofort!«, befiehlt er ein letztes Mal. Vincenzo geht zur Tür. Pasquale wartet davor. Er sagt ihm Bescheid. »Sie sind ... sind alles, was mir wirklich ...«
»Ja, Vater?«
»Was mir geblieben ... ist.«
Vincenzo denkt an den Tag, an dem seine Mutter gestorben ist. Sie war noch so jung, als der Krebs sie befallen und sich ausgebreitet hat wie Rost – Rosenrost. Ihre Haut war am Ende genauso fleckig wie die Blätter eines kranken Stocks.
Die Tür geht auf, und Vittores Windhunde laufen ans Bett ihres Herrn – Piccolo Levriero Italiano. Er ist dieser Rasse immer treu geblieben. Sie setzen sich und sehen den alten Mann erwartungsvoll an. Er streichelt ihnen über die schmalen Köpfe, mit letzter Kraft und tief empfundener Freude.
Dann steckt Vittore Vincenzo den Siegelring des Conte von Monte Ruvello an den Finger und legt seine Hände in seine – Kraft und Schwäche verschränken sich, Leben und Tod.
»Jetzt liegt ... es ... bei dir«, sagt er. »Enttäusche mich nicht.«
»Ich liebe dich, Vater«, entgegnet Vincenzo in der Hoffnung, ihre letzten Worte mögen nicht der Firma gelten, »ich liebe dich.« Und er weint ungehemmt. Vittore sieht seinen Sohn an, beinahe überrascht, und nickt. Er kann es nicht erwidern,

das Unvermögen wird zur Hypothek. Dann starren seine Augen ins Leere, und Vittore Battista Giordano ist fort. Tadel und Härte, die Unnahbarkeit und kühle Strenge überdauern.

»Wir sind noch durch die Stadt gelaufen und waren auf der Mole«, erzählte Daniele seinem Vater am Frühstückstisch.
»Wieso das?«
»Die lange Nacht der Museen.«
»Richtig, es stand in der Zeitung.«
»Und dann hab ich Lola heimgebracht.« Vincenzo schmunzelte. Der Stolz eines Vaters auf die Eroberung seines Sohnes stand ihm ins Gesicht geschrieben – und hoffentlich nicht mehr. »Ich hab sie an die Tür gebracht und mich verabschiedet«, beteuerte Daniele.
»Hm.«
»Ich hätte natürlich bei ihr bleiben können, aber es fühlt sich gerade nicht richtig an. Verstehst du das?«
»Ich weiß nicht. Was empfindest du denn für sie?«, fragte Vincenzo. So ein Gespräch hatten sie noch nie geführt.
»Na, sie ist Lola, sie ist meine Freundin, meine beste. Und irgendwie auch mehr.« Vincenzo hörte seinem Sohn aufmerksam zu. »Ich war mit so vielen Frauen im Bett«, offenbarte Daniele sich dann, »gleich am ersten Abend, aber näher habe ich mich ihnen dadurch nicht gefühlt.«
»Ich weiß, was du meinst.« Vincenzo dachte an Beatrice, daran, dass sie immer nur eine Inszenierung aufgeführt hatte, bei der sie emotional die Oberhand behielt. Sie hatte sich ihm nie wirklich hingegeben, hatte nie losgelassen und den Moment erreicht, in dem zwei Menschen, zwei Körper und sogar ihre Seelen miteinander verschmolzen. Sie konnte ihre verdammten Rollen nicht aufgeben.
»Aber Lola fühle ich mich nah«, erklärte Daniele. »Mit ihr

habe ich jetzt schon mehr gemeinsam als mit den anderen nach Monaten.«

»Das ist gut.« Vincenzo meinte es ehrlich. Nicht, dass er sich seiner Gefühle für Carlotta nicht bewusst gewesen wäre, aber diese Gefühle waren nur ein weiterer Grund für ihn zu gehen.

»Ich will es diesmal anders machen. Ich gehe es langsam an.« Daniele schenkte sich Kaffee nach und trank einen Schluck. »Anders geht es auch gar nicht, weil ich noch so viel mit der Firma vorhabe, und das ist mir wichtig.«

»Kann ich helfen?«

»Den Termin mit Labrani am Freitag, könntest du den übernehmen? Bei unserem letzten Telefonat sind ein paar harte Worte gefallen.«

»Kein Problem.« Vincenzo legte seine Hand auf Danieles Schulter.

»Irgendwie hast du dich verändert, Vater«, sagte Daniele verwundert. »Zwischen uns ist etwas anders. Ich fühle mich nicht mehr so … allein.«

»Hast du das denn getan?«

»Schon.«

Vincenzo dachte an sein Picknick mit Carlotta im Park. Sie hatten darüber gesprochen, dass Erbe auch Bevormundung bedeuten konnte. Wäre er beizeiten ausgebrochen wie Gino, hätte sein Sohn eine andere Kindheit gehabt. »Ich habe in letzter Zeit viel über die Vergangenheit nachgedacht«, sagte er, um eine Erklärung bemüht.

»Ist Mutter deshalb hier«, fragte Daniele, »um dich an deine Anfänge zu erinnern?« Vincenzo hätte gerne ehrlich darauf geantwortet und von Carlotta erzählt. Aber es war besser, sein Sohn dachte, dass er die Entwicklung seiner Mutter zu verdanken hatte. »Warum habt ihr euch eigentlich damals scheiden lassen?«, wollte er wissen.

»Das fragst du?«

»Ja. Ich weiß natürlich, dass ihr oft gestritten habt, aber ich erinnere mich nicht, warum. Und du hast nie etwas Schlechtes über sie gesagt und sie nicht über dich.« Vincenzo konnte das kaum glauben. Ihm gegenüber hatte sie kein Blatt vor den Mund genommen. »Sie hat eigentlich gar nicht über dich gesprochen. Ist etwas passiert, etwas Unüberwindliches?« Diese Frage trug Daniele schon so lange mit sich herum, seit er damals sein Studium in London beendet hatte und seine Eltern die Scheidungspapiere unterschrieben hatten.

»Nein, Junge, nichts Unüberwindliches. Nur die Zeit ist uns passiert wie so vielen. Wir haben uns einfach auseinandergelebt.« Vincenzo stand auf. »Lass uns nachher die Zahlen durchgehen«, sagte er aufmunternd, verließ das Speisezimmer und ging kurz in den Park, um nach dem Maulwurf zu sehen, der sich dort noch immer ungerührt durchs Erdreich wühlte. Vielleicht konnte man den pelzigen Gesellen ja einfangen und umsiedeln, so wie ihn, überlegte er. Ein kleines Abschiedsgeschenk an den blinden Landschaftsarchitekten, genau wie die Lüge gerade – nichts Unüberwindliches! Möge Beatrice das Beste daraus machen, jeder verdiente schließlich eine zweite Chance, sogar sie.

32

»Du willst mich wohl in meinen letzten Wochen gar nicht mehr aus den Augen lassen, mein Freund«, zog Vincenzo Gino auf. Sie waren gemeinsam nach Valle Masso gefahren, ein weiteres außerplanmäßiges Treffen. »Noch einmal auf den Spuren unserer Kindheit wandeln«, hatte Gino gesagt, und Vincenzo, der in letzter Zeit nostalgisch wurde, hatte

die Einladung angenommen. Außerdem gab es in der Weberei immer Arbeit, er konnte das Angenehme mit dem Nützlichen verbinden. Jetzt saßen sie auf dem schäbigen tristen Hauptplatz auf einer Bank und sahen den Jungen beim Fußballspielen zu.
»Es hat sich nicht viel verändert«, sagte Gino und wäre fast aufgesprungen und aufs imaginäre Spielfeld gelaufen. Seit er Mimi endlich für sich gewonnen hatte, war er voller Energie.
»Sieht fast so aus«, bestätigte Vincenzo, »nur dass alles ein bisschen schäbiger geworden ist und die alten Männer, die hier früher gesessen haben, jetzt tot sind, so wie unsere Väter.«
»Mein alter Herr hat sich kaputtgearbeitet«, stellte Gino ungeschönt fest, »und deiner ist an seiner Wut erstickt. Keiner konnte ihm was recht machen, dem guten Vittore, ständig ist er explodiert.«
Vincenzo lächelte traurig. »Ich habe seinen Ansprüchen eben nicht genügt«, sagte er verbittert.
»Was soll *ich* da sagen?«, erwiderte Gino. »Ich habe meinen Vater auf der ganzen Linie enttäuscht, er hat sich so für mich geschämt. Die Oper, das Klavier, die Gedichte, das hat er einfach nicht verstanden.«
»Und bei mir war es Beatrice«, vervollständigte Vincenzo die Liste ihrer jugendlichen Verfehlungen.
»Die übertrifft sogar Goethe und Schiller, das muss ich zugeben.« Gino lachte herzlich, und Vincenzo stimmte mit ein. Aber tief in ihm verdunkelten die letzten Worte seines Vaters noch heute seine Seele, die ungesagten. Er hatte Gino nie von diesem Abschied erzählt, er hatte es niemandem erzählt, sein Schweigen dämpfte die Versehrtheit.
»Sie wohnt also wieder bei dir?«, fragte Gino.
»Nur eine Weile, bis ich hier meine Zelte abbreche. Dem Jungen tut es gut. Er denkt, wir würden uns wieder annähern.«

»Weiß er immer noch nichts?«

»Nein. Und ich habe beschlossen, dass das auch so bleibt. Daniele soll die Achtung vor seiner Mutter nicht verlieren. Er liebt sie, und das werde ich ihm nicht kaputt machen.« Gino nickte zustimmend. »Wozu wäre die verdammte Zeit im Internat sonst gut gewesen und das Studium in London?«

»Weißt du, was sie will?«

»Beatrice?«, fragte Vincenzo. »Mir scheint, sie will sich entschuldigen, ohne Worte natürlich, das würde sie zu viel Überwindung kosten, aber durch Anwesenheit.«

»Hat sie sich verändert?«

»Wenn ich das wüsste!« Vincenzo schüttelte den Kopf. »Ich warte seit Wochen auf den großen Ausbruch, irgendeine Ungeheuerlichkeit, die sie sich leistet, aber sie ist zahm wie ein Merinolamm.«

»Gol! Gol! Gol!« Die Jungen hatten den Ball an das verbarrikadierte Schaufenster des aufgegebenen Milchladens gekickt, vor dem sich ihr Torwart aufgebaut hatte. Jetzt fielen sie vor Freude über das gelungene Tor übereinander her, als hätten sie ein Länderspiel gewonnen.

»Sind da noch Gefühle?«, wollte Gino wissen.

»Du meinst Hass, Abscheu, etwas in der Art?«

»Vielleicht. Aber möglicherweise denkst du auch an eure ersten Jahre, an das Begehren. Eure Ehe war ja nicht von Anfang an zerrüttet.«

Vincenzo lachte hell auf. »Zerrüttet! Alter Freund, du machst mir Spaß!« Er zog ein Taschentuch aus seinem Sakko und wischte sich über die Stirn. Die Sonne brannte, und es war heiß. »Ja, nennen wir es zerrüttet. Und du hast recht, manchmal denke ich auch an den Anfang. Sie sitzt jetzt bei mir im Salon, liest – das hätte sie früher nie getan, da hat sie sich mit mir gelangweilt – und trinkt ihren *aperitivo,* ich sehe sie an und genieße es, nicht allein zu sein.«

»Vielleicht überdenkst du deine Pläne?«
»Fortzugehen?«
»Ganz genau.«
Vincenzo versank in Gedanken. Ihm würde der Neustart guttun, die eingefahrenen Pfade verlassen, die Routinen … und Carlotta. Das Mädchen war ein weiterer Grund zu gehen. Er hatte von ihr geträumt. Sie war bei ihm im Stoffkabinett gewesen, hielt einen Coupon Seide an seine Brust, stellte sich auf die Zehenspitzen und küsste ihn – ihn und nur ihn, nicht den Vater, sondern den Mann. Sie meinte keinen anderen und schon gar nicht seinen Sohn. Sie küsste ihn, und er erwiderte diesen Kuss. Seine Hände wanderten über ihren Körper, seine Lippen über ihren Hals. Die zarte helle Haut, sie duftete nach Renoirs Rosen, weich, sie war so weich und anmutig … und … viel zu jung.
»Enzo? Träumst du?«
»Entschuldige. Wir sollten gehen. Du sagtest doch, wir hätten noch etwas vor, Giòrs«, entgegnete er und dachte: Sie ist seine Nichte, seine Ziehtochter! Sie ist die Ziehtochter meines besten und ältesten Freundes, und mein Sohn verliebt sich gerade in sie.

Es war bereits Nachmittag. Die beiden waren den Weg, den sie als Kinder zur alten Cotonificio gerannt waren, gemächlich entlangspaziert, und Vincenzo hatte sich dort über den Stand der Bauarbeiten informiert.
»Das macht mich wirklich stolz«, sagte Gino zu seinem Freund. »Als ich jung war, konnte ich nicht weit genug von alldem wegkommen, aber jetzt steht es für etwas, womit ich mich gerne identifiziere.«
Sie standen noch eine Weile vor dem alten Gemäuer mit dem verblassten Firmenschild der Occellis und stellten fest, dass es ihnen früher viel größer vorgekommen war, als der Name

bedrohlich über Köpfen schwebte. Je länger man sich in der Welt bewegte, umso kleiner wurde sie wohl, die Wege, die man schon kannte, die man schon hundertmal gegangen oder gefahren war, erschienen einem irgendwann kürzer. Möglicherweise lag der Ausdehnung des Universums nur das Staunen zugrunde, die Neugierde.

»Du meinst, es steht für Carlotta und die Calma-Frauen?«, fragte Vincenzo.

»Ja, ganz genau. Diese Familie bedeutet mir viel und auch das, was meine Eltern und mein Bruder geleistet haben. Jetzt scheinen ihre Leben nicht mehr so vergeudet zu sein.« Gino suchte nach Worten. »Du gibst dem Ganzen mit diesem Projekt einen Sinn … und … Dauer. Grassie, Enzo, grazie.« Er umarmte Vincenzo und klopfte ihm kameradschaftlich auf die Schulter. »Denkst du, es wird Touristen bringen?«

»Ganz bestimmt. Die Ideabiella plant eine Werbekampagne mit den Tourismusverbänden. Eure Kunstweber werden Workshops anbieten.«

»Wirklich?«, fragte Gino erstaunt.

»Matilda zeigt den Leuten, wie man mit Gewürzen und Pflanzen färben kann. Das ist ein Trend. Sie geben Webkurse, und wir machen zusätzlich Führungen durch unsere Wollmühle – Der Weg vom Flies zum Garn.« Vincenzo klang begeistert. »Ich denke, wir haben gute Chancen, dass ein paar Leute auch länger bleiben. Die Gegend ist wunderschön, und man kann wandern.«

»Das verschlafene Nest wird also eine Touristenattraktion«, erwiderte Gino. So ganz konnte er es sich noch nicht vorstellen, aber es war ein Anfang. Und deshalb waren sie heute auch hier. Und wegen … »Kann's weitergehen?«, fragte er.

»Weiter wohin?«, wollte Vincenzo wissen. »Können wir in der Lanificio vorbeischauen? Ich hätte da noch ein paar Kleinigkeiten zu erledigen, wenn ich schon da bin.«

»Das kannst du anschließend machen.« Gino sah auf seine Uhr. Es war halb vier. »Jetzt haben wir eine Verabredung, und die Herrschaften bestehen auf Pünktlichkeit.«

Zurück über die Hauptstraße in Richtung der schmucklosen Kirche, ging Gino zuerst zu Vincenzos geparktem Wagen. Dieser war heute ausnahmsweise selbst gefahren und hatte festgestellt, dass ihm der Dreisechsundfünfzig fehlte. Bei diesem Wetter offen zu fahren und das in einem derart schönen Gefährt war der pure Luxus gewesen. Gino holte einen Blumenstrauß aus dem Auto, den er in Zeitungspapier gewickelt und so vor der Hitze geschützt hatte – Rosen. »Komm!«, forderte er Vincenzo zum Weitergehen auf, und sie gelangten hinter der Kirche auf den alten Friedhof. Ein hübscher Ort des Gedenkens, manch steinerne Ewigkeit schwand schon, Efeu wucherte auf den Grabsteinen, die schmalen Wege waren gekiest. Die beiden Männer steuerten das Familiengrab der Giordanos an. Es war das größte und eindrucksvollste. Frische Blumen standen darauf. Die Leute aus dem Ort brachten sie für den einstigen Wohltäter von Valle Masso, *Monsù* Battista. Gino legte seine Rosen dazu und murmelte: »›Lehnen im Abendgarten beide, lauschen lange nach irgendwo …‹«
»Das ist Rilke, nicht wahr?«, fragte Vincenzo überrascht.
»Ja, eines der Lieblingsgedichte deiner Mutter. Es stand in dem Buch, das sie mir damals geschenkt hat.

›Lehnen im Abendgarten beide,
lauschen lange nach irgendwo.
‹Du hast Hände wie weiße Seide …›
Und da staunt sie: ‹Du sagst das so …›
Etwas ist in den Garten getreten,
und das Gitter hat nicht geknarrt,

und die Rosen in allen Beeten
beben von seiner Gegenwart.‹«

Gino sah auf. »Ich bringe ihr immer ein Gedicht mit, wenn ich herkomme«, erklärte er, »zum Dank.« Jetzt betrachtete er das Wappen des Conte von Monte Ruvello, das in den Grabstein eingemeißelt war. Es fand sich auf Vincenzos Siegelring wieder, der wie der Titel vom Vater an den erstgeborenen Sohn vererbt wurde – Sinnbild für den Aufbau und die Verantwortung, die der letzte König mit der Erhebung der Giordanos in den Adelsstand belohnt hatte. »Nicht mehr viel Platz auf dem Stein«, bemerkte er dann an Vincenzo gewandt.

»Ich passe noch drauf«, antwortete der unbekümmert. Das finale Ereignis lag noch in weiter Ferne. »Und nach mir wird hier sowieso kein Giordano mehr beerdigt. Die Geschichte hat sich überholt.«

»Hast du mir nicht gerade erzählt, dass es mit dem Ort bald wieder bergauf geht?«

»Schon, aber wenn er wieder so lebendig werden soll wie zu *Monsù* Battistas Zeiten, müsste einiges mehr passieren.«

»Zum Beispiel?«

»Na ja, die Busverbindung müsste ausgebaut werden. Jetzt fährt er nur noch zu den Schichtwechseln.« Gino setzte sich auf eine Bank im Schatten, und Vincenzo folgte ihm. Sie behielten weiter das Grab im Blick. »Die kleinen Läden müssten wieder aufmachen, und wir brauchen eine Apotheke und eine medizinische Versorgung.« Während er darüber redete, sah er es fast vor sich.

»Der nächste Arzt sitzt in Biella«, gab Gino Vincenzo recht, »und aus dem ehemaligen Krankenhaus ist das Altenheim geworden.«

»Seit wir damals weggezogen sind, hat sich eben doch viel

verändert. Meine Mutter wäre traurig, den Ort heute so zu sehen.«
Gino stimmte dem zu. »Wenn der König das Land verlässt, stirbt es.«
»Du willst meinen Vater doch wohl nicht als König bezeichnen«, hielt Vincenzo dagegen. »Der König, das war der alte Agnelli, der ›Avvocato‹. Haben sie ihn nicht den König von Italien genannt?«
»Gut, dann eben der Graf«, lenkte Gino ein. »Ich schwör dir, Enzo, wenn deine Familie heute noch oben in der Villa leben und den Menschen damit signalisieren würde, dass ihr an diesem Ort eure Zukunft seht, sie würden auch dableiben.«
Vincenzo stand auf, ging wieder zum Grab hinüber und las die Daten seines Urgroßvaters – *Battista Giovanni Giordano, * 15. Juni 1876 in Valle Masso / † 2. März 1951 ebenda*
»Das ist ja heute«, sagte er überrascht, »sein Geburtstag. Der alte *Monsù* Battista wurde heute vor … hundertvierzig Jahren hier geboren.«
»Ganz genau.« Gino wusste es natürlich. »In zehn Jahren ist ein großes Fest fällig, und wäre es nicht schön, wenn der Ort, den dein Urgroßvater aufgebaut hat, an den er sein Herz gehängt hat, dann wieder lebendig wäre, eine Zukunft hätte?« Vincenzo schossen so viele Bilder durch den Kopf. Die alten Fotos, die in den Büroräumen der Galleria San Federico hingen, aus einer Zeit, in der die Arbeitskraft der Menschen noch nicht von hypermodernen Maschinen abgelöst worden war und die Belegschaft der Lanificio viel größer war als heute, obwohl sie weniger produzierte. »Also was denkst du, Enzo?«, fragte Gino. »Könntest du dir vorstellen, zurückzukommen?«
»Anstatt nach Neuseeland zu ziehen?«
»Ja.«

»Glaubst du wirklich, dass das den Menschen Mut macht, wenn ich da oben allein über der Weberei hause wie der Geist meines eigenen Urahns?«

»Ich weiß nicht, ob du das unbedingt allein angehen solltest, aber mit einer netten Frau, die mehr so ist wie deine Mutter und weniger wie Beatrice, könnte ich mir das gut vorstellen.«

Vincenzo betrachtete die Rosen, die Gino mitgebracht hatte, und dachte an Carlotta – schon wieder! Er sah das Schneideratelier vor sich, in dem seine Mutter all ihre Kleider hatte nähen lassen, gar nicht weit von hier, und glaubte, Maria Theresa Giordanos Stimme zu hören: Enzo, du bist wieder da!

33

Carlotta hatte Danieles Abwesenheit genutzt und sich ganz auf die Schnitterstellung des Smokings konzentriert. Die fertigen Schablonen aus Papier auf dem doppelt gefalteten nachtblauen Stoff platziert, hatte sie mit der Schneiderkreide die Umrisse übertragen, kleine Abweichungen ausgebürstet, nachgebessert und mit dem großen Schneiderwinkel Saumzugaben und Knopflöcher markiert – die Kunst der organischen Geometrie. Mit dem Nähen war sie nun schon über zwei Wochen beschäftigt. Sie heftete Fragen an, pikierte Zukunftsszenarien und unterlegte Vincenzos Dinnerjackett mit Sehnsucht. Mal war es Daniele, an den sie dachte, wenn die Nadel in den dunklen Stoff eintauchte wie ihre Hände in sein weiches Haar, mal war es Vincenzo, um den ihre Gedanken kreisten. Sein Schwärmen vom Volumen und der Tiefe der Tuche klang in ihr nach, die erst in der Bewegung, im Spiel des Lichts all ihre Facetten zeigten wie das Fell einer Wildkatze, Blütenblätter und Schmetterlingsflügel.

Anfang Juli, die erste Anprobe stand bevor, hatte Carlotta Daniele erst zweimal wiedergesehen und ihm endlich auch von ihren Reiseplänen erzählt. Natürlich konnte er sie nicht begleiten, hatte er doch viel zu viel zu tun, und wenn sie ehrlich war, war ihr das auch lieber. Dieses Abenteuer gehörte ihr, ihr ganz allein. Sie war so neugierig zu erfahren, wer sie ohne ihre Familie war, ohne einen Menschen, der sich an sie anlehnte oder sie sich an ihn.

Carlotta und Daniele waren gemeinsam über den Gran Balón an der Porta Palazzo spaziert, den größten Freiluftmarkt Europas, und hatten im Kino *Ein ganzes halbes Jahr* angesehen. Daniele hatte routiniert ihre Tränen getrocknet und sein Popcorn mit ihr geteilt. Ansonsten konzentrierte er sich auf seine Arbeit, war ständig unterwegs, und die übrige Zeit verbrachte er mit seinen Eltern. Carlotta hatte das Gefühl, dass ihm das guttat, so wie sie und die Zwanglosigkeit ihrer Beziehung. Ein Kennenlernen, das vielleicht nicht dem Zeitgeist entsprach und schon gar nicht Danieles sonstiger Gewohnheit, aber den Empfindungen erlaubte zu wachsen. Gerade war er in Prato, in der Nähe von Florenz, um sich zu informieren, ob die Giordano-Kollektion nicht auch dort, in der Hochburg der italienischen Textilfabrikation, hergestellt werden könnte anstatt in Osteuropa. Einst wurde Prato als das Manchester der Toskana bezeichnet, heute war es nur noch für seine textilen Billigwaren und wachsenden chinesischen Gettos bekannt. Die Lanificio benötigte jedoch qualifizierte Arbeitskräfte. Daniele legte Wert auf gute Arbeitsbedingungen und akzeptable Gehälter. Das Label »Made in Italy« sollte in seiner Herrenlinie für ein würdiges Kleidungsstück stehen, das auch in großer Stückzahl ein Lebensgefühl transportierte. »Dann wird es aber Zeit, dass du auch Giordano trägst«, hatte Carlotta zu ihm gesagt. »Boss und Armani, das geht gar nicht für dich.«

»Ich hasse das Anmessen, das Aussuchen des Stoffes, die Anproben«, hatte er geantwortet. »Das dauert mir alles viel zu lang. Ich werde einen Giordano tragen, sobald ich ihn von der Stange bekomme, versprochen.« Er lächelte verboten. »Es sei denn, *du* nähst mir meine Anzüge, aber da ist mir wohl mein Vater zuvorgekommen.«
»Genau genommen sein Butler«, erwiderte Carlotta. »Er scheint etwas schusselig zu sein.«

Mit der vorbereiteten Smokinghose und dem ärmellosen Jackett in einem Kleidersack traf Carlotta an diesem Tag nach Ladenschluss in der Lanificio Giordano ein und wurde von Vincenzos Sekretärin in sein Büro geführt, ehe diese sich entschuldigte und nach Hause ging. Vincenzo hatte um den späten Termin gebeten, da er heute länger bleiben musste, und Carlotta war es lieb, ihr Geschäft nicht während der Öffnungszeiten verlassen zu müssen.
Wie damals im April kam Vincenzo hinter seinem Schreibtisch hervor, lächelte und reichte ihr die Hand. Und wie damals war sie kurz überwältigt von der Vertrautheit, die sie empfand.
»Signorina Calma.«
»Signor Giordano.«
Sie sahen sich an, schwiegen und spürten beide die Beengtheit eines unbequemen Kleidungsstücks, dem man sich anzupassen versuchte, Knöpfe, die jeden Moment abspringen konnten und das Atmen verbaten.
»Es klingt merkwürdig«, sagte Vincenzo dann.
»Ja«, bestätigte Carlotta, »merkwürdig.«
»Vielleicht sollten wir uns die Vornamen erlauben?«, fragte er.
»Gern«, antwortete sie, und das peinliche Bemühen verlor sich.
»Ich war selten so neugierig auf einen neuen Anzug, Car-

lotta«, gab er jetzt das Stichwort, und sie holte den Smoking hervor. Der nachtblaue Stoff war noch mit Heftnähten übersät, und die provisorisch verarbeiteten Belege der Kragenpartie waren zu sehen. »Wir müssen heute leider hierbleiben, im Showroom wird die morgige Präsentation vorbereitet«, erklärte er und deutete auf eine schmale Tür am Ende der Regale, die Carlotta bei ihrem ersten Besuch gar nicht aufgefallen war. »Ich kann mich dort umziehen.« Er verschwand und kam wenig später nur im Hemd und mit der Smokinghose zurück. »Zu dumm«, meinte er, »ich habe hier gar keinen Spiegel.«

»Dann werden Sie auf mein Urteil vertrauen müssen.«

»Oder wir gehen nachher doch noch kurz hinüber, wenn Sie die Feinheiten festgelegt haben. Ist das Licht ausreichend?«

»Ja«, sagte Carlotta, nachdem sie die Deckenbeleuchtung eingeschaltet hatte, um das schwindende Tageslicht zu verstärken, und kniete sich hin. »Sind das die richtigen Schuhe?«

»Ja, das sind sie.«

»Gut. Ich gebe in der Länge einen halben Zentimeter dazu«, erklärte sie und notierte es. »Wie sitzt die Hose im Bund?«

»Sehr gut.«

»Ich mache Ihnen Hosenträger, die Hose muss von den Schultern fallen. Darf ich?« Carlotta schob zwei Finger in Vincenzos Hosenbund. Sie wollte sicher sein, dass sie auch wirklich perfekt saß und dabei bequem war. Ein Knistern übertrug sich, auf das er nicht reagierte. »Ich werde nur *eine* Bundfalte machen, ist das in Ordnung?«, fragte sie irritiert.

»Absolut.«

Sie hatte sichtlich Freude daran, ihren Entwurf zu präsentieren. Vincenzo fühlte sich wohl. Sie ging ungezwungen mit ihm um, war erfrischend natürlich und unbeschwert. Der kleine Zwischenfall beim Maßnehmen war vergessen, und alle Szenarien, die er seither für sich heraufbeschworen hatte,

verloren an Bedeutung. Sie nähte diesen Anzug für ihn, nicht mehr und nicht weniger, diesen Anzug, der für seine neue Freiheit und Selbstbestimmung stand und für ein Abenteuer, nach dem er sich schon lange sehnte.
»Wollen Sie das Jackett probieren, Vincenzo?« Carlotta half ihm hinein, öffnete die Schulternähte und steckte sie neu. »Ich glaube, ich habe so weit alles«, sagte sie dann und notierte noch ein paar Details. »Wollen wir hinübergehen? Sie müssen sehen, wie er sitzt.«
Als die beiden auf den menschenleeren Flur gingen, war es dort fast dunkel. Sie hörten leise Musik. »Die Techniker prüfen wohl gerade die Anlage«, erklärte Vincenzo und betrat mit Carlotta den Showroom. Vor einer kleinen Bühne am Ende des großen Raums waren Stuhlreihen aufgebaut, die Bar war für das Catering eingedeckt, Besteck, Teller und Champagnergläser. Mitten im Raum stand eine Haushaltsleiter unter einer Deckenöffnung, und Leitungen waren zu sehen. Die Musik, die schon im Flur zu hören gewesen war, spielte leise Frank Sinatra. »Damit werden wir die Vintage-Kollektion untermalen. Ein erster Ausblick auf Danieles Kollektion, um Investoren zu akquirieren.«
»Vintage«, wiederholte Carlotta, »der Blick zurück scheint gerade in Mode zu sein.«
Vincenzo sah sich um. »Die machen offenbar Pause, das ist gut, dann stören wir nicht.« Er ging auf einen großen Spiegel neben der Bar zu, eigentlich eine Wandverkleidung, und entschuldigte sich: »Es ist etwas schummrig, aber ich will das Lichtsetting nicht durcheinanderbringen.« Das Hauptlicht war ausgeschaltet, kleine Spots erhellten den Raum und Lämpchen mit roten Schirmen, die auf der Bar und neben der Sitzgruppe auf einer Kommode standen.
»Und«, fragte Carlotta, »können Sie sich den Smoking schon vorstellen?«

»Ich sehe mich damit bereits übers Parkett schweben«, antwortete Vincenzo und strahlte. »Ich hoffe, Sie schenken mir an diesem Abend einen Tanz, Carlotta.«

»Da wird getanzt?«, fragte sie erschrocken.

»Allerdings! Hat Daniele Sie nicht vorgewarnt?«

»Nein.« Carlotta notierte im Geiste, es bei der Weite des Ärmelausschnitts zu berücksichtigen.

»Er ist ein ausgezeichneter Tänzer, wirklich. Fast wäre ich neidisch, hätte er es nicht von mir gelernt.« Carlotta wurde etwas blass, was bei der sparsamen warmen Beleuchtung nicht weiter auffiel.

»Ich kann nicht tanzen«, gestand sie, »keinen Schritt.«

Frank Sinatra beendete gerade *Summerwind*, und *Strangers in the Night* hob an. Vincenzo griff nach Carlottas Hand, zog sie ohne Vorwarnung in die Mitte des Raums, schob die Leiter beiseite und nahm sie dann in den Arm. Seine rechte Hand lag zwischen ihren Schulterblättern, sie spürte sie durch den leichten Baumwollstoff ihres Kleides, und seine linke in der ihren, den Arm ausgetreckt. »Versuchen wir eine Rumba«, sagte er leise, »nur den Grundschritt – vor, Wiegeschritt und seit, rück, Wiegeschritt und seit, Wiegeschritt und …, ja, genau, genau so, wunderbar!« Vincenzos Stimme klang sehr sanft. Er führte, ihre Körper hielten Abstand. »Strangers in the night exchanging glances, wondering in the night, what were the chances, we'd be sharing love before the night was through …« Ein Gefühl von Sicherheit durchströmte Carlotta, ihre Schritte folgten den seinen, dem leichten Druck seiner Hände, der Intention seines Körpers, und dann sah sie zu ihm auf und versank wieder ohne Vorwarnung in seinem grün-braunen Haselnussblick. Die Erfahrung der Jahre verlieh ihm Tiefe, Ruhe und Kraft. Ich habe schon so viel gesehen, sagte sein Blick, aber nichts war wie du. Vincenzo drehte Carlotta unter seinem Arm hindurch und zog sie dann wieder zurück in die Tanzhaltung, selbstbewusst und so selbstverständlich, als hätten sie nie etwas anderes getan als miteinander getanzt. »Something in your eyes was so inviting, something in your smile was so exciting, something in my heart told me I must have you …« In diesem Moment wurde Vincenzo zum Dieb. Er stahl sich einen Augenblick und setzte die kleine fragile Freude nach dem ersten Entzücken gleich wieder ins Nest zurück, ohne auch nur die kleinste Spur seines Menschseins darauf zurückzulassen – den Geruch von Fleisch und Begehren. »Love was just a glance away, a warm embracing dance away …« Er beugte sich Carlotta in den letzten Takten entgegen und ließ seine Hand mit leichtem Druck auf ihren Rücken sinken, bis sie ins Hohlkreuz ging, den Kopf zurücklegte und ihr Gewicht auf seinen Arm stützte – ausgeliefert, hingegeben und gehalten –, dann zog er sie wieder hoch und raubte ihr den Atem. Die Musik verklang – »It turned out so right for strangers in the night« –, Vincenzo gab sie frei und bedankte sich formvollendet mit einem Handkuss bei ihr. »Sehen Sie, Sie müssen sich nur führen lassen«, sagte er. Und fallen lassen, dachte sie. Wie tief dieser Abgrund wohl war?

34

Daniele überraschte Carlotta an einem Freitag in der Cotonificio, in der sie ihre ehemaligen Mieter besuchte. Er war nach einem siebzehnstündigen Flug von Tokio über Dubai um sechs Uhr fünfundzwanzig in Mailand angekommen und dann mit dem Wagen weiter nach Valle Masso gefahren. Dort hatte er ein Meeting mit seinem Vater und den Führungskräften der Abteilungen Design, Vertrieb und Marketing, bei dem er von seinem Abschluss mit japanischen Investoren berichtete. Die Firmengründung für den neuen Geschäftsbereich Konfektion und die geplante Ladenkette waren damit unter Dach und Fach, der asiatische Markt stand ihnen offen.

Daniele war völlig übermüdet und aufgekratzt. Er hatte das größte Geschäft seines Lebens auf den Weg gebracht und die Weichen in die Zukunft der Lanificio gestellt. Sein Vater war mehr als beeindruckt.

»Carlotta ist heute drüben in der Weberei ihres Vaters, vielleicht gehst du kurz hinüber«, schlug Vincenzo bei ihrem gemeinsamen Frühstück in seinem Büro vor, jenem, von dem aus schon *Monsù* Battista die Geschicke der Firma bestimmt hatte. Er hatte Carlotta für heute eine Führung durch seine Wollmühle versprochen, und es war sicher klüger, Daniele würde ihm das abnehmen.

»Eigentlich sollte ich nach Hause fahren und ein paar Stunden schlafen«, erwiderte Daniele, konnte dann aber der Versuchung, Carlotta zu sehen, nicht widerstehen.

Gegen Mittag hatte er bereits Matilda, Nelly und Andrea kennengelernt, deren Webstühle neuerdings gegen den Baulärm im Haus ankämpften und ihn rhythmisch verstärkten. Die drei arbeiteten ohnehin nach alter Webermanier mit kleinen Wollknäueln in den Ohren, so wie vor hundert Jahren, als Lärmschutz in den Webereien noch ein Fremdwort und Gehörschäden an der Tagesordnung waren. Daniele hatte sich von Carlotta den ehemaligen Abenteuerspielplatz seines Vaters und der Occelli-Brüder zeigen lassen und dabei unentwegt von seinem Tokio-Aufenthalt erzählt. Gegen drei – jetzt hatte er das Gefühl, wieder hellwach zu sein – waren sie in die Wollmühle der Lanificio gegangen, nur ein paar Hundert Meter weiter flussabwärts.

»Ich hoffe, du bestehst nicht auf der Führung des Chefs?«, sagte Daniele.
»Bist das nicht du?«, wollte Carlotta wissen.
»Erst in gut sechs Wochen.«
»Dann gebe ich mich eben mit dem Zweiten zufrieden«, erwiderte sie, »wenn ich schon mal da bin.«
Und so betrat Carlotta die Hallen, in denen sich sägemehlfarbige Gebirge aus Rohwolle türmten, die später in einem Container stundenlang verwirbelt wurde wie Flocken in einer Schneekugel. Der Geruch der frisch geschorenen Wolle hing über allem, Wollschweiß und Fett, ein dumpfes, warmes, manchmal auch scharfes und schweres Aroma, vermischt mit dem Duft von Seifenlauge. Dampfende Waschstraßen, Walzen und Siebtrommeltrockner lärmten, unzählige Arbeiter bedienten die Maschinen, und Daniele rief dagegen an.
»Beim Waschen ist wichtig, dass die Wolle nicht verfilzt. Du siehst das braune Wasser der ersten Durchgänge, und am Ende ist es fast klar.«
»Wird es gereinigt?«, fragte Carlotta.
»Mehrfach, bis es draußen in das große Becken mit den Koi-Karpfen fließt und dann wieder in den Fluss eingespeist wird.« Carlotta war beeindruckt – von ihrem eleganten Führer, der eine Rasur vertragen hätte, und der gewaltigen Anlage. Unter ihre professionelle Neugierde mischte sich Herzklopfen. »Das Wollfett verkaufen wir an Kosmetikfirmen. Unser größter Abnehmer hat seinen Hauptsitz in Florenz.« Carlotta spekulierte, wer das sein könnte. Sie liebte die Produkte der Officina Profumo-Farmaceutica di Santa Maria Novella – ihr Acqua di Colonia Rosa – und die sakralen Verkaufsräume in der Renaissancestadt. »Teile der Rohwolle gehen von hier aus zum Färben und Trocknen«, fuhr Daniele mit seiner Führung fort, »und lagern anschlie-

ßend im Kubiksacklager, bis sie versponnen werden.« Carlotta betrachtete Daniele, der heute vor Begeisterung sprühte, und wanderte mit ihm weiter. »Die übrige Rohwolle wird geföhnt, gebürstet, gepresst und gewalzt und läuft dann durch die Krempeln dort drüben. Siehst du die Walzen mit den Metallhäkchen, Lola?«

»Hat man das früher nicht mit Disteln gemacht, Webkarden?«, fragte sie. Gino hatte ihr gezeigt, dass sie am Hang der Strona unterhalb der Cotonificio wuchsen.

»Ganz genau, mit den getrockneten Fruchtständen. Deshalb nennt man den Arbeitsschritt auch kardieren«, bestätigte Daniele. »Auf dem Kammstuhl wird das dann noch mal verfeinert. Das Material läuft durch ineinandergreifende Kämme, daher der Name Kammgarngewebe.« Carlotta sah einen Zuckerwatteteppich über ein Förderband laufen, fast weiß und appetitlich.

»Ich bin total erschlagen«, sagte sie. Der Lärm setzte ihr zu.

»Aber du hast die Färberei noch gar nicht gesehen. Allerdings riecht es da ziemlich streng nach Chemie.«

»Matilda macht das mit Naturfarben«, erwiderte Carlotta. »Mit Königsfarn, Frauenmantel und Brombeerblättern.«

»Das kann ich natürlich nicht toppen«, sagte Daniele. »Nach Hexenküche sieht es bei uns nicht aus. Dann überspringen wir das lieber, und du behältst dir deine romantische Vorstellung. Ich will dir deine Tuchträume nicht zerstören, Lola. Ich weiß ja, dass das für dich alles reine Magie ist.«

»Und für dich nicht?«

»Nein, das ist nur Handwerk, im weitesten Sinn.« Er nahm Carlotta vor der Halle mit den Ringspinnmaschinen in den Arm und sagte: »Eigentlich brauchten wir etwas Zeit für uns.«

»Du meinst für uns allein?« Sie spürte Aufregung und Angst in sich aufsteigen. Meinte er mit allein sein etwa …? Waren sie schon so weit? War sie es? Was für eine Frage, sie träumte doch, seit sie denken konnte, von diesem Moment! Seit der erste Mann sie berührt hatte und sie dachte, verliebt sein müsse sich anders anfühlen, irgendwie monumentaler, überwältigender.

»Fibrothek oder Garnlager?«, fragte er da und lachte jungenhaft.

Carlotta war fast erleichtert. »Was ist eine Fibrothek?«, wollte sie wissen, und ihre Stimme zitterte, was der Lärm der Maschinen jedoch übertönte.

»Dort lagern Wollproben in Hunderten kleiner Dosen – echte Schätze! Zum Beispiel die teuerste Wolle der Welt, der weiße Flaum des Vikunja-Albinos, der auf Versteigerungen um die zweitausend Dollar das Kilo gehandelt wird.«

»Das ist nicht ganz die Preisklasse meiner Kundinnen«, erklärte Carlotta, die erst ein einziges Mal in ihrem Leben einen echten Vikunja in der Hand gehalten hatte, voller Ehrfurcht.

»Gut, dann zeige ich dir das Garnlager. Das ist der Lieblingsplatz meines Vaters hier in der Wollmühle und lässt dein süßes Schneiderherz höherschlagen.« Daniele stieg mit Carlotta eine alte steinerne Treppe in den Keller hinunter. Hier im Untergrund war die Wollmühle noch weitgehend im Originalzustand erhalten. Hinter einer Stahltür tat sich ein riesiges Gewölbe auf. Meterlange Hochregale mit schlichten Holzkisten, in denen die fertigen Garne lagerten, standen darin, sämtliche nur erdenklichen Farben, aufgespult auf großen Konen. »Bevor sie verwebt werden, lagern sie hier«, erklärte er, und sie gingen an den Regalreihen entlang. Der Raum war nur schwach beleuchtet, und Carlotta glaubte, das Rauschen des Flusses zu hören.

»Es ist kühl, oder?«, fragte sie und rieb sich über die nackten Arme. Sie trug nur ein leichtes Sommerkleid.

»Im Winter würdest du sagen: mild. Es hat hier immer achtzehn Grad, und vom Fluss kommt die nötige Feuchtigkeit. Garn ist wie Wein, heißt es, es wird durchs Lagern besser.«
Carlotta liebte die Atmosphäre des Magazins. Hier unten war es still, die Maschinen ahnte man nur noch. Die vielen Holzkisten, die die farbenfrohe Fracht bargen, dufteten nach Harz und Nadelbäumen – das war er, der Geruch nach Wald und feuchten Wänden, das war ihr Vater, so wie sie ihm in der alten Buntweberei begegnet war, lange nach seinem Tod. Sie sah ihn plötzlich vor sich, Bilder aus zweiter Hand, und sie sah auch Vincenzo, wie er hier entlangspazierte und Ruhe suchte.
An der gegenüberliegenden Wand stand eine Holzbank. Carlotta und Daniele setzten sich. Sie hatten in den letzten Minuten nicht mehr gesprochen.
»Bist du jetzt endlich müde?«, fragte Carlotta.
»Kein bisschen! Ich wollte dich nur nicht aus deinen Gedanken reißen, du träumst so nett.«

In diesem Moment betrat Vincenzo das Kellergewölbe. Er war der Anziehung erlegen. Er wollte seinen Sohn und Carlotta in der Wollmühle besuchen und war heruntergekommen, nachdem ihm seine Arbeiter gesagt hatten, dass die beiden gerade gegangen waren, wahrscheinlich ins Hauptwerk, in die Weberei hinüber. Auch gut. Er schloss die Tür so leise hinter sich, wie er es schon als Junge getan hatte, wenn er sich hier vor der Wut seines Vaters versteckte, seinem Starrsinn und der Ignoranz. Er hörte leise Stimmen. Jenseits der Regalreihe, in der er jetzt stand, unterhielten sich Carlotta und Daniele.
»Ich verstehe, dass dein Vater gerne hier ist«, sagte sie. »Es ist so friedlich, und in den Kisten stapeln sich Möglichkeiten bis unter die Decke.«

»Wie meinst du das?«

»Na, die neuen Stoffe, ihre Designs, ein zukünftiger Klassiker vielleicht, ein durchschlagender Erfolg«, erklärte sie.

»Erfolg in Kisten?«

»Ja, ganz genau. Und Luxus, Lebensgefühl und etwas Unvergängliches. Weißt du, dein Vater und ich, wir haben über prähistorische Stoffe gesprochen, die noch immer in den herrlichsten Farben leuchten. Zeitzeugen.«

Vincenzo blieb stehen und rührte sich nicht. Er sollte sich zu erkennen geben, dachte er, konnte es jedoch nicht. Er hörte Carlotta sprechen, und es waren seine Worte, so wie sie ihm ins Herz geschrieben waren.

»Apropos Lebensgefühl«, sagte Daniele, »was hältst du davon, wenn du heute Abend eines deiner verrückten Gerichte kochst und ich bei dir bleibe?« Er schlang ihre Kette mit dem Fingerhut um seinen Zeigefinger, zog sie daran zu sich und küsste sie.

»Du meinst, über Nacht?«, fragte Carlotta verunsichert und plante ein Brennnessel-Risotto. Die Situation war so unwirklich, sie saß in einem Märchen fest: Wendy, die Peter Pan liebte, der sie ins Nimmerland mitnahm; Aschenputtel und der Prinz, der sie auf sein Schloss führte; Dornröschen, wach geküsst aus einem hundertjährigen Schlaf. Als sie klein waren, waren diese Märchen real, heute schien die Realität das Märchen zu sein. Warum war das nur so?

»Ja, ich meine über Nacht«, antwortete Daniele. Carlotta lief ein Schauer über den Rücken, und sie überlegte, ob sie noch Weißwein für den *Arborio* im Haus hatte. »Zeig mir deine Träume, Lola«, sagte er leise, »und ich zeige dir meine.«

35

Der zweite Wermut, und es war gerade erst achtzehn Uhr. Vincenzo rief nach Pasquale und lief durch seinen Salon, als er eintrat. »Ja, bitte?«

»Pasquale, wie weit sind die Verkäufe gediehen? Was sagt der Makler?« Vincenzo hatte seine Haushaltsauflösung in den letzten Wochen aus den Augen verloren, aber jetzt brannte ihm die Sache förmlich auf den Nägeln.

»Wenn ich mir die Feststellung erlauben darf, Signor Vincenzo, Sie wirken etwas aufgebracht.«

»Ich will Resultate sehen!«, rief er ungehalten und bedauerte im selben Moment, laut geworden zu sein. »Entschuldigung, Pasquale, das war nicht meine Absicht. Sie kümmern sich vorbildlich um alles, das ist mir schon klar.« Er setzte sich, trank sein Glas leer und hielt es Pasquale entgegen, die stumme Aufforderung, nachzufüllen.

»Gibt es einen besonderen Grund für die Eile?«, fragte Pasquale.

»Nein, nur die Sorge, dass etwas dazwischenkommen könnte.«

»Was sollte das sein?«

»Das Leben«, erwiderte Vincenzo, »schon wieder!«

»Nun, sieben Objekte haben wir als Dauerleihgabe der Galleria Sabauda überlassen«, begann Pasquale den gewünschten Bericht, »als kleines Gegengewicht zur Kunstsammlung der Agnellis im Scrigno. Der Erhalt wurde quittiert. Der Direktor hat ein Dankschreiben geschickt, das ich mir erlaubt habe, Ihren Unterlagen beizufügen.« Vincenzo nickte. »Er lässt Sie wissen, dass die Exponate nicht vor Jahresende gezeigt werden können und Sie zum Mitglied der

›Freunde der Galleria Sabauda‹ avanciert sind. Damit haben Sie lebenslänglich freien Eintritt.«

»Das ist doch mal was«, kommentierte Vincenzo voller Ironie.

»Nicht wahr. Die Versteigerung in Wien ist gelaufen«, fuhr er fort, »und die Überweisung einer akzeptablen Summe abzüglich der üblichen unverschämten Provisionen für das Auktionshaus auf Ihr Anderkonto eingegangen. Möchten Sie, dass ich das Geld weiterleite?« Pasquale hielt die Luft an und hoffte auf die richtige Antwort. Sie kam.

»Nicht nötig, warten wir erst den gesamten Veräußerungsgewinn ab.«

Pasquale reichte Vincenzo das gut gefüllte Glas. »Natürlich.«

»Ich habe die Absicht, Sie und Rosa an dieser Summe zu beteiligen«, verriet Vincenzo. Guter Gott, wie großzügig. Pasquale war gerührt. Er würde dann seinerseits die Natter beteiligen beziehungsweise sie abspeisen. Ihr Appetit war unbotmäßig und das in jeder Hinsicht. Die Summe wird ihr Tränen in die Augen treiben, dachte Pasquale mit Vorfreude.

»Und wie steht es um das Haus? Ich bin etwas ungeduldig, da ich beschlossen habe, doch schon im September umzusiedeln, genau genommen gleich nach den Feierlichkeiten in Portofino. Meine Sekretärin hat mir heute die Flüge für den 7. September gebucht.«

Verflucht, schoss es Pasquale durch den Kopf, die Zeit raste tatsächlich ungebremst dahin. Aber wenigstens wäre er dann die Natter los, gleich nach Portofino, und das endgültig. Diese Aussicht stärkte ihn. »So kurzfristig, fürchte ich, würden Sie Verluste hinnehmen müssen«, erwiderte er. »Erlauben Sie mir zu telefonieren.«

Zehn Minuten und ein Telefonat mit dem falschen Makler später war Pasquale dann gerüstet, denn es gab Neuigkeiten,

die es ihm erlaubten, gleich zwei Fliegen mit einer Klappe zu schlagen. Eine günstige Entwicklung!
»Der junge Serienstar scheint nun doch interessiert«, berichtete er. »Er hat sechshundertzwanzigtausend geboten.«
»Verbindlich?«, fragte Vincenzo und hatte sein Glas schon wieder geleert.
»Ich denke, ja. Er ist wohl auf der Suche nach einem Ort, an dem er der Öffentlichkeit entfliehen kann.«
»Dann machen wir das. Informieren Sie den Makler. Er soll den Vorvertrag ausarbeiten und auf einen baldigen Notartermin drängen.«
Himmel, das war ja fast zu einfach, Pasquale schämte sich direkt. »Denken Sie, dass der Umbau der Cotonificio bis dahin bereits abgeschlossen sein wird?«, fragte er.
»Keinesfalls, aber ich habe mich heute mit einem Kollegen der Ideabiella besprochen, der sich um die Museumspläne kümmern wird. Es ist ja ohnehin ein gemeinsames Projekt, nur unter meiner Federführung. Und Daniele ist schließlich auch noch da.«
Pasquale überlegte. Irgendetwas war heute geschehen, Signor Vincenzo stand neben sich. Es würde ihn nicht wundern, wenn es etwas mit Signorina Calma zu tun hätte. »Haben Sie heute wie geplant Signorina Carlotta durch die Produktion geführt?«, fragte er so beiläufig wie möglich und hantierte an der Bar.
»Nein, Daniele hat mir das abgenommen. Wir müssen übrigens nicht mit dem Abendessen auf ihn warten.«
»Er verspätet sich?«, hakte Pasquale nach.
»Ganz bestimmt.« Vincenzo seufzte. So schlecht hatte er sich zuletzt gefühlt, als er Beatrice mit ihrem ersten Liebhaber überrascht hatte. Eine Entwicklung, die ihn bestürzte.
»Da fällt mir ein, Ihre Gattin hat nach Ihnen gefragt, Signor

Vincenzo. Sie bat, dass Sie zu ihr in die Gästesuite hochkommen.«

»Wann war das?«

»Vor etwa einer Stunde, wenn ich es recht bedenke. Ich werde wirklich vergesslich«, schickte er noch nach, obwohl er die Nachricht natürlich mit voller Absicht verschleppt hatte. Beatrice hatte so einen entschlossenen Blick gehabt, als sie ihn bat, nein, ihm befahl, Vincenzo hochzuschicken, als ob sie gleich etwas würgen und dann am Stück verschlingen wollte, mehr Boa Constrictor als Natter. »Sie meinte, sie komme wohl nicht zum Essen herunter, sie fühle sich nicht wohl.«

»Danke, Pasquale, ich sehe dann nach ihr. Und sagen Sie Rosa, dass ich das Essen heute ebenfalls ausfallen lasse. Ich habe keinen Appetit.«

Als Vincenzo an Beatrice' Tür klopfte, spielte drinnen leise Musik. Sie saß auf ihrem Bett in einer schwarzen Korsage mit Strapsen und trug zarte Seidenstrümpfe und Pumps. Auf dem Nachttisch standen eine angebrochene Flasche Champagner und zwei Gläser. Sofort überfiel Vincenzo das altbekannte Gefühl von Wut und Ohnmacht. Sie war nicht allein und bestellte ihn in seinem eigenen Haus dazu, damit er sehen konnte, dass sie noch immer mit jedem Mann ins Bett ging, der ihr über den Weg lief. Er war fassungslos. Seine Gefühle rotierten, alte und neue, aber die alten vor allem. Sie kochten förmlich hoch, und er überlegte, sie aus dem Bett zu ziehen, die Treppe hinunterzuschleifen und so, wie sie war, halb nackt, aus dem Haus zu werfen. Was sollte er heute denn noch alles ertragen?

Beatrice räkelte sich und quälte ihn mit ihrer vulgären Schönheit. Sie schmerzte ihn fast. Es war wie früher, als er sich noch nach ihrer Treue gesehnt hatte. Ihn hatte eine

Form von Wahnsinn befallen, ehe die Teilnahmslosigkeit siegte. Ja, Wahnsinn. »Pasquale meinte, es gehe dir nicht gut, und du hättest ihn gebeten, mir auszurichten, dass ich hochkommen soll. Da hat er sich wohl geirrt.« Er drehte sich um und wollte das Zimmer wieder verlassen, bevor ein Unglück geschah.

»Nun, vielleicht habe ich ein bisschen geflunkert«, hauchte sie, »damit du auch wirklich *kommst.*« In den zweiten Teil des Satzes hatte sie genug Obszönität gelegt, um selbst den abgeklärtesten Mann erröten zu lassen. Jetzt griff sie nach dem Champagner und schenkte das zweite Glas ein. »Komm her und trink ein Glas mit mir, Vincenzo, bitte.«

Zeig mir deine Träume, Lola …

Vincenzo ging wie hypnotisiert auf das Bett zu, setzte sich, und sie stießen an. »Auf die Familie«, sagte sie, »auf uns.« Sie stellten die Gläser zurück, und Beatrice streichelte über seinen Oberschenkel. Ihre Hand glitt in seinen Schritt. Ihre Finger spielten am Reißverschluss seiner Hose, während sie vielsagend lächelte, wanderten dann höher und begannen, sein Hemd aufzuknöpfen.

»Lass das!« Er griff nach ihren Händen und hielt sie fest.

»Zu schnell?«, fragte sie und schmollte gespielt.

Vincenzo war hin- und hergerissen. An jedem anderen Tag hätte er das nicht zugelassen, an jedem anderen Tag hätte er genug Selbstachtung aufgebracht und wäre gegangen. Aber sein Herz raste, und in ihm kochte plötzlich die Lust, nacktes Begehren und Lust. »Ich weiß, dass du es willst. Warum gibst du es nicht einfach zu?«, flüsterte sie und beugte sich ihm entgegen. »Ich habe doch bemerkt, wie du die kleine Schneiderin angesehen hast.« Jetzt küsste sie ihn, und ihre Lippen schmeckten enttäuschend. »Da wusste ich, dass es schon länger her ist, seit du …« Langsam löste sie ihre Hände aus seinen. Ihr Busen presste sich an seine Brust, und sie zog ihre schönen Beine hoch und lehnte sie an ihn. Er legte seine Hand auf ihren Schenkel. »Stell dir doch einfach vor, dass sie es ist, die brave kleine Freundin deines Sohnes. Willst du mit dem Mädchen schlafen, Vincenzo?«

Er wollte Beatrice anschreien. Er wollte sie erwürgen. Er legte beide Hände an ihren Hals, und sie erschrak. Da ließ er los, und sie lachte. Sie griff nach ihrem Glas, als wäre nichts geschehen, gab ihm seines, und sie tranken sie in einem Zug leer.

»Mach meine Korsage auf«, sagte sie jetzt leise und eindringlich. »Ich erinnere mich, dass du geschickte Hände hast.« Er öffnete die Haken einen um den anderen und sah ihre prallen Brüste, die nicht mehr ganz so fest waren wie früher, aber immer noch umwerfend. Sie half ihm aus seinem Hemd, den Schuhen, der Hose, der Unterwäsche, er streifte ihren Slip ab, fast grob, und drehte sie um. Er wollte ihr nicht ins Gesicht sehen, wenn er sie nahm. Jetzt zögerte er keinen Moment mehr. Er stieß fest und immer fester in sie und dachte dabei an all die Jahre, in denen sie ihn verhöhnt hatte. Die Demütigung drängte nach Entladung. »Ja, Vincenzo, genau so, genau so, du bist gut, wirklich gut«, stöhnte sie ihr bekanntes Repertoire und krallte ihre roten Nägel in die Kissen. Seine Finger gruben sich in ihr weißes Fleisch. Früher wollte sie, dass er sie züchtigte – »Ich war unartig, Vincenzo, ich muss bestraft werden!« –, eine Frau, die sich im Bett unterwarf, aber er hasste diese Spiele um Macht und Gewalt und den Motor der Provokation. Als sie den Höhepunkt erreichte, zog er sich zurück, und sie legte sich wieder auf den Rücken. Jetzt sah er sie lange an. Er küsste sie noch einmal, und plötzlich fühlte es sich vertrauter an. Er streichelte ihr übers Haar, das wie bei ihrer ersten Begegnung auf dem Hof der Lanificio glänzte, damals, als sie ihm ihr Fahrrad in die Hand gedrückt und ihm den Kopf verdreht hatte. Sein Körper erinnerte sich wieder an sie – das Mädchen aus der Reparaturabteilung, das er unbedingt besitzen wollte, die junge Frau, die ihm einen Sohn geschenkt hatte – und liebte sie.

Könnten Sie mich hier nicht vergessen …

Sie zu vergessen, dürfte schwerfallen.

Er legte sich auf sie, fand in sie zurück und genoss die Kraft aus seiner Mitte. Sein Blick in ihrem, schenkte er ihr neue kleine Orgasmen und registrierte, wie ihre Haut sich mit Schweißperlen überzog, ihr Herz raste und sie tief und stoßweise atmete. »Lass mich nach oben«, hauchte sie, kämpfte sich unter ihm hervor, drückte ihn in die Laken und setzte sich auf ihn, denn diese Nähe ertrug sie nicht länger, seine Zärtlichkeit, die Sanftheit seines Blicks. Gefühle bedeuteten für sie das Ende von gutem Sex. Ihr Becken hob und senkte sich. Sie suchte kurz Vincenzos Rhythmus und wurde dann schneller. Er griff nach ihren Brüsten, sie bäumte sich auf, und sie kamen gemeinsam – die Explosion eines Sterns, die im All nur Leere hinterließ, dunkle, absolute Leere im eiskalten Raum.

An diesem Abend sprachen sie nicht mehr viel miteinander, nur über Daniele und seinen erfolgreichen Geschäftsabschluss. Und Vincenzo fragte: »Was sollte das mit Danieles Freundin? Was meinst du mit, du hättest bemerkt, wie ich sie angesehen habe? Wie denn?«

»Als würdest du ihr gleich einen Ring anstecken wollen.«

»Du bist doch verrückt!« Vincenzo zog die Decke über sich. Seine Nacktheit fühlte sich nicht richtig an.

»Was soll's? Gegen eine kleine schlüpfrige Fantasie ist nichts einzuwenden«, sagte Beatrice, zeichnete sich die Lippen nach und versprühte ihr schweres Parfum. Vincenzo atmete es ein und sehnte sich nach dem zarten Duft von Rosen. »Ich hole mir meine Anregungen auch von jungen Männern.«

»Du schläfst mit ihnen.«
»Na und?« Sie streichelte über ihre Schenkel und Brüste und wirkte sehr zufrieden mit sich. »Willst du das gleich wiederholen oder erst morgen früh?«, raunte sie.
»Ich weiß nicht, ob ich es überhaupt wiederholen will, Beatrice«, antwortete Vincenzo ernüchtert, stand auf, zog sich an und ging in sein Schlafzimmer in den ersten Stock hinunter. Dort lag er lange wach und spürte in sich hinein. So fühlte es sich also an, wenn zwei Menschen einander benutzten. Oder waren da doch Gefühle? Konnte Beatrice die ihren nur nicht anders zeigen? Immerhin war sie hier, in seinem Haus, das musste doch einen Grund haben.
Draußen war es längst dunkel geworden. Vincenzo fiel in einen unruhigen Schlaf und wachte gegen halb fünf wieder auf. Er glaubte, Danieles Wagen zu hören, die Haustür, das leise Knarren der Stufen und eine Melodie – »Love was just a glance away, a warm embracing dance away …« Wenn er doch nur wieder einschlafen könnte, dachte er, schlafen und träumen und wenigstens in diesem Traum bei ihr sein, ihren Atem an seiner Schulter, ihr Haar auf seinem Kissen, ihren Körper, der ihm so seltsam vertraut vorkam, neben sich. Seit dem Tod seiner Mutter hatte Vincenzo sich nicht mehr so einsam gefühlt.

36

Beatrice' Auftritt in der Schneiderei La Cenerentola wurde von der Ladenglocke untermalt. Gerade eben war Maria Testa mit ihrer süßen Tochter da gewesen und hatte ihr hellblaues Kleid, einen Rock mit Bluse und zwei Hosen abgeholt, in denen sie wunderschön aussah. Sie hatte geweint, als sie aus der Umkleidekabine gekommen war, Staunen und Erleichterung im Blick, Carlottas liebster Währung. »Meine Stimme zählt!« hatte Carlotta Maria in die Hosenumschläge und unters Rockfutter gestickt und gespürt, dass die Verwandlung schon begann. Marias Körper und ihre Seele wuchsen zusammen. »Das bin ich?«, hatte Maria zaghaft gefragt und Gianna auf den Arm genommen, um sich an die Wirklichkeit zu klammern.

»Ja, das sind Sie!«, hatte Carlotta ihr bestätigt. »Sie waren es schon immer, aber jetzt passt auch der Rahmen zum Bild.«

»Der Text zur Musik«, hatte Maria gesagt und genickt. Über das Ankommen bei sich nach der langen Odyssee würde sie ein Lied schreiben für all die anderen Frauen, denen der Mut fehlte, sich selbst liebevoll zu betrachten. Die sich genauso wertlos fühlten wie die billigen Kleider, die sie trugen, manche sogar mit Verzweiflung getränkt, mit der Not der Näherinnen großer Textilfabriken und ihrer Ausweglosigkeit.

Bald nachdem Maria gegangen war, schlug die Ladenglocke erneut an, und Beatrice Giordano kam herein, aber da war Carlotta schon in ihrem Büro verschwunden, und Rosina begrüßte sie höflich. Sie fragte, was sie für sie tun könne.

»Ist Signorina Calma da?«

»Ich bin Signorina Calma«, antwortete Rosina, »aber Sie wollen wahrscheinlich meine große Schwester sprechen, Carlotta.«

»Richtig.« Beatrice taxierte den Verkaufsraum, als würde sie die Turiner Kanalisation besichtigen. »Charmant«, sagte sie dann beim Blick in die Regale und stellte ihre teure Handtasche auf der Ladentheke ab, viertausend Euro, der Butler hatte ihr einen kleinen Vorschuss gewährt, unfreiwillig.

»Sie ist im Büro, ich hole sie.«

»Sagen Sie ihr, Signora Giordano ist hier, Vincenzo Giordanos Frau. Wir kennen uns.«

Carlotta war perplex. Sie hatte Beatrice seit dem Abend in der Oper nicht mehr gesehen, aber Daniele erzählte natürlich von ihr.

»Was kann ich für Sie tun, Signora Giordano?«, fragte sie und ließ sich kurz von Beatrice' selbstsicherem Auftreten einschüchtern. Sie trug ein figurbetontes Kostüm, Louboutins und teuren Goldschmuck, den sie noch überstrahlte. Ihre rassige Figur und das tiefe Dekolleté waren eine einzige Einladung, während ihr kühler dunkler Blick alle Hoffnungen auf die Erfüllung anstößiger Träume zerstörte. Aus dieser Ambivalenz der Signale zog sie ihren Sex-Appeal – heiß und kalt, willig und abweisend, vornehm und gewöhnlich.

»Ich dachte mir, nachdem Sie schon für meinen Mann arbeiten, könnten Sie mir ein Abendkleid zu diesem Smoking schneidern. Etwas Aufsehenerregendes«, sagte Beatrice.

»Oh, also ich weiß nicht …«

»Ich werde an diesem Wochenende in Portofino nicht von seiner Seite weichen. Wir feiern mit wichtigen Leuten aus der Branche, müssen Sie wissen, bekannte Schauspieler werden da sein und jede Menge Presse. Da wäre es schön, wenn wir optisch aufeinander abgestimmt wären, Vincenzo und ich.« Sie ging durch den Raum, sah kurz in die Werkstatt, in der Susa und Rosina an der Arbeit saßen, und fuhr fort: »Kann ich diesen Smoking mal sehen?«

»Das ist gerade ungünstig, ich bin mit dem Einstaffieren des Futters beschäftigt.«

»Nachtblau, nicht wahr?«

»Ja, richtig.«

»Perfekt, ganz meine Farbe. Zeigen Sie mir was Passendes«, ordnete Beatrice an und deutete auf Carlottas Stoffvorräte.

»Tragen Sie normalerweise nicht etablierte Designer? Sie bekommen diese Kleider doch sicher kostenlos«, sagte Carlotta. »Ich meine, ein perfekteres Model könnte sich niemand wünschen. Das ist bestimmt eine gute Werbung für beide Seiten.«

»Natürlich, aber diesmal möchte ich etwas mit einer persönlicheren Note, jetzt, wo Vincenzo und ich wieder zusammen sind.«

Carlotta wollte sich setzen, sie fühlte sich nicht gut. Sie hatte heute Morgen nicht gefrühstückt, ihr war flau im Magen.

»Das freut mich«, erwiderte sie. »Daniele hat gar nichts erwähnt.«

»Sehen Sie sich denn oft?«, fragte Beatrice, und ihr Unterton verriet, dass sie das bezweifelte.

»Zuletzt am Freitag, als er aus Tokio zurückgekommen ist«, antwortete Carlotta und überwand sich, nicht zu erwähnen, dass er über Nacht geblieben war.

»Nun, das hat sich erst danach ergeben, kurz danach«, sagte Beatrice und lächelte versonnen, als würden vor ihrem geistigen Auge Bilder Revue passieren, die sie immer noch anregend fand. »Also erst einmal zum Stoff«, fuhr sie fort. »Ich denke an eine schwere Seide. Luisa Scalfari hat mir gerade eben zugesagt, sie wird auch mit uns feiern. Sie wissen schon, dieses zauberhafte Dessous-Model, und ich möchte neben ihr nicht zu sehr nach Schwiegermutter aussehen.« Sie ließ ihre Worte wirken. »Oder wie eine Großmutter, auch wenn ich das natürlich sein könnte, obwohl ich noch so jung bin. Daniele sieht sich schließlich um …«

Carlotta überlegte, ob Beatrice überhaupt wusste, dass sie und Daniele zusammen waren. Sie waren doch zusammen, oder? Mochte Beatrice sie nicht? Dachte sie, sie wäre nicht gut genug für ihren Sohn, nicht vorzeigbar? War sie deshalb hier und versprühte ihr Gift? Oder tat Carlotta ihr unrecht, und Daniele empfand diese Verbindung gar nicht als Beziehung? Sie hatten nicht über Treue gesprochen oder über die

Zukunft. Noch nicht. Großmutter … Wollte Beatrice Enkel? Den Eindruck machte sie gar nicht, aber Carlotta konnte sich täuschen. Kinder … eigene Kinder hatte sie sich nie gewünscht. Rosina und Susa waren doch gerade erst aus dem Gröbsten raus. Windeln, Fläschchen und Babyduft, die durchwachten Nächte, die Kinderkrankheiten, Hausaufgaben, Sprechstunden in der Schule, erster Liebeskummer, die Ausbildung – das war doch alles gerade erst gewesen, und jetzt war sie zum ersten Mal in ihrem Leben frei und ungebunden. Auf dem Podest vor dem Anprobespiegel entdeckte Carlotta einen Schnuller. Er musste Gianna gehören. Vielleicht kamen Maria und sie zurück.
»Sie kennen Luisa Scalfari?«, fragte Beatrice Carlotta und riss sie aus ihren Gedanken. In der Werkstatt ratterten die Nähmaschinen. Carlotta wollte zurück an die Arbeit.
»Nur dem Namen nach«, antwortete sie, »und natürlich von Bildern. Meine kleine Schwester ist ein großer Fan von ihr.«
»Zu Recht«, bestätigte Beatrice, »sie ist wirklich fabelhaft. Ich wollte, ich hätte sie in meiner Agentur. Sie ist ein Star. Aber Sie werden sie ja kennenlernen. Sie und Ihre Mutter kommen doch, soviel ich weiß, auch nach Portofino.«
»Ja, und Gino, ihr Verlobter, also Ehemann dann. Und Susa, meine kleine Schwester, schließt sich uns auch an.«
»Wie reizend, die ganze Familie. Also …«, wollte Beatrice fortfahren, aber Carlotta unterbrach sie.
»Es tut mir ehrlich leid, Signora Giordano, aber ich kann Ihr Kleid nicht nähen. Wir sind im Augenblick völlig ausgebucht, und Rosina, meine rechte Hand, schreibt im August ihren Zugangstest für die externe Abiturprüfung.« Beatrice sah Carlotta verständnislos an. »Sie will Modedesign studieren und muss dafür ihren Abschluss nachholen.« Carlotta überlegte, was sie noch sagen könnte. »Und Susa ist erst in ihrem ersten Jahr, sie arbeitet noch nicht selbstständig. Ich

kann vor Mitte Oktober wirklich keinen neuen Auftrag annehmen, da ich außerdem noch eine Reise plane.«
Beatrice griff nach ihrer Handtasche und wandte sich zum Gehen. »Tja, dann wird es wohl doch ein Kleid aus der Via Roma«, sagte sie verstimmt. Sie würde dafür ihre notleidende Kreditkarte belasten müssen, wohingegen die Maßanfertigung auf eine Rechnung mit Vincenzos Smoking gegangen wäre. Egal, sie hatte ja auch noch ein anderes Ziel verfolgt, und das schien erreicht. Die kleine Schneiderin hatte verstanden, wie sie sich die Zukunft ihres Sohnes vorstellte und dass sie neben einer Frau wie Luisa keine Chance hatte. Außerdem hatte sie ihr Revier abgesteckt, auch wenn es sie eigentlich nicht sonderlich interessierte, ob Vincenzo diese graue Maus attraktiv fand oder nicht. Für den Moment war er abgelenkt, und nur das zählte. Pasquale konnte seine Geschäfte in Ruhe zu Ende bringen, und dann läge ihr Mailand wieder zu Füßen – oder Vincenzo, das hatte sie noch nicht für sich entschieden. Der Sex war fabelhaft gewesen, die Erfahrung der Jahre bekam ihm gut. Wobei die Tatsache, dass er ihr nicht nachlief, sie besonders reizte. Ein kleines Spiel, Katz und Maus, sie würde gewinnen, und er war der Preis. Ein verdammt attraktiver Preis, und er wurde von Tag zu Tag begehrenswerter. »Aber ich verstehe natürlich, dass Ihr bescheidener Betrieb nur sehr begrenzte Ressourcen hat«, ließ Beatrice noch eine letzte Spitze fallen und ging.

»Was wollte sie?«, fragte Rosina.
Auch Susa sah neugierig auf. »Das war seine Mutter, nicht wahr?«, sagte sie.
»Ja«, bestätigte Carlotta. »Sie wollte, dass ich ein Kleid für sie nähe, passend zum Smoking ihres Mannes, wie sie ihn nennt.«
»Sind die nicht schon ewig geschieden?«, fragte Susa.

»Schon ziemlich lange, ja. Aber sie sagt, sie wären jetzt wieder zusammen.«

»Und, hast du den Auftrag angenommen?«, erkundigte sich Rosina.

»Nein, wir sind ausgelastet«, erklärte Carlotta kurz angebunden und nahm den Stoffballen mit dem Futterstoff des Smokings vom Zuschneidetisch mit in ihr Büro. Die leere Schneiderpuppe starrte sie dort kopflos an. Sie begann, den nachtblauen Seidensatin darauf zu drapieren, steckte erste Partien fest, ging in den Verkaufsraum zurück, holte sich eine schwarze Wildseide und komponierte weiter. Sie sah die Schmetterlinge förmlich vor sich, Nachtfalter aus Ostasien und ihre Kokons. Die begehrte Fracht war einst über die Seidenstraße nach Europa gekommen, ein zehntausend Kilometer langer Karawanenweg durch chinesische Salzsümpfe und Steinwüsten, am nördlichen Himalaja vorbei zum Schwarzen Meer nach Byzanz und Rom. Carlotta sehnte sich in diese Ferne. Daniele war schon wieder verreist.

Im Vorratsregal fand sie das Kästchen mit den Glasperlen, geschliffenen Strasssteinen und Pailletten. Sie nahm es, setzte sich damit an ihren Schreibtisch und begann zu zeichnen – ein aufsehenerregendes Abendkleid, bodenlang mit Herzausschnitt. Die funkelnden Steine übersäten den gesamten Rock. Wenn sie am Abend länger blieb und die Arbeit an Vincenzos Smoking aufs Wochenende verschob, wäre sie bald damit fertig.

»Was machst du da?«, fragte Rosina, die angeklopft, aber keine Antwort bekommen hatte.

»Ich entwerfe ein Abendkleid.«

»Für wen? Für Danieles Mutter? Machst du es jetzt doch?«

»Nein, nicht für sie«, entgegnete Carlotta und sah nur kurz auf.

»Ist es für dich? Für Portofino? Wird Daniele auch das dunkle Blau tragen?«

Carlotta hatte keine Ahnung, was er tragen würde. Hoffentlich nicht Armani oder Boss. Dann lieber Prada oder Lagerfeld, die verarbeiteten wenigstens Giordano-Stoffe. »Nein, das Kleid ist auch nicht für mich«, sagte Carlotta. »Ich habe nur gerade die Idee dazu und will sie unbedingt umsetzen. Es kommt auf meine Schneiderpuppe, jetzt, da der Mantel weg ist, oder ins Schaufenster, über Silvester vielleicht.«

»Für die Giordano hast du also keine Zeit, aber für eine neue Auslagendekoration schon?«

»Das verstehst du nicht«, entgegnete Carlotta unwirsch. Sie verstand es ja selbst nicht.

Rosina versuchte, zwischen den Zeilen zu lesen. Irgendetwas hatte Carlotta aufgebracht oder verunsichert, und das passierte höchst selten. Kaum einer ruhte so in sich wie sie. Es konnte mit Beatrice Giordanos Besuch zu tun haben oder mit der Nacht, in der Daniele bei ihr geblieben war. Carlotta hatte beim Frühstück kein Wort dazu gesagt, obwohl Susa und sie sie natürlich ausgefragt hatten. Aber das war typisch für Carlotta. Sie hatte selten das Bedürfnis, sich mitzuteilen oder gar um Rat zu fragen, sie machte die Dinge gerne mit sich selbst aus.

»Geht es dir gut?«, fragte Rosina besorgt. »Ist alles in Ordnung?«

Da sah Carlotta auf, und eine Träne lief ihr übers Gesicht. Sie tropfte auf ihren Entwurf, genau an die Stelle, an der sie einen Strassstein gezeichnet hatte, und versank mit graphitenem Funkeln in dem dichten Papier.

37

Ende Juli stand die Unterzeichnung des Vorvertrags zum Verkauf der Casa Giordano an, die der falsche Makler Colombo in den Räumen einer echten Agentur anberaumt hatte. Dieser Vertrag war für beide Seiten bindend, zehn Prozent der Kaufsumme flossen, und sollte der Käufer bis zum endgültigen Notartermin noch abspringen, war der Verkäufer berechtigt, diese Summe einzubehalten. Umgekehrt haftete er dem Käufer gegenüber mit der doppelten Anzahlung, falls er selbst vom Kauf zurücktrat.

»Signor Vincenzo möchte den Vertrag in Ihrem Büro unterzeichnen«, hatte Pasquale Mario Colombo etwas ratlos erklärt, »und bei aller Kreativität habe ich keine passenden Räume in petto.«

»Ich schon«, hatte Colombo seinen Komplizen beruhigt, »wir müssen nur ein paar Modifikationen vornehmen.«

Und so besorgte Colombo einen Standardvertrag von Grimaldi, einem alteingesessenen Makler mit repräsentativen Büroräumen, dessen Sekretärin seit zwei Jahren eine Affäre mit seinem Bruder hatte und ihm jeden Gefallen tat. Seine Adresse prangte ohnehin schon unter dem von Pasquale seinerzeit entworfenen Logo der Colombo Real Estate auf dem falschen Exposé. Trotzdem brauchte Pasquale Tage, um anhand der Vorlage den Vertrag korrekt aufzusetzen, die aktuellen Grundbuchauszüge sowie eine Flurkarte beizubringen und ein Zertifikat der Handelskammer zu erstellen, das die Registrierung eines gewissen Mario Colombo als Makler belegte, ausgestellt vom zuständigen Rathaus und nach einem Foto des Originals von Grimaldi gestaltet. Dies nur zur Unterstreichung der Seriosität, denn die Registrierung eines Maklers war rechtlich nicht zwingend erforderlich. Außerdem gab Pasquale ein Firmenschild in feinstem Messing nebst einem passenden Klingelschild in Auftrag. Die wurden an besagtem Tag mit Doppelklebeband über den echten Schildern in der Via dei Mille angebracht, denn Grimaldi war zu einer Fortbildung nach Mailand gefahren: »Marktpräsenz oder wie Sie zum Branchenführer werden«. Das Zertifikat kam in den Rahmen des grimaldischen Originals, das über seinem Schreibtisch hing, und die Visitenkarten wurden ausgetauscht. Die Sache lief nicht ohne Aufwand ab, und Ausgaben fielen natürlich auch an, jedoch in angemessener Höhe. Die ganze Truppe der Dario-Fo-Inszenierung half mit, aus der Grimaldi Real Estate Colombos Agentur zu zaubern. Die konspirative Sekretärin wurde zu ihrer Entlastung zum Kaffeetrinken mit Colombos Bruder geschickt und durch eine blutjunge ambitionierte Schauspielerin ersetzt, die Beatrice Giordano ganz sicher noch nicht kannte.

»Ich werde meinen Mann zu diesem Termin begleiten«, hatte sie angekündigt, »um Sie und Ihre Geschäfte im Auge zu behalten, Pasquale.« Dieser hatte dazu geschwiegen. Darauf kam es jetzt auch nicht mehr an. »Wie haben Sie das übrigens geschafft, dass Lorenzo Richelmy das Haus kauft?«

»Es ergab sich.«

»Haben Sie mit ihm wegen meiner Agentur gesprochen?«, hatte Beatrice wissen wollen.

»Gewiss, aber Sie sollten am Donnerstag nochmals nachfragen.«

»Worauf Sie sich verlassen können.« Beatrice hatte ihr Haar dramatisch in den Nacken geworfen. »Richelmy kauft das Haus also deutlich unter Wert, sehe ich das richtig?«

»Jawohl.«

»Und wie viel zahlt er wirklich?«

»Sechshundertzwanzigtausend offiziell an Signor Vincenzo, hundertfünfzigtausend schwarz an mich, und der Makler gibt sich mit zwanzigtausend plus seiner Gebühren zufrieden.«
»Und wieso lässt sich Richelmy darauf ein?«
»Nun, er erwirbt ein einmaliges Objekt zu einem äußerst günstigen Preis und spart so Notarkosten und Grunderwerbssteuer.« Pasquale war etwas näher gerückt und hatte die Stimme gesenkt. »Der Makler meinte, dieser junge Mann sei ungeheuer sparsam, fast schon geizig. Sie wissen doch, Künstler, da hat jeder so seine kleinen Macken.«
Beatrice hatte die Information vermerkt. Sie würde dem Jungen einen Agenturvertrag aufs Auge drücken, in dem die Staffelung ihrer Provisionen nur dem Kleingedruckten zu entnehmen war. »Und wann bekommen wir das Geld?«
»Erst am Tag der Beurkundung durch den Notar, und den bestimmt bekanntlich der Käufer. Wir müssen uns also noch etwas gedulden.«
»Und danach? Was werden Sie tun, wenn Vincenzo das Geld aus den übrigen Verkäufen von Ihnen haben will?«
»Die Spendenquittungen und Kaufverträge, die ich angefertigt habe, halten alle stand. Nur die Summen der Letzteren fallen eben etwas spärlich aus. Sollte mich das beunruhigen?«

Der 21. Juli war ein strahlender Sommertag. Pasquale fuhr Vincenzo und Beatrice in der Via dei Mille vor, parkte den Maserati und drückte den Klingelknopf, bis der Türöffner summte. Das kleine Schild darüber war leicht verrutscht. Er korrigierte es unauffällig und hoffte, dass es nicht wie einer dieser falschen Bärte einfach abfiel.
Der Altbau war auch innen sehr gepflegt. Neben dem Maklerbüro waren noch zwei Anwaltskanzleien und eine Umweltschutzorganisation in diesem Haus untergebracht.

Die drei nahmen die breite Treppe in den zweiten Stock hinauf, wobei Pasquale unfreiwillig zurückfiel, weil ihm die Luft ausging. Sie läuteten erneut, diesmal an der doppelflügligen Tür mit dem imposanten Messingschild. Eine wirklich schöne Arbeit! Der Graveur war eigentlich auf Pokale spezialisiert und führte nebenher noch einen Schlüsseldienst. Pasquale hatte ihn in den Kleinanzeigen gefunden. Erneut erklang ein Summen, und Vincenzo, Beatrice und Pasquale betraten einen hohen quadratischen Eingangsbereich mit stuckierter Decke, in dem eine einladende Sitzgruppe und eine Reihe von Stühlen standen sowie Bilder von exklusiven Immobilien auf Staffeleien – Grimaldis Logo war kunstfertig überklebt worden. Die falsche Sekretärin kam aus ihrem Vorzimmer und begrüßte alle höflich.

»Signor Giordano? Der Zehn-Uhr-dreißig-Termin?«, fragte sie und fügte an: »Signor Richelmy wartet bereits. Signor Colombo ist in fünf Minuten bei Ihnen. Möchten Sie nicht Platz nehmen? Darf ich Ihnen etwas anbieten? Wasser, Tee, Kaffee?«

»Nein danke«, erwiderte Vincenzo.

Auch Beatrice lehnte ab. Sie taxierte die junge Dame nur kurz und befand, dass sie keine weitere Aufmerksamkeit verdiente. Sie war unscheinbar. Ganz im Gegensatz zu dem jungen Mann, der jetzt von seiner Zeitung aufblickte und aufstand, um Vincenzo und sie zu begrüßen. Er war leger gekleidet, in Jeans und T-Shirt, und sah genauso umwerfend aus, wie sie ihn in Erinnerung hatte. Sie hatte sich schon ein paar Tagträume mit ihm erlaubt und würde es dabei ganz sicher nicht belassen. »Wir beide sollten uns noch über den Agenturvertrag unterhalten, Signor Richelmy«, kam sie gleich auf den Punkt und legte ihren ganzen Charme in ihre Stimme. »Sie haben doch hoffentlich noch nicht woanders unterschrieben?«

»Ach, bitte, nennen Sie mich doch Marco, das macht jeder, ich hab mich schon so daran gewöhnt«, antwortete er.

»Sie sollten sich den Namen als Pseudonym eintragen lassen«, schlug Beatrice vor, »dann dürfen Sie damit auch Amtliches unterschreiben.«

»Das kostet achtundzwanzig Euro, Signora!«, erwiderte er entrüstet. »Ein teurer Spaß, finden Sie nicht?« Nein, fand sie nicht, aber sie war von Pasquale ja schon vorgewarnt worden, dass Richelmy übertrieben sparsam war – eine seltsame Seite an einem so erfolgreichen jungen Mann. »Und ich habe noch keinen Vertrag bei einer anderen Agentur abgeschlossen«, fuhr er fort. »Wenn Sie mir heute sagen können, welchen Film ich als Nächstes drehe, und ein paar große Namen dabei sind, haben Sie mich.« Der smarte Nachwuchsschauspieler zwinkerte Pasquale zu, der sich neben ihn setzte. Die Sache mit dem Agenturvertrag würde Beatrice noch eine kleine Überraschung bescheren. »Wir können das in Portofino festmachen, wenn Sie wollen.«

»Fantastisch«, flötete Beatrice und beglückwünschte sich insgeheim zu diesem erfolgreichen Tag. Zwar waren ihre Verbindungen nach Hollywood nicht eben die besten, aber irgendein Projekt, mit dem sie ihn ködern konnte, würde sie schon an Land ziehen. Der Junge war schließlich pures Gold wert, er wusste es nur nicht. Außerdem wollte Daniele ihn für eine große Kampagne haben, und das allein spülte schon Geld in die klamme Kasse.

»Ah, da sind Sie ja schon alle!« Mario Colombo war mit einem Herrn aus »seinem« Büro gekommen, dem er recht überschwänglich zu einem Abschluss gratulierte – Silvio Panzetti, ein kleiner Statist beim Film, der für diesen stummen Auftritt von Pasquale mit schlappen fünfzig Euro abgefunden wurde und in einem geliehenen Anzug erschienen war. Pasquale hatte ihn sofort erkannt – den Anzug, nicht Panzetti. Es war einer von den ausrangierten, und nur dem Umstand, dass er so schlecht an Panzetti saß und er ihn mit einer grauenhaften Krawatte kombiniert hatte, war es zu verdanken, dass das Signor Vincenzo nicht auffiel. Verflucht, diese Stadt war ein Dorf und diese ganze Inszenierung ein Drahtseilakt, der ihn noch den letzten Nerv kosten würde.

»Sind Sie bereit?«, fragte Colombo und führte Vincenzo, Beatrice und Marco in sein Büro, während Pasquale – Höllenqualen leidend – draußen wartete. Sie nahmen um einen runden Tisch Platz, Colombo ließ sich die Ausweise vorlegen und verlas nach eingehender Prüfung den Vertrag: »Heute, den 21. Juli 2016, erschienen vor mir, Mario Colombo, Makler der Colombo Real Estate, an der Geschäftsstelle Via dei Mille 23, Turin, Signor Vincenzo Giordano, geboren am 12. Dezember 1966 in Valle Masso, Inhaber der Lanificio Giordano, wohnhaft in …« – eine langweilige Litanei, die Vincenzo in seinem Leben schon so oft gehört hatte – »… und Signor Lorenzo Richelmy, geboren am 25. März 1990 in La Spezia, ebenfalls ausgewiesen durch amtlichen Personalausweis.« Colombo gab beiden an dieser Stelle ihre Papiere zurück, und Vincenzo war froh, dass der junge Mann hier mit seinem richtigen Namen auftrat. »Das Flurstück Nummer 4/47 ist in Abteilung II des Grundbuchs lastenfrei …« Beatrice berührte unter dem Tisch Marcos Bein. Dieser blickte sie an, lächelte einladend, und sie las in seinen Augen, dass er das richtige Angebot ihrerseits auch mit mehr als fünfzehn Prozent Provision zu vergüten bereit wäre, was sie gänzlich von den langweiligen Vertragsmodalitäten ablenkte. Ja, das war ganz ohne Zweifel ihr Tag! Kaum zu glauben, dass Pasquale sich noch als so nützlich erwies. »Der vereinbarte Kaufpreis beträgt sechshundertzwanzigtausend Euro. Davon sind zehn Prozent

sofort fällig«, erläuterte Colombo nun noch einmal das bereits Vorgelesene. »Sie haben meine Kontoverbindung?«
»Natürlich, die Summe wird heute noch angewiesen«, bestätigte Marco.
»Sehr gut«, sagte Colombo. »Außerdem sind die kompletten Maklergebühren in Höhe von vier Prozent des Kaufpreises …«
»… auch heute schon zu zahlen«, unterbrach Marco Colombo, »das ist mir bekannt.« Er seufzte. »Und Sie lassen da wirklich nicht mit sich reden? Ich meine, vier Prozent, das ist nicht gerade wenig.«
»Nein«, erwiderte Colombo trocken und fuhr fort: »Ich verwalte das Geld treuhänderisch und leite den Vertrag nach Eingang der Zahlung auf mein Firmenkonto zur Registrierung ans Finanzamt weiter. Die Anzahlung in Höhe von zweiundsechzigtausend Euro überweise ich im Anschluss auf das von Ihnen benannte Konto, Signor Giordano.«
Beatrice warf Colombo einen Blick zu, der ihm sagen sollte, dass er eine Schande für seinen Berufsstand war. Eine Doppelmoral, die sie sich gönnte, um sich über Menschen wie ihn zu erheben. Sie hätte zu gern gewusst, wie viele Immobilienbesitzer er sonst noch auf diese Weise über den Tisch zog.
»Steht der Notartermin denn schon fest?«, wollte Vincenzo nun wissen.
»Montag, der 5. September, früher ging es leider nicht. Passt das?«, fragte Marco.
»Nun, gerade noch«, erwiderte Vincenzo. »Ich wollte am 7. September nach Neuseeland fliegen. Der Verwalter der Villa wird Ihnen dann die Schlüssel übergeben und ist Ihr Ansprechpartner, falls es noch Fragen gibt.«
»Vorgelesen und von den Vertragsbeteiligten genehmigt und eigenhändig unterschrieben«, fuhr Colombo nach kurzer

Pause fort und reichte Vincenzo und Marco je einen Füllfederhalter, wobei Vincenzo dankend ablehnte und seinen eigenen aus der Innentasche seines Sakkos zog und Marco Colombos nach der Unterschrift einsteckte. Vincenzo und er schüttelten sich kurz darauf im Vorzimmer die Hände.
Jetzt war es offiziell. Vincenzo hatte sein Elternhaus verkauft, das Haus, in dem er geboren worden war und elf Jahre gelebt hatte. Die letzte Verbindung zu seiner Mutter und dem Ort, den sein Urgroßvater begründet hatte, war gekappt. Die Villa würde genau wie die Casa Giordano im September an ihren neuen Besitzer übergehen. Die Oldtimer waren weg, die meisten Bilder, ein Großteil der Möbel und seine Garderobe. Nichts hielt ihn mehr, jetzt war er endlich frei.

Pasquale atmete erleichtert auf. In dem Moment klingelte es, der Türsummer ertönte automatisch, und ein Herr kam herein, von dem er nicht wusste, ob dieser auch zur Inszenierung gehörte. Die falsche Sekretärin stürzte aus ihrem Büro.
»Die Makleragentur Grimaldi?«, fragte der Unbekannte.
Die junge Aushilfskraft wirkte hilflos, und Pasquale sprang ein. »Ist gegenüber.«
Der Herr sah ihn fragend an. »Auf der anderen Straßenseite?«
»Genau.«
»Ist da nicht ein Park?«
Verflucht! »Nebenan«, korrigierte Colombo Pasquale und ging auf den Herrn zu. »Grimaldi ist nebenan, die Nummer 25.«
»Zwei konkurrierende Makler so nah beieinander?«, fragte Vincenzo seinen Butler verwundert, während sich Beatrice und Marco über fiktive Rollenangebote unterhielten und abgelenkt waren.

»Colombo hat den größeren Kundenstamm«, erwiderte Pasquale und sah mit Erleichterung, wie dieser den verirrten Herrn zur Tür hinausschob. Sie sahen ihn noch einmal, als sie unten auf der Straße in den Wagen stiegen. Er stand vor dem Nachbarhaus und las die Klingelschilder.
»Dieser Grimaldi scheint nicht leicht zu finden zu sein. Manchen Leuten fehlt es selbst an den Grundlagen guter Geschäftspolitik«, sagte Vincenzo kopfschüttelnd.

38

Carlotta hatte das Abendkleid binnen einer Woche fertiggestellt, obwohl sie sich etwas angeschlagen fühlte. Sie hatte Zeit gehabt, Daniele war in Mailand gewesen. Rosina hatte ihr bei den Applikationen geholfen, die den nachtblauen Rock übersäten wie ein Sternenfeld. Jetzt hing der Traum aus dunkler Seide auf der Schneiderpuppe in ihrem Büro und sollte zum Jahreswechsel, während der Ballsaison, ins Schaufenster.
»Ich komme am Dienstag zurück«, hatte Daniele am Telefon gesagt. »Wollen wir uns sehen?«
»Natürlich.«
»Ist es dir recht, wenn ich zu dir komme?«
»Ich koche am Dienstag für Gino und meine Mutter, und Susa hat ihren Freund eingeladen«, hatte Carlotta erwidert. »Es wäre schön, wenn du auch kommst.«
Und so saßen sie dann alle in der großen Küche der Calma-Schwestern, fast eine Fortsetzung des Abends im Cambio. Daniele war überrascht, Marco als Freund von Carlottas kleiner Schwester wiederzusehen, Mimi war völlig aus dem Häuschen, dass nun gleich zwei ihrer Töchter mit pro-

minenten Traummännern liiert waren, Gino verkniff sich jeden Kommentar, und Carlotta krönte das Ganze mit *köttbullar* aus Rentierhack nach einem schwedischen Rezept, das sie kürzlich entdeckt hatte. Sie nahm es in ihr Reisetagebuch unter der Rubrik »Hundeschlittentour im romantisch verschneiten Norden« auf und verschwieg ihren Gästen die Zutaten. Besser, sie probierten die Hackfleischbällchen unvoreingenommen, sonst wurde gleich wieder gemeckert, und es war schwer genug gewesen, in Turin einen Metzger zu finden, der so Ausgefallenes wie Elch- oder Rentierfleisch überhaupt führte.

»Wie ich höre, hast du die Villa meiner Großeltern in Valle Masso gekauft«, sagte Daniele zu Marco. Alle redeten durcheinander und lachten, doch plötzlich wurde es still am Tisch.

»Du hast was gekauft?!«, fragte Susa völlig perplex. Sie glaubte, sich verhört zu haben. »Ein Haus? Wann denn? Warum?«

»Wir haben vor zwei Wochen den Vorvertrag unterschrieben«, erklärte Marco unbekümmert, als wäre eine Investition von ein paar Hunderttausend Euro das Normalste der Welt.

»Du wusstest es nicht, Susa?« Daniele bedauerte, es erwähnt zu haben. Er sah zu Marco und zuckte mit den Schultern. »Entschuldige.«

»Ich glaube, wir müssen uns mal unter vier Augen unterhalten«, sagte Susa streng, stand auf und ging mit Marco in ihr Zimmer hinüber.

»Ich hätte nichts sagen sollen«, ärgerte sich Daniele, »aber es ist so ein verrückter Zufall, dass ausgerechnet der Freund deiner kleinen Schwester diese Villa kauft, Lola.«

»Dann ist es deinem Vater also ernst? Er geht wirklich fort?«, fragte sie.

»Gleich nach meinem Geburtstag. Du solltest unser Haus

sehen. In jedem Zimmer stehen Umzugskartons, Pasquale packt unentwegt.«
Gino verschluckte sich am Wein, den er mitgebracht hatte. Er war an diesem Abend sehr still. Mimi glaubte, dass er sich grämte, weil sein bester Freund nun das Land verließ. Das ganze Gerede über Hausverkäufe und leere Zimmer führte ihm sicher vor Augen, dass es nun bald so weit war.
»Und deine Mutter, begleitet sie ihn?«, wollte Carlotta wissen.
»Nichts passiert, alles gut!«, rief Susa da aus dem Flur dazwischen und kam mit Marco in die Küche zurück. »Er wollte mich überraschen, in Portofino.«
»Überraschen?«, fragte Gino scheinbar amüsiert und zwinkerte Susa zu, die ihn verständnislos ansah. Dieser junge Mann, dem die Frauen zu Füßen lagen – Mimi kam aus dem Wimpernklimpern gar nicht mehr heraus, ihr musste schwindlig werden von diesem Daumenkino –, sorgte eindeutig für Überraschungen.
»Marco wollte mir damit sagen, dass er hierbleibt«, erklärte Susa jetzt.
»In Valle Masso, obwohl Hollywood ruft«, warf Gino ein. Er konnte es sich einfach nicht verkneifen.
Marco sah zu ihm hinüber, lächelte schelmisch und trank einen Schluck Wein. »Ich liebe die Abgeschiedenheit«, erklärte er dann ungerührt. »Und nach Turin braucht man nur eine gute Stunde. Ich würde euch ja gerne mehr erzählen, aber ich habe eine Verschwiegenheitsklausel unterschrieben.«
»Du hast dir also doch schon eine Agentur gesucht?«, fragte Daniele. »Das wird meine Mutter nicht gerne hören.«
»Nein, das habe ich nicht, diese Sache ist ein Freundschaftsdienst … für einen Kollegen vom Theater … gewissermaßen«, entgegnete Marco und küsste Susa, für die die Welt

wieder in Ordnung zu sein schien. Was immer er ihr gesagt hatte, es hatte ihren kleinen Ausbruch besänftigt.
»Wollt ihr etwa zusammenziehen?«, fragte Mimi.
»Nein, erst mal nicht«, antwortete Susa, »nicht bevor ich mit meiner Ausbildung fertig bin, und dann weiß ich nicht, ob ich aus Turin wegwill. Darüber reden wir noch.« Carlotta hörte es erleichtert.
»Wir haben dich im Internet gesehen, Daniele«, revanchierte sich Marco jetzt seinerseits mit einer kleinen Indiskretion, um das Thema zu wechseln und von sich abzulenken. »Susa hat dich in der *Jolie* entdeckt, ein Bericht über eine Feier in einem Mailänder Nachtclub.«
Rosina bedeutete Marco, nicht weiterzusprechen, und Daniele schluckte kurz. Er würde nie ein Privatleben haben oder so etwas wie Intimsphäre. »Ich habe nur Geschäftsfreunde ausgeführt«, verteidigte er sich und bog die Wahrheit ein wenig zurecht. »Du kennst das doch auch, ständig wird man mit irgendwelchen Frauen abgelichtet, die man kaum kennt.«
»Ja, das ist ätzend«, stimmte Marco ihm zu, zwinkerte und lachte. »Dauernd diese Selfies mit irgendwelchen weiblichen Fans. Und dann erst die Autogramme. Ich schreib mir die Finger wund auf Servietten und in Dekolletés.« Susa gab ihm einen Rempler. »Aber die kostenlosen Drinks sind gut. Ich weiß gar nicht, wann ich in einer Bar zuletzt selbst bezahlt habe«, setzte er noch eins drauf.
Carlotta kannte das Foto aus Mailand längst, es war in mehreren Magazinen aufgetaucht: Daniele mit zwei Schönheiten und … Luisa Scalfari. Die Presse spekulierte über ihre Beziehung. Carlotta hätte ihn nach ihr fragen können, aber sie wollte es nicht. Sie wollte nicht misstrauisch wirken oder unsicher. Sie wollte glauben, dass ihre Zweifel unbegründet waren. Zweifel, die nicht nur Fotos wie dieses schürten, son-

dern auch Beatrice' Besuch in ihrer Schneiderei und ihr Gerede über Enkel oder der unerklärliche Drang, ein Kleid zu schneidern, das niemand tragen würde.

Keiner der Gäste wollte an diesem Abend gehen, und so zogen sich Carlotta und Daniele aufs Dach zurück.

»Gar nicht so leicht, mal allein zu sein«, sagte er dort und nahm sie in den Arm. »Wir waren nicht mehr für uns, seit ich hier übernachtet habe.«

»Seit wir …«, begann Carlotta ihren Satz, und Daniele unterbrach sie.

»Ja, genau, seitdem, Lola …« Er sah sie an, küsste sie und versuchte, sich über seine Gefühle klar zu werden. In ihrer Nähe waren es so viele, aber sie waren nicht drängend. Wenn er auf Reisen war, in seiner Arbeit gefangen, in dem anderen Leben, das Carlotta aus den Boulevardblättern heraus ansprang, dann verloren sie sich manchmal sogar ganz. Wenn die Stars und Sternchen und jungen Frauen der Escort-Services um ihn und seine Geschäftspartner herumschwirrten und der Erfolg wie eine Droge wirkte. Irgendwo zwischen dieser Welt und der hier lag seine Zukunft, das ahnte Daniele, und Carlotta war ein Teil davon. Wenn er jetzt in ein Flugzeug stieg und die Berge unter sich sah, glaubte er nicht mehr, etwas verloren zu haben. Als wäre er wirklich Peter Pan, der seinen eigenen Schatten jagte, und Wendy – seine Wendy aus Kindertagen – hatte ihn wieder angenäht. Das Mädchen mit dem Fingerhut verband das Entzweite.

»… und das ist schon ganz schön lange her«, vollendete er seinen Satz.

»Ja.«

»Ich würde heute Nacht hierbleiben«, sagte er nun zärtlich, »aber ich muss schon um sechs am Flughafen sein.«

»Schon wieder?«

»Ich bin am Abend zurück.«

»Da hab ich Rosina versprochen, sie abzufragen. Sie schreibt übermorgen den Zugangstest.«

»Dann sehen wir uns vielleicht Ende der Woche? Vorher wird es bei mir nichts.«

»Gut«, sagte Carlotta und suchte in sich das Vermissen, das sich zwischen Lagen nachtblauer Seide verbarg. Von unten drang Lachen herauf. Sie saßen noch immer alle in der Küche, in der das Fenster offen stand, und Carlotta und Daniele hörten Gino singen.

»Komm!« Er zog sie zu einer Sonnenliege und legte sich mit ihr dorthin. Er hielt Carlotta im Arm, und sie sahen zu den Sternen und dem Mond hinauf. Hier schienen die Empfindungen an Klarheit zu gewinnen, ihre und seine. Hier waren sie glücklich, denn sie mussten sich nicht an irgendwelchen Realitäten reiben. *Nessun dorma – Keiner schlafe* –, Gino sang Puccinis Arie aus der Oper *Turandot*. Sie schlossen beide die Augen und kehrten mit den Klängen in ihre Kindheit zurück, in ihr Versteck hinter dem Inspizientenpult, die kleine Umkleide für schnelle Kostümwechsel. Der Dachgarten verwandelte sich in ein Märchenzelt, die chinesische Prinzessin Turandot entstieg der Erzählung aus *Tausendundeiner Nacht*, und Prinz Kalaf, der Sohn eines Tatarenkönigs, verliebte sich in sie. Die Illusion hatte Bestand. Die Kinder hielten sich an den Händen und schworen sich Ewigkeit. »Seid ihr hier irgendwo?«, hörten sie Mimi verhalten rufen, und es war, als stünde sie wieder hinter der Bühne auf der Suche nach ihnen. »Carlotta? Daniele?« Sie bedeuteten sich gegenseitig, still zu sein. »Ich weiß doch, dass ihr hier irgendwo seid.« Carlotta musste plötzlich kichern, Daniele wollte sie küssen, damit sie still war, kippte aber stattdessen von der schmalen Liege, und sie konnten sich beide nicht mehr vor Lachen halten. Genau wie damals, als Prinz Kalaf sie aus seinem dreitausend Jahre alten Reich heraus verflucht hatte, weil sie während der zweiten Hauptprobe versehentlich mit einem voll behangenen Kleiderständer auf die Bühne hinausgerollt waren – Daniele hatte zu viel Schwung genommen – und mitten hinein in seine Passage »Die Nacht entweiche, jeder Stern erbleiche!«. Mimi war zum Regisseur zitiert worden und hatte eine Abmahnung bekommen. Jetzt sah sie Carlotta und Daniele im Dunkeln herumalbern und kam zu ihnen herüber.

»Gino und ich wollen uns nur verabschieden«, sagte sie. »Ich habe euch wohl wieder mal beim Versteckspielen gestört.«

»Wir wollten nur …«, versuchte Carlotta, sich zu rechtfertigen, und sie klang genau wie früher – ertappt.

»Die Kinder sind hier oben, Gino!«, rief Mimi hinunter. »Sie sind beschäftigt.« Und sie ergänzte noch in gewohnter Zweideutigkeit: »Macht nichts, was ich nicht auch täte.« Dann stöckelte sie davon.

»Ich denke, ich gehe dann auch, Lola«, sagte Daniele wenig später. »Was hältst du von Freitag? Ich könnte dich vom Geschäft abholen.«

»Dein Vater kommt um sieben zur zweiten Anprobe, danach bin ich frei.«

»Perfekt. Dann also gegen halb acht.«

39

Carlotta war drei Wochen vor dem vereinbarten Termin fast fertig mit dem Smoking. Sie hatte die Knöpfe bezogen und den Kummerbund genäht. Sein wundervolles tiefschwarzes Schimmern erinnerte sie an geschliffenen Obsidian. Von der

Seide war noch ein Stück übrig geblieben. Daraus hatte sie eine Schleife genäht und ihre Widmung hineingestickt, drei kleine Worte, die ihr durch den Sinn gingen, wann immer sie an Vincenzo und seine Zukunftspläne dachte. Ob Beatrice ihn nach Neuseeland begleiten würde? Sie hatte Daniele am Dienstag danach gefragt, aber dann waren sie unterbrochen worden. Sie könnte ihn heute Abend noch einmal fragen – oder Vincenzo selbst. Nur ging es sie doch eigentlich gar nichts an.

»Ich bin mit dem Auftrennen fertig«, sagte Susa gerade frustriert. »Wir gehen jetzt. Ich mach das dann am Montag fertig. Rosina begleitet mich ins Clorophilla.«

»Freiwillig?«, fragte Carlotta verwundert.

»Ich habe in den letzten Wochen so viel gelernt«, erklärte Rosina. »Der Zugangstest ist gut gelaufen. Ich brauche eine Pause, da ist mir alles recht.«

»Schön, dann viel Spaß euch beiden.«

»Dir auch bei der Anprobe«, erwiderte Susa, »und besonders danach. Sag ihm, er soll diesmal zum Frühstück bleiben, wir beißen nicht.«

Die Ladenglocke schlug an, als die beiden die Schneiderei verließen. Carlotta sah auf die Uhr – achtzehn Uhr vierzig. Von Gleis 19 fuhr der Zug nach Venedig ab. Jetzt im August war die Stadt hoffnungslos überlaufen, aber dennoch hätte sie sie gerne einmal gesehen. Sie war so romantisch. In letzter Zeit war ihr Fernweh wieder schlimmer geworden, vielleicht durch Danieles Reisen befördert. Von wo kam er heute zurück? Sie hatte es vergessen. Die vielen Kontinente, Länder und Städte gerieten durcheinander. Er reiste, und sie entfernte sich.

Die Ladenglocke klingelte erneut. Carlotta ging in den Verkaufsraum, und Vincenzo stand vor ihr, seine Lacklederschuhe in der Hand und ein gefaltetes Hemd unter dem

Arm. Sie hatte ihn seit der letzten Anprobe nicht mehr gesehen. Er wirkte ein wenig angeschlagen und müde auf sie.
»Ich hoffe, ich bin nicht zu früh«, sagte er.
»Nein, genau richtig«, versicherte sie ihm und überprüfte im großen Anprobespiegel den Sitz ihres Kleides. Es war das weiße, das sie schon zum Notartermin getragen hatte.
Vincenzo betrachtete das Kleid mit der gleichen Bewunderung wie damals, dann sah er ihr in die Augen und ankerte dort wie ein gestrandetes Schiff im schützenden Hafen, den Horizont heckseits und alle Unwägbarkeiten, Untiefen und wilden Wetter auch. Aber das durfte er nicht. Er durfte sich in ihrem blauen Blick nicht ausruhen, im gemeinsamen Erkennen. Sie würde womöglich bald seine Schwiegertochter werden.
»Wir sollten anfangen«, sagte er um Abstand bemüht, und Carlotta hängte ihm den Smoking in die Umkleide und wartete in der Werkstatt, bis er sich umgezogen hatte. Als sie zurückkam, drehte sie das Schild *Chiuso* ins Fenster und ging langsam um Vincenzo herum, der sich im Spiegel betrachtete.
»Darf ich?«, fragte Carlotta und legte ihm den Kummerbund um. »Bequem?«, wollte sie wissen.
»Ich spüre ihn gar nicht. Ich meine den ganzen Anzug, er sitzt so gut und ist so leicht wie kein anderer, den ich je getragen habe. Wie gewebte Luft.«
Carlotta nahm noch etwas Weite aus der Taille des Jacketts und überprüfte die Wölbung im Brustbereich.
»Kann es sein, dass Sie abgenommen haben? Ein bisschen?«, fragte sie.
»Vielleicht, ich weiß es nicht«, sagte er und wusste doch darum. Es war die Sehnsucht, die neuerdings an ihm nagte und ihn sich einverleibte, es waren die Träume, in denen sie bei ihm war, bis er aufwachte, die Stunden, in denen er dann dalag und versuchte, nicht an sie zu denken, die Vehemenz

dieser unmöglichen, verrückten Gefühle, die er nur ertrug, wenn er vor dem *Blauen Mond – Atlantis* saß und sich in seine Spiralen stürzte. Erst vor ein paar Tagen war er mitten in der Nacht vor Beatrice' Tür gestanden, um zwischen ihren Schenkeln das Vergessen zu suchen, aber er konnte es nicht. Der zarte Duft von Rosen war in ihm aufgestiegen und die Erinnerung an den ersten warmen Tag in diesem Jahr – eine Dame in einem maigrünen Kostüm, deren Verwandlung etwas mit ihm zu tun hatte, ein Erwachen nach einem sehr langen Schlaf.

»Das macht nichts«, holte Carlotta Vincenzo aus seinen Gedanken zurück, »es braucht nur ein paar kleine Änderungen. Aber Sie sollten besser auf sich achten.« Er lächelte. »Haben Sie denn heute schon gegessen? Im Cambio?«

»Nein, ich hatte Termine.« Das stimmte nur bedingt. In Wahrheit vermisste er sie dort. Er entdeckte die unmöglichsten Gerichte auf der Speisekarte und wollte sie für sie bestellen. »Und, werden Sie ein Etikett anbringen?«, fragte Vincenzo, um von sich abzulenken. »Dann muss ich auf die Frage, wer diesen wunderbaren Smoking genäht hat, nicht jedes Mal den Namen Ihrer Schneiderei nennen, sondern brauche nur mein Sakko aufzuschlagen.«

»Nein«, antwortete Carlotta, »so etwas habe ich gar nicht. Ich verstecke meine Unterschrift unter dem Futter, in Rocksäumen oder Hosenaufschlägen.«

»Hoffentlich nicht wie Alexander McQueen, der britische Designer.«

»Bitte?«

»Er hat angeblich als junger Schneidergeselle bei Anderson & Sheppard schmutzige Sprüche unter das Futter von Prinz Charles' Anzügen gestichelt.«

»Um Himmels willen, nein!«, entgegnete Carlotta. »Ich sticke Wünsche, Appelle, etwas, das zur jeweiligen Trägerin passt und ihr hilft, sobald die Worte anfangen zu wirken.«

»Sie wirken? Denken Sie?«
»Ganz bestimmt.«
»Und haben Sie mir auch etwas reingeschrieben?«, fragte Vincenzo, und Carlotta fiel die Schleife ein, die sie für ihn genäht hatte.
»Warten Sie«, sagte sie und holte sie aus der Werkstatt. Sie stellte sich vor ihn und band sie ihm um, überprüfte den Sitz, wie es sorgsame Ehefrauen taten, ehe ihre Männer das Haus verließen, und strich einen kleinen schwarzen Faden von seiner Schulter. Da verschmolz seine Seele mit ihrer, sein Sehnen schmiegte sich an sie, verwob sich mit ihrem fürsorglichen Blick und hüllte sie vollständig ein – er konnte es nicht verhindern. Verflucht! Er kämpfte, nicht die Fassung zu verlieren. Wie hatte es nur so weit kommen können?
»Hat Ihre Frau sich schon für ein Kleid entschieden?«, wollte Carlotta jetzt wissen.
»Meine Frau?«, fragte er irritiert. »Sie meinen Beatrice?«
»Ja. Sie war kürzlich bei mir im Laden und wollte, dass ich ihr etwas Passendes zu Ihrem Smoking nähe. Sie meinte, jetzt, wo Sie wieder zusammen seien, würde sie in Portofino gerne etwas mit einer persönlichen Note tragen.« Vincenzo konnte kaum glauben, was er da hörte. »Sie dachte sicher an die Presse«, ergänzte Carlotta. Vincenzo wollte ihr antworten, es richtigstellen, da klingelte Carlottas Telefon, der Festnetzanschluss. Sie entschuldigte sich und ging in ihr Büro hinüber.
»Ich bin's, Daniele.«
»Verspätest du dich?«
»Nein, ich schaffe es gar nicht.« Carlotta blieb stumm. Sie war enttäuscht. »Ich habe die Verträge in Prato unterschrieben und soll mich jetzt noch mit dem Bürgermeister treffen. Wenn ich das verschiebe, muss ich noch mal her.«
»Ja, das verstehe ich«, sagte sie.

»Ich fahre auf jeden Fall noch heute zurück, aber das sind vier Stunden über Genua. Ich komme irgendwann in der Nacht nach Turin.«
Carlotta hörte eine Frau, die Danieles Namen rief.
»Wer ist das?«, fragte sie.
»Wen meinst du?«
»Die Frau.«
»Eine Kollegin aus der Mailänder Kanzlei. Ich bin mit den Anwälten hier.«
»Ach so.« Carlotta fragte sich, warum Daniele sich nicht schon am Nachmittag gemeldet hatte, als abzusehen gewesen war, dass er es nicht schaffen würde. »Fahr vorsichtig, ja«, bat sie.
»Ich rufe dich morgen an. Bitte entschuldige, es tut mir wirklich leid, Lola.«

»Alles in Ordnung, Carlotta?«, fragte Vincenzo, als sie in den Verkaufsraum zurückkam, denn sie wirkte betrübt.
»Daniele wollte mich abholen, aber er schafft es nicht.«
»Ist er noch in Prato?«
»Ja, er trifft den Bürgermeister, und es wird spät.«
»Wie schade.« Vincenzo stand etwas unentschlossen im Raum. »Wollten Sie essen gehen?«
»Ja«, erwiderte Carlotta.
»Darf ich einspringen?« Er wusste nicht, warum er gefragt hatte. Irgendwie fühlte er sich verantwortlich, aber es war sicher ein Fehler.
»Mir ist gar nicht mehr danach, auszugehen«, sagte sie.
»Aber zu essen?«, fragte er, und sie nickte. »Gut, Sie sehen nämlich etwas blass aus.«
»Nur ein nervöser Magen«, tat Carlotta seine Beobachtung ab. Die Abgeschlagenheit der letzten Wochen ignorierte sie. Vincenzo schrieb eine SMS auf seinem Smartphone, brachte

die Anprobe mit Carlotta zu Ende und ließ sich dann von ihr die Stoffe aus seiner Weberei zeigen, die sie im Regal hatte.
»Sie haben die neuen Musterbücher noch gar nicht«, stellte er fest.
»Der Versand der Lanificio hat mich vergessen.«
»Dann werden Köpfe rollen!«, prophezeite Vincenzo mit einem Schmunzeln. Sie waren in die Werkstatt hinübergegangen und hatten dort unzählige Stoffe ausgebreitet. Sie verteilten sie über Rosinas und Susas Arbeitsplatz, über den Zuschneidetisch und die Stühle, und Vincenzo war an Bilder des hinduistischen Frühlingsfestes erinnert, ein Rausch aus Farben über Tage. »Der Brauch überwindet alle Kasten, Geschlechter und Altersgrenzen«, erzählte er begeistert von der besonderen Magie und wünschte sich mit ihr dorthin. »Die Menschen bewerfen sich mit dem geweihten Farbpulver und sind dann alle gleich.« Er hatte in Indien erlebt, wie sich die Luft mit Farbe füllte, der Wind pink und rot wehte, der Fluss flaschengrün stromabwärts floss. Die Straßen waren voll mit tanzenden Menschen in farbenfrohen Kleidern, den bunten, mit Goldfäden durchwirkten Saris der Frauen und sorgfältig gewickelten Turbanen der Männer. »Sie feiern die Fruchtbarkeit und den Neubeginn«, erklärte er und dachte an seinen eigenen.
»Arambha«, erwiderte Carlotta und übersetzte: »Das heißt ›der Anfang‹ und ›der Ort, an dem etwas beginnt oder ins Dasein tritt‹. Das ist Hindi.«
Die Ladenglocke schlug an, und Pasquale betrat trotz des Geschlossen-Schildes im Fenster die Schneiderei. Er hatte einen Korb dabei. »Rosa hat die Vorräte einer Woche eingepackt«, sagte er. »Der Wein ist geöffnet, die Pastete noch warm.« Er stellte alles neben Carlottas Nähmaschine. »Oh, wie nachlässig, sie hat die Teller vergessen.«

»Drüben in meinem Büro stehen welche, gleich im Regal neben der Tür«, sagte Carlotta und wollte aufstehen.
»Nein, bitte, Signorina! Erlauben Sie?«, fragte Pasquale und war auch schon auf dem Weg. Er servierte, bestaunte dann Vincenzos Smoking, der neben der Tür hing, und verabschiedete sich alsbald in bester Laune. Fast grämte sich Vincenzo, dass Pasquale der Abschied nun doch so leichtfiel. Er blühte in den letzten Tagen förmlich auf und versicherte ihm immer wieder, wie sehr er sich auf ihre letzte gemeinsame Reise nach Portofino freue und seinen anschließenden Ruhestand. Das war neu.
»Danke, Pasquale. Ich nehme später ein Taxi«, ließ Vincenzo ihn noch wissen, ehe er ging. Dann betrachtete er das improvisierte Picknick. Einen schöneren Ort, um zu essen, konnte er sich gar nicht denken – inmitten seiner geliebten Stoffe, mit ihr, in ihrer Werkstatt und in den Erinnerungen an seine abenteuerlichen Reisen, von denen er ihr immer wieder erzählen musste. In Carlottas Staunen erlebte er sie erneut.
»Wollen wir auf Portofino anstoßen?«, fragte er.
»Gern. Meine Mutter spricht von nichts anderem.«
»Sie gehen am 30. August aufs Standesamt, hat Giòrs gesagt.«
»Ja. Kommen Sie auch?«
»Ich bin sein Trauzeuge.« Vincenzo nahm sich von der Pastete und stellte fest, dass er zum ersten Mal seit Tagen wieder Appetit hatte. »Wir sind vorhin von Danieles Anruf unterbrochen worden«, sprach er weiter. »Beatrice hat mir nichts von ihrem Besuch bei Ihnen erzählt. Ich hoffe, sie war wenigstens … höflich.«
Carlotta überlegte, ob sie Vincenzo ihr Herz ausschütten und von Beatrice' Sticheleien erzählen sollte, aber sie tat es nicht. Stattdessen stellte sie ihm die Frage, die sie seit jenem Tag beschäftigte, und hoffte, dass sie, wenn sie erst die Ant-

wort kannte, auch wusste, warum sie für sie so wichtig war. »Werden Sie wieder heiraten, Vincenzo? Wird Ihre Frau Sie nach Neuseeland begleiten?«
Vincenzo sah Carlotta eindringlich an. Sie ist nicht meine Frau, wollte er sagen und sie in seine Arme ziehen, weil sie gerade so verletzlich wirkte. Und sie wird mich auch nicht nach Neuseeland begleiten. Wenn ich ehrlich bin, möchte ich sie nicht einmal in Portofino dabeihaben. Doch er sagte es nicht. »Vielleicht«, antwortete er stattdessen und gab seiner Sehnsucht, die immer wieder aufkeimte wie Unkraut, sich aus der Dunkelheit des Verdrängten wühlte wie der blinde Maulwurf in seinem Garten aus der Erde, damit den Todesstoß. Wenigstens dafür war die kurze Episode in Beatrice' Schlafzimmer gut. Vincenzo sagte vielleicht und bekräftigte damit den bevorstehenden Abschied.

40

Wenige Tage vor ihrer Hochzeit traf sich Mimi mit Carlotta im Caffè al Bicerin, weil ihr eine innere Stimme sagte, dass ihr Mädchen dringend Koffein, Schokolade und eine angemessene Portion Sahne brauchte. Und außerdem musste sie sie etwas Wichtiges fragen. Beim Reingehen war Carlotta ein kleines Plakat im Schaufenster aufgefallen, das ein Konzert einer jungen Liedermacherin in einem Turiner Nachtclub ankündigte: »Maria Testa live in Concert – eine junge Stimme Turins«. Es hing bereits in vielen Läden der Stadt.
Netterweise war auch die Conslà wieder aus ihrer Kirche herübergekommen und saß nun mit Mutter und Tochter an einem der kleinen Tische beim *bicerin*. Natürlich bemerkte Carlotta sie nicht, aber Mimi bezog die Heilige Jungfrau wie

immer in ihr Gespräch mit ein und gab den einen oder anderen Gedanken von ihr wieder.
»Ich habe noch keine Trauzeugin«, begann sie ohne Umschweife. »Ich hatte völlig vergessen, dich zu bitten.«
»Du willst *mich* dafür?«, fragte Carlotta und nippte an dem dunklen, bittersüßen Getränk.
»Selbstverständlich. Wen sonst? Niemand steht mir näher als du.«
»Das weiß sie doch«, sagte die Conslà und nahm Mimis Glas ins Visier.
»Ich mache es gern, natürlich«, entgegnete Carlotta. »Ich freue mich sehr für euch. Du siehst glücklich aus.« Mimi verbuchte es als Kompliment. Sie fand selbst, dass echtes Verliebtsein ihr gut stand. Ihr Teint war in letzter Zeit so rosig.
»Und du siehst wieder besser aus, Lotta-Schatz. Deine Schwestern haben sich schon Sorgen gemacht. Sie meinen, du arbeitest zu viel.«
»Nicht mehr als sonst, wirklich«, versicherte Carlotta.
»Bist du denn *auch* glücklich?«, fragte Mimi nun, und Carlotta griff nach ihrem Glas, trank und überlegte.
»Was das wohl bedeutet, dass sie nicht sofort und aus vollem Herzen zustimmt?«, streute die Conslà Zweifel.
»Nur dass sie nicht so überschwänglich ist wie ihre Mutter«, belehrte Mimi sie im Stillen und sah Carlotta forschend an. Diese schaute jetzt auf, und in ihrem türkisblauen Blick entdeckte Mimi etwas seltsam Unvertrautes.
»Ich glaube, ich bin verliebt«, gestand Carlotta.
»Na, das will ich doch hoffen!«
»Aber er passt gar nicht zu mir«, sagte Carlotta. »Das, was er sich vom Leben wünscht und was ich will, ist nicht dasselbe.« Mimi horchte auf, und die Conslà nutzte die Gelegenheit, die Sahnehaube von ihrem Glas zu löffeln. »Wenn

ich mit ihm leben wollte, müsste ich meine Schneiderei aufgeben und wegziehen.«
»Aber du wolltest doch immer fort.«
»Ich wollte reisen.«
»Und das kannst du mit ihm! Mit wem, wenn nicht mit ihm?«
»Du hättest den Abend in der Oper erleben sollen, all die Fotografen und Reporter, die die Familie belagert haben. Ich hab mich da so fehl am Platz gefühlt.«
»Du fändest das weniger störend, nicht wahr?«, fragte die Conslà Mimi provokativ.
»Wozu sitzt du eigentlich hier, wenn du nur Unfrieden stiftest?«, entgegnete Mimi.
»Weil das Mädchen mich braucht.«
»Wofür?«
»Sie sucht nach einer Antwort«, erklärte die Conslà nebulös. »Sie hat sich verlaufen und braucht Hilfe auf ihrem Weg. Sie ist verunsichert. Außerdem müsste an meinem Schleier ein kleiner Riss ausgebessert werden.«
An jenem Abend in Carlottas Wohnung, als sie alle zusammen gegessen hatten, hatte Mimi ganz und gar nicht den Eindruck gehabt, Carlotta wäre verunsichert. Sie hatte sehr souverän auf das erwähnte Foto von Daniele in dem Mailänder Nachtclub reagiert – genau genommen gar nicht –, und jeder hatte die Vertrautheit und tiefe Verbundenheit der beiden gespürt, ihre unbekümmerte Art, miteinander umzugehen. Die Conslà machte sich doch nur wichtig, um ein Schlückchen *bicerin* abzustauben und eine kostenlose Instandsetzung. Und wahrscheinlich war ihr drüben auch langweilig. Wer nahm sich denn heute noch Zeit für eine ordentliche Zwiesprache? Alte Betschwestern, deren Leben nicht die kleinste Überraschung barg.
Carlotta seufzte tief. »Die Wahrheit ist, dass ich mein Leben

für ihn sogar auf den Kopf stellen würde, aber nur, wenn ich ganz sicher wüsste, dass er mich wirklich will, nur mich und keine andere, so wie ich bin, mit all meinen Träumen. Mit weniger gebe ich mich nicht zufrieden, egal, wie gut er aussieht oder wie reich er ist.«

Mimi dachte erneut an den kurzen Artikel über Daniele und Luisa Scalfari. Kein Wunder, dass Carlotta verunsichert war. Sie verstand nicht, warum Daniele die Gerüchte nicht offen dementierte und Klarheit schaffte.

Ich schon, dachte die Conslà, sagte es aber nicht und genoss die Allwissenheit, die oft genug auch zur Belastung wurde.

»Aber warum sollte er dich denn nicht wollen?«, fragte Mimi.

»Weil es eine andere gibt«, gestand Carlotta, »mit der ihn viel verbindet. Und sie ist ganz anders als ich, elegant und irgendwie fürs Rampenlicht geboren.«

Die Conslà fuhr fast von ihrem Stuhl hoch. »Elegant?! Sie meint wohl extravagant. Sag ihr, dass sie hundertmal hübscher ist als diese hohle Nuss und klüger auch! Das ist doch lächerlich, sie wird sich doch von so einer nicht verunsichern lassen.«

»Schätzchen, das sind doch alles nur Oberflächlichkeiten«, versuchte Mimi, ihre Tochter zu trösten. »Diese Frau hat vielleicht früher mal zu ihm gepasst, aber jetzt hat er sich verändert und braucht eine Frau mit Substanz.«

»Davon hab ich auf jeden Fall mehr als sie«, erwiderte Carlotta spontan mit Blick auf ihre Hüften und lachte jetzt sogar. »Ich habe so oft mein Telefon in der Hand und will ihn anrufen«, sagte sie dann, »nur hören, wie es ihm geht und …« Sie brach ab und versank in Gedanken.

»Woran denkt sie?«, fragte Mimi die Conslà.

»Ach, jetzt brauchst du mich doch?«

»Nun zier dich nicht und sag mir, was in ihr vorgeht!«, befahl Mimi.

»Sie denkt an den anderen.«

»Was? Welcher andere?« Mimi war verwirrt. Der Conslà war sicher der viele Weihrauch zu Kopf gestiegen.

»›Ihr habt Augen und sehet nicht, und habt Ohren und höret nicht‹«, zitierte die Conslà aus dem Markusevangelium.

»Wann hast du gewusst, dass du Gino liebst? Ich meine, ihr wart so lange nur Freunde …«, fragte Carlotta jetzt.

»Gefühle können sich ganz plötzlich verändern«, sagte Mimi.

»Und man kann sie auch ganz leicht verwechseln«, ergänzte die Conslà, aber Mimi ging nicht darauf ein.

»Auf einmal ist da diese Leidenschaft«, fuhr Mimi fort.

»Dann warte mal ein paar Jahre«, entgegnete ihr die Conslà und leerte Mimis *bicerin*. Die beschloss, dass der Heiligen Jungfrau zu viel Zucker nicht gut bekam, und bestellte heute keinen zweiten.

»Ich bin neuerdings eifersüchtig. Das war ich früher nie, nicht bei Gino und schon gar nicht bei irgendeinem anderen Mann«, erklärte Mimi, und Carlotta verstand, was sie meinte. Eifersucht war ein Gefühl, das sie bisher auch nicht gekannt hatte, doch jetzt quälte sie sie. »Und dann ertappe ich mich dabei, dass ich während der Arbeit ständig an Gino denke, und ich gehe immer wieder unter irgendeinem Vorwand in die Rüstmeisterei hinunter.«

»Aber Gino freut sich doch, wenn du kommst«, meinte Carlotta.

»Natürlich, aber ich will nicht, dass er weiß, wie sehr er mir fehlt. Ein bisschen unerreichbar zu sein will ich mir schon bewahren.«

»Dieser dumme Stolz!«, nörgelte die Conslà.

»Das macht mich begehrenswert«, erklärte Mimi ihrer Tochter und der Conslà. »Wenn du verliebt bist, Lotta-Schatz, dann ist das kein leises Gefühl, glaub mir, nicht am Anfang.«

»Sehr viel mehr als nur Herzrasen«, brachte die Conslà sich noch einmal ein.
»Und sehr viel mehr als nur Herzrasen«, gab Mimi ihre Anmerkung weiter. »Sehnsucht, der Wunsch, dass der andere glücklich ist, Geborgenheit, Sicherheit, Nähe.« Die Conslà nickte zufrieden. »Und ihr könnt die Finger nicht voneinander lassen«, schloss Mimi vergnügt.
»Wir-k-lich?«, fragte die Conslà matt und gedehnt.
»Wirklich«, bestätigte ihr Mimi triumphierend, denn wenn sie ihrem unsichtbaren Gegenüber eines vorausḣatte, dann die Fleischlichkeit in all ihren lustvollen Facetten. »Ich mag, wie ich mich in seinem Blick fühle«, fügte sie noch für Carlotta an.
»Ist dein Kleid fertig?«, fragte diese nun.
»Aber ja, und es ist spektakulär! Gino wird die Luft wegbleiben.« Carlotta dachte an ein anderes Kleid. »Ich trage einen Fascinator und einen kurzen Schleier dazu. Außerdem hat Gino mir eine Saphirbrosche geschenkt – etwas Neues und Blaues.«
Carlotta griff nach ihrem Fingerhut. »›Something old, something new, something borrowed, something blue, and a Sixpence in her shoe‹«, gab sie den alten englischen Spruch wieder. »Dann fehlt dir nur noch etwas Altes, etwas Geliehenes und eine Sixpence-Münze.«
»Etwas Altes habe ich schon«, erwiderte Mimi und zwinkerte einem grauhaarigen Herrn am Nebentisch unvermittelt und aus purer Lebensfreude zu. Er verschluckte sich prompt an seinem Cappuccino, und sie war zufrieden ob ihrer ungebrochenen Wirkung auf das andere Geschlecht.
Die Conslà schnappte nach Luft. »Und mit dem Alten meine ich nicht Gino!« Sie teilte Mimis Sinn für Humor nicht. »Ich habe innen an meinem Rocksaum die Schleife eures Taufkleids angenäht«, erklärte Mimi. Jetzt war die Conslà

gerührt. Die Calma-Schwestern waren alle drei in ihrer Kirche getauft worden, und so kannte sie das Kleidchen und die Hoffnungen auf eine glückliche Zukunft im Kreis der starken Gemeinschaft, die es barg.

»Ich gebe dir eine ganz besondere Münze«, sagte Carlotta und dachte dabei an die Zweicentmünze im Zubehörfach ihrer Nähmaschine. »Dann hast du etwas Geliehenes und die Sixpence – also fast.«

»Wie lieb«, freute sich Mimi.

»Aber ich brauche sie wieder. Diese Münze ist wichtig.«

»Frag sie, warum«, mischte sich die Conslà wieder ins Gespräch.

»Warum?«, fragte Mimi.

»Ich muss sie noch einlösen«, antwortete Carlotta.

»Wofür?«

»Für die Wahrheit … und meine Zukunft.« Mimi sah die Conslà fragend an, doch die drehte sich zum Nachbartisch und nahm sich dort ein Biskuit. »Und ihr wollt ganz sicher nicht kirchlich heiraten?«, fragte Carlotta jetzt. Hier gegenüber der Wallfahrtskirche bot sich die Frage an.

»Endlich stellt sie mal jemand«, sagte die Conslà und kaute.

»Gino will schon, aber ich bin mir sicher, den göttlichen Segen auch so zu bekommen«, meinte Mimi.

»Ach, da bist du dir also sicher?«, entgegnete die Conslà fast beleidigt. »Und ich bin mir sicher, dass Gino dich spätestens bis zum nächsten Frühling umgestimmt hat, aber dann komm bloß nicht zu mir gerannt.«

»Große Sprüche für eine alte Dame, deren Schleier sich in Auflösung befindet«, gab Mimi zurück. Die Conslà zog sich denselben vors Gesicht und schaute betrübt durch ein klaffendes Loch. Die Heilige Jungfrau schmollte. »Ich komme nachher rüber und bringe das in Ordnung«, versprach Mimi ihr, »aber erst, wenn der Pfarrer beim Mittagessen sitzt. Du

erinnerst dich, wie entgeistert er mich beim letzten Mal angesehen hat, als er mich im Presbyterium erwischt hat und ich noch deinen Rocksaum in der Hand hatte.«
»Du hast ihn geküsst wie den Papstring, dich bekreuzigt und bist rausgeschlichen, das war filmreif«, lobte die Conslà Mimis Einsatz.
»Darüber solltest du vielleicht noch mal nachdenken«, sagte Carlotta.
»Worüber?« Mimi war in Gedanken noch bei der Ausbesserung des himmlischen Gewands. Sie überlegte, ob sie blauen Faden in ihrem kleinen Nähset in der Handtasche hatte.
»Über die kirchliche Hochzeit natürlich«, antwortete Carlotta.
»Genau!«, sagte die Conslà.
»Wenn ihr meint«, räumte Mimi die Möglichkeit ein.
»Wer ihr?«, fragte Carlotta.
»Na, du und Gino«, reagierte Mimi schnell und sah, wie die Conslà die Röcke raffte, Carlotta aufs Haar küsste und entschwand. »Da wir nicht so viele Gäste haben, ist die Wahrscheinlichkeit, dass du meinen Brautstrauß fängst, übrigens groß«, warnte Mimi ihre Tochter noch. »Willst du ihn denn?«
Carlotta griff nach dem Fingerhut an ihrer Kette und ließ sich Zeit mit der Antwort. Gerade hatte sie unvermutet eine Welle warmen Glücks durchflutet und dann eine Erkenntnis gestreift. »Ja, ich will ihn«, sagte sie deshalb, »ich will ihn mehr als alles andere.«

41

Die eigentliche Überraschung an Mimi Calmas Hochzeitstag war, was alles *nicht* passierte. Ihre mit Blumen geschmückte Kutsche, mit der sie an diesem strahlenden Hochsommertag vor dem Palazzo di Città, dem Rathaus von Turin, vorfahren würde, war nicht Lohengrins Schwanenboot nachempfunden, obwohl sie sich in der Requisite beizeiten danach erkundigt hatte. Ihr Kleid hatte kein gewagtes Vorbild im Fundus, es war ein aparter Entwurf, weiß und die Knie bedeckt, ein schmales Satinkleid mit Schleppe und U-Boot-Ausschnitt, an dem sogar die Conslà nichts auszusetzen hatte, als Mimi auf ihrem Weg zum Standesamt noch kurz bei ihr reinschaute.

»Ich wusste, dass du kommst«, sagte die Heilige Jungfrau abgeklärt. »Gino hat dich gefragt, nicht wahr?« Mimi nickte. Ja, er hatte sie gefragt.

»Wenn wir verheiratet sind, sollte es keine Geheimnisse zwischen uns geben«, hatte er gesagt. »Willst du mir also nicht endlich erzählen, wer Rosinas und Susas Vater ist?« Sie war erstarrt. Dass die Menschen sich ständig gegenseitig mit dieser übertriebenen Offenheit quälen mussten, war ihr ein Rätsel. »Mimi, bitte. Das ist eine wichtige Sache in deinem Leben, wenn nicht die wichtigste …«

»Das finde ich nicht!«, hatte sie entgegnet und es mit Tränen versucht, denn dieses Geheimnis zu wahren hatte sie sich und dem Vater der Mädchen geschworen – aus Liebe.

»Mimi …«

»Wenn schon die beiden nie gefragt haben …« Und sie hatten nie gefragt! Carlotta hatte sich geirrt, nicht jedem bedeutete seine Herkunft alles. Nun gut, vielleicht hatte sie es auch abgebogen und sich gewunden wie ein schlüpfriger kleiner Goldfisch.

Gino hatte gewartet. »Ich glaube ja, ich weiß es längst«, hatte er dann gesagt. »Damals beim *Barbier von Sevilla* und später bei der Wiederaufnahme der *Hochzeit des Figaro* …« Mimi hatte genickt. »Der amerikanische Bariton, der den Grafen Almaviva …«

»Thomas ist ein Weltstar! Und verheiratet«, hatte sie ihn unterbrochen. »Die schlechte Presse hätte seine Familie zerstört und seiner Karriere geschadet.«

»Wollte er die Mädchen denn nie kennenlernen?«

»Doch, aber wir mussten eine Entscheidung treffen. Was bringt es denn, eine Familie zu zerstören, damit eine andere vollständig ist.« Mimi hatte versucht, tapfer zu wirken. Sie hatte den Vater der Mädchen geliebt, wirklich geliebt, und sie hatte auch heute noch Kontakt zu ihm. Er hatte sie finanziell unterstützt und womöglich sogar mehr unter der Situation gelitten als sie. Eindeutig mehr.

»Willst du es ihnen denn nie sagen?«, hatte Gino sanft gefragt und Mimi in seine Arme gezogen. Da hatte sie an den letzten Brief gedacht, der aus New York gekommen war, und geantwortet: »Die Dinge ändern sich, Gino, genau jetzt ändert sich vieles für mich. Vielleicht dauert *nie* ja gar nicht mehr so lange.«

Die Conslà hatte ihre Antwort. Sie sprach einen Segen und schob Mimi mit dem Fuß ein kleines Amulett zu, das vor ihr am Altar lag, ein winziges emailliertes Silberding mit Öse und dem Konterfei der Conslà, das zu drei Euro zwanzig als Andenken in jedem *tabacchi* Turins verscherbelt wurde neben diversen geschmacklosen Ausführungen der Mole Antonelliana und Fanartikeln von Juventus Turin. Mimi steckte es zu ihrer geliehenen Zweicentmünze in ihr Täschchen, ließ ihr gesamtes Kleingeld in den Opferstock klimpern, schob zwei Scheine nach und stieg dann wieder in ihre Kutsche, die auf dem Kirchplatz auf sie wartete. Bei der Weiterfahrt warf sie noch einen prüfenden Blick in den Spiegel ihrer Puderdose, richtete noch einmal ihren Schleier und tupfte zarten Lipgloss auf. Ihr Make-up war an Zurückhaltung kaum zu übertreffen, denn sie hatte beschlossen, dass diese Hochzeit keine der üblichen Inszenierungen werden sollte. Nein, das war ihr Leben, und an diesem Punkt konnte etwas Wahrhaftigkeit nicht schaden.

Mimis ursprünglich geplanter großer Auftritt am Rathausplatz war deshalb auch nur ein schlichtes Ankommen. Gino und die Gäste waren alle schon da, Kolleginnen und Kollegen der Oper – die Schneiderinnen, Ankleidehilfen und Maskenbildner, der Bühnenmeister und die Inspizientin, Beleuchter, Orchestermitglieder, Rüstmeisterei und Versenkung, knapp fünfzig Freunde des Brautpaars einschließlich der Garderobenfrauen. »Du meine Güte, eine schönere Braut hab ich ja noch nie gesehen!«, rief Serafina Bandorotti, die ehemalige Gewandmeisterin, unter der Mimi viele Jahre gearbeitet hatte, und Vincenzo stimmte dem zu. Er stand mit Beatrice, die sich an ihn schmiegte, bei Gino, dem es die Sprache verschlug, weshalb er Carlottas Hand suchte. Die Calma-Schwestern waren alle drei ohne Begleitung zur Hochzeit gekommen. Marco drehte einen Werbespot in Mailand – seit im Juli die zweite und letzte Staffel von *Marco Polo* ausgestrahlt worden war, konnte er sich vor Aufträgen kaum retten. Und Daniele hatte mit den Vorbereitungen für die Festlichkeiten der Firmenübergabe alle Hände voll zu tun. Er war am Morgen mit dem Helikopter nach Portofino geflogen, um mit dem Chef des Splendido und der Gemeindeverwaltung letzte Programmpunkte zu besprechen.

Als Mimi aus der Kutsche stieg, hätte man Applaus erwartet,

aber auch das war eines von den Dingen, die heute nicht passierten. Ergriffenheit lag in der Luft.

Gino hatte die ganze Nacht kaum geschlafen, doch die Aufregung hielt ihn wach. Dass Mimi wirklich Ja sagte, glaubte er erst, wenn sie ihre Unterschrift unter die Heiratsurkunde setzte, und auch dann betrachtete er sie nur als Leihgabe eines gnädigen Schicksals, wenngleich und hoffentlich auf Lebenszeit. Der Himmel gewährte Wunder proportional zum Maß des Staunens, das man sich bewahrte, des Glaubens und Vertrauens, davon war er überzeugt. Und im Gegensatz zu seinem Vater, für den Ginos Mutter mehr Haushälterin als Geliebte gewesen war, würde *er* seine Frau auf Händen tragen.

»Darf ich?«, fragte Gino Mimi voller Liebe und Stolz, bot ihr seinen Arm an, und sie betraten gemeinsam das Turiner Rathaus, das sich nahtlos ins barocke Ensemble der Altstadt fügte. Auf seinem Giebel hoch über dem Eingang thronte eine Uhr, die schon von Weitem sichtbar war und deren Zeiger unablässig das Feld der Zeit durchpflügten. Ganze Jahrhunderte hatten sie schon durchlaufen, epochale Ereignisse gestreift, die die Stadtgeschichte prägten, und Stunden wie diese angestoßen – nicht mehr als flüchtige Augenblicke –, neben denen die Zeitalter nichts waren und der Augenblick für den Einzelnen alles.

Die Zeremonie fand im historischen Marmorsaal statt, in dem einzig die rotsamtenen kubischen Stühle modern waren, auf denen die Hochzeitsgesellschaft nun Platz nahm. Mimi und Gino saßen vor dem Tisch des Standesbeamten, Carlotta und Vincenzo als Trauzeugen schräg dahinter, eingerahmt von Susa und Rosina auf der einen und Beatrice auf der anderen Seite. Sie hielt Vincenzos Hand, und er erlaubte es ihr, um der Lüge Nachdruck zu verleihen. Bald war alles ausgestanden, bald wäre er fort, und seine Gefühle würden

mit der Zeit vergehen. Der Abstand würde alles erträglicher machen. Pasquale hatte gestern bereits seine Koffer aufgegeben. Er reiste nur mit Handgepäck.
Der Standesbeamte sprach jetzt über die Liebe, den gemeinsamen Lebensweg zweier Menschen und deren Hoffnungen. Gino sagte irgendwann mit kräftiger Stimme »Ja, ich will!«, und Mimi erwiderte es kurz darauf mit feuchten Augen und einer Gewissheit, die sie selbst überraschte. Beatrice küsste Vincenzo in diesem Moment auf die Wange, als wäre es ihr Gelübde, und dann folgten auch schon die Unterschriften des frischgebackenen Ehepaares sowie der beiden Zeugen. Kurz sahen Carlotta und Vincenzo sich an und dachten an den Tag im Juni, als sie gemeinsam beim Notar gewesen waren und ebenfalls ihre Namen unter einen Vertrag gesetzt hatten – das C ihres Vor- und Nachnamens so groß und kreisrund, dass der übrige Schriftzug fast ganz darin Platz fand, als würde sie Schutzhütten bauen, während seine Signatur sich der ihren entgegenneigte, als wollte er sich daran anlehnen.

Der Tag, an dem aus Mimi Calma Milena Occelli wurde – und auch das hatte niemand erwartet, vor allem Gino nicht, der davon überzeugt gewesen war, sie würde ihren Mädchennamen behalten wollen –, wurde von einer Feier im Foyer del Toro im Teatro Regio gekrönt. Der Intendant hatte aufgrund der Sommerpause seine Erlaubnis gegeben und Vincenzo das Cambio mit dem Büfett beauftragt, die Kolleginnen und Kollegen hatten den großen Saal festlich geschmückt, und Musiker des Orchestra del Teatro Regio hatten angeboten – höchst ungewohnt –, Tanzmusik zu spielen. Die Gäste verteilten sich über die vielen Sitzgelegenheiten und standen an den Stehtischen, und Ober reichten Champagner. Carlotta beobachtete ein Pärchen, das sich

nicht aus den Augen ließ. Sie fütterte ihn mit Häppchen vom Büfett, er brachte ihr ein frisches Glas Champagner, und sie alberten herum.
»Sind sie nicht zauberhaft?«, fragte Serafina Bandorotti Carlotta, denn sie war ihrem Blick gefolgt. »Du kennst Maurizio und Chiara doch noch, oder?«
»Deine Enkel?!« Carlotta hatte sie zuletzt als Kinder gesehen. Sie waren etwas jünger als sie. Serafina hatte sie manchmal zur Arbeit mitgebracht, so wie ihre Mutter sie. »Ich hätte sie nicht wiedererkannt.« Die Bandorotti-Zwillinge! Sie sahen sich nicht besonders ähnlich und waren damals schon unzertrennlich gewesen.
»Chiara ist mittlerweile verheiratet, aber ihr Mann muss heute leider arbeiten.« Serafina sah Carlotta tief in die Augen. »Und du, mein Herz? Mimi meinte, du wärst verliebt. Ist die nächste Hochzeit, die wir feiern, vielleicht deine?«, fragte sie. In dem Moment hob die Musik an, Mimi und Gino wurden in die Mitte des Saales gebeten, wo eine auffällige Marmoreinlegearbeit am Boden einen springenden Stier zeigte, das Wappentier der Stadt, und die Feier wurde nun offiziell mit dem traditionellen Brautwalzer eröffnet. Da es keine Eltern des Paares gab, baten sie Vincenzo und Carlotta als ihre Trauzeugen dazu, und Carlotta war froh, noch etwas geübt zu haben, wenngleich Vincenzo sie wieder sicher führte. Ihre Blicke begegneten sich nur hin und wieder. Er suchte bei jeder Drehung Beatrice im Raum. »Der Smoking ist übrigens perfekt«, sagte er nach einer Weile, »das wollte ich Ihnen noch persönlich sagen, Carlotta.« Vincenzo hatte auf die letzte Anprobe verzichtet und Pasquale geschickt, den Abendanzug in der Schneiderei abzuholen, was Carlotta gekränkt hatte. Und Pasquale war es dann auch gewesen, der sie angerufen und ihr ausgerichtet hatte, dass Vincenzo mit der Ausführung sehr zufrieden sei und sie doch bitte ihre

Rechnung stellen solle, was sie bisher nicht getan hatte, da ihr der Umrechnungskurs für Hingabe fehlte.
Die Blicke sämtlicher Gäste lagen nun auf ihnen und dem Brautpaar. Vincenzo rang sich ein unverbindliches Lächeln ab, und Carlotta erwiderte es und dachte an Daniele. Der Walzer war fast zu Ende, als Vincenzo sich über sie beugte wie damals bei ihrem Tanz im Showroom, sie sich zurücklegte und sein Arm sie hielt. Die Gäste applaudierten, Carlotta spürte, wie ihr schwindlig wurde, und im selben Moment riss ihr Etuikleid. Vincenzos Hand glitt über ihren nackten Rücken, und sie wusste nicht, wie tief sich dieser Riss tatsächlich zog. Sie sah ihn erschrocken an, Röte überlief ihr Gesicht, sie hörte die Stimmen der Kinder »Die fette Lola-Qualle platzt!« und versank in diesem Strudel aus Scham, als wäre sie wieder acht Jahre alt und kein Tag vergangen. Sie fühlte sich nackt unter den Blicken, nackt vor ihm, erniedrigt und gedemütigt. Vincenzo zog sie an sich – sie hielt die Luft an –, schlüpfte aus seinem Sakko und legte es ihr geistesgegenwärtig um. Dann nahm er sie in den Arm und führte sie durch die Menge aus dem Saal ins offene Treppenhaus, ohne dass auch nur einer der Gäste etwas von ihrem Missgeschick mitbekommen hätte. Lediglich ihr schneller Abgang erregte womöglich Aufmerksamkeit. Oder auch nicht, schließlich konzentrierten sich alle auf das Brautpaar.
Die Musiker spielten jetzt Swing. Carlotta und Vincenzo hörten die Klänge noch, als sie bereits vor der Schneiderei standen, deren Tür Gott sei Dank nicht verschlossen war.
»Gehen Sie doch zurück«, sagte Carlotta zu ihrem Retter. »Ihre Frau sucht Sie sicher schon.«
»Aber vielleicht kann ich helfen?«, bot Vincenzo sich an. »Darf ich es mir mal ansehen?« Warum tat er das nur immer wieder? Warum brachte er sich ständig in Schwierigkeiten?
Sie betraten die verwaiste Schneiderei. Die Mittagssonne

schien durch die weite Fensterfront, und es war unglaublich warm im Raum. Carlotta nahm das Sakko ab und versuchte, den Schaden im Spiegel zu überblicken.
»Es ist der Reißverschluss«, sagte Vincenzo, »er ist aufgeplatzt.«
»Ich habe wohl zugenommen«, erwiderte sie gespielt unbekümmert.
»Nicht doch«, entgegnete er. »Sie sind lediglich das Opfer schlampiger Verarbeitung des Herstellers, nicht Ihrer«, fügte er schnell hinzu. »Darf ich versuchen, ihn wieder zu schließen?«
»Bitte«, antwortete Carlotta und drehte Vincenzo ihren Rücken zu. Dieser verfluchte Reißverschluss reichte bis über ihren Po. Man sah nicht nur ihren BH, sondern auch den Ansatz des Slips. Zum Glück hatte sie Satin mit altrosa Spitze gewählt. In weniger peinlichen Momenten wäre der Anblick sicher erotisch gewesen, dachte sie kurz.
Vincenzo zog den Schieber des Reißverschlusses nach unten und versuchte, die gegenüberliegende Reihe einzufädeln. Seine Hände zitterten. Er konnte den Blick nicht von ihrer zarten hellen Haut wenden, ihrem runden Po, der Taille. Vorsichtig zog er an, doch der Schieber lief ins Leere. »Er ist nicht zu retten, es tut mir leid«, sagte er mit brüchiger Stimme und haderte mit dem Augenblick, der ihm ihr sinnliches Ausgeliefertsein bescherte, ohne dass er es ergreifen durfte.
»Dann setze ich einen neuen ein«, beschloss Carlotta und machte sich sofort auf die Suche. Sie fand unzählige Reißverschlüsse in allen Farben und Längen, aber keinen, der auch nur annähernd gepasst hätte. Leise Klänge eines langsamen Walzers drangen aus dem Foyer herüber. Vincenzo fühlte sich nutzlos. Er lehnte an einem der Zuschneidetische und verfolgte Carlottas vergebliche Suche. »Ich muss ihn wohl heraustrennen und mich einnähen lassen«, kapitulierte sie. »Wären Sie so nett, Rosina oder Susa zu holen?«

Vincenzo nickte und ging zur Tür. Dort drehte er sich noch einmal um und sah, wie sie aus ihrem Kleid schlüpfte. Er genoss diesen Anblick, ihre feine Spitzenwäsche, ihre festen Schenkel, die Kurven eines Violoncellos. Und dann ihr wunderschönes Gesicht, das er im Spiegel sah, das blaue Leuchten ihrer lebendigen Augen, ihre Lippen. Er glaubte immer, sie müssten nach Marzipan schmecken. Seine Sehnsucht berührte sie an jeder Stelle ihres Körpers, hüllte sie ein, streichelte, küsste sie und verbrannte ihn dabei. Diesen Schmerz konnte er körperlich spüren, er fraß an ihm, unvermindert. Er musste jetzt die Türklinke hinunterdrücken, leise, damit sie nicht bemerkte, dass er noch immer da war, dass er schon wieder wie ein Dieb Augenblicke stahl, doch seine Hand gehorchte ihm nicht.

Carlotta setzte sich, trennte Stück um Stück den Reißverschluss aus ihrem Kleid, griff zu einer Nähnadel und fädelte ein passendes Garn ein. Dann sah sie auf und entdeckte im Spiegel, dass Vincenzo sie mit seinen Blicken vermaß. Sie bewegte sich nicht. Ihr Schweigen sagte etwas. Sein Erstarren auch. Die Zeit stand still, die feinen Staubkörner im Raum schienen in der Luft zu stehen, die Sonnenstrahlen gefroren zu Eis, keine Bewegung, kein Herzschlag, kein Atem.

»Ich kann es auch machen«, sagte er da und stürzte sich mit diesem Ansinnen in den Abgrund seiner verbotenen Leidenschaft.

»Wirklich?«, fragte sie und machte keine Anstalten, sich zu bedecken. Sie verweilte im kühlen Schatten der Haselnusshaine, schenkte ihm ihre Blöße und webte ein Schweigen darüber, das sie beide beschützte.

»Ganz bestimmt«, antwortete Vincenzo und kam langsam zu ihr herüber. Sein Herz schlug jetzt schneller, ihres auch. Sie stand auf, nahm ihr Kleid vom Tisch und zog es ohne Eile an. Jede ihrer Bewegungen war eine Einladung, sie zu betrachten, ihren Körper, ihre Hingabe, die Lust. Ein verstörender Tagtraum und erregend zugleich. Er atmete schwer, sie auch. Sie reichte ihm Nadel und Faden und drehte ihm ihren Rücken zu.

Vincenzo erinnerte sich an seine Ausbildung, die Fertigkeiten, die ihm die Damen in der Reparaturabteilung beigebracht hatten – Handwerk und Ekstase waren damals, noch bevor er Beatrice kennengelernt hatte, verschmolzen. Er zog den Stoff mit sanftem Zug zusammen, folgte der Form ihres malerischen Körpers, vernähte den Faden und fädelte einen weiteren ein, da die Länge nicht ausreichte. Nur *ein* Moment des Nachgebens, und seine Lippen hätten ihren Nacken berührt. Als er an ihrem Halsausschnitt angekommen war, legte er die Nadel zurück und fragte in der verrückten Hoffnung, ihre Antwort könne ihn erlösen: »Und wer wird Sie heute Abend wieder aus dem Kleid herausholen?« Seine Hände lagen auf ihren Schultern, sein Körper war nah an ihrem. Rosina, wollte Carlotta erwidern, doch als sie sich umdrehte und zu ihm aufsah, las Vincenzo aus ihrem Blick einen anderen Namen heraus und spürte, wie schwer ihm der ins Herz sank, weil er den Jungen so sehr liebte. Da küsste er sie aufs Haar, atmete ihr zartes Parfum ein, das wie ein Blütenteppich darauf lag, und sehnte sich ans andere Ende der Welt.

Als Mimi am späten Nachmittag ihren Brautstrauß über die Stufen des Treppenhauses in die Menge warf, kam Daniele gerade, um wenigstens noch zu gratulieren und Carlotta abzuholen. Er stand neben ihr, als sie den Strauß auffing und sein Vater an Beatrice' Seite zustimmend nickte. Die nächste Hochzeit bahnte sich an, und Vincenzo würde zurückkommen, um sie mit seinem Sohn und seiner zukünftigen Schwiegertochter zu feiern.

Portofino, Ligurien

42

Senfgelb, Ocker, Rosa und Rostbraun, zartes Lindgrün und ein kräftiges Blau – jede Farbe der hohen, schmalen Häuser, die die kleine Bucht von Portofino säumten, trug ihren eigenen Namen, unter dem sie die Fischer des Ortes früher kannten, zum Beispiel *Arancio du Pipin,* das »Orange des Pipin«. Dabei waren die Fassaden ursprünglich weiß gewesen, bis die Fischer und Korallentaucher wohlhabender wurden und ihre Häuser bemalten, um sie nach monatelanger Fahrt bei ihrer Rückkehr schon von Weitem zu erkennen. Später kamen noch Trompe-l'Œil-Malereien dazu, aufgemalte Balustraden und Fensterumrahmungen, Vögel und florale Ornamente. Als Carlotta an diesem Samstagmorgen auf der Piazza Martiri dell'Olivetta am kleinen Naturhafen auf Daniele wartete, war sie an die bunten Inseln Murano und Burano bei Venedig erinnert, an die Bilder, die sie kannte. Es waren immer nur Bilder – bis jetzt. Das war ihre erste Urlaubsreise, und bald würde eine noch viel aufregendere folgen.
Carlotta war gestern mit ihrer Mutter und Gino angekommen. Sein Wagen stand jetzt in der Parkgarage am Ortseingang, denn außer ein paar dreirädrigen Piaggio Ape fuhren in dem winzigen Ort keine Autos. Mimi und Gino hatten die ganze Fahrt von Turin bis Portofino darüber diskutiert, wo sie in Zukunft wohnen wollten.
»Es muss ja nicht im Zentrum sein«, hatte Gino Mimi zu überzeugen versucht. »Wir könnten doch auch an den Stadtrand ziehen, wo es ruhiger ist.«

»Ruhiger?«, hatte Mimi ungläubig gefragt. »Was lässt dich glauben, dass ich's ruhig mag?« Sie hatte den Torre Littoria im Auge, das Hochhaus aus den Dreißigerjahren, in dem auch Luisa Scalfari wohnte. Die Turiner hatten allerlei abfällige Spitznamen für den backsteinfarbenen, über hundert Meter hohen Hünen, von *»Il dito del Duce«* – »Der Finger des Duce«, der direkt aufs Schloss und damit mahnend auf die untergegangene Monarchie zeigte, bis *»La torre arrogante«* – »Der arrogante Turm«. Die Meinungen, ob er nun schön war oder nicht, waren geteilt. Mimi fand ihn fabelhaft. »Bei uns wird auch bald was frei«, hatte Carlotta berichtet. »Vielleicht möchtet ihr ja in eine Wohnung in unserem Haus ziehen.« Mimi hatte überlegt, und auch Gino schien nicht abgeneigt. Sie würden sich nach ihrer Hochzeitsreise darum kümmern.

Vincenzo hatte die Frischvermählten nicht, wie ursprünglich von Beatrice vorgeschlagen, in ihrer Villa untergebracht. Er hatte in der Via Roma – die im Vergleich zu ihrer Turiner Namensvetterin eher eine Gasse war – eine kleine Wohnung mit steilem Treppenaufgang gemietet, wo sie unter sich waren. Carlotta, Susa und Marco wohnten genau gegenüber im Hotel Splendido Mare, der Dependance des berühmten Nobelhotels hoch über der Bucht, wo Vincenzo, Daniele und die über hundert Gäste der Lanificio Giordano untergebracht waren. Zu Fuß kam man bequem in zehn Minuten hinauf, aber es fuhr auch ein Shuttlebus zwischen den Häusern.

Bis auf ein paar Geschäftsleute waren bereits alle angekommen, um heute Abend an Danieles Geburtstagsfeier und der offiziellen Verkündigung der Firmenübergabe teilzunehmen. Die üblichen Paparazzi stromerten durch den kleinen mondänen Ort, in dem über den Läden von Gucci, Dolce & Gabbana und Dior die Wäsche vor den Fenstern hing und

auch die prominentesten Besucher mit einem *»ciao bello«* oder »buon *giorno, carissima«* begrüßt wurden.
Carlotta liebte diesen Ort sofort. Sie hatte die Fahrt an der Küste entlang durch Santa Margherita Ligure und vorbei an der Baia di Paraggi genossen und an prähistorische Manteltücher gedacht. Sie hatte den Duft der immergrünen Pinienwälder in der Nase gehabt, deren Unterholz aus Myrte, Erika, Thymian und Haselnusssträuchern bestand. Es war ein ganz anderer Duft als der der Wälder um Valle Masso. Hier wuchsen Feigenkakteen auf steilen Felsen, die sich ins Meer schoben, Kapernsträucher, wilde Levkojen und Meerfenchel. Nie zuvor hatte sie derart türkisblaues klares Wasser gesehen, außer vielleicht in Reiseprospekten der Südsee.
»Hast du gut geschlafen? Ist dein Zimmer schön?« Daniele tauchte neben Carlotta auf. Er war leger gekleidet, trug helle Hosen, ein blaues Hemd und Loafer. Und er sah entspannt aus, endlich einmal nach den anstrengenden Monaten, in denen er nur herumgereist war und ständig unter Strom stand.
»Alles Gute zum Geburtstag, Peter«, zog Carlotta ihn auf. »Bist du wieder nicht älter geworden?«
»Du weißt doch, dass man nur im Nimmerland immer Kind bleibt«, erwiderte er gut gelaunt. »Und seit wir uns am letzten Schultag voneinander verabschiedet haben, bin ich nicht dahin zurückgegangen.«
»Ich auch nicht, aber ich habe meinen kleinen Schwestern die Geschichten von Kapitän Hook und dem Krokodil erzählt, das seine Hand verschluckt hat, und von Glöckchen, der Fee. Alle Abenteuer, die Peter und Wendy bestanden haben.« Sie wurden beide ein bisschen wehmütig. »Wann bist du angekommen?«, fragte Carlotta dann und verscheuchte die nostalgische Stimmung.
»Spät. Ich wollte dich nicht mehr stören.«

Sie setzten sich auf eine Bank am Hafen, den großen weißen Jachten gegenüber – millionenschwere Statussymbole, die beschaulich vor Anker lagen –, und sahen den Angestellten der Cafés zu, wie sie die Tische eindeckten, und den drei verbliebenen Fischern des Ortes, die auf ihren Holzbooten Netze flickten, während über ihnen Möwen kreisten. Erste Touristen flanierten, sonst war es noch ruhig in dem letzten Hafen an der Grenze, in Porto fin, wie die Tigullier ihn einst nannten oder Portus Delphini die Römer. Tatsächlich gab es im Ligurischen Meer Delfine – ein beliebtes Motiv, das im Ort kunstvolle Kieselsteinornamente zierte.
»Ist Rosina wirklich nicht mitgekommen?«, fragte Daniele. Er hätte sich gefreut, beide Calma-Schwestern wiederzusehen.
»Nein, sie wartet auf ihr Prüfungsergebnis und hat für große Veranstaltungen nichts übrig. Sie genießt es, die Wohnung mal für sich zu haben.« Carlotta sah Daniele erwartungsvoll an. »Musst du gleich wieder rauf ins Hotel zu euren Gästen?«, fragte sie, denn sie mussten miteinander reden. Portofino war auch auf ihrem Weg zaghafter Annäherung die letzte Station, ihr letzter Hafen.
»Nein, ich habe bis Mittag frei. Wir könnten nach San Fruttuoso wandern, wenn du möchtest, oder uns ein Boot nehmen und an der Küste entlangfahren.« Carlotta sah auf ihr himmelblaues Kleid und die Sandalen mit kleinem Absatz, die sie trug. Sie waren keine gute Wahl für das Kopfsteinpflaster und noch weniger für eine Wanderung oder Bootsfahrt, aber sie hatte eigentlich auch keine Lust, sich umzuziehen.
»Ist es weit bis zum Leuchtturm?«, fragte sie deshalb.
»Nur ein Spaziergang, ganz gemütlich. Wir kommen an schönen Villen vorbei.«
»Auch bei deiner Mutter?«

»Ja, aber sie ist wahrscheinlich gestern bei meinem Vater im Splendido geblieben.«

»Wahrscheinlich«, wiederholte Carlotta. »Vielleicht gibt es heute Abend ja noch mehr Bekanntmachungen«, mutmaßte sie.

»Wer weiß?«, stimmte Daniele ihr zu. »Obwohl *du* ja den Brautstrauß gefangen hast. Bist du übrigens beim Arzt gewesen? Mein Vater sagt, dir ist auf der Hochzeit schwindlig geworden.«

»Ja, war ich. Er sagt, dass das Nebenwirkungen der Impfungen sind, die ich für Mexiko gebraucht habe. Kein Grund zur Sorge also, das geht vorbei.«

Daniele legte seinen Arm um Carlotta und zog sie an sich. Sie lehnte ihren Kopf an seine Schulter. »Dann bin ich ja beruhigt.«

»Wobei mir gleich wieder schwindlig wird, wenn ich dem Schaukeln der Schiffe so zusehe«, scherzte sie.

»Du fliegst also wirklich?«, ging Daniele auf ihre Reisepläne ein.

»Auf jeden Fall! Ich will endlich mal etwas nur für mich tun.«

Sie griff in die Tasche ihres Kleides und holte die Zweicentmünze heraus, die ihre Mutter ihr zurückgegeben hatte. »Aber vorher müssen wir noch über etwas reden.«

»Über uns.«

»Richtig.« Sie gab sie Daniele und sagte: »Du hast mich auf der Mole gefragt, ob ich warten kann.«

»Und dann habe ich dich sehr lange warten lassen.«

»Und ich dich. Seit der Nacht, in der du bei mir geblieben bist …«, sie brach ab.

»… und ich einfach eingeschlafen bin, bevor wir … Das war der Jetlag, ich war echt fertig.«

»Ich weiß. Aber später …«, sie sah ihn lange an, »… haben

wir nicht mal versucht, es zu wiederholen.« Daniele schwieg. »Weil es sich nicht richtig angefühlt hat.« Jetzt war es raus.
»Für dich auch nicht?!« Daniele konnte kaum glauben, was Carlotta sagte. Er hatte sich mit diesen Zweifeln so gequält, weil ihm irgendwann klar geworden war, dass sie nie ein Liebespaar gewesen waren, sondern Bruder und Schwester, Peter Pan und Wendy, immer schon. Und diese Liebe fühlte er mit ganzer Kraft. Durch Carlotta hatte sich sein Leben verändert, *er* hatte sich verändert. Er war seinem Vater nähergekommen, hatte sich und ihm Ängste eingestanden und der Verlassenheit erlaubt zu verblassen. Er war aus der Rolle des Sonnyboys ausgebrochen, die er an der Seite seiner Mutter verinnerlicht hatte und die ihn nicht ausfüllte. Seit Carlotta wieder in seinem Leben war, fühlte er sich vollständig, angenommen und sicher.
»Nein, für mich auch nicht«, bestätigte sie Daniele aufrichtig. »Ich glaube, dass wir uns deshalb in letzter Zeit so selten gesehen haben, weil wir es gespürt haben und … verunsichert waren. Ich war verunsichert.« Sie seufzte. »Du glaubst nicht, wie sehr.«
Daniele fühlte sich so erleichtert und dachte an den Abend in Mailand, an dem dieses Foto entstanden war, das sie überall abgedruckt hatten – er zwischen zwei unbekannten Frauen auf der einen und Luisa auf der anderen Seite. Dass er sie wiedergesehen hatte, war nicht das eigentlich Erwähnenswerte, aber das wusste die Presse natürlich nicht. Das eigentlich Erwähnenswerte war die hübsche Anwältin rechts von ihm, Alessia Conti, jüngster Zugang in der Kanzlei Conti, De Luca und Partner, die seine Firmengründung vorbereitet und ihn als Rechtsbeistand nach Prato begleitet hatte. Er hatte sie im Juni kennengelernt und war seither hin- und hergerissen. Er wollte Carlotta nicht verletzen und sie schon gar nicht verlieren, aber er dachte immer öfter an

diese verrückte Emotion, der er nicht nachgegeben hatte. Alessia war mit ihrem Vater und zwei Kollegen der Kanzlei als Gast der Lanificio hier, sie hatten gestern im Splendido eingecheckt.

Daniele hielt noch immer die kleine Kupfermünze in der Hand. Sie war ein Pfand für die Wahrheit, nach der Carlotta und er gesucht hatten, für die Aufrichtigkeit ihrer Gefühle.

»Ich weiß, was du meinst. Ich war auch ziemlich durcheinander«, gab er jetzt zu. »Und als du dann auch noch den Brautstrauß gefangen hast ...«

»Daniele«, unterbrach Carlotta ihn, »ich liebe dich. Du bist mein großer Bruder, der immer auf mich aufpasst. Mit dir kann ich lachen und die Welt erobern ...«

»Gleich die ganze Welt?«, fragte er.

»Na, ich war doch immerhin mit dir auf dieser Aussichtsplattform. Ich bin in einem gläsernen Aufzug durchs Nichts gerast, nur um mit dir den Mond zu sehen!«

»Also Antonelli, der Architekt, hat sich mit fast neunzig Jahren außen in einem Korb hochziehen lassen. *Das* nenne ich vollen Einsatz!«, konterte Daniele und lachte. Er war so erleichtert.

Carlotta sah wieder den kleinen Jungen vor sich, Peter Pan, der seinen Schatten jagte und gegen Seeräuber kämpfte. Als sie noch geglaubt hatte, er wäre der Mann, mit dem sie ihr Leben verbringen wollte, lange bevor sie sich wiedergetroffen hatten, da hatte sie in diese Erinnerungen etwas hineininterpretiert, das gar nicht da gewesen war. Der Fingerhut, den sie trug, dieser Kuss aus einem Märchen, war ihr Beweis genug. Und wäre sie Vincenzo nicht begegnet, hätte sie den Unterschied von Liebe und Begehren, von Vermissen und Sehnsucht wohl nie erkannt. Er hatte so vieles für sie verändert und ihr durch den Kauf der Cotonificio sogar die Möglichkeit gegeben, sich selbst zu entdecken – an ihren Sehn-

suchtsorten überall auf der Welt. Dass er sich aus dem Geschäft zurückzog und sein Leben völlig auf den Kopf stellte, hatte sie ermutigt, ihres auch nicht länger zu verschieben.
»Kannst du nicht ein bisschen ernster sein?«, fragte Carlotta.
»Warum? Zwischen uns ist doch alles gut, oder?«
»Besser als gut«, bestätigte sie, und eine Träne lief ihr über die Wange. Sie saß mitten im Paradies und weinte.
Daniele stand auf und zog sie zu sich hoch, küsste sie auf die Stirn und fragte: »Warum weinst du dann?«
»Weil ich mich verliebt habe«, gestand sie unglücklich.
»Wann? In wen, Lola?« Daniele war ehrlich überrascht.
»In ...«, setzte sie an.
»Ja?«, fragte er und wartete lange auf ihre Antwort.
»In deinen Vater.« Ein leichter Wind kam auf, ließ die Segelboote in der Hafeneinfahrt schaukeln, kräuselte die Wasseroberfläche und schlief kurz darauf wieder ein. Es war, als überliefe Carlotta ein Schauer, so wie im Caffè al Bicerin. Ein Steward ging von Bord der Victoria del Mar, die vor ihnen vertäut lag, und entsorgte edle Einkaufstaschen und leere Weinkartons.
Daniele war sprachlos. »Und er ...?«, fragte er nur.
»Da ist etwas zwischen uns, ich bilde mir das nicht nur ein«, sagte Carlotta. »Aber er hat sich wieder an deine Mutter gebunden, und das akzeptiere ich.«
»Denkst du nicht, dass sie auch viel besser zusammenpassen, Lola?«
»Weil sie aussieht wie ein Filmstar und mehr Erfahrung hat als ich? Weil sie der wahr gewordene Traum jedes Mannes ist, meinst du das?«
»Lass uns zum Leuchtturm gehen«, forderte Daniele sie auf. Er wollte lieber nicht über seine Mutter als Traum eines jeden Mannes nachdenken müssen. »Ich will ein bisschen

laufen, um den Kopf freizukriegen. Mit diesem Gespräch habe ich nicht gerechnet.«
»Bist du schockiert?«
»Ja … vielleicht … Ich weiß es nicht.«

43

Beatrice trug den Sieg über ihren knapp abgewendeten Untergang wie ein maßgeschneidertes Kostüm. Das stand ihr fast noch besser als die weiten weißen Hosen von Cavalli, der schwarz-weiße Blazer und der edle Fedora, die sie heute anhatte. Sie war mit Marco im Splendido Mare zum Brunch verabredet, um den Agenturvertrag zu unterzeichnen, und das war in dieser Woche dann schon der zweite Neuzugang, da auch Luisa Scalfari bei ihr unterschrieben hatte. Die kleine Opportunistin hatte förmlich darum gebettelt, zu ihr wechseln zu dürfen. Sie versprach sich davon eine engere Bindung an die Familie und damit an Daniele, dessen Interesse an ihr noch nicht wieder aufgeflammt war – die Feier heute Abend sollte es richten. Luisa wohnte wieder bei Beatrice in der Villa knapp unterhalb des dominanten Castello Brown.
Marco saß mit Susa vor dem Hotelrestaurant auf der Piazza und blickte auf den Hafen. Die Fischer reparierten noch immer ihre Netze. Ihre kleinen Boote strahlten im Schatten der Sechzig-Meter-Jachten Bescheidenheit aus.
»Gut, dass der Schwindel jetzt vorbei ist«, sagte er zu Susa. »Ich hab Daniele und seinen Vater nicht gerne angelogen und deine Familie auch nicht. So weit sollte es eigentlich gar nicht gehen.«
»Du hast es ja nicht für dich getan«, tröstete ihn Susa.

»Na ja, ein bisschen schon. Der Teil mit Danieles Mutter hat mir Spaß gemacht.«
Kaum sprach Marco von ihr, nahm Beatrice auch schon neben ihm Platz und orderte bei einem Ober drei Gläser Dom Pérignon – Macht der Gewohnheit.
»Sie müssen die Schwester der Schneiderin sein«, begrüßte sie Susa und ließ sie gleich darauf links liegen. Die kleine Unschuld interessierte sie nicht. »Hatte Ihr Vater Gelegenheit, den Vertrag zu prüfen, den ich Ihnen zugeschickt habe?«, fragte sie Marco ohne weitere Höflichkeiten, aber mit jeder Menge Sex-Appeal in der Stimme. »Es ist mein Standardvertrag. Luisa Scalfari, das bekannte Dessous-Model, hat ihn auch gerade unterschrieben.«
»Ja«, erwiderte Marco mit jungenhaftem Charme. Beatrice konnte seine Schönheit kaum fassen, die gezähmte Wildheit und der verträumte Eros – das niedliche Blondchen mit den Rehaugen war für so viel geballte Sinnlichkeit auf jeden Fall zu jung und unerfahren. Was für eine Verschwendung! »Hast du ihn da, Susa?«, fragte er seine Begleiterin, und diese zog die Papiere aus ihrer Handtasche. Dabei entdeckte sie, dass sie schon wieder Carlottas Post mit sich herumtrug und sogar einen Brief für Rosina, eine dumme Angewohnheit.
»Es ist alles in Ordnung, ich habe schon unterschrieben.«
Der Ober brachte den Champagner, und Beatrice griff nach dem Vertrag und studierte ihn. »Sie haben mit Marco Polo unterschrieben. Haben Sie den Namen jetzt doch als Pseudonym in Ihren Pass eintragen lassen?«
»Gar nicht nötig«, erklärte Marco und trank einen Schluck, »der steht da schon immer drin.«
Susa grinste breit. Sie hatte Marcos Spiel mit den ständigen Verwechslungen von Anfang an lustig gefunden. Und auch, dass er angeblich ein Haus gekauft hatte und sich von Beatrice' Agentur anwerben ließ, obwohl er bereits bei Doubles

& More unter Vertrag stand – als Doppelgänger von Lorenzo Richelmy, dem er wirklich ungemein ähnlich sah. Seit die erste Staffel *Marco Polo* ausgestrahlt worden war, konnte Marco sich vor Angeboten für Werbespots und Auftritte in Shows kaum retten. So finanzierte er seit zwei Jahren sein Studium.

»Wie meinen Sie das?« Beatrice war sichtlich verwirrt.

»Na, er meint, dass er wirklich so heißt«, erklärte Susa und trank ebenfalls einen Schluck Champagner. »Marco Polo.« Sie strahlte Beatrice an. »Das ist ein ziemlich verrückter Zufall. Ich hab's ja selbst kaum geglaubt, als wir uns kennengelernt haben.« Doch genau genommen war es Susa so viel lieber. Eine Beziehung mit einem bekannten Schauspieler, der auf der ganzen Welt drehte, hätte niemals funktioniert, Rosina hatte damit ganz recht gehabt. Trotzdem war es amüsant gewesen, sie in dem Glauben zu lassen, wenigstens eine kleine Weile. Und dann die ganzen Mädchen, die Marco ständig nachliefen und um ein Autogramm bettelten.

»Ich unterschreibe immer nur mit meinem richtigen Namen«, hatte er Susa erklärt. »Was kann ich dafür, dass sie mich für den anderen halten?«

»Ich hab mich schon gewundert, dass ein Star wie Richelmy keine Autogrammkarten hat«, hatte sie ihm damals entgegnet und ihm erlaubt, weiter Träume zu schüren und kostenlose Drinks anzunehmen. Als armer Student musste man kreativ sein, und diese Fügung hatte ihm das Schicksal oder die amerikanische Filmindustrie doch förmlich vor die Füße geworfen. Nur schade, dass das mit der Kampagne für Giordano nichts werden würde. Daniele wollte sicher den echten Lorenzo Richelmy.

»Marco Polo?«, wiederholte Beatrice und spürte leichte Panik in sich aufsteigen. »Das ist doch Unsinn, so heißt doch heutzutage kein Mensch!«

»Aber sicher«, entgegnete Marco gelassen. »Den Namen Polo gibt es in Italien fast tausendmal und Marcos so an die hundert.« Er blickte Beatrice unschuldig an. »Wollen Sie mich jetzt doch nicht in Ihrer Agentur? Ich habe meine Kritiken vom Stück *Zufälliger Tod eines Anarchisten* mitgebracht, in dem ich die Hauptrolle gespielt habe. Das sind echt gute Referenzen, Signora.«
Beatrice wollte aufspringen und dem jungen Mann eine Ohrfeige verpassen, aber sie fühlte sich wie gelähmt. Da steckte doch eindeutig dieser hinterhältige kleine Handlanger dahinter, der ihr den Jungen auf dem Silbertablett serviert hatte, um sie zum Narren zu halten. Und was war mit dem Hausverkauf? Am Montag sollte der Notartermin sein, und sie hatte mit Pasquale vereinbart, dann sofort ihr Geld zu bekommen – einschließlich der Hälfte dessen, was die Bilder, Oldtimer und Antiquitäten über die von ihm angefertigten Verträge hinaus eingebracht hatten. Genug, um sich bei Daniele einzukaufen und eine neue Wohnung in Mailand anzuzahlen. Aber ohne Richelmy in ihrem Portfolio war die Agentur erledigt und der Hausverkauf Geschichte.
»Ich interessiere mich ja eigentlich mehr fürs Regiefach«, sprach Marco ungerührt weiter. »Das mit dem Theaterspielen war nur ein Gefallen für einen Freund. Aber ein paar Modeljobs zwischendurch oder Werbung wäre schon okay.«
Susa fand, dass Marco ein wirklich guter Schauspieler war, ganz im Sinne Dario Fos – eine spontane Inszenierung am Hafenbecken von Portofino.
»Sie …«, setzte Beatrice an, und es war nicht zu übersehen, dass sie kochte. »Sie geben sich als jemand anders aus. Sie behaupten, ein berühmter Serienstar zu sein.«
»Wirklich«, fragte Marco, »mache ich das?« Streng genommen hatte er das nur ein einziges Mal getan, bei seinem Termin mit dem falschen Makler, für einen guten Zweck.

»Selbstverständlich!«, schrie Beatrice. Ihr war egal, dass die übrigen Gäste des Hotels sie peinlich berührt ansahen. »Sie haben einen Kaufvertrag unterschrieben. Das ist Betrug, dafür gehen Sie ins Gefängnis! Und Ihr Komplize gleich mit!«
»Mein wer?« Marco bangte um Signor Colombo, seinen Regisseur.
»Ihr Freund, der Hausknecht natürlich. Dem war doch von Anfang an klar, dass Sie ein falsches Spiel treiben, genau wie er.« Beatrice rang um Fassung. Sie bekam sich nur langsam wieder in den Griff. Mit gefährlich leiser Stimme fragte sie: »Was ist das für ein Plan, den dieser Pasquale und Sie da aushecken?«
»Ich weiß wirklich nicht, wovon Sie sprechen, Signora Giordano«, entgegnete Marco, und das war nun wirklich gelogen.
»Vincenzo wird dafür sorgen, dass Sie vor Gericht kommen, alle beide!«, sagte sie und wendete sich Susa zu. »Und Sie können Ihrer Schwester ausrichten, dass sie sich heute Abend nur ja nicht blicken lassen soll. Und Ihre Mutter und der Schlosser auch nicht! Wenn ich auch nur einen von euch Goldgräbern auf der Feier meines Mannes sehe, lasse ich ihn rauswerfen.«
»Von der Geburtstagsfeier seines eigenen Sohnes?«, stellte Susa sich dumm. »Das ist aber nicht nett.«
Beatrice stand auf, griff nach ihrem Glas, sah erst Susa und dann Marco an, weil sie sich nicht entscheiden konnte, wen sie mehr hasste, und schüttete ihm dann ihren Champagner ins Gesicht. Anschließend ließ sie das Glas fallen und stürmte theatralisch davon.
Susa küsste Marco daraufhin lange. »Es ist wirklich, als würde man Sterne trinken«, sagte sie ein wenig atemlos, den Geschmack des Dom Pérignon noch auf den Lippen.

»Sollen wir eine Flasche mit aufs Zimmer nehmen?«, fragte Marco. »Ich muss die nassen Sachen ausziehen … alle.«

Beatrice lief die schmale Via Roma hoch, stieg in der Parkgarage in ihren gelben Porsche und raste ins Hotel hinauf. Sie würde sich Pasquale vorknöpfen und ihn, wenn er keine gute Erklärung für diese Charade hatte, über die Klinge springen lassen. Dann spielte sie eben die Ahnungslose und warf sich wieder Vincenzo an den Hals. Zur Not würde sie ihn nach Neuseeland begleiten, sie wusste sowieso nicht, wohin.

44

»Guten Morgen, Signor Vincenzo«, begrüßte Pasquale ihn an diesem strahlenden Tag im Salon seiner Suite des Grandhotels im ehemaligen Benediktinerkloster hoch über Portofino. Der terrakottafarbene Bau im typisch ligurischen Stil lag inmitten eines großen exotischen Parks mit uralten Olivenbäumen, Rosen, Lavendel und wilden Kräutern. Bienen summten um Feigenkakteen, und Schmetterlinge tanzten in der warmen Luft. Das Frühstück war bereits serviert worden. Es stand auf dem Tisch vor den geöffneten Balkontüren, von wo aus Vincenzo über die Bucht und über schwankende weiße Masten hinweg zum Hügel mit der Festung hinübersah, zur kleinen leuchtend gelben Kirche San Giorgio und der Villa Altachiara, die einst Lord Carnarvon, dem Finanzier der Tutanchamun-Ausgrabung, gehört hatte. Er hatte sich Ende des 19. Jahrhunderts vor einem Unwetter in die Bucht gerettet und in den verträumten Ort verliebt. Vincenzo blickte bei seinem Frühstück aber auch auf das Sommerhaus seiner Familie, das er bei seiner Scheidung Beatrice überlassen hatte und das ihn schon beim ersten Schluck Earl Grey an ihre Untreue erinnerte.

Pasquale, der ebenfalls im Splendido wohnte, nur ohne Meerblick, überreichte Vincenzo ein kunstvoll verpacktes Geschenk. Er hatte seine Feinmotorik in letzter Zeit enorm verbessert.

»Von wem ist das?«, fragte Vincenzo, der wie gewohnt seinen Morgenmantel, aber seit gestern keinen Vollbart mehr trug. Pasquale hatte ihn überredet, ihn abzunehmen, weshalb er nun schlagartig um Jahre jünger aussah.

»Von mir, Signor Vincenzo, ein Abschiedsgeschenk, wenn ich das so sagen darf.« Pasquale schenkte Tee ein. »Es wird im Übrigen heute heiß, die Sonne scheint bei gefühlten dreiundzwanzig Grad, Tendenz steigend.« Er war ohne seine Wetterstation seiner Daten beraubt, und ihm war, als würde ihm sein rechter Arm fehlen.

»Ich denke, auf eine Vorhersage können wir verzichten«, erwiderte Vincenzo. »Die Wetterlage scheint eindeutig.«

»Jawohl, eindeutig«, bestätigte Pasquale diese Einschätzung. Vincenzo aß einen Toast und wickelte das Geschenk aus. Pasquale stand in gebührendem Abstand daneben und beobachtete ihn gespannt. Es war ein Buch, eine Art Fotoalbum, nur dass auf den kartonierten Seiten keine Bilder eingeklebt waren, sondern Stoffmuster. Vincenzo blätterte in Gedanken versunken darin. Neben den Stoffen standen handschriftliche Erklärungen: *Cremefarbener Leinen-Zweiteiler, halb gefüttert mit Boutonnière, September 1986. Sie trugen eine Rose am Revers, als Sie Signor Daniele zum ersten Mal auf dem Arm hielten.* Oder etliche Seiten weiter: *Pinpoint Oxford Dreiteiler, Mai 2001, ruhiges Tuch in dezent klassischem Dessin, neapolitanische Schulter. Wahl zum Vorsitzenden der Ideabiella.*

Vincenzo reiste durch seine Vergangenheit. »Haben Sie hier von jedem meiner Anzüge ein Muster?«, fragte er bewegt.
»Ich führe das Buch seit fast dreißig Jahren, Signor Vincenzo.«
»Ah, da ist ja auch mein alter Smoking«, sagte Vincenzo und befühlte den schwarzen Stoff. *Premiere Zauberflöte 1997* stand dabei. Er hatte nach der gelungenen Generalprobe nicht widerstehen können und war am nächsten Tag auch noch in die Premiere gegangen. *Sie schwärmten von der Stimme und dem Sternenkleid der Königin der Nacht.* »Na, dann ist er ja nicht ganz verloren.«
»Nur weitergezogen«, erwiderte Pasquale nebulös, was Vincenzo überhörte. Er blätterte auf die letzte Seite seines Stoff-Almanachs und fand dort den nachtblauen Gabardine, den schwarzen Crêpe de Chine des Reversspiegels und – gesondert auf einer eigenen Seite, danach kamen nur noch leere Blätter – den edlen blauen Futterstoff. »Signorina Carlotta hatte uns die Stoffreste mitgegeben«, erklärte Pasquale.
»Das Futter bekommt eine eigene Seite?«, fragte Vincenzo verwundert. »Aber Sie haben gar nichts dazugeschrieben wie bei den anderen.«
»Das wird ein neues Kapitel Ihres Lebens, Signor Vincenzo, so hoffe ich«, sagte Pasquale und wünschte sich nichts mehr, als dass das der Wahrheit entsprach. Er hatte alles getan, um das Märchen Wirklichkeit werden zu lassen, alles und mehr. Dass er einmal so gegen seine Berufsehre verstoßen würde, hätte er noch vor einem halben Jahr selbst nicht geglaubt.
»Ich bin gerührt, Pasquale. Ich habe nie ein schöneres Geschenk bekommen.« Vincenzo verstand es als Zeichen der Hingabe und Treue, mit der sein Butler ihn die ganze Zeit über begleitet hatte, bis zum Schluss. Jetzt blickte er übers Meer auf den Horizont und dachte dabei an seine eige-

nen inneren Begrenzungen. Ein heftiges Klopfen riss ihn aus seinen Gedanken, und Beatrice stürmte ins Zimmer.

»Ich muss mit Ihnen sprechen!«, blaffte sie Pasquale an.

»Dir auch einen guten Morgen«, begrüßte Vincenzo sie, und Pasquale wappnete sich. Das war er nun also, der Auftakt zum großen Finale, auf das er so lange hingearbeitet hatte. Er fühlte sich bereit.

»Entschuldige, Schatz«, hauchte Beatrice. Sie ging zu Vincenzo an den Frühstückstisch, beugte sich zu ihm und küsste ihn auf den Mund. Ihr schweres Parfum vermischte sich mit dem feinen Aroma des Earl Grey. »Wir nehmen uns gleich ein bisschen Zeit füreinander, bitte frühstücke doch in Ruhe zu Ende.« Sie bedeutete Pasquale, ihr auf den Flur zu folgen. »Zieh dich nicht an«, flüsterte sie Vincenzo dann noch ins Ohr.

Pasquale war alarmiert. Dass Signor Vincenzo *einmal* schwach geworden war, konnte er hinnehmen, ein peinlicher Ausrutscher, als dieser noch glauben musste, Signorina Carlotta wäre die Geliebte seines Sohnes, wobei ihm, Pasquale Rossi, von Anfang an klar gewesen war, wer hier in wen verliebt war und wer nur die Erinnerung verklärte. Aber eine Wiederholung dieser glanzlosen Episode, die er selbstverständlich nicht angesprochen hatte, würde nur über seine Leiche stattfinden.

»Was immer es zu besprechen gibt, Signora«, sagte Pasquale deshalb, »kann auch hier gesagt werden. Ich habe keine Geheimnisse vor Signor Vincenzo.« Eine dicke Lüge!

»Ach ja?« Beatrice trat ganz nah an den Butler heran. »Sind Sie sich da sicher?« Wenn der Majordomus es so haben wollte, dann bitte. Wenn er keinen Wert mehr auf ihre Verschwiegenheit legte, dann bedeutete das ja wohl, dass er sie übers Ohr hauen wollte. Sie musste ihre Haut retten. »Ich habe mich gerade mit diesem Schauspieler getroffen«, sagte sie. Natürlich, dachte Pasquale, der es genau so getimt hatte, er hat ihr den Agenturvertrag vorgelegt, und sie hat eine böse Überraschung erlebt. Pasquale hatte Marco gebeten, bis heute damit zu warten, und ihm sogar Geld angeboten, aber der betrachtete die Sache mittlerweile als Familienangelegenheit. »Sie wissen, dass er ein Betrüger ist?«, fragte Beatrice.

»Nicht direkt.«

»Was heißt ein Betrüger?«, fragte Vincenzo verwirrt.

»Nun, er ist nicht Lorenzo Richelmy, der Serienstar, für den er sich ausgegeben hat. Er ist ein windiger Doppelgänger, ein kleiner Student, der angeblich Marco Polo heißt.« Beatrice schnaubte. »Wenn es nicht so haarsträubend wäre, würde ich darüber lachen.«

»Er ist ein Doppelgänger?«, fragte Vincenzo verunsichert. »Pasquale, was bedeutet das? Signor Colombo hat doch seine Ausweispapiere kontrolliert, Sie haben den Vertrag geprüft und abgelegt, und ich habe die Anzahlung von zweiundsechzigtausend Euro erhalten.«

»Jawohl, … von mir«, gestand Pasquale.

»Was?« Vincenzo und Beatrice hatten es gleichzeitig gesagt.

»Aus meinen Ersparnissen.«

»Aus Ihren Unterschlagungen, meinen Sie wohl«, holte Beatrice zum Schlag aus. Über diesen Bückling würde jetzt ein Unwetter hereinbrechen, das ihn niederstreckte – endlich.

»Ich verstehe nicht …« Vincenzo war aufgesprungen und lief durchs Zimmer. Das antike Mobiliar des Splendido gab der verrückten Enthüllung einen abwegig soliden Rahmen.

»Keineswegs aus den Unterschlagungen«, entgegnete Pasquale und gestand dieselben damit beinahe ein. »Das war mein eigenes Geld. Ich habe Signor Vittore seinerzeit versprochen, mich um seine Hunde zu kümmern, und für meine treuen Dienste von ihm ein Haus am Comer See geerbt, wie Sie sich vielleicht erinnern. Ich hatte es vermietet und jeden

Cent, den ich in meinen fünfzig Berufsjahren verdient habe, gespart. Ich befleißige mich einer bescheidenen Lebensführung.«
Vincenzo starrte seinen Butler entgeistert an. »Aber warum haben *Sie* die Anzahlung geleistet?«, fragte er verwundert. »Ist dieser junge Mann etwa ein Strohmann?«
»Sie werden doch nicht behaupten, dass *Sie* das Haus kaufen wollen?«, fragte Beatrice.
»Mitnichten!«, rief Pasquale aus, der in seiner gesamten Laufbahn noch nie laut gegenüber seinen Arbeitgebern geworden war.
»Aber der Vertrag ...«, beharrte Vincenzo.
»Wurde noch am selben Tag vernichtet. Das hatte ich Signor Polo zugesichert, sonst hätte er doch niemals mit falschem Namen unterschrieben. Der junge Mann würde sich um nichts in der Welt strafbar machen.« Pasquale räusperte sich. »Ich habe ein anderes Dokument angefertigt und Ihren Unterlagen beigefügt, Signor Vincenzo. Bei näherer Betrachtung ist es der Vorvertrag des Verkaufs der Casa Giordano. Ich habe ihn lediglich um ein paar Zahlen und ein sizilianisches Kochrezept ergänzt, da er weniger umfangreich war als Colombos.«

45

Vincenzo dachte, dass sein Butler über den anstehenden Veränderungen wahnsinnig geworden sein musste. Hatte es Anzeichen gegeben? Hatte er etwas übersehen? Er war in letzter Zeit so mit sich selbst beschäftigt gewesen, dass ihm Pasquales Machenschaften und seine offensichtliche psychische Instabilität nicht aufgefallen waren.

»Sie haben also einen Strohmann für den Hauskauf vorgeschoben«, wiederholte Vincenzo noch einmal seine Annahme, um die Dinge gedanklich für sich zu ordnen. »Aber wie haben Sie den Makler dazu gebracht, da mitzuspielen? Haben Sie ihn bestochen?«
»Signor Colombo ist kein Makler«, klärte Pasquale ihn freimütig auf. »Er ist der Regisseur der Dario-Fo-Truppe, die den *Zufälligen Tod eines Anarchisten* aufgeführt hat, und der Cousin eines Freundes des Chauffeurs unseres Nachbarn in Turin.«
Vincenzos Augen wurden immer größer, und Beatrice schenkte sich vom Servierwagen einen morgendlichen Whiskey ein. Diese kleine Ratte hatte sie über den Tisch gezogen, ging es ihr auf. Er hatte von Anfang an in die eigene Tasche gewirtschaftet und gedacht, dass er damit durchkommen würde. Nur warum beichtete er jetzt alles?
»Aber das Maklerbüro ... die Sekretärin ... die Hausbesichtigungen, die dieser Colombo veranstaltet hat ...«
»Inszeniert«, sagte Pasquale geknickt, denn auch wenn er sich kein bisschen schuldig fühlte – er hatte schließlich nur seinem Gewissen gehorcht –,würde sich jetzt trotzdem weisen, wie sich sein naher Ruhestand gestaltete, mit Rosa in seinem Haus am Comer See oder hinter schwedischen Gardinen.
»Aber warum um Himmels willen?!«, rief Vincenzo aufgebracht. Seine gesamten Zukunftspläne lösten sich gerade in Luft auf, und der eine Mensch, dem er immer blind vertraut hatte, verwandelte sich vor seinen Augen in einen Schwerverbrecher.
»Damit Sie hierbleiben, Signor Vincenzo. Damit Sie sich nicht zur Gänze aus der Firma zurückziehen und sich um das Vermächtnis Ihres verehrten Urgroßvaters kümmern.« Pasquale flehte Vincenzo förmlich an. »Ich habe Ihnen doch von Anfang an gesagt, dass es ein Fehler ist, auszuwandern.«

»Ich glaube kaum, dass das Ihre Entscheidung ist«, erwiderte Vincenzo verärgert, »und ein Betrugsmanöver rechtfertigt.«

»Tun Sie doch nicht so scheinheilig«, mischte sich Beatrice jetzt wieder in das Gespräch, »als ob Sie das für meinen Mann getan hätten. Sie haben seine Bilder verscherbelt und Geld abgezweigt, die Autos, Möbel … Wahrscheinlich haben Sie sogar noch aus seiner Garderobe Kapital geschlagen.«

Pasquale sah Beatrice missbilligend an. »Selbstverständlich nicht«, sagte er gekränkt. »Die Garderobe hat mit Ausnahme des alten Smokings der katholische Männerfürsorgeverein bekommen, da ich der Meinung bin, dass es Zeit für etwas Neues ist.« Eine Zweideutigkeit, die bewusst gewählt war.

Vincenzo wagte nicht, nach dem Verbleib seines Abendanzugs zu fragen, er fürchtete sich vor der Antwort. Pasquale würde in einer Anstalt enden! Seinen Abschied hatte er sich wahrlich anders vorgestellt.

»Und den alten Smoking habe ich nur beiseitegeschafft, damit Signorina Carlotta einen neuen anfertigen muss«, sprach Pasquale unbeirrt weiter, »und Sie beide Gelegenheit haben, sich kennenzulernen. Er ist im Übrigen jüngst an einen Freund der Familie weitergereicht worden.«

»Sie sind ja vollkommen übergeschnappt!«, entfuhr es Vincenzo.

»Nein, keineswegs. Ich bin, mit Verlaub, der Einzige im Haus, dem der Blick *nicht* verstellt ist. Signor Daniele und Signorina Carlotta sind nur gute alte Freunde, Signor Vincenzo. Sie sind fast wie Geschwister.« Pasquale machte eine Pause und ließ das Gesagte wirken. »Sie brauchten lediglich etwas Zeit, es zu merken.«

»Denken Sie?«, fragte Vincenzo ungläubig.

»Ganz ohne Zweifel.«

»Lenken Sie nicht ab, Sie Wurm!«, unterbrach Beatrice das rührende Geplänkel. Dieses Gespräch lief eindeutig in die falsche Richtung. »Und erzählen Sie meinem Mann von der Haushaltsauflösung.«

»Was weißt *du* eigentlich darüber?«, fragte Vincenzo, der nun langsam auch Beatrice gegenüber misstrauisch wurde.

»Ich hatte nur den Verdacht, dass Pasquale für sich etwas beiseiteschafft, aber ich wollte unsere angespannte Beziehung nicht durch falsche Anschuldigungen belasten – dir zuliebe.«

»Signora Beatrice hat eine der Darstellerinnen erkannt, die bei der ersten Hausbesichtigung in Valle Masso dabei war. Ich sagte ihr, wir würden Ihnen suggerieren, der Markt wäre schlecht, damit Sie billiger verkaufen müssten.« Vincenzo schwieg. »Die Signora dachte, der Makler und der Käufer wären echt und würden wie ich einen schönen Gewinn herausschlagen, wenn unter Preis verkauft würde. Sie wollte die Hälfte.«

»Du wusstest es und hast da mitgespielt?« Vincenzo wunderte sich, dass er verwundert war.

»Ich bin etwas knapp bei Kasse«, spielte Beatrice ihre finanzielle Talsohle herunter und hoffte, dass das alles andere entschuldigen würde.

»Sie sind nicht knapp bei Kasse, Signora«, stellte Pasquale klar, »Sie sind völlig pleite. Sie haben Ihre Wohnung in Mailand verloren, die Villa hier in Portofino ist mit Hypotheken belastet und Ihre Agentur am Ende. Ihre Unterhaltszahlungen gehen an die Bank.« Pasquale fühlte sich befreit. Er hatte sich so lange darauf gefreut, das Ergebnis seiner Recherche offenlegen zu können. Beatrice wurde blass. »Ihre treulose Gattin meinte, einen kleinen Preisnachlass von einer halben Million für die Villa würden Sie locker verkraften.«

Langsam dämmerte es Vincenzo. Nicht, warum sein Butler

so plötzlich zum Gauner mutiert war, aber doch, warum Beatrice so unvermutet bei ihm aufgetaucht war und von Familienzusammenführung gesprochen hatte. Und warum sie ihn in ihr Bett gezogen hatte und ihn ständig mein Mann nannte. Ja, so langsam wurde ihm einiges klar.

»Ich hätte das Geld sowieso in Danieles neue Firma investiert«, rechtfertigte sich Beatrice. »Es wäre doch in der Familie geblieben.«

»Was ist mit dem Anderkonto, Pasquale?«, wollte Vincenzo nun wissen. »Den Verkäufen?«

»Das Anderkonto ist leer«, erklärte Pasquale ungerührt und wirkte nur bedingt reumütig. »Also fast. Ein paar Erlöse aus kleineren Antiquitätenverkäufen sind eingegangen, aber ich habe nur die scheußlichsten Stücke verkauft. Und das Service, das Ihre Gattin so mochte.«

Vincenzo lief jetzt wieder durchs Zimmer. Trotz des edlen Teppichs unter seinen Füßen hatte er das Gefühl, der Boden würde ihm weggezogen. »Aber die Kontoauszüge …?«

»Frisiert«, kommentierte Pasquale. »Im Übrigen eine hochprofessionelle Arbeit, wenn ich das anmerken darf.«

Eine irrwitzige Situation, Vincenzo hatte noch nichts Vergleichbares erlebt. »Ich konnte den Dreisechsundfünfzig, den Ihre Eltern so liebten, nicht verkaufen, und auch nicht den Atalante und die Lancia. So was gehört sich einfach nicht. Und Ihre Hundertwasser und die Klimt-Sammlung …« Pasquale gab sich einen Ruck. Es war Zeit, alles aufzudecken, und wenn dabei der Natter das letzte Stündchen schlug, war das ein Bonus, den er gerne mit einstrich. Der Einzige, an dem er interessiert war, abgesehen von Signor Vincenzos Glück. Dieser war schon zu lange alleine und hatte sich in eine fixe Idee verrannt. Das musste korrigiert werden, ehe er, Pasquale, sich zur Ruhe setzte – welche Ruhe fände er denn sonst? »Die Sachen sind eingelagert, es ist alles noch da. Und der Hausverkauf findet wie erwähnt nicht statt. Ich habe nur Zeit geschunden, bis Sie sich Ihre Gefühle eingestehen, Signor Vincenzo, und Ihre Pläne ändern.«

»Meine Gefühle?«

Pasquale ging zum Frühstückstisch und reichte Vincenzo von dort das Album. Es war noch immer auf der letzten Seite aufgeschlagen, beim Futterstoff des neuen Smokings, den er in Carlottas Büro an einem Kleid gesehen hatte, als er mit Rosas Picknickkorb vorbeigekommen war. Ein nachtblaues Kleid, wie für sie gemacht, übersät mit Pailletten und Glasapplikationen. »Das letzte Kapitel, Signor Vincenzo«, sagte er eindringlich, »es ist noch nicht geschrieben.« Vincenzo sah ihn verständnislos an. »Der letzte Akt«, versuchte er sich deshalb an einer Opernmetapher, »der letzte Vorhang ist noch nicht gefallen.«

»Sie sagen also, mein Elternhaus ist nicht verkauft worden, und alle meine Sachen sind noch da?«

»Richtig. Keine Leihgaben ans Museum, keine Spenden, Auktionen, keine Verschiffung nach Katar.«

»Das glaubst du doch wohl nicht«, unternahm Beatrice einen letzten Versuch, Pasquale in Misskredit zu bringen.

»Doch, das glaube ich«, erwiderte Vincenzo. »Es ist zu verrückt, um nicht wahr zu sein.«

»Signor Vincenzo«, versprach Pasquale nun, »wenn Sie morgen immer noch davon überzeugt sind, dass Sie auswandern wollen, dann versichere ich Ihnen, ich kümmere mich um alles. Sie werden keine zusätzliche Arbeit haben.« Jetzt blickte er doch zerknirscht. »Ich bedaure die Umstände, aber bitte verstehen Sie, dass ich nicht entgegen meinem Gewissen handeln konnte, nicht nach vierzig Jahren in Ihrem und dem Dienst Ihrer Eltern. Ich habe Ihrer Mutter doch versprochen, mich um Sie zu kümmern.« Vincenzo verstand – alles. »Ich hoffe, Sie sind mir nicht böse und werden von einer Anzeige wegen Urkundenfälschung absehen.«

»Sicher«, erwiderte er resigniert.

»Und wegen Betrugs.«

»Natürlich.«

»Und arglistiger Täuschung.«

»Herrgott noch mal, Pasquale, lassen Sie es gut sein!«

»Und ich hoffe, Sie werden mir mein Geld zurückgeben ... die zweiundsechzigtausend Euro. Ich hatte Aufwendungen ... und benötige mein Erspartes für die Renovierung meines Hauses am Comer See.«

46

Die beiden trafen sich in der Piano-Bar des Splendido und gönnten sich eine regionale Spezialität, *paciugo*, eine süße Mischung aus Sahne-, Schoko- und Fruchteis mit Obststücken, die mit eingelegten Kirschen gemischt wurde, und dazu tranken sie einen *caffè corretto con grappa*. Sie saßen wie die Schulbuben unter den Schwarz-Weiß-Fotos der Berühmtheiten, die sich hier in den Fünfziger- und Sechzigerjahren die vergoldeten Türklinken in die Hand gegeben hatten – Ava Gardner, Humphrey Bogart, Sophia Loren, Clark Gable und Grace Kelly, die Liste war endlos. Steven Spielberg ankerte gerade mit seiner Zweihundert-Millionen-Dollar-Jacht in der Badebucht unter dem Hotel, und es hieß, Leonardo DiCaprio sei mit an Bord, weshalb Susa dort schon seit zwei Stunden ihre Bahnen drehte.

Die beiden Männer genossen die Klänge des Klaviers und löffelten ihr Eis.

»Wie hat er es aufgenommen?«, fragte Gino Pasquale, und

der wirkte erleichtert. Die Anspannung der letzten Monate fiel endlich von ihm ab.

»Besser als befürchtet. Signor Vincenzo ist noch etwas durcheinander, aber wenigstens hat er der Natter die Tür gezeigt.«

»Dann wird sie heute Abend nicht dabei sein?«

»Doch. Er meinte, er wolle Signor Daniele das Fest nicht verderben, wünsche aber, dass sie ihm nach dem gemeinsamen Eröffnungswalzer aus dem Weg gehe und nicht mit der Presse spreche.«

»Und Sie sind einfach so davongekommen, Signor Rossi?«, fragte Gino. »Das war schon eine abenteuerliche Inszenierung.«

Pasquale hatte Gino Anfang Juni ins Vertrauen gezogen. Seit er Daniele, als er noch klein war, regelmäßig von der Oper abgeholt hatte, waren die beiden lose in Kontakt geblieben. Und nachdem Carlotta sich immer häufiger mit Vincenzo traf und sich in Pasquale die Hoffnung verstärkte, die zwei könnten ein Paar werden – nein, genau genommen war es keine Hoffnung, es war für ihn so klar wie das Wasser im Ligurischen Meer –, da hatte er Gino angerufen. Er brauchte einen Verbündeten in den eigenen Reihen, und wer wäre besser geeignet gewesen als Carlottas Onkel und Stiefvater, der gleichzeitig auch noch Vincenzos engster Freund war?

»Ich hoffe, es hat kein Nachspiel«, antwortete Pasquale, »aber darum mache ich mir keine Sorgen. Viel wichtiger ist doch, wie Signorina Carlotta und Signor Daniele heute Morgen verblieben sind. Es muss eine Aussprache gegeben haben.«

»Ich habe Carlotta getroffen«, erwiderte Gino. »Sie kam gerade von einem Spaziergang mit Daniele zurück und ist jetzt bei ihrer Mutter. Sie wirkte traurig.«

»Traurig, weil Signor Daniele und sie sich getrennt haben?«, wollte Pasquale wissen. Er senkte seine Stimme, damit die anderen Gäste ihr Gespräch nicht mithören konnten. Die Geheimniskrämerei war ihm zur zweiten Natur geworden. Er konnte sich schon gar nicht mehr erinnern, wann er einmal nicht ängstlich über seine Schulter geblickt und befürchtet hatte, aufzufliegen.

Es war etwas kühn, sich mit Gino im Hotel zu treffen, aber Vincenzo war mit Daniele am Pool, umringt von ihren Gästen. Pasquale konnte sich nicht abseilen, falls Signor Vincenzo ihn brauchte. »Er hat mir gegenüber etwas angedeutet.«

»Wer?«, fragte Gino. Er war kurz in eine Art *serenità* verfallen, die Ruhe und Gelassenheit, in die das Ambiente des Splendido jeden Gast hüllte.

»Signor Daniele«, antwortete Pasquale.

»Und was?«

»Dass sie beide erleichtert sind. Wieso ist die Signorina also traurig?«

»Nun, weil Vincenzo nicht zugibt, dass er sich in sie verliebt hat, denke ich, und fortwill«, spekulierte Gino.

Pasquale nickte. »Ja, Signor Occelli. Ich hatte gehofft, Ihr gemeinsamer Ausflug nach Valle Masso hätte ihn umgestimmt.« Er trank seinen *caffè* und genoss die Schärfe des Alkohols. »Er hatte mich, als er damals heimkam, gebeten, Rosen in die Vasen des Hauses zu stellen, damit die leeren Räume etwas einladender wirken.«

»Seine Mutter, ich verstehe«, sagte Gino. »Und Carlotta.«

»Bitte?«

»Ihr Parfum, *Rosa* aus der Officina Profumo in Florenz. Ich habe es ihr vor Jahren zum Geburtstag geschenkt. Sie trägt kein anderes.«

Beide schwiegen sie jetzt. Sie gaben sich der Mittagshitze

hin, die man hier, im klimatisierten Hotel, mehr ahnte als empfand.

»Und Signorina Carlotta?«, fragte Pasquale nach einer Weile. »Hat sie Ihnen gegenüber etwas erwähnt?«

»Nein, leider nicht. Ich versuche ja, zwischen den Zeilen zu lesen, aber auch meine Empathie hat ihre Grenzen.«

»Signor Vincenzo hatte der Signorina gesagt, dass er die Natter womöglich wieder heiratet. Er wollte sie damit auf Abstand halten.« Pasquale blickte leidend. »Wie geht es denn nun weiter, Signor Occelli?«

»Das kommt darauf an, ob Enzo bleibt oder geht.«

»Im Augenblick wohl Letzteres. Meine ganze Mühe scheint umsonst gewesen zu sein.« Pasquale seufzte vernehmlich und richtete seine Fliege, die zusammen mit seiner Livree ständig Gäste dazu veranlasste, bei ihm ihre Bestellungen aufzugeben. »Und die Signorina?«, wollte er wissen.

»Traut sich nicht aus ihrem Schneckenhaus«, antwortete Gino. »Wenn nicht endlich einer von beiden den ersten Schritt macht, liegt die halbe Welt zwischen ihnen, und das ist hinderlich.«

In diesem Moment kamen Susa und Marco in die Bar. Sie hatten ihre Badesachen dabei.

»Ich hab ein Autogramm von DiCaprio!«, rief sie Gino durch den ganzen Raum zu, als sie ihn entdeckte, und strahlte.

Das übliche Tuscheln, das Marcos Auftritte sonst begleitete, blieb aus. Im Splendido war man an bekannte Gesichter gewöhnt. Richard Burton hatte hier um die Hand von Elizabeth Taylor angehalten, Eduard VIII. und die hagere Wallis Simpson – »Eine Frau kann nie zu dünn oder zu reich sein!« – hatten samt ihrer elf Möpse das Hotel aufgemischt, und die Woolworth-Erbin Barbara Hutton war mit hundertzwanzig Koffern eben mal übers Wochenende angereist. George Clooney auf der Terrasse beim Hummer anzutreffen war Alltag. Ein einfacher Serienstar, egal, wie hübsch, versetzte niemanden in Aufregung.

»Signorina Susa, Signor Polo, darf ich Sie zu uns bitten?«, forderte Pasquale die beiden auf, sich zu setzen, und sie bestellten Cappuccino.

»Wir unterhalten uns gerade über deine Schwester«, sagte Gino. »Sie hat mit Daniele gesprochen.«

»Ja, alles ist gut«, erwiderte Susa unbekümmert wie immer. »Ich finde es zwar echt schade, dass sie keine Giordano wird, aber er kommt wohl trotzdem zu den Familienfeiern. Irgendwie gehört er dazu.«

»Wird sie heute Abend zum Fest kommen?«, fragte Pasquale, der schon das Schlimmste befürchtete.

»Entschuldige, Susa«, unterbrach Marco das Gespräch, »ich habe vorhin Daniele und seinen Vater am Pool gesehen. Ich gehe mal raus und entschuldige mich.« Nur deshalb war er gekommen, und um zu sagen, dass er für die Kosten seiner Portofinoreise selbst aufkam. Der letzte Werbespot hatte ein paar Euro in die Kasse gespült. Er sah Pasquale fragend an. »Wird Ihr Chef mir den Kopf abreißen?«

»Schieben Sie die Schuld auf mich, meine breiten Schultern werden die Last tragen«, sagte Pasquale pathetisch und aß die letzte eingelegte Kirsche.

»Und auf mich«, ergänzte Gino. »Damit haben Sie die Überraschung auf Ihrer Seite, denn dass ich von alldem wusste, weiß Enzo noch nicht.«

»Dann lassen Sie es doch dabei«, riet Marco. »Er muss ja nicht auch noch auf seinen besten Freund sauer sein.«

»Mir hättet ihr aber schon sagen können, dass du eingeweiht warst, Gino«, beschwerte sich Susa, während Marco ging. »Wirklich, da lässt du mich dir das ganze Theater vorspielen, und dabei hast *du* das Drehbuch geschrieben.« Als Marco Susa an dem Abend in ihrer Küche den fingierten Hauskauf gebeichtet hatte, hatte er ihr verschwiegen, dass Gino Bescheid wusste, und nur erklärt, dass er einem Freund vom Theater einen Gefallen tue.

»Das Drehbuch hat Signor Rossi geschrieben«, erwiderte Gino, »das wollen wir doch mal klarstellen. Ich bin da nur reingezogen worden, als Berater, wenn du so willst.«

»Also, was denken Sie?«, wandte Pasquale sich wieder Susa zu. Wer was von wem wusste oder nicht, war gerade nicht wichtig. »Wird Signorina Carlotta heute Abend kommen?«

»Na ja, Signor Giordanos Ex hat vorhin gesagt, dass wir uns da nicht blicken lassen sollen …«

»Die Dame ist Geschichte«, erwiderte Pasquale. »Sie ist endgültig aufgeflogen und in Ungnade gefallen. Vergessen Sie das ruhig.«

»Das hatte ich sowieso vor. Außerdem hat mir Rosina extra das Kleid für Carlotta mitgegeben.«

»Welches Kleid?«

»Na, das sie noch genäht hat, ein nachtblaues. Rosina hat gesagt, Carlotta weiß es noch nicht, aber sie wird es tragen wollen.«

Pasquale strahlte. All die kleinen versteckten Hinweise – nicht nur er konnte in ihnen lesen! Aber damit hatte er dann auch genug getan. Kurz hatte er darüber nachgedacht, Carlotta von den neuesten Entwicklungen und dem Rauswurf der Natter zu erzählen, aber das untrügliche Gefühl, dass der Rest sich von selbst fügen, das Glück sich seine eigene Bahn brechen musste, hielt ihn ab. Er durfte nicht alles erzwingen. Carlottas Schwester hatte das Kleid dabei – *das* Kleid. *La Cenerentola* würde es zum Fest tragen und hoffentlich um Mitternacht ihren Prinzen küssen. Pasquale hasste es, aber das Ende dieses Märchens lag nicht in seiner ordnenden Hand.

47

Mimi hatte sich wie immer sorgfältig geschminkt, und heute durfte es auch gerne wieder etwas mehr sein. Die Upperclass würde ein Auge auf sie werfen, genauer, alle Blicke würden auf sie fallen, ihr Ego war hungrig und die Tafel reich gedeckt. Die Farbe ihrer Wahl war Purpur, ihr bodenlanges Kleid aus Tüll und noch mehr Taft gefertigt. Beim Ankleiden dachte sie an Carlotta, was sie am Nachmittag über Daniele und sich erzählt hatte, wie traurig sie gewesen war, und Mimi ging ihr Gespräch im Bicerin nicht mehr aus dem Kopf. »*Sie denkt an den anderen*«, hatte die Conslà gesagt, und Mimi hatte ihr den Konsum von zu viel Weihrauch unterstellt. »›*Ihr habt Augen und sehet nicht, und habt Ohren und höret nicht*‹«, hatte sie weihevoll gepredigt, aber was gab es denn zu sehen? In wen um alles in der Welt war ihre Tochter denn verliebt, wenn nicht in Daniele?
Gino kam aus dem Bad. Er sah großartig aus im Smoking. Das war das erste Mal, dass er einen trug. Pasquale Rossi hatte ihn ihm gegeben und Mimi ihn angepasst. »Bist du so weit, schöne Frau?«, fragte er und schenkte Mimi einen bewundernden Blick. Vielleicht genügt mir ja dieser eine, dachte sie da, nur dieser eine Blick, denn er war tiefer als alle anderen und wärmer auch.

Beatrice erschien ganz in Rot in ihrer Eingangshalle, bereit zur Abfahrt. Luisa kam kurz nach ihr herunter und trug das gleiche Kleid, eine Robe von Valentino, aufreizend und von eindringlicher Wirkung. Die beiden sahen sich überrascht an. »Wie kann das passieren?«, fragte Beatrice verärgert, ihre Grundstimmung seit dem Vormittag.

»Woher soll ich das wissen?«, entgegnete Luisa ungehalten. »Es ist aus der neuen Kollektion.«
»Ich weiß!«, keifte Beatrice sie an, und da beide kein anderes Abendkleid mitgebracht hatten, machten sie sich verdrießlich auf den Weg. *La Cenerentolas* böse Stiefschwestern kamen zum Fest, um sich ihren Prinzen zu sichern. Beatrice' Aussichten gingen dabei gegen null, sie konnte sich nur noch ein neues reiches Opfer suchen, wohingegen Luisa glaubte, sich noch Hoffnungen machen zu können. Sie hatte Alessia Conti nicht auf ihrer Agenda.

Für Susa war die Feier ein großer Spaß. Nur um alle noch ein letztes Mal so richtig zu verwirren, trug sie an diesem Abend das reinseidene Kleid der Blauen Prinzessin aus *Marco Polo,* das sie mit Rosinas Hilfe nach Bildern aus der Serie geschneidert hatte, während Marco in einem Smoking kam, den Mimi für ihn aus dem Fundus des Regio entliehen hatte. Das kleine Schild »Paolo Maria Orecchia; La Traviata« war noch eingenäht. Mimi hatte nicht verstanden, warum ein berühmter Serienstar, der sich Vincenzo Giordanos Villa leisten konnte, kein Geld für einen eigenen Abendanzug hatte, und es Gino deshalb vorsorglich verschwiegen. Möglicherweise verbarg sich dahinter eine Misere, die sie gar nicht kennen musste. Auf unattraktive Wahrheiten konnte sie nach wie vor verzichten. Doch der Nachmittag hatte dann die Erklärung gebracht. Marco hatte allen gebeichtet, wer er wirklich war, und Pasquales Inszenierung offengelegt. Da musste Gino nicht mehr so tun, als wüsste er von nichts.
Die vier wollten gegen halb acht ins Splendido zum großen Galadiner hinauffahren. Carlotta hatte sie im letzten Moment gebeten, sie dort zu entschuldigen. Ihre Mutter und Susa hatten immer wieder nach dem Grund gefragt, ob die Trennung von Daniele vielleicht doch nicht so einvernehm-

lich abgelaufen sei, wie sie es gesagt habe, aber Carlotta blieb verschlossen. Susa hatte ihr das nachtblaue Kleid ins Zimmer gehängt, so wie Rosina es ihr aufgetragen hatte, und die kleine flache Abendhandtasche dazugelegt, die Rosina für ihre große Schwester extra angefertigt hatte. Sie war aus der blauen Seide gemacht, und Rosina hatte auf der Vorderseite Pfauenfedern aufgenäht, die atemberaubend schillerten, vornehmlich in Grün und Blau.

»Soll ich noch mal nach ihr sehen?«, fragte Mimi in die Runde, bevor sie losfuhren. Sie machte sich Sorgen.

»Nein, lass ihr Zeit«, bat Gino. »Sie weiß schon, was sie tut.« Er hoffte so sehr, dass er wirklich darauf vertrauen durfte, nicht zuletzt für seinen besten Freund, den er gerne genauso glücklich gesehen hätte wie sich selbst. Auch er hatte daran gedacht, Carlotta von Vincenzos Trennung von Beatrice zu erzählen – wenn es denn überhaupt eine Trennung war. Streng genommen waren sie ja gar kein Paar gewesen, nicht seit ihrer Scheidung und davor auch nur noch auf dem Papier. Aber genau wie Pasquale wusste auch er, dass Carlotta und Vincenzo den letzten Schritt selbst machen mussten. Sie war ein kluges Mädchen, sie würde sich schon richtig entscheiden und auf ihr Herz hören.

Daniele zeigte sich an diesem Abend in einem Smoking aus der neuen Giordano Men's Line. Es war eine moderne Interpretation des Klassikers und der Stoff selbstverständlich aus der Weberei seiner Familie. Carlotta würde zufrieden mit ihm sein. Er dachte an ihren Spaziergang zum Leuchtturm, während er seine Hemdsärmel mit schlichten Manschettenknöpfen schloss, und an ihre Offenbarung. Er konnte es noch immer kaum glauben. Carlotta und sein Vater?! Aber je länger er darüber nachdachte, umso mehr Gemeinsamkeiten erkannte er. Sie sehnte sich danach zu reisen, und sein

Vater hatte es immer geliebt. Sie kochte fantastisch, schätzte gutes Essen und er gute Restaurants. Er liebte die klassische Musik, und beide liebten die Oper. Aber vor allem anderen verstand sie seine Hingabe an die Stoffe, die große Passion seines Lebens. Sein Vater *lebte* Stoffe und sie auch. Carlotta hatte Daniele von ihren Gesprächen erzählt, über abwesende Väter und das Erbe, das manche ihren Kindern auferlegten. Die Veränderung seines Vaters, sein plötzliches Interesse an seinen Plänen, die aktive Unterstützung verdankte er ihr, nicht seiner Mutter, das begriff er langsam.

Daniele überprüfte noch einmal den Sitz seiner Schleife zwischen den Kragenspitzen, kämmte sich und verließ seine Suite. Er hatte Alessia versprochen, sie abzuholen, und seinen Namen auf ihrer imaginären Tanzkarte eingetragen – an jeder nur denkbaren Position.

»Der beste Smoking, den Sie je hatten, Signor Vincenzo«, sagte Pasquale stolz und bürstete über die Schultern.

»Sie verwandelt die Menschen mit ihren Kreationen, das ist wahr«, erwiderte Vincenzo, um einen gleichmütigen Ton bemüht. Er hatte Pasquales abenteuerliche Unternehmungen, mit denen er ihn hatte abhalten wollen, seine Firma und das Land zu verlassen, noch nicht entschuldigt. Aber in einem kleinen Winkel seines Herzens berührte der Wahnsinn ihn auch. Was Pasquale da alles auf sich genommen, welche Mühe er sich gegeben hatte, zeugte von echter Verbundenheit. Letztlich konnte Vincenzo ihm nicht böse sein, auch wenn er nun von vorne anfangen und die leidigen Verkäufe erneut würde abwickeln müssen. Auf jeden Fall musste er seinen Flug verschieben. Aber egal, es drängte ihn ja nichts, nichts außer … ihr. Daniele hatte ihm am Nachmittag von seiner Aussprache mit Carlotta erzählt, davon, dass sie eigentlich nie richtig zusammengekommen, nie ein Paar waren, anders als er und Beatrice. Aber daran wollte Vincenzo lieber nicht denken. Ihre Beteiligung an Pasquales Plan, ihre wahren Absichten, die sie nach Turin geführt hatten – von wegen Mutterliebe! –, und ihre verheerende finanzielle Situation hatte er seinem Sohn gegenüber gar nicht erwähnt. Die gute Beziehung zu seiner Mutter gründete nach wie vor nur auf Vincenzos Schweigen.

»Ich hoffe, Sie bereuen nicht, dass Sie ihn haben anfertigen lassen, Signor Vincenzo?«, fragte Pasquale in der Hoffnung auf ein Eingeständnis, doch es kam nicht.

»Keineswegs, Pasquale. Signorina Carlotta hat mich meinem Sohn wieder nähergebracht, ich verdanke ihr viel.« Nur der Preis war hoch, dachte Vincenzo und schlüpfte in seine Schuhe. Diese Begegnung mit Carlotta hatte ihn aus der Bahn geworfen. Auf einmal stellte er so viel infrage, seine Vergangenheit, seine Zukunft, seine Beweggründe und sogar sich selbst. Sie würde nun also nicht seine Schwiegertochter werden, denn sie liebte seinen Sohn nur wie einen Bruder. Pasquale behauptete, er habe es von Anfang an gewusst, und doch …

»Darf ich?«, fragte Pasquale und stellte sich wieder vor ihn, um ihm die Schleife zu binden. »Verzeihung, ich muss eine Schere holen, es steht ein kleiner Faden ab«, bemerkte er und ging in den Salon hinüber, wo sein Nähzeug lag, ein Reiseetui. Vincenzo nahm derweil die Schleife ab und suchte selbst nach dem Faden. Tatsächlich. Er zog vorsichtig an und trennte unabsichtlich eine Naht auf. *Und haben Sie mir auch etwas reingeschrieben?* Er hatte sie gefragt, und sie hatte daraufhin die Schleife geholt, jetzt erinnerte er sich wieder. Er wurde neugierig, trennte die Naht noch etwas weiter auf und sah hinein. Die Einlage, die den Stoff verstärkte, war sorgfältig pikiert, und genau an der Stelle, die in seinem Nacken auf dem Hemdkragen auflag, hatte sie es auf den festen Baumwollflanell gestickt: »Nach Hause kommen!«

Carlotta saß in ihrem Hotelzimmer und sah auf den kleinen Hafen hinunter. Die Restaurants füllten sich, die ersten Lichter gingen an, auf den Decks der funkelnden Boote wurden Cocktails serviert. Oben im Splendido hatte das Dinner schon begonnen, und sicher waren auch bereits die ersten Reden gehalten worden. Sie hatte Daniele versprochen, den Eröffnungswalzer mit ihm zu tanzen, seinen großen Tag mit ihm zu feiern, doch jetzt war sie hier. Susa hatte ihr das Sternenkleid gebracht und eine kleine Tasche, die sie an den Flügel der Königin der Nacht erinnerte, die überdimensionale Schwinge aus schillernden Pfauenfedern. Natürlich hatte sie das Kleid für sich selbst genäht, denn sie hatte sich diesem Traum hingegeben, dass sie damit neben Vincenzo stünde, dass er das Fest mit *ihr* eröffnen und dann den ganzen Abend über nur mit ihr tanzen würde. Aber selbst wenn sie noch hinginge, würde sie ihn doch nur zum allerletzten Mal sehen, bevor er abreiste und Beatrice ihn begleitete. Daniele gefiel der Gedanke, seine Eltern könnten wieder heiraten, auch wenn er zugegeben hatte, dass sein Vater nicht glücklich wirkte. Die Annäherung ging wohl mehr von Beatrice aus, aber was machte das schon für einen Unterschied? Sie war eine Frau, die bekam, was sie wollte, und Vincenzo hatte vielleicht gesagt, vielleicht, und es fühlte sich an wie ein Ja. Denn egal, wie oft Carlotta all die gemeinsamen Momente durchdachte, die versteckten Blicke und das unausgesprochene Sehnen, die unterlassenen Berührungen, nichts gab ihr das Recht zu glauben, er liebe sie. Als sie ihn damals fast geküsst hätte, hatte er sie sanft von sich geschoben und eine schlüssige Erklärung für ihren Gefühlsausbruch gefunden. Als sie zu *Strangers in the Night* miteinander getanzt hatten, hatte er sie am Ende der letzten Zeile – »It turned out so right for strangers in the night« – ohne Zögern freigegeben. Er hatte sie keine Sekunde länger im Arm gehalten, als es angemessen gewesen wäre. Und dann in der Schneiderei des Regio ... Seine Blicke hatten sie berührt, sie hatten im Schatten der Haselnusshaine miteinander geschlafen, nur im flüchtigen Augenblick der Betrachtung, aber es war nichts zurückgeblieben, nur die Erinnerung auf ihrer Haut. Er hatte sich wie ein Gentleman benommen, ihr keine Hoffnungen gemacht ... und sich selbst auch nicht.

Carlotta hatte sich geschminkt, ihr Haar aufgesteckt und ein schmales Diadem gewählt. Jetzt zog sie zum ersten Mal das Kleid an, und es passte wie angegossen. Das Licht der Lampe auf ihrem Schminktisch ließ die Glasperlen funkeln, Sterne in einer samtweichen Nacht. Sie stand vor dem Spiegel, betrachtete sich und nahm dann die Kette mit dem Fingerhut ab. Sie würde ihn behalten, aber er stand jetzt nicht mehr für eine unerfüllte Sehnsucht, er war jetzt das Zeichen lebenslanger Verbundenheit. Carlotta hielt ihn in der Hand und dachte an die vielen Male, als sie sich Schutz suchend darin hatte verstecken wollen. Sie dachte an die Träume, die sie fortbringen sollten ins Nimmerland und weiter, an die vielen Fluchten. Doch im Spiegel sah sie eine erwachsene Frau, selbstbewusst und mutig genug, nichts auf die Meinung anderer zu geben, mutig genug, ihren eigenen Weg zu gehen und sich nicht zu verstecken. Sie sah eine Frau, die jedes Maß getilgt, jedes Vorurteil ad absurdum geführt hatte und sich nicht blind Konventionen beugte, eine Frau, die Raum einnahm und deren Stimme Gehör finden sollte – die Stimme ihres Herzens. Was hatte sie denn zu verlieren – außer ihm? Und wer verlor schon gerne kampflos?

48

Die Terrassentüren des großen Festsaals des Splendido waren weit geöffnet. Draußen leuchteten unzählige Lichter, überall standen Laternen, und auf dem Meer lag erstes Mondlicht – die schmale Sichel des Trabanten zeigte sich am Firmament. Die Schiffe im Hafen und jene weiter draußen wirkten auf dem schwarzen Wasser wie Sterne im Nachthimmel. Der Übergang war fast nicht auszumachen.

Das Essen war beendet, Vincenzos Gäste kamen herüber, die Band spielte bereits, und erste Tische rund um die große Tanzfläche wurden besetzt. Der ganze Saal war von Kristallleuchtern erhellt, Kerzen brannten, das Klingen von Gläsern und fremde Sprachen waren zu hören. Hier versammelten sich die Chefs der großen Webereien, Tuchhändler und Vertreter der angesagtesten Modelabels – Geschäftspartner der Lanificio Giordano aus der ganzen Welt. Der offizielle Teil des Abends mit Ansprachen und Glückwünschen war schon vorüber und Daniele damit ab sofort alleinverantwortlich für das Familienunternehmen. »Du weißt alles über dieses Geschäft, was man nur wissen kann«, hatte Vincenzo in seiner Rede zu ihm gesagt, »mehr als ich. Du hast für deine ehrgeizigen Pläne gekämpft, deine Visionen für unsere Firma Wirklichkeit werden lassen und führst sie damit in eine sichere Zukunft.« Daniele war sehr gerührt, die Anerkennung seines Vaters vor all diesen Leuten bedeutete ihm viel. »Ich bin so stolz auf dich, mein Sohn.« Vincenzo dachte an die letzten Worte, die sein Vater ihm mit auf den Weg gegeben hatte – … *enttäusche mich nicht …* –, und an die, die er ihm verweigert hatte – ich liebe dich –, und sagte deshalb vernehmlich: »Ich liebe dich, Daniele, du hast mich nie enttäuscht!« Womit der

Dolchstoß an Schärfe verlor. Die Vergangenheit war nicht in Stein gemeißelt, die Liebe war immer in der Lage, die alten Muster zu durchbrechen, den Schmerz zu verwandeln. Der ganze Saal applaudierte, die Desserts wurden aufgetragen, und Vincenzo spürte, dass sein Vater nun wirklich von ihm gegangen war. Tadel und Härte, die Unnahbarkeit und kühle Strenge des Vittore Battista Giordano waren aus der Welt und Vincenzos Herzen verschwunden.

Daniele hatte Carlotta schon beim Essen vermisst. Ihre Familie wusste nicht, ob sie noch kommen würde. Das war nicht richtig! Sie hätte bei ihm sein müssen, sie war seine beste und älteste Freundin, sie war für ihn das, was Gino für seinen Vater war, und der war schließlich auch hier. Daniele wäre gekränkt gewesen, hätte er ihre Situation nicht so gut verstanden und sich außerdem um sie gesorgt. Er würde den ersten Tanz mit Alessia tanzen und dann hinunterfahren und Carlotta holen, und wenn er sie im Pyjama in den Festsaal schleppte.

Die Gäste hatten sich jetzt alle eingefunden. Mimi war an einen Premierenabend im Regio erinnert, all die teuren Kleider und Smokings. Natürlich gelang es ihr, selbst aus den teuersten Aufmachungen herauszustechen. Sie war schließlich ganz Oper, und mehr Glanz gab es nicht. Wie ein Paradiesvogel schwirrte sie durch die Menge, plauderte mal hier, mal dort mit zugänglichen Herren und schmiegte sich dann wieder an Gino, dem gefiel, wie er um sie beneidet wurde.

»Meine Damen und Herren, liebe Gastgeber, ich darf die Signori Giordano zum Eröffnungswalzer auf die Tanzfläche bitten«, verkündete nun der Sänger der Band, der von drei Backgroundstimmen begleitet wurde, die an die Pointer Sisters erinnerten. Vincenzo hatte sich *I believe in you* von Céline Dion gewünscht, eine Botschaft an seinen Sohn, die

jetzt, da er Beatrice auf die Tanzfläche führte, einen faden Beigeschmack bekam. Sie hatte beim Essen neben ihm gesessen, und sie hatten keine zwei Sätze miteinander gewechselt. Carlotta war nicht gekommen. Vincenzo hatte auf ihren leeren Platz gesehen und sich gefragt, ob er erleichtert oder enttäuscht sein sollte. Wieder und wieder musste er an ihre Widmung in seiner Schleife denken, die Pasquale repariert hatte und die er jetzt trug – »Nach Hause kommen!« Sie glaubte, dass es für ihn einen Ort gab, der ein Zuhause war. Ob sie dabei an Neuseeland dachte oder … Was hatte Gino ihr erzählt?
Daniele nahm Alessias Hand und wollte gerade mit ihr auf die Tanzfläche gehen, als Carlotta den Saal betrat – in einem nachtblauen reinseidenen Kleid, übersät von Pailletten und Swarovskisteinen, ein Diadem im Haar, blitzende Brillantohrringe und eine Clutch aus Pfauenfedern in der Hand.
Er hatte sie nie zuvor schöner gesehen. Sie sah aus wie eine Märchenprinzessin. Daniele schluckte kurz. Er war verblüfft, denn sie wirkte so erwachsen. Natürlich tat sie das, ging es ihm durch den Kopf, sie war längst nicht mehr seine Freundin Wendy, sie war … sie war … Heute war sie Rossinis Aschenputtel, das in einem prächtigen Kleid zum Fest ins Schloss kam. Und er war nur der Diener des Prinzen, der mit seinem Herrn die Rollen getauscht hatte. Langsam verstand Daniele, warum sein Vater die Oper so liebte. Er hatte sie immer für arg überzogen, die Stücke für sehr konstruiert gehalten, aber das wahre Leben bot mitunter noch mehr Verwirrung, Täuschung und tiefe Gefühle, dort wo man sie am wenigsten vermutete.
Daniele flüsterte Alessia etwas ins Ohr, küsste sie auf die Wange und ging dann quer über die Tanzfläche auf Carlotta zu. Die Musik spielte. Er nahm sie in den Arm und glitt mit ihr durch den Raum.

»Das hast du doch absichtlich gemacht, Lola«, sagte er leise zu ihr, »den Auftritt hast du doch geplant.«
»Es tut mir so leid, dass ich das Essen verpasst habe«, entschuldigte sie sich.
»Das muss es auch. Mein Vater hat eine unglaubliche Rede gehalten.« Carlotta sah zu Vincenzo und Beatrice hinüber. Er hielt sie etwas steif im Arm und sah hinreißend aus. Der Smoking saß wirklich perfekt, und er trug ihre Schleife.
»Ich wollte mir die Ankündigung ersparen«, meinte sie und sah Daniele traurig an, »dass sie heiraten. Es tut mir weh, sie zusammen zu sehen.«
»Es gab keine Ankündigung, sie haben kaum miteinander gesprochen«, erzählte Daniele Carlotta, die alle Blicke auf sich zog, und führte sie sicher über die Tanzfläche. »Irgendetwas muss passiert sein, Lola, aber keiner sagt was.«
»Was meinst du?« Carlottas Herz setzte kurz aus. Bestand vielleicht doch noch eine kleine Hoffnung?
»Er muss wohl später fliegen, weil Pasquale die Haushaltsauflösung verschleppt hat. Eine verrückte Geschichte, die dir dein Schwager in spe sicher besser erzählen kann.«
»Wer?«
»Na, Marco, der falsche Richelmy.«
»Richtig, die Sache mit der Villa in Valle Masso. Die spinnen doch, die zwei, so eine Nummer abzuziehen, Susa und er«, entfuhr es Carlotta.
»Wusstest du es denn?«
»Natürlich nicht! Er hat erst heute gebeichtet.«
Carlotta war ziemlich perplex gewesen, dabei hatten Marco und Susa ihr nicht mal erzählt, dass Beatrice auch in die Sache verwickelt war. In Carlottas Augen war sie nur ein Opfer der Täuschung.
Der Walzer war zu Ende, Vincenzo verbeugte sich vor Beatrice, küsste ihre Hand und ließ sie dann auf der Tanzfläche,

die sich jetzt mit den anderen Gästen füllte, stehen. Daniele begleitete Carlotta zu einem Tisch.
»Sie haben gesagt«, fuhr diese fort, »Marco habe so getan, als würde er das Haus kaufen, weil er einem engen Freund vom Theater damit einen Gefallen tun wollte. Und dieser Freund hat irgendwas mit eurem Butler zu tun. Pasquale will wohl nicht, dass dein Vater das Land verlässt.«
»Genau, aber meine Mutter hängt da auch mit drin und dein Onkel ebenfalls.«
»Gino?«
»Sie haben Pasquale wohl alle geholfen. Das war filmreif, die Vorlage für ein Libretto, große Oper, sage ich dir.«
»Und deshalb ist dein Vater auf deine Mutter böse? Das verstehe ich nicht.«
Daniele nahm einem vorbeigehenden Ober zwei Gläser vom Tablett und gab eines Carlotta. Sie trank einen Schluck Champagner, der wunderbar schmeckte.
»Was weiß denn ich?«, entgegnete er resigniert. »Ich bin ja nur der Firmenchef und einziges Kind der Familie, mir sagt ja keiner was!«
»Aber ja!« Carlotta strahlte für einen Moment. »Du bist ja jetzt ganz offiziell der Chef der Lanificio Giordano. Ich gratuliere dir.« Sie stieß mit ihm an und stellte ihr Glas ab.
Susa steuerte auf sie zu. »Audrey Hepburn ist da und Emma Watson!«, rief sie aufgeregt und setzte sich dann zu den beiden an den Tisch.
»Ist die Hepburn nicht tot?«, fragte Daniele belustigt. Er kannte Susas Spleen, überall berühmte Schauspieler zu sehen, bereits. Wobei die Chancen, dass sie hier in Portofino wirklich welche traf, so groß waren wie nie.
»Sie steht da drüben mit dem römischen Gott.« Susa deutete auf Sandro Fortini, den Parfümeur der Officina Profumo-Farmaceutica di Santa Maria Novella, einem weltweit

agierenden Unternehmen, das Naturkosmetik und edle Düfte produzierte. Sie hatten ihren Hauptsitz in einem ehemaligen Dominikanerkloster in Florenz und waren Geschäftspartner der Giordanos.

»Das sind Sandro Fortini von der Santa Maria Novella und seine Frau«, klärte Daniele Susa auf. »Sie ist eine von uns, aus Trivero, eine Vercelli. Sie designt eine eigene Herrenlinie für das Unternehmen ihrer Familie.« Er zwinkerte Susa und Carlotta zu und murmelte: »Konkurrenz …«

Carlotta betrachtete die junge Frau, die wirklich Ähnlichkeit mit Audrey Hepburn hatte, und fragte sich, ob sie mit diesen Beziehungen ihr Lieblingsparfum wohl künftig günstiger bekam.

Susa quiekte plötzlich aufgeregt und rief: »Emma kommt!«

Alessia Conti kam zu ihnen an den Tisch, und Daniele stellte sie den Calma-Schwestern vor.

»Ich freue mich sehr«, sagte Carlotta und wusste auf den ersten Blick, dass Daniele eine gute Wahl getroffen hatte, denn Alessia sah den Frauen, mit denen er früher ausgegangen war, kein bisschen ähnlich. Der Vergleich mit Emma Watson hielt mit ein wenig Fantasie schon stand. Alessia war eine charismatische Frau mit brünettem Haar, elegant, zurückhaltend und von einem Zauber umgeben, der berührte.

»Darf ich ihn entführen?«, fragte sie Susa und Carlotta und mischte sich kurz darauf mit Daniele wieder unter die Gäste. Marco holte Susa zum Tanzen, Gino und Mimi standen am anderen Ende des Saales und erzählten Opernanekdoten, und Carlotta blieb zurück. Sie suchte nach Vincenzo. Beatrice verließ den Saal, und Carlotta war kurz irritiert, weil sie geglaubt hatte, sie auf der Tanzfläche gesehen zu haben. Aber es war nur Luisa Scalfari, die das gleiche Kleid trug und einen ähnlich missmutigen Gesichtsausdruck zur Schau stellte. Und dann, Carlotta träumte gerade in ihr Champagnerglas, spielte die Band *Strangers in the Night,* und Vincenzo stand vor ihr und forderte sie auf, Vincenzo in seinem neuen nachtblauen Smoking. Sie bemerkte erst jetzt, warum er ihr so verändert vorkam. Der Vollbart war verschwunden, seine Wangen waren glatt rasiert, das Haar sehr kurz geschnitten. In seinen grün-braunen Augen lag unverhohlene Bewunderung, und sie liebte, wie sie sich in diesem Blick fühlte. Endlich habe ich dich gefunden, sagte er wortlos, als hielte er Aschenputtels Schuh in der Hand.

49

Vincenzo nahm Carlotta in den Arm und tanzte mit ihr die Schritte, die sie seit dem Tag im Showroom so oft für sich alleine wiederholt hatte. Die Menschen um sie herum verschwanden aus ihrer Wahrnehmung.

»Dein Kleid …«, sagte er, denn er hatte den Stoff, aus dem es gemacht war, sofort erkannt.

»Dein Smoking«, entgegnete sie und hoffte, diesen Blick, der ganze Leben umspannte und dafür gemacht war, Herzen ins Chaos zu stürzen, nie mehr loslassen zu müssen. »Deine Frau scheint heute …«, setzte sie an.

»Sie ist nicht meine Frau«, unterbrach er sie, »das war sie nie – nie wirklich.«

»Dann wird sie dich also nicht begleiten?« Dich – es kam ihr so leicht über die Lippen.

»Ich weiß nicht einmal, wann ich fortgehe.«

»Ob du fortgehst.«

»Nein, Carlotta, wann«, erwiderte er, und ein Schatten fiel auf sie. Sie hörte die vertrauten Klänge der Musik, spürte seine

warme Hand auf ihrem Rücken und verbat sich zu weinen. Es gelang ihr nicht ganz. Eine Träne rollte über ihre Wange, und Vincenzo küsste sie vorsichtig fort. Sie schloss die Augen, als seine Lippen sie berührten, träumte und erwachte in ihm. Diese Träne war der Beweis für alles, was er sich einzubilden geglaubt und wieder und wieder verworfen hatte. Diese Träne war sein ganzer Schatz. »Ich danke dir für alles, Carlotta«, flüsterte er ihr ins Ohr, es sollte seine Verabschiedung werden.
»Warum gehst du fort?«, fragte sie leise und sah ihn an wie ein Kind, das verlassen wurde, ungläubig und doch wissend um die Welt. »Love was just a glance away, a warm embracing dance away ...« Die letzten Klänge, die letzte gemeinsame Drehung, der letzte geborgene Moment in seinem Arm. »It turned out so right for strangers in the night.« Vincenzo beugte sich ihr entgegen und ließ seine Hand wieder mit leichtem Druck auf ihren Rücken sinken, und Carlotta legte sich zurück – ausgeliefert, hingegeben und gehalten –, bis die Musik verklang und ihre Träume gleich mit. »Begleite mich nach Mexiko und entscheide dich erst danach«, bat sie ihn, als er sie losließ, nicht bereit, *ihn* loszulassen.
»Lass uns nach draußen gehen, Carlotta.«
Vincenzo führte sie auf die Terrasse, an deren Ende sie über das Geländer aufs offene Meer hinaus und in die Nacht sahen, auf die vielen Lichter der Bucht, der Schiffe und Sterne. Die Luft war warm, die Nachtblüher dufteten um sie herum – der Jasmin an der Hauswand, die die Hitze des Tages festhielt, Engelstrompeten, Hortensien und Oleander. Der zarte Duft von Rosen legte sich dazwischen. Hier waren sie fast allein. Vincenzos Gäste saßen entfernt um die kleinen Bistrotische mit den flackernden Laternen herum und waren in Gespräche vertieft. Die Musik war noch deutlich zu hören, aber nicht mehr so laut wie im Saal. Die Geräusche der Nacht mischten sich darunter, kleine Wesen, die den

Park durchstreiften, Katzen auf der Jagd nach Geckos, blind segelnde Fledermäuse.

»Was versprichst du dir davon?«, fragte Vincenzo, zutiefst geschmeichelt, dass sie ihm vorgeschlagen hatte, gemeinsam zu verreisen. »Siehst du denn nicht, wo ich im Leben stehe und wo du stehst?«

»Hier«, sagte sie, »wir stehen beide hier.«

»Nein, Carlotta. Du stehst am Anfang, bist voller Pläne, und ich stehe am Ende meiner Laufbahn. Ich habe mich gerade aus der Firma zurückgezogen, für die ich dreißig Jahre lang gearbeitet habe«, erwiderte er, fest entschlossen, nicht die Kontrolle zu verlieren.

»Aber diese Entscheidung hast du doch selbst getroffen und nicht das Leben für dich. Es ist *deine* Entscheidung, und sie ist falsch!« Carlotta fühlte ihren Kampfgeist zurückkehren. »Ich verstehe ja, dass du dich verändern willst, aber gibt es denn wirklich nichts, das du gerne noch tun würdest außer Schafe hüten? Jetzt, da du endlich frei bist?«

Vincenzo dachte an seinen Ausflug mit Gino.

Meine Mutter wäre traurig, den Ort heute so zu sehen.

»Ich liebe die Farm«, erwiderte er unbeirrt und schob die erstaunliche Einsicht, dass ihn seine Vergangenheit einholte, zur Seite.

»Natürlich, sie ist bestimmt wundervoll. Ich würde alles geben, um sie einmal zu sehen«, erklärte Carlotta.

Vincenzo sah sie an. Ihre Augenfarbe wechselte in der Dunkelheit in ein tiefes Blau, blaue Seelenspiegel. »Es ist einsam dort, glaub mir, nicht nach jedermanns Geschmack.«

»Du wärst doch da.«

In zehn Jahren ist ein großes Fest fällig, und wäre es nicht schön, wenn der Ort, den dein Urgroßvater aufgebaut hat, an den er sein Herz gehängt hat, dann wieder lebendig wäre, eine Zukunft hätte?

Vincenzo lehnte sich an das Geländer, sog die warme Nachtluft in seine Lungen und kämpfte gegen ein Gefühl von Schwindel. Dieser Tag verlief völlig anders als geplant – so wie sein Leben. »Ich will keine Familie mehr gründen, Carlotta«, sagte er, um sie zur Einsicht zu bringen. »Ich habe schon einen erwachsenen Sohn.« Und das war eine Sache, die für ihn nun wirklich nicht verhandelbar war.

»Und ich habe zwei kleine Schwestern, die ich großgezogen habe. Ich will auch keine Kinder mehr.« Sie hatte auf alles eine Antwort und entkräftete jedes seiner Argumente. »Ich liebe dich«, fuhr sie fort, »und ich würde sogar mit dir nach Neuseeland gehen, wenn es das ist, was du wirklich willst, aber nur, wenn du auch *mich* wirklich willst.«

Also was denkst du, Enzo? Könntest du dir vorstellen, zurückzukommen?

»Du liebst mich?« Vincenzo war fast bestürzt, das zu hören, und gleichzeitig glücklich, überglücklich. Ihre Liebe war wie eine Erlösung, aber er durfte sie nicht annehmen, er durfte sie nicht für sich beanspruchen, sie war doch noch so jung. In zehn Jahren oder auch mehr würde sie bereuen, sich an ihn gebunden zu haben, bereuen, Kompromisse eingegangen zu sein – schon wieder. Denn genau wie er hatte auch sie schon viel zu viel Zeit ihres Lebens den Plänen und Bedürfnissen anderer geopfert.

»Ja, ich liebe dich«, sagte sie und lächelte nun. Ihr bezauberndes Gesicht leuchtete förmlich. Er sah auf ihre schönen Lippen und wollte sie küssen, er wollte sie so gerne küssen.

»Sag mir, dass du für mich nicht das Gleiche empfindest, und ich bringe dich persönlich zum Flughafen. Versprochen«, versicherte sie ihm.

Ich weiß nicht, ob du das unbedingt allein angehen solltest, aber mit einer netten Frau, die mehr so ist wie deine Mutter und weniger wie Beatrice …

Vincenzo fand keine Ausreden mehr. Diese außergewöhnliche Frau bat ihn, ihr Leben mit ihm verbringen zu dürfen, und er begriff, dass *er* der Plan für ihre Zukunft war, er war ihre Entscheidung. Die eine Reise, auf die sie sich schon so lange vorbereitete und die sie nicht alleine antreten wollte – konnte. Ihr ultimatives Abenteuer. Wer sich schon *vor* der Abfahrt über den möglichen Ausgang sorgte, die Risiken heraufbeschwor, der würde sich nie auf den Weg machen. *Wovor sollte sich eine Frau fürchten, die Kalbsnieren mit Seeigel zu schätzen weiß?* Ja, wovor eigentlich? Er roch wieder den zarten Duft der Rosen an ihr und verstand die Botschaft, genau wie die Widmung, die sie ihm in seine Schleife gestickt hatte – »Nach Hause kommen!«
Enzo, du bist wieder da!
Vincenzo berührte die Stelle in Carlottas Dekolleté, wo so lange Danieles Fingerhut gehangen hatte, glitt mit seinen Fingerspitzen über ihren Hals und legte seine Hand in ihren Nacken. Carlotta überlief ein Schauer. Ein leichter Wind kam auf. Er strich um die Häuser von Portofino, die sich unter ihnen wie eine Mondsichel an die kleine Bucht schmiegten, während der schmale Widerschein des Trabanten darin badete. Er umfing die Hügel und Wälder und streifte auch Carlotta und Vincenzo. Ein himmlisches Gefühl. Vincenzo beugte sich zu ihr, seine Lippen berührten die ihren, ganz sacht, verweilten, suchten – sie schmeckte nach Mandeln, Bittermandeln und Marzipan –, öffneten sich und saugten den Rausch einer kleinen Ekstase aus der Begegnung. Ihre Körper schmiegten sich so eng aneinander, dass sie eins wurden, nur noch ein Mensch mit einem Sehnen, einem Sein.
»Ich liebe dich auch«, sagte er erleichtert und spürte dem Klang dieser Worte nach, die er so tief empfunden bisher nur zu einer einzigen Frau gesagt hatte, und das war nicht Beatrice gewesen.

In dem Moment setzte das Feuerwerk ein, das auf einer Plattform auf dem offenen Meer gezündet wurde. Vincenzos Gäste strömten auf die Terrasse, und sämtliche Angestellte des Hotels und die übrigen Anwesenden kamen nach draußen. Sie standen am Pool und verteilten sich im Park, um die magischen Lichter im Himmel über Portofino zu sehen. Auch unten im Ort unterbrachen alle ihre Gespräche, die Menschen verharrten auf der kleinen Piazza, Fenster wurden geöffnet, und jeder sah in den bunten Himmel. In die Nacht mischte sich der Geruch von Schwarzpulver und Schwefel, von Übergang und Neubeginn – *Arambha*. Raketen erhellten die Dunkelheit, das laute Knallen rollte die Küste entlang, selbst in Chiavari und Lavagna und weiter Richtung Cinque Terre war das Spektakel noch zu sehen.

»Du hast recht, Carlotta«, sagte Vincenzo, der sie noch immer im Arm hielt, »es wird Zeit für mich, nach Hause zu kommen – mit dir.«

Epilog

Cernobbio, Lombardei, Mai 2017

Im Ortsteil Rovenna, auf einem Hügel über dem Comer See, lag Pasquales bescheidenes Haus auf einem unbezahlbaren Grundstück. Die letzten Renovierungen waren im Frühling abgeschlossen worden, Rosa und er hatten sich nun endgültig eingerichtet.

Carlotta war Mitte Oktober aus Mexiko zurückgekommen, wohin sie nun doch alleine gereist war, um sich ganz auf die vielen neuen Eindrücke und sich selbst zu konzentrieren. Sie hatte Vincenzo ganz schrecklich vermisst und begonnen, an ihrem kulinarischen Reisetagebuch zu arbeiten, das sie eines Tages als alternatives Kochbuch herausbringen wollte. Die Schokoladenrezepte der alten Maya ließen sich wunderbar mit den berühmten Spezialitäten der Turiner Chocolatiers verbinden, die einst aus einer Not heraus das Nugat erfunden hatten. Genug Stoff für das erste Kapitel.

Anfang November, an einem nebelverhangenen Tag, fand dann in kleinem Kreis Carlottas und Vincenzos Hochzeit statt. Sie feierten im Cambio, überraschten ihre Gäste mit der ausgefallensten Speisenfolge, die je auf einer Hochzeit serviert worden war, und entflohen im Anschluss dem feuchtkalten Turiner Winter nach Neuseeland. Sie flogen von Mailand über Abu Dhabi nach Melbourne und weiter nach Queenstown und setzten dann mit dem historischen Dampfschiff TSS Earnslaw auf dem Lake Wakatipu über.

Carlotta sah jetzt endlich die Schafe, aus deren Wolle in den großen Webereien des Piemont die anschmiegsamen Träume ihrer Kindheit gemacht wurden, vergrub ihre Hände in ihrem schützenden Fell, lehnte sich an und spürte ihren Herzschlag. Vincenzo und sie erkundeten in den folgenden Wochen Queenstown, Dunedin und die gesamte Südinsel. Sie wanderten im Mount Cook Nationalpark über duftende Kräuterfelder, vorbei an glasklaren Bergseen, begleitet von verspielten Papageien und den spektakulären Aussichten auf die Gletscher. Sie flogen in einer Cessna zwischen Bergspitzen hindurch, an Eisfällen und rauen Hängen entlang und landeten auf dem Tasman-Gletscher. Als die Flugzeugmotoren abgestellt wurden, umfing sie die absolute Stille von ewigem Eis und Schnee. Sie beobachteten den Nachthimmel im großen Himmelsreservat, zählten Sternschnuppen und verbanden sie mit verrückten Wünschen.

Vincenzo hatte den Kontinent nie zuvor mit solcher Freude entdeckt, doch jetzt war der Sommer in Italien zurück, und die Giordanos ebenfalls. Sie besuchten Pasquale am Comer See, wohnten in der formidablen Villa d'Este und genossen Rosas Küche, wann immer sie ihnen bei sich aufwartete. Pasquale fiel es nicht leicht, seinen ehemaligen Arbeitgeber dabei nicht zu umsorgen, aber Carlotta gab ihm kaum Gelegenheit.

»Noch etwas Lamm, Signor Giordano, Signora Carlotta?«, fragte Rosa beim gemeinsamen Mittagessen auf ihrer Terrasse mit Blick auf den See.

»Sehr gern, Signora Cottollo, danke«, antwortete Carlotta.

Pasquale und Rosa lebten in wilder Ehe. Sie hatte ohne Zögern zugestimmt, ihn an den Comer See zu begleiten, aber heiraten wollte sie ihn nicht.

»Gibt es denn einen guten Grund zu ändern, was sich über dreißig Jahre bewährt hat?«, hatte sie Pasquale gefragt.

»Nun ja, einen schon, würde ich sagen«, hatte er verlegen geantwortet. Und dann hatte er sie unvermutet geküsst.

»Sind wir nicht entschieden zu alt für derlei Anwandlungen, Signor Rossi?«, hatte sie kokett gefragt.

»Keineswegs, es wird vielmehr höchste Zeit, endlich ein wenig zu leben«, hatte er erwidert.

»Warum klingt das bei Ihnen nur so gewagt, Signor Rossi?«

»Weil ich ein Hasardeur bin, meine Liebe, ein Glücksritter, eine Seite von mir, die Sie noch nicht kennen.«

»Und du, Alba, noch etwas Wein?«, fragte Rosa jetzt ihre jüngere Schwester, die wie Carlotta und Vincenzo frisch verheiratet und ebenfalls mit ihrem Mann zu Besuch war.

»Ja, bitte.«

»Ich hätte sie nicht wiedererkannt, Alba«, gestand Vincenzo, »aber wir haben uns auch lange nicht mehr gesehen.«

»Dafür habe *ich* Sie sofort erkannt«, sagte Carlotta und reichte Alba die Bohnen. »Erzählen Sie von Ihrem Geschäft«, bat sie dann deren Mann, einen sympathischen Endfünfziger mit sanftem dunklem Blick. In dem Moment läutete es. Pasquale stand auf, ging zur Tür und kam mit Marco und Susa zurück.

»Tut mir echt leid, dass wir ins Essen platzen, wir sind zu spät aus Turin losgekommen«, erklärte Susa. Marco und sie wurden Rosas Schwester und deren Mann vorgestellt, und Susa überlegte, welchem Schauspieler er wohl ähnelte. »Wir haben mit Rosina noch die neue Kollektion eingeräumt«, entschuldigte sie sich.

Rosina hatte Carlottas Schneiderei übernommen und eine Boutique daraus gemacht, die sie gemeinsam mit ihrer Freundin führte. Die beiden hatten sich im Winter beim Eislaufen auf dem Schlossplatz kennengelernt, zwischen den tausend bunten Lichtern, die Turin jedes Jahr ab Ende November in ihren magischen weihnachtlichen Zauber hüllten. Sie lebten jetzt zusammen in Carlottas ehemaliger Wohnung, nach wie vor mit Susa, die dort wie gewohnt für Chaos sorgte und routiniert die Post verlegte. Rosinas Bescheid über ihren bestandenen Zugangstest hatte sie im letzten Jahr sogar nach Portofino mitgenommen und den Umschlag dann versehentlich signieren lassen. Als unvermutet Leonardo DiCaprio am Badestrand vor ihr gestanden hatte – der echte! –, war der Brief das Erste, das sie aus ihrer Tasche gekramt und ihm zusammen mit einem Stift hingehalten hatte.

Rosina studierte nun am Istituto Europeo di Design und entwarf nebenbei bereits ihre eigene Modelinie. Für Susas Ausbildung blieb ihr deshalb keine Zeit, und so beendete diese sie am Teatro Stabile, wo Marco mittlerweile Regieassistenzen machte. Mimi hätte ihr Küken natürlich gerne am Regio unter ihre Fittiche genommen, aber Marco bei der Arbeit zusehen zu können und ihn vor den offenherzigen Schauspielerinnen zu beschützen, bot den größeren Anreiz. Dafür schneite Mimi gerne mal am Abend herein oder traf ihre Mädchen auf dem großen Dachgarten, denn sie und Gino waren tatsächlich in das Grüne Haus in der Via Correggio gezogen.

»Hat das mit deinen Flügen geklappt, Susa?«, fragte Carlotta ihre kleine Schwester, und die bejahte es freudig. Gino hatte Mimi überredet, den Mädchen von ihrem Vater zu erzählen. Der war mittlerweile geschieden und hatte Mimi mehrfach gebeten, sie kennenlernen zu dürfen. Rosina meinte, sie brauche keinen anderen Vater als Gino – eine Einstellung, von der alle glaubten, sie würde sie noch ändern –, aber Susa war sehr neugierig und konnte nicht widerstehen. Ihr Vater war ein Weltstar, Ehrenmitglied in der Royal Academy of Music, und er sah verdammt gut aus. Sie kannte jetzt Fotos von ihm und fand, dass er einzigartig war, unverwechselbar.

»Darf man fragen, wohin es geht?«, erkundigte sich Pasquale höflich.
»Ich besuche meinen Vater in New York«, erklärte Susa stolz.
»Und sie macht stellvertretend für mich die Cupcake-Tour durch die kleinen Bäckereien«, erinnerte Carlotta ihre Schwester an ihren Auftrag. »Von den Red Velvet Cakes der Magnolia Bakery will ich Fotos sehen, hörst du!«
Susa versprach es, und Marco erkundigte sich nach Daniele und nahm sich vom Lamm. Rosa gab ihm reichlich Bohnen dazu, der Junge rührte an ihre mütterlichen Instinkte. Das Autogramm, das er ihr auf einen Einkaufszettel geschrieben hatte, verwahrte sie wie einen Schatz.
»Daniele hat sich in Mailand eingerichtet und die Firmenzentrale verlegt«, erzählte Vincenzo. »Die neuen Räume sind ziemlich beeindruckend.«
»Hat seine Mutter noch ihre Agentur?«
»Nein, die musste sie aufgeben, genau wie ihre Wohnung und die Villa in Portofino. Die haben wir jetzt wieder.« Vincenzo konnte seine Freude kaum verbergen. Er hatte das Sommerhaus seiner Familie günstig von der Bank übernommen. »Soweit ich weiß, hat sie sich an einen greisen Geschäftspartner von mir gehängt und spekuliert darauf, ihn zu heiraten.« Marco war erstaunt. Er hätte nicht gedacht, dass Beatrice sich mit einem Leben in trauter Zweisamkeit zufriedengeben könnte – oder einem älteren Mann. »Sie will an sein Erbe, ihr Auserwählter hat keine Kinder«, fügte Vincenzo noch an.
»Er ist zu bedauern«, warf Pasquale ein.
»Ich konnte den Kerl nie besonders leiden. Ich finde, die zwei verdienen sich«, erwiderte Vincenzo gut gelaunt. »Bei den Buddhisten nennt man das wohl Karma.«
»Und bei uns Vorhölle«, ergänzte Pasquale.

»Ist Daniele noch mit Emma zusammen?«, fragte Susa, und niemand außer Marco und Carlotta verstand, wen sie meinte. Carlotta sprang mit einer Erklärung ein. »Susa meint, seine Freundin Alessia Conti sieht wie Emma Watson aus.«
»Eine bekannte Schauspielerin?«, wollte Albas Mann wissen, und Susa wurde bleich.
»Die Hermine aus *Harry Potter*«, sagte sie. »*Vielleicht lieber morgen? Noah? Die Schöne und das Biest*?« Er schüttelte den Kopf. »Gehen Sie denn nie ins Kino?«
»Leider nein«, bedauerte er. »Wissen Sie, ich lese viel und habe gut zu tun mit meinem Geschäft.« Albas Mann lächelte. »Und dann habe ich ja diese wunderbare Frau, der ich jede freie Minute schenke.«
»Aber Sie können doch auch zusammen ins Kino gehen«, insistierte Susa. Ein Mensch, der keine Filme kannte, war ihr suspekt.
»Wir gehen lieber essen, irgendwohin, wo es nicht so dunkel ist. Ich will meine Alba schließlich sehen.« Susa gab klein bei, und Alba errötete. Dass sie so spät im Leben so ein Glück finden würde, hätte sie noch vor einem Jahr nicht geglaubt. Aber dann war sie an diesem Schaufenster vorbeigekommen, und das Schicksal hatte seinen Lauf genommen.
»Rosa hat erzählt, dass Sie jetzt den Rohstoffeinkauf für Ihre Weberei koordinieren«, sprach Alba Vincenzo über den Tisch hinweg an. »Müssen Sie da viel reisen?«
»O ja«, entgegnete Vincenzo. »Ich werde wieder auf der ganzen Welt unterwegs sein. Aber meine Frau wird mich begleiten, sie liebt es zu reisen.«
Carlotta erzählte von Südamerika, ihrem ersten Abstecher, den sie im Spätsommer unternehmen würden. Sie versprach sich davon einen Einblick in die peruanische Küche: Mais-, Kartoffel- und Quinoa-Rezepte der alten Inka und indigenen Bevölkerung.

»Außerdem sitzt Vincenzo jetzt im Gemeinderat von Valle Masso«, berichtete sie stolz. »Er hat so gute Kontakte, dass er für den Ort wirklich viel tun kann.«
»Der Bürgermeister war nie glücklicher«, warf Vincenzo ein. »Schließlich habe ich einen guten Draht zum größten Arbeitgeber im Ort.«
»Tatsächlich?«, fragte Albas Mann beeindruckt.
»Er ist mein Sohn«, erwiderte Vincenzo trocken, und alle lachten.
»Natürlich! Verzeihung, Ihre Familie ist so groß, ich habe kurz den Überblick verloren.«
»Dann haben Sie das Schneidern also aufgegeben, Signora Carlotta?«, wollte Pasquale wissen, der hier am Comer See ein bisschen aus der Welt gefallen war. Wenigstens hatte er seine Thermometerhütte aus Turin mitgebracht und übermittelte jetzt täglich seine Wetterdaten an den Servizio Meteorologico dell'Aeronautica Militare, der auch für die zivilen Vorhersagen im Land zuständig war. Rosa nannte ihn liebevoll ihren Geheimen Wetterrat und erduldete jeden Morgen beim Frühstück seine Meldung. »Achtzehn Grad steigend, Rosa, leichter Südwest, das Barometer kündigt einen sonnigen Tag an. Wir können mit unseren Gästen heute auf der Terrasse essen.«
Carlotta trank einen Schluck Wein und erwiderte: »Ach, das wissen Sie ja noch gar nicht, Signor Rossi. Ich habe das alte Schneideratelier in Valle Masso wieder aufgemacht, in dem Vincenzos Mutter früher ihre Kleider hat nähen lassen. Ich habe es La Bella Addormentata genannt nach dem Märchen von Dornröschen.«
»Ein wunderschönes Ballett von Tschaikowsky«, warf Albas Mann ein, der regelmäßig mit seiner Frau das Teatro Regio besuchte.
»Seit wir in diesem Märchenschloss über der Weberei leben, muss ich oft an die Geschichte denken«, erklärte Carlotta.

»Ist die Sanierung der Villa denn abgeschlossen?«, fragte Pasquale.

»So gut wie«, erwiderte Vincenzo. »Sie müssen uns besuchen und sich einen Blick in die Vergangenheit erlauben.«

»Für mich ist es die Zukunft«, sagte Carlotta und erzählte von den Touristen, die jetzt nach Valle Masso kamen, den Läden, die nach und nach wieder öffneten, und den wohlhabenden Mailändern und Turinern, die Ferienwohnungen und Häuser mieteten, um dem Trubel der Stadt zu entkommen. Ein paar geschickt lancierte Artikel in Hochglanzmagazinen wie *Country Living,* mit Fotostrecken der schönen Art-déco-Villa und ihrer Besitzer, hatten den Ort gesellschaftsfähig gemacht.

»Valle Masso ist immer noch ein bisschen verschlafen«, meinte Vincenzo.

»Nein, verträumt!«, korrigierte Carlotta und küsste ihn. »Unser Gärtner legt gerade die Rosenbeete neu an und kümmert sich auch um die alten Stöcke im Park«, erzählte sie dann. »Es ist ein Paradies.«

»Schneidern Sie denn dann überhaupt noch für uns einfache Frauen?«, fragte Alba dazwischen.

»Aber natürlich! Und ich habe zwei Schneiderinnen aus dem Ort eingestellt, die das Atelier führen, wenn Vincenzo und ich unterwegs sind.«

»Da bin ich aber erleichtert«, erwiderte Alba und schlüpfte aus ihrer maigrünen Jacke. »Die Welt hätte sonst eine Zauberin verloren, und wir brauchen Sie doch viel dringender als die Damen aus Mailand, die den Modemagazinen entsprungen sind.« Sie blickte dankbar. »Dieses Kostüm hier hat mein Leben verändert!«

»*Sie* haben Ihr Leben verändert, Signora Petroloni«, gab Carlotta zurück. »Entschuldigung, Sie heißen ja jetzt gar nicht mehr so.«

»Brignole, wie mein Mann«, erwiderte sie glücklich.
Jetzt wusste Susa plötzlich, an wen sie Albas Mann erinnerte, Liam Neeson, aber sie erwähnte es nicht, er hätte ohnehin nicht gewusst, wer das war. »Sie haben die Zoohandlung in der Via Mazzini«, sagte sie stattdessen zu ihm, denn sie erinnerte sich, dass sie sich als Kind oft die Nase an seinem Schaufenster platt gedrückt hatte, um die Mäuse, Hasen und Meerschweinchen zu beobachten, während ihre Mutter nebenan im Stoffladen einkaufte.
»Ja, genau«, bestätigte er. »Dort haben Alba und ich uns auch kennengelernt. Eigentlich.«
»Eigentlich?«, fragte Carlotta.
»Mein Mann meint ursprünglich«, stellte Alba klar. »Ich habe dort immer eingekauft. Aber wirklich *begegnet* sind wir uns erst vor Ihrer Schneiderei. Ich trug mein neues Kostüm. Ich habe aufgesehen, und da war er!«
Carlotta lächelte glücklich. Sie dachte an die Widmung, die sie der Signora unter das Seidenfutter ihres maigrünen Rocks gestickt hatte, an all die guten Wünsche, die sie über die Jahre auf den Weg gebracht hatte, und daran, dass einer dieser Appelle auch ihr die wahre Liebe beschert hatte. Drei kleine Worte, ein textiles Stoßgebet.

»Nach Hause kommen!«

Zum Buch

Turin ist noch immer ein touristischer Geheimtipp, eine Perle des Barock mit französischen Einflüssen und Ausgangspunkt des Risorgimento, der Entstehung des italienischen Nationalstaats. Die einstige Hochburg der Savoyer, dominiert von den »weißen Riesen« – Monte Rosa, Monte Cervino/Matterhorn, Gran Paradiso und Monte Viso –, wartet in der Innenstadt mit achtzehn Kilometern Arkadengängen auf, mit feinen Geschäften, weiten Plätzen, historischen Cafés und unzähligen Parks. Hier wird musiziert, geplaudert und flaniert, denn Turin ist heute eine junge Stadt, was sie nicht zuletzt ihrer Universität verdankt – der schönen alten Università degli Studi di Torino in der Via Verdi unweit der Oper, gegründet 1404, und dem neuen, architektonisch höchst interessanten Campus Luigi Einaudi für die juristische und politikwissenschaftliche Fakultät.
Nach einem langen Arbeitstag treffen sich die Turiner, wie erzählt, zum *aperitivo*. Den gern georderten Wermut hat Antonio Benedetto Carpano – Weinhändler, Destillateur und ein Verehrer Goethes und der Naturwissenschaften – im 18. Jahrhundert in seinem Geschäft an der Piazza Castello kreiert, ein mit über fünfzig Gewürzen und Kräutern aromatisierter süßer Wein. Carpano ist auch heute noch neben Cinzano und Martini eine der bekanntesten italienischen Marken.
Der Punt e Mes, den Gino im Roman trinkt, ist allerdings erst hundert Jahre später aufgekommen. Eine Gruppe von Bankiers traf sich damals in Carpanos Weingeschäft, wo man seinen Wermut mittlerweile in individuellen Mischungen bekam. In seine Arbeit vertieft, bestellte einer der Män-

ner »un punt e mes«, was auf Piemontesisch so viel heißt wie »ein Punkt und ein halber«, in Anlehnung an die Börsenkurse. Gemeint war eine Einheit Wermut und eine halbe Likör. Die Stammgäste des Lokals begannen bald den Punt e Mes nur noch mit einer Geste zu bestellen, dem Heben des Daumens (ein Punkt) und dem Ziehen einer horizontalen Linie in der Luft mit Hand oder Zeigefinger für »mes«, also die Hälfte.

Der *aperitivo* ist in Turin ein gesellschaftliches Ereignis, das Ausklingen des Tages, Kontakte pflegen, sich Zeit nehmen. Wen wundert es, dass bei so viel Savoir-vivre circa vierzig Kilometer südlich von Turin nahe der piemontesischen Stadt Bra die Slow Food-Bewegung entstanden ist, die weltweit genussvolles, bewusstes und regionales Essen fördern möchte und in ihrem Logo eine gemütliche Schnecke zeigt.

Kunstinteressierte Städtereisende können in Turin Schlösser, unzählige Museen und Kirchen besichtigen. Die große Vergangenheit und lebendige Gegenwart halten sich in dieser Stadt die Waage.

Eine der bekanntesten Touristenattraktionen ist aber natürlich das Turiner Grabtuch im Duomo di San Giovanni. Es wird der Öffentlichkeit in unregelmäßigen Abständen gezeigt, das nächste Mal wohl im heiligen Jahr 2025.

Und dann war Turin selbstverständlich über hundert Jahre von FIAT dominiert, und FIAT war gleichzusetzen mit den legendären Agnellis. Mit dem Tod ihres letzten großen Patriarchen, dem »Avvocato« Gianni Agnelli, der seinen Spitznamen seinem Jurastudium und einem Doktortitel verdankte, ging auch die Erfolgsgeschichte der Turiner Automobilwerke zu Ende. Heute konzentriert sich die Familie auf andere Geschäftsbereiche wie Kaufhausketten, Zeitungen, Maschinenfabriken und Bankbeteiligungen.

Gianni Agnelli war ein außergewöhnlicher Geschäftsmann

mit großem politischem Einfluss, diszipliniert und immer auf Haltung bedacht. Berüchtigt waren seine Telefonate am frühen Morgen ab fünf Uhr dreißig, wenn er seine engsten Mitarbeiter oder die Trainer von Juventus Turin (damals gehörte der Fußballverein noch der Familie) aus dem Schlaf riss, um über Geschäfte oder Spieler zu sprechen, egal, wo auf der Welt er gerade war. Ich habe meinen Vittore Battista Giordano, Vincenzos Vater, an die Figur dieses strengen, charismatischen Mannes angelehnt, der beide Eltern früh verlor – den Vater bei einem Flugzeugabsturz, die Mutter bei einem Autounfall –, und dessen einziger Sohn, den er als Nachfolger jedoch für unfähig hielt, sich umbrachte. Auch meine Überlegungen zum Thema »Erbe als Bevormundung« schöpfen aus dieser Quelle, denn ohne Zweifel zeigt die Biografie der Familie Agnelli, dass Reichtum und große Verantwortung auch ganze Leben zerstören können.

Über Gianni Agnelli gibt es einen sehr interessanten Artikel im *Stern* (einer von vielen!) sowie einen höchst lesenswerten Blogbeitrag über die FIAT-Werke mit großartigen Fotos. Beides finden Sie unter »Links«.

Und damit sind wir bei den großen Webereien des Piemont, von denen jene, die auch im Couture-Markt vertreten sind, wie Ermenegildo Zegna oder Loro Piana und Cerruti vielen bekannt sind, Vitale Barberis Canonico schon nicht mehr, Guabello, Marzotto, Fratelli Tallia del Delfino, Carlo Barbera, REDA oder Zignone gar nicht. Dabei beliefern sie weltbekannte Modelabel und Tuchhändler, und diese wiederum sogenannte Bespoke-Schneider (bespoke: besprochen und bestellt, maßgeschneidert). Roberto Colombo etwa produziert edle Kaschmirpreziosen, die an Prada, Hermès, Gucci und Armani, an Karl Lagerfeld und Hugo Boss verkauft werden.

In der Gegend um Biella, in den vielen abgelegenen Tälern

im Schatten der Alpen, haben die Leute einst ihre Wollmühlen, in denen die Wolle gewaschen, gekämmt und versponnen wurde, und auch ihre Webstühle mit Wasserkraft betrieben. Nicht alle haben die Modernisierung überlebt. Wer an der alten Wollstraße entlangfährt, begegnet wieder und wieder aufgelassenen Webereien und verfallenen Spinnereien (wunderschön und auch irgendwie gespenstisch!), vielen kleinen Betrieben, die irgendwann nicht mehr rentabel waren wie meine frei erfundene Cotonificio Occelli.

An der Biografie von Ermenegildo Zegna habe ich mich orientiert, um die Geschichte der Lanificio Giordano zu schreiben. Wer sich dafür interessiert, findet einen höchst anspruchsvollen Blogbeitrag unter »Links«.

Abschließend möchte ich noch etwas zu dem Ort Valle Masso sagen, in dem ich die Lanificio Giordano und auch die Cotonificio Occelli angesiedelt habe. Hier habe ich mir den realen Ort Valle Mosso ausgesucht, in dem die Weberei REDA ihren Sitz hat, und die Geschichte des Ortes mit der des höher gelegenen Trivero, dem Sitz der Weberei Ermenegildo Zegna, verwoben. Die minimale Namensänderung erlaubt mir, von den tatsächlichen Verhältnissen ein Stück weit abzuweichen und einen Bürgermeister nach meiner Fasson zu kreieren.

Ähnlich kreativ musste ich es auch mit der Turiner Oper halten. Sie ist architektonisch wirklich ganz außergewöhnlich. Sehen Sie sich unbedingt in einem Artikel des *Quality Magazine* Fotos der Oper an und erfahren Sie mehr über ihren schillernden Architekten Carlo Mollino (s. »Links«). Leider ist das Teatro Regio jedoch nicht so groß, dass es eine eigene Schneiderei bzw. Ausstattung hätte. Lediglich eine Repertoire-Schneiderei ist vorhanden, die Kostüme anpasst und repariert. Auch die Kulissen werden extern gefertigt und gelagert. Das Regio hat maximal zwei Neuinszenierungen im

Jahr. Hier habe ich mir die Wiener Staatsoper zum Vorbild genommen, nach München und Frankfurt geblickt und mich bei der erzählten Inszenierung der *Zauberflöte* an einer Aufführung der Züricher Oper orientiert, über die es einen ausführlichen, sehr unterhaltsamen Bericht im *Züricher Tagesanzeiger* gibt (s. »Links«). Die Premierenkritik »Intelligent, witzig, über weite Strecken sehr kurzweilig, mit einem leichten Hang zur Hässlichkeit in Kostümen und Ausstattung …« konnte man am 7. 12. 2014 in *Oper Aktuell* lesen.

Jedoch gibt es eine eigene Zauberflöten-Inszenierung des Teatro Regio aus dem Jahr 2015, die die Turiner Oper gemeinsam mit dem Teatro Massimo Palermo auf die Bühne gebracht hat.

Die Praxis, Opern in ihrer Originalsprache aufzuführen, hat sich mittlerweile auf der ganzen Welt durchgesetzt, sodass Deutsch auch auf italienischen Bühnen durchaus zu hören ist – Mozart sei Dank.

Auf Namen von Künstlern habe ich ganz verzichtet und sie nur mit ihren Rollen benannt. In Ausnahmefällen sind jedoch reale Sänger beschrieben: Edita Gruberová etwa oder Paolo Maria Orecchia, dessen Smoking ich unserem Jungstar Marco Polo alias Lorenzo Richelmy angezogen habe. (Die Serie *Marco Polo* mit ihm in der Hauptrolle ist übrigens auf Netflix zu sehen und eine Augenweide – die Serie und der junge Mann!) Kurz erwähnt habe ich Rosinas und Susas Vater, sein Vorname Thomas verweist auf einen amerikanischen Bariton, den jeder Opern-Fan kennt, aber selbstverständlich ist diese Geschichte – wie alle anderen in diesem Roman – fiktiv. Eine Kostümbildnerin namens Frida Pargiani taucht ebenfalls auf. Der Opernliebhaber kennt vielleicht Frida Parmeggiani, eine italienische Kostümbildnerin mit ganz eigener Farben- und Formensprache, die mich inspiriert hat.

Und wir begegnen im Roman Maria Testa und ihrer Tochter Gianna, einer Kundin von Carlotta, die später mit ihren Liedern über die einfachen Menschen des Piemonts auftreten wird. Ihren Namen habe ich von Gianmaria Testa abgeleitet, Stationsvorsteher des Bahnhofs von Cuneo und wunderbarer piemontesischer Liedermacher. Maria ist eine kleine Hommage an ihn, denn Gianmaria Testa, dessen schlichte poetische Texte so sehr bezaubern, ist im März 2016 leider viel zu früh verstorben. Übrigens nur einen Monat nach Umberto Eco, ebenfalls ein tief verwurzelter Piemontese.
Und dann das große Finale in Portofino! Ein winzig kleiner Ort, über den es richtig viel zu erzählen gäbe. Ich habe mich zurückgehalten, aber an dieser Stelle ein kleiner Einblick:
Der britische Konsul in Genua, Montague Yeats-Brown, machte das Fischerdorf Mitte des 19. Jahrhunderts in der europäischen Aristokratie bekannt. Nach ihm ist auch das Castello Brown benannt, in dem im Zweiten Weltkrieg die Deutsche Wehrmacht »residierte«. Kurz vor ihrem Abzug bei Kriegsende ging hier der Befehl aus Berlin ein, Portofino komplett zu sprengen. Jeannie Mumm von Schwarzenstein – die Witwe des bekannten deutschen »Sektbarons«, eine gebürtige Engländerin – hat das beherzt verhindert, indem sie zur Festung hinaufgestiegen ist und den Kommandanten mutig beschworen hat, diesen völlig sinnlosen Plan aufzugeben.
Kurz nach Kriegsende hat sich dann Rex Harrison mit seiner Frau Lili Palmer eine Villa in Portofino gebaut – die letzte Baugenehmigung übrigens, die noch erteilt wurde – und damit den Fokus der Reichen und Schönen auf den kleinen Ort gelegt. Aristoteles Onassis lief mehrmals mit seiner Luxusjacht im Hafen ein, mit an Bord der britische Premierminister Winston Churchill oder Maria Callas, die Operndiva. Hollywood-Stars wie Clark Gable, Ava Gardner, Humphrey

Bogart, Rita Hayworth, Frank Sinatra, Brigitte Bardot, Catherine Deneuve oder Elisabeth Taylor folgten und sorgten immer wieder für Schlagzeilen.
In der Villa Altachiara, die ursprünglich Lord Carnarvon gehörte, spielte sich 2001 sogar eine echte Kriminalgeschichte ab, als die Gräfin Vacca Agusta eines Nachts auf mysteriöse Weise verschwand und Spekulationen über einen möglichen Mord an der Industriellengattin aufkamen. Ihre Leiche wurde zwei Wochen später in Frankreich an Land gespült. Die Gräfin war wohl im Dunkeln, nicht ganz nüchtern, über die Klippen ihres Grundstücks gestürzt und ertrunken.
Die Geschichte Portofinos und mehr noch die illustren Geschichten, die sich dort ereignet haben, die berühmten Namen und Events würden tatsächlich ein eigenes Buch füllen, und deshalb verweise ich wieder auf die Rubrik »Links«, wo ich ein paar Seiten zur Internet-Recherche vorschlage. Und dass Sie nach Möglichkeit Ihre Koffer packen und sich selbst ein Bild machen. Man kann sich in Portofino neben den teuren Hotels auch in kleine Ferienwohnungen einmieten (in der von Gino und Mimi habe ich selbst ein paar Tage verbracht!), die durchaus erschwinglich sind.
Gibt es sonst noch etwas zu sagen, das nicht schon erzählt ist? O ja, das Wichtigste!
Während ich diesen Roman geschrieben habe, habe ich oft die Umstylingshow *Mission Makeover by Trinny and Susannah* auf dem Sender *sixx* angesehen – zwei Amerikanerinnen, die überall auf der Welt unvorteilhaft gekleidete Frauen von der Straße holen und ihnen zeigen, wie sie sich gut anziehen und zurechtmachen können. Das klingt erst einmal nicht außergewöhnlich und vor allem ziemlich oberflächlich. Aber Sie sollten diese Frauen erleben, wenn sie angesprochen werden, an*gesehen* werden, wenn Trinny und Susannah ihnen zuhören, ihren herzzerreißenden Geschichten

des Verschwindens, der Selbstaufgabe, von schlimmen, oft anerzogenen, geprägten Komplexen erfahren und der Traurigkeit, die damit einhergeht. Neue Kleider ändern kein Leben, aber das Gefühl, das sie einem geben können, schon, die Wertschätzung für den eigenen Körper, egal, wie er aussieht.

Egal wie? Aber ja! Ich möchte hier auf die wunderbare Dokumentation *Embrace – Du bist schön* von der Australierin Taryn Brumfitt verweisen. Sie geht der Frage nach, warum so viele Frauen auf der ganzen Welt (fast alle Frauen!) sich nicht hübsch finden. Der Link zum Trailer steht an erster Stelle unter »Links«. Bitte schenken Sie sich die Zeit, diesen berührenden Film zu sehen, und erlauben Sie sich diese Umarmung.

Ich bin einer jungen Frau begegnet, die über zwanzig Kilo abgenommen hat und trotzdem noch immer dieselben alten, zu großen Sachen trug. »Ich bin noch nicht fertig« war ihre Erklärung, und sie meinte: Ich bin immer noch nicht gut genug. Aber sind wir nicht alle irgendwie noch nicht fertig? Wenn wir erst die fünf Kilo runter hätten oder die Beförderung in der Tasche oder dieser eine Mensch uns erhört hätte oder wir schlagfertiger wären oder wieder ganz gesund … Ich könnte die Liste endlos fortsetzen. Immer vertagen wir es, uns besonders zu fühlen, uns um uns selbst zu kümmern und uns etwas zu gönnen. Wir vertagen uns ein Leben lang. »Ich sehe dich«, heißt es im Film *Avatar* und meint in der Sprache der Na'vi: »Ich liebe dich«. Also gönnen Sie sich diesen liebevollen Blick auf sich selbst, lieben Sie sich so sehr, wie Sie Ihren Partner lieben oder Ihre Kinder oder Ihre innig gehegten Haustiere.

Es macht einen Unterschied, wie viel Mühe, nein, Freude Sie auf sich verwenden und ob Ihr Umfeld Sie wahrnimmt oder nicht. Es muss ja nicht gleich das Styling einer Mimi Calma dabei herauskommen und auch nichts Maßgeschneidertes sein. Ich selbst trage Konfektion, bringe das eine oder andere Stück aber zum Änderungsschneider, um es wirklich passend machen zu lassen. Ein kleines bisschen Selbstinszenierung darf schon sein, denn die macht Sie mutiger, stärker und irgendwann auch selbstbewusster. Sie macht Sie glücklicher.

Fotos zu meiner Recherche unter
https://www.facebook.com/JuliaFischerAutorin

Danksagung

Das ist mir immer eine besondere Freude, Danke sagen zu dürfen.
Meinen Agenten Nadja Kossack und Lars Schultze-Kossack dafür, dass sie weiter an mich und mein Schreiben glauben und sich für mich starkmachen. Es bedeutet mir viel.
Christine Steffen-Reimann vom Verlag Droemer Knaur für die stete und fürsorgliche Unterstützung und große Chance, von zartbitter bis süß und tieftraurig bis heiter alles schreiben zu dürfen, was mir im Herz umgeht.
Daniela Utecht vom LAGATO Verlag, weil sie auch diesmal wieder den allerersten Blick auf meinen neuen Roman geworfen hat, noch bevor ich es gewagt habe, ihn meiner Agentur oder dem Verlag zu zeigen, und mir schmerzlich ehrlich sagt, wo es hakt. Ich hoffe, Dani, dass es noch oft Kritik gibt – und von Deinem Lob nehme ich natürlich auch gerne noch eine Schippe mit.
Stephanie Mende vom Hörbuchverlag audio media für die Freude, meine Romane auch erzählen zu dürfen, und mehr noch – so viel mehr – für Deine ehrliche und aufrichtige Freundschaft. Privates und Berufliches zu trennen und sich dabei treu zu bleiben, ist sicher eine Kunst. Du beherrschst sie!
Dr. Gisela Menza, meine Lektorin, für ihre leidenschaftliche und gründliche Überarbeitung meiner so detailfreudig erzählten Geschichten und dass Sie mich auch einbremsen, liebe Frau Menza, wenn ich zu sehr schwelge.
Und dann den Vertreterinnen und Vertretern von Droemer Knaur, die meine Romane in die Welt, sprich Buchläden tragen und für meine Lesungen ein gutes Wort einlegen. Man-

che kenne ich schon persönlich, andere nur namentlich. Ihre Begeisterung ist das Fundament meiner schönen Arbeit, dafür kann ich gar nicht genug danken. Und selbstverständlich auch den Buchhändlern, die sich begeistern lassen.
Gitta Jäger von der Abteilung Präsentation im Bayerischen Rundfunk dafür, dass Sie mich nach Turin geschickt haben, als ich das Thema Stoffe ansprach. Diese wunderschöne Stadt hätte ich ohne Sie verpasst.
Meinem Sprecher-Kollegen Rainer Buck für die vielen inspirierenden Gespräche, aus denen ich immer »Futter« für meine Handlungen ziehe. An der Figur meines Vincenzo warst Du maßgeblich beteiligt.
Dem Maßatelier GK N° 1 in München-Nymphenburg für die Beantwortung meiner Fragen rund um die Maßschneiderei. Letztlich kann man die vielen spannenden Details gar nicht einbringen, aber das Atelier allein war mir schon Inspiration.
Und zum Schluss danke ich meinem Mann, der hektische, durchgeplante Rechercheureisen mit mir unternimmt, fotografiert, organisiert, mich zu all meinen Lesungen fährt – und Du fährst ja beruflich auch nicht eben wenig –, meine Zweifel besänftigt und meine Freude teilt, klaglos und immer noch voller Liebe.

Literaturliste

Kretschmer, Guido Maria: Anziehungskraft – Stil kennt keine Größe, Verlag Edel Germany, Hamburg 2013

Barlösius, Eva: Dicksein, Campus Verlag, Frankfurt/M. 2014

de Morais, Marx: 111 Orte in Turin und im Piemont, die man gesehen haben muss, Emons Verlag, Köln 2015

Kozak, Peter / Láng, Andreas / Láng, Oliver / Meyer, Dominique / Lammerhuber, Lois: ON STAGE – Wiener Staatsoper, Edition Lammerhuber, Baden 2014

Roetzel, Bernhard: Der Gentleman nach Maß – Maßgeschneiderte Herrenkleidung, Verlag h.f.ullmann publishing, Potsdam 2016

Arndt, Erika: Handbuch Weben – Geschichte, Materialien und Techniken des Handwebens, Haupt Verlag, Bern 2006

Jentschura, Eva: Mit Pflanzen färben – ganz natürlich, Verlag Freies Geistesleben, Stuttgart 2010

Maynard, Linda: Professionell schneidern – Die Verarbeitungstechniken Schritt für Schritt, Haupt Verlag, Bern 2012

Links

»Embrace – Du bist schön« – die Dokumentation von Taryn Brumfitt
http://www.embrace-derfilm.de/#home

Blogbeitrag über Ermenegildo Zegna:
https://loomings-jay.blogspot.de/2015/01/ermenegildo-zegna.html

Artikel über die Hutmanufaktur Borsalino:
http://www.sueddeutsche.de/wirtschaft/huthersteller-borsalino-gott-behuete-1.2380779

Blogbeitrag über FIAT mit Fotos vom alten Werk Lingotto:
http://patina-blog.de/2013/02/fiat-vom-dach

Artikel über Gianni Agnelli kurz vor seinem Tod:
http://www.stern.de/wirtschaft/news/fiat-chef-agnelli-mit-grandezza-in-den-untergang-3337620.html

Artikel über die Turiner Oper und ihren Architekten mit Fotos:
http://quality-magazine.ch/raumschiff-der-musik

Artikelreihe über die Zauberflöten-Inszenierung der Oper Zürich:
http://www.tagesanzeiger.ch/extern/storytelling/zauberfloete/szene1

Und eine kurze Reise nach Portofino ins Splendido:
http://www.spiegel.de/reise/staedte/aus-dem-leben-eines-concierge-der-zauberer-von-portofino-a-496839.html

Sowie ein kleiner Geschichtsexkurs mit vielen großen Namen:
http://www.mein-italien.info/landschaften/portofino.htm

Manche Dinge kann man besser schreiben …

Julia Fischer

Sehnsucht auf blauem Papier

Roman

Seit 20 Jahren ist die Heilpraktikerin Milli Gruber heimlich verliebt – in Paul, mit dem sie seit ebenso vielen Jahren eine tiefe Freundschaft verbindet. Als Pauls Frau stirbt, weiß Milli mit ihrem besonderen Gespür für Menschen, dass selbst ihre Nähe ihn nicht trösten kann. In liebevollen Briefen versucht sie, ihm Halt zu geben und in seiner Verzweiflung beizustehen.
Doch kann es eine Liebe geben ohne Begehren, eine Sehnsucht ohne Anhaften, ein Tasten, das unter die Haut geht, ohne sie zu berühren?

»Die Autorin besitzt die besondere Gabe, den Leser in eine andere, in eine poetische Welt zu entführen. Sie schafft Bilder, beschreibt Gefühle und Empfindungen, die mich tief berührt haben.«
Sky Dumont

Ein Sommer-Roman voller Düfte und unvermutetem Glück

Julia Fischer

Die Galerie der Düfte

Roman

In den ehrwürdigen Räumen der Officina Profumo di Santa Maria Novella, jener traditionsreichen Apotheke inmitten der lebendigen Gassen und Plätze von Florenz, duftet es verführerisch nach Kräutern, Potpourris und edlen Seifen. Es ist ein beinahe himmlischer Ort, an dem die junge Münchnerin Johanna auf den Spuren eines berühmten Parfums zwei ungleichen Brüdern begegnet. Doch während Luca zaghaft um sie wirbt, hat sie ihr Herz längst an den stürmischen Sandro verloren – der einer anderen versprochen ist.

»Ein Sommer-Roman mit hohem Wohlfühlfaktor – zum Schmecken, Riechen und genüsslichen Lesen!«
buch aktuell

KNAUR